CONALL
IN DIE DUNKELHEIT

KATIE REUS

Covergestaltung von Sweet 'n Spicy Designs
Übersetzung: Anna Drago

ISBN: 978-1-635561-82-1

Ein buch. Zwei geschichten.

Eine Halbgöttin und ein Halbdämon stehen kurz vor der Heirat. Was bedeutet, dass eine Woche voller Festlichkeiten, Romantik, Spaß und der Art verrücktem Drama, für das Wolfwandler bekannt sind, bevorsteht. Als jemand das Stavros-Rudel ins Visier nimmt, schließen sich alle zusammen, um gegen einen unbekannten Feind zu kämpfen, und zwei Paare kämpfen um ihre Chance auf ein Happy End.

Sie sucht keinen Gefährten – doch er will für immer.

Rhea ist eine Kriegerin. Sie hat über hundert Jahre lang für das Stavros-Wolfsrudel gekämpft und geblutet. Sie hätte nie erwartet, sich in den Alpha eines Drachenclans zu verlieben. Doch als ihre Vergangenheit sie heimsucht, findet sie sich Seite an Seite mit dem Mann wieder, der der Star all ihrer Fantasien ist.

Conall, der Alpha des Petronilla-Clans, hat sich bisher Zeit gelassen, seine künftige Gefährtin für sich zu beanspruchen. Doch jemand aus ihrer Vergangenheit bedroht sie und ihr Rudel – und das Leben der Frau, auf die er ein Leben lang gewartet hat.

Wandler, Vampire und Drachen sind real – und wenn sie erst einmal einen Gefährten gewählt haben, geben sie nicht so einfach auf.

Vor einem Jahr hatte Liberty keine Ahnung, dass es tatsächlich Dinge und Wesen gibt, die die Nacht beherrschen. Von einem Team aus Halbdämonen und einer Halbgöttin aus einem Höllenreich gerettet verliebt sie sich jeden Tag mehr und mehr in ihren sexy Retter Rory. Sie fürchtet jedoch, dass sie zu kaputt ist, um jemals wieder eine Beziehung zu haben, doch je mehr Zeit sie zusammen verbringen, desto schwieriger wird es, die gegenseitige Anziehung zu leugnen.

Halbwolf-Halbdämon Rory hat Liberty seit ihrer Rettung im Auge behalten. Er ist sich nicht sicher, was nötig ist, um aus der Freundeszone auszubrechen und mehr zu werden, doch er ist bereit, ewig zu warten, wenn das nötig ist. Denn es lohnt sich, für Liberty zu kämpfen, und er wird alles tun, um die tapfere Überlebende zu seiner zu machen.

Widmung

Für Kaylea Cross. Danke für alles, was du tust.

KAPITEL 1

Rhea strich mit einer Hand über ihr Kleid – ein verdammtes *Kleid*. Es war wahrscheinlich über fünfzig Jahre her, seit sie eines getragen hatte. Vielleicht länger. Ugh. Was zum Teufel tat sie hier überhaupt? Sie runzelte die Stirn und stieß die Tür zum Trainingsraum auf. Sie hatte ein paar Klingen hier unten gelassen und –

„Heilige Hitze!" Spiros dunkle Augen weiteten sich, als er sie sah – bis Solon eine Faust in sein Gesicht schlug und er über die Trainingsmatten segelte.

„Das ist schwach, Alter. Darfst dich nicht von einer schönen Frau ablenken lassen." Solon schüttelte den Kopf, als Spiro schnell wieder aufsprang. Doch nicht, bevor er ihr kurz zuzwinkerte.

Sie spürte, wie etwas von ihrer Anspannung nachließ, doch nicht viel, und ging um die Matten herum, da sie Absätze trug. Nun, Kittenheels. Sie trug nichts über fünf Zentimeter Höhe. Es war egal, dass sie die Beweglichkeit und den Gleichgewichtssinn eines Wandlers hatte, High Heels waren dumm. Und wer sie erfunden hatte, hasste Füße. Und Frauen.

Als sie einen der Tische erreichte, lächelte sie und hob ihre beiden neuen Titanklingen auf. Bis zur Perfektion geschärft.

Meistens zog sie es vor, in Wolfsgestalt zu kämpfen, doch sie liebte es, Dolche zu tragen. Waffen waren eine Beleidigung für ihre tierische Seite, doch als Frau und Kriegerin schätzte sie die Schönheit herausragender Handwerkskunst. Echte Kunst. Und diese beiden Dolche waren –

„Du machst dich immer über meine neuen Waffen lustig, dabei siehst du gerade selbst aus, als wolltest du anfangen, mit diesen Schönheiten rumzumachen." Solon kam auf sie zu, ein Handtuch um den Hals.

Sie schaute an ihm vorbei und sah, dass Spiro den Raum verließ. „Ihr seid fertig?"

Solon zuckte die Achseln und fuhr mit einer Hand über seinen dunklen Schädel. „Ja, er hatte keinen Bock mehr, sich in den Arsch treten zu lassen."

„Lügner!", rief Spiro, als er den Raum verließ.

Er lehnte sich mit hochgezogenen Augenbrauen gegen den Tisch. „Also? Was ist das mit dem Kleid?"

„Was meinst du?" Sie mied seinen Blick, als sie die Klingen in ihre maßgefertigten Scheiden schob.

„Komm schon. Das und all die Nachrichten, die du von jemandem bekommst, von dem du glaubst, dass ich nichts weiß?"

Rhea kniff die Augen zusammen. Sie hatte in den letzten acht Monaten mit einem gewissen Alpha-Drachenwandler gesprochen, doch Solon nichts davon erzählt. Sie und Solon mochten beste Freunde sein, doch gewisse Dinge wollte sie für sich behalten. Außerdem waren ihre Nachrichten nur freundschaftlich, und sie musste Solon nicht alles erzählen. Gott, warum fühlte sie sich so defensiv? „Was glaubst du zu wissen?"

Grinsend küsste er sie auf die Stirn. „Ich weiß, dass es um ihn geschehen sein wird, sobald er dich in diesem Kleid sieht."

Sie räusperte sich. Sie würde auf diese Bemerkung nicht antworten, da das nur bestätigen würde, dass sie sich für einen Mann schick gemacht hatte. Der Gedanke war selbst für sie lächerlich, aber … sie konnte nichts daran ändern. Denn Conall Petronilla würde bald hier sein, und Rhea war auf kindische Weise aufgeregt, ihn zu sehen. Ihre Freundschaft hatte sie unvorbereitet getroffen, doch sie freute sich jeden Tag darauf, von ihm zu hören. „Also, was hast du heute Abend vor?"

Er grinste und zeigte perfekte weiße Zähne. „Gehe in Bo und Nyx' Club."

Sie kicherte. „Oh, dann bin ich sicher, dass die Nacht gut für dich enden wird." Der Mann hatte absolut kein Problem damit, weibliche Gesellschaft zu finden. Rhea stammte jedoch aus einer anderen Generation und würde niemals so entspannt mit Sex umgehen wie er. Ganz zu schweigen davon, dass sie einmal von einem Mann zutiefst verletzt worden war. Nachdem sie ihren Beinahe-Gefährten verloren und dann die Hölle durchlebt hatte, hatte das ungezwungene Herumschlafen keinen Reiz.

Sie hielt ihre Dolche an ihrer Seite. „Ich begleite dich nach draußen. Victoria hat gesagt, dass sie was mit mir besprechen will, das mit der Hochzeit zu tun hat." Rhea konnte sich nicht vorstellen, worüber ihre Rudelkameradin mit ihr reden wollte. Sie hatte keine Rolle bei Bos und Nyx' Hochzeit, auch wenn sie sich für den Halbdämon und die Halbgöttin freute, die sich mit ihrem Rudel angefreundet hatten.

„Vielleicht braucht sie einen Rat in Sachen Mode." Seine Stimme war trocken.

Sie versetzte ihm einen Knuff mit ihrer Hüfte, als sie in den polierten Parkettflur der Villa des Stavros-Rudels traten. Sie musste auch noch ihre Waffen in ihr Zimmer bringen. „Sei kein Esel."

Solon grinste nur, und seine Lippen verzogen sich zu einem schiefen Grinsen. Rhea hatte sich nie auch nur eine Spur zu ihm hingezogen gefühlt, doch sie verstand, warum Frauen ihm zu Füßen zu liegen schienen.

„Ich denke, dass er ein Esel ist, macht einen Teil seines

Charmes aus." Victorias Stimme brachte beide dazu, sich umzudrehen, als sie die Schwingtür zur Küche erreichten.

„Hey." Solon legte eine Hand auf seine Brust und spielte den Beleidigten.

„Oh bitte." Victoria hakte sich bei Rhea unter. „Du musst ein Weilchen ohne deine beste Freundin auskommen. Ich muss sie mir ausleihen", sagte sie zu Solon und zog Rhea aus der Küche.

Normalerweise musste Rhea zu Victoria, die ein paar Zentimeter größer war, aufblicken, doch mit Absätzen waren sie heute ungefähr gleich groß. „Wie kommt es, dass ich dich jetzt, wo du nach Montana gezogen bist, noch mehr sehe als sonst?"

„Dass meine beste Freundin eine Halbgöttin ist, die mich in Sekunden überallhin transportieren kann, und mein Gefährte ein Drache ist, der mich überallhin fliegen kann, ist wahrscheinlich eine klugscheißerische Antwort, aber so ist es."

Rhea lachte und legte ihren Arm in einer kurzen Umarmung um Victorias Schultern. Normalerweise stand sie nicht auf große öffentliche Zuneigungsbekundungen, doch sie machte eine Ausnahme für die Heilerin, die sie immer als kleine Schwester angesehen hatte. „Ich bin froh, dass du so oft hier bist. Also, worüber wolltest du mit mir reden?"

Victoria schüttelte den Kopf und stieß die nächste Tür auf – und zog sie in einen begehbaren Schrank voller Weihnachtsdekoration. Sie schaltete ein Licht ein, nicht, dass sie es mit ihrem übernatürlichen Sehfähigkeiten brauchten, und zeigte auf Rhea, wobei sie mit kreisendem Finger auf ihr Kleid deutete. „Du siehst verdammt heiß aus. Du bist die schönste Frau, die ich kenne, aber das katapultiert dich in eine ganz neue Kategorie. Für wen ist das?"

Rhea rieb sich mit der Hand über den Nacken. Es fühlte sich seltsam an, dass jemand sie schön nannte. „Was meinst du?"

„Das Kleid, die quasi Fick-mich-Schuhe. Wer ist der Typ?"

Sie runzelte die Stirn angesichts der Schuhbemerkung – und dem Fick-mich-Kommentar. „Wann hast du so angefangen zu reden? Und warum quasi?"

„Na ja, die sind ein bisschen schwach, was die Absätze angeht, aber im Vergleich zu deinen üblichen Kampfstiefeln definitiv Fick-mich-Schuhe. Also, wer ist der Typ?" Da war etwas in Victorias Blick, etwas, das sehr nach … Verärgerung aussah.

Aber das konnte nicht richtig sein.

„Was ist mit allen in diesem Rudel los? Ich kann ein Kleid auch für mich tragen. Als ich das letzte Mal nachgesehen habe, war ich eine erwachsene Frau, die ihre eigene Garderobe auswählt." Und okay, ja, sie wollte gut aussehen für einen Mann – der zufällig Victorias Schwager war. Ein weiterer Grund, warum Rhea nicht zugeben wollte, warum sie sich aufgebrezelt hatte. Das würde V und jedem anderen in Hörweite nur Futter für die Gerüchteküche des Stavros-Rudels geben. Nein, danke.

„Das eine und einzige Mal, als ich dich gefragt habe, ob du mit mir einkaufen gehen willst, bin ich mir ziemlich sicher, dass du mich mit einem Dolch bedroht hast."

„Ha, ha." Sie verdrehte die Augen, als die Schranktür aufflog.

Ihr Alpha, Finn, stand da, seine eisblauen Augen grimmig. „Ich will nicht einmal wissen, was ihr zwei da drin macht. Rhea, wir haben ein Problem. Schmeiß dich in deine Ausrüstung. Ich trommle ein Team zusammen. In weniger als fünf Minuten brechen wir auf."

Sie nickte und ging bereits mental in Kampfmodus. Wenigstens konnte sie diese lächerlichen Schuhe ausziehen. „Wo treffen sich alle?"

„Auffahrt, bei den SUVs."

„Bin gleich da." Sie würde sich nicht einmal die Mühe machen zu fragen, was die Mission war. Er würde es allen erzählen, sobald sie zusammen waren. Er eilte sowieso schnell den Flur hinunter, bevor sie fragen konnte.

„Dieses Gespräch ist noch nicht vorbei", brummte Victoria.

„Welches Gespräch? Ich dachte, du wolltest mit mir über die Hochzeit reden."

„Na ja, ich wollte sehen, ob du an meinem Tisch sitzen willst."

Das war die Art von Frage, die einen Anruf oder eine Nachricht rechtfertigte, keine Besprechung in einem Schrank. „Ja sicher, gern." In Anbetracht dessen, wie laut ihr Rudel zu feiern pflegte, bezweifelte sie sowieso, dass sie lange sitzen würden. Und Victoria sah sie wieder komisch an. „Was ist los mit dir? Du bist komisch."

Victoria schnaubte. „Ich bin nicht diejenige, die wie eine Sexgöttin gekleidet ist."

Zum ersten Mal seit wahrscheinlich einem Jahrhundert errötete Rhea. Nein, darauf würde sie nicht reagieren. „Muss gehen, V." Sie wandte sich ab, joggte den Flur entlang und verfluchte ihre dummen Schuhe. Sie musste sich umziehen, ihre anderen Waffen holen und möglicherweise dieses Kleid verbrennen. Sie benahm sich lächerlich. Conalls ehemalige Verlobte war zart und elegant, so ganz anders als Rhea. Was bildete sich ein, sich aufzutakeln wie–

„Conall sitzt an unserem Tisch", rief Victoria ihr nach, und diese seltsame Note war wieder in ihrer Stimme.

Rhea drehte sich nicht um, auch wenn ihr Herz bei der bloßen Erwähnung seines Namens in ihrer Brust pochte. Ugh. Männer bedeuteten viel zu viel Ärger. Besonders sexy Alpha-Drachenwandler.

Rhea sah Solon an, der auf den ersten Stock des auf Stelzen gebauten Strandhauses zeigte und vier Finger hochhielt. Das Haus befand sich ungefähr fünfeinhalb Meter über dem Boden und beide waren mit dem Grundriss vertraut. Es gehörte dem

Stavros-Rudel, und sie vermieteten es –doch im Moment sollte niemand darin sein.

Einer ihrer Rudelkameraden, der viele Mietobjekte des Rudels betreute, hatte eine Warnung erhalten, dass einer ihrer Alarme ausgelöst worden war. Sie hatten der Sicherheitsfirma mitgeteilt, dass es sich um einen Fehlalarm handelte, da die Wandler die Menschen nicht mehr als nötig in ihre Angelegenheiten einbeziehen wollten. Und es bestand tatsächlich die Möglichkeit, dass es sich um einen Fehlalarm handelte – bis Finn einen Späher ausgesandt und festgestellt hatte, dass vier ihrer Häuser kompromittiert worden waren.

Verdammt.

Jetzt wollten sie und Solon in dieses Haus eindringen und herausfinden, wer zum Teufel dumm genug war, nicht nur in das Territorium ihres Rudels einzudringen, sondern auch in eines oder mehrere ihrer Anwesen einzubrechen. Wenn es Menschen gewesen wären, hätten sie einfach die Polizei angerufen, aber ihr Späher hatte durch ein Fenster beobachtet, wie sich ein Mann in einen Wolf gewandelt hatte. Das war also nicht zufällig.

Sie hielt vier Finger hoch und nickte. Sie witterte auch vier Gerüche. Als Kriegerin war sie gut ausgebildet, hatte jedoch auch eine außergewöhnlich sensible Nase. Das war einer der Gründe, warum sie ein Tracker war, und sie konnte sagen, dass vor nicht allzu langer Zeit vier Personen auf dem Parkplatz und im Lagerbereich des Hauses gewesen waren.

Als Nächstes hielt sie einen Finger hoch und machte dann das Zeichen für „Frau". Solon war stark, doch sie war eine bessere Trackerin, und sie war sich fast sicher, dass oben eine Frau und drei Männer waren. Die Bewegungen im Inneren waren vor ungefähr fünf Minuten weniger geworden, doch in zwei Zimmern gab es gelegentlich ein Rascheln, und sie hörte das Geräusch einer laufenden Dusche. Menschliche Ohren konnten die Geräusche nicht durch die Wände wahrnehmen, doch für sie war es leicht.

Solon deutete auf die Treppe und dann auf sich. Sie nickte und ging dann zu einer der Betonstützen. Sie kletterte in Sekundenschnelle empor und bewegte sich flüsterleise über das Geländer, sobald sie es erreicht hatte. Es gab automatische Sensorlichter in allen von Finns Vermietungsobjekten, doch jemand aus seinem Computersicherheitsteam hatte alles aus der Ferne deaktiviert, damit sie sich nicht versehentlich verrieten. Er hatte auch alle Magnetkontakte an den Fenstern deaktiviert.

Danke, Technologie.

Ihre Herzfrequenz war konstant, als sie sich zur Außenwand des Hauses schlich. Sie war seit über einem Jahrhundert eine Kriegerin, und vier Wölfe waren keine Herausforderung für sie und Solon. Nicht, dass sie nicht vorsichtig sein würde. Zumindest war heute Abend kein Vollmond. Ohne zusätzliche Beleuchtung würde es viel leichter sein.

Alle Jalousien an den großen Panoramafenstern waren heruntergelassen, doch sie musste durch ein Fenster ins Haus. Sie hatte vor, im nächsten Stock einzusteigen, weil damit niemand rechnen würde. Solon würde dasselbe tun.

Sie würden in das Haus eindringen und dann tun, was getan werden musste. Die Eindringlinge kampfunfähig machen oder töten. Das hing nur von der Reaktion der Leute im Haus ab.

Nachdem sie versucht hatte, einen Blick in ein Fenster zu werfen, und bemerkt hatte, dass alle Jalousien geschlossen waren, kletterte sie an einem der hölzernen Geländerpfosten in den nächsten Stock. Als sie über das Geländer stieg, suchte sie instinktiv nach Lebenszeichen. Sie konnte riechen, dass ein Wandler vorhin auf dem Balkon gewesen war, doch Solons Geruch war stärker. Er war jetzt auf der gegenüberliegenden Seite dieses Stockwerks.

Sie bewegte sich schnell und leise und eilte herum, um ihn völlig still zu finden. Sein Ohr einem Fenster zugewandt. Er machte eine Faust und ließ sie wissen, dass niemand im Raum war.

Gut.

Die Mietshäuser, die das Rudel besaß, hatten alle denselben Grundriss. In dieser obersten Etage befanden sich drei Schlafzimmer und zwei Badezimmer. Wenn niemand in diesem Schlafzimmer war, wäre es am besten, hier einzusteigen.

Da Solon der geschicktere Einbrecher von beiden war, wartete sie, während er tat, was nötig war.

Er warf einen Blick über die Schulter, als er sich bückte, um das schwere Schiebefenster anzuheben, und grinste. Als er anfing, es hochzuschieben, hörten beide ein deutliches Klicken und dann einen Luftschwall.

Scheiße.

Instinkt und Jahre und eine tiefverwurzelte geschwisterliche Liebe zu ihrem Rudelkameraden ließen sie reagieren, bevor sie sich dessen bewusst wurde.

Sie packte ihn an den Schultern und warf ihn mit all ihrer übernatürlichen Kraft über die Balkonbrüstung. Rhea folgte ihm und hechtete ihm hinterher, als ein Schwall von Hitze an ihrem Rücken leckte.

Eine Explosion zerriss die Luft, als sie über die Brüstung segelte und sich auf die Landung nach einem dreistöckigen Sturz vorbereitete.

Kapitel 2

Rhea ächzte, als sie auf der harten Erde aufschlug. Als Wolfwandlerin waren ihre Knochen stärker, und sie war unempfindlicher gegen Verletzungen als Menschen, doch sie spürte einen Riss in ihrem Knöchel, als sie in den Sturz abrollte. Sie knurrte angesichts des Schmerzes, doch ihr Wolf übernahm fast augenblicklich, die Wandlung war selbst für ihre Verhältnisse schnell. Ihre Kleidung zerfetzte, und ihre Dolche fielen mit einem dumpfen Schlag zu Boden.

Holz und Trümmer regneten auf sie und Solon herab, doch nach einem kurzen Blick nach oben schien es keine Bombe gewesen zu sein, die das Haus vollständig zerstören sollte. Nur eine Explosion zur Abschreckung. Sie würde sich später Sorgen um den Schaden machen.

Ihr Körper heilte sich selbst, als sich ihre Knochen neu ausrichteten, und das Fell die Haut ersetzte. In den Sekunden, die sie brauchte, um sich zu wandeln, tat es auch Solon. Obwohl er ungefähr fünfzig Jahre jünger war als sie, war der Mann stark und würde mit den Jahren noch stärker werden.

Doch nichts davon war jetzt von Bedeutung.

Ihr Wolf wusste nur, dass sie in eine Falle gelaufen war. Was bedeutete, dass ihre Rudelkameraden, die die anderen Häuser untersuchten, wahrscheinlich in ähnliche Fallen gelaufen waren. Sie wollte sie anrufen, um sie zu warnen, doch sie und Solon hatten zuerst ein Problem zu lösen.

Der Geruch anderer Wandler erfüllte die Luft und beunruhigte ihren Wolf, bevor sie überhaupt die Eindringlinge sah.

Solon fing an zu knurren, als vier Wölfe vom Balkon der ersten Ebene sprangen.

Rhea nahm sich den Wolf vor, der ihr am nächsten gelandet war, und stürzte sich auf ihn. Sie versenkte ihre Zähne in seinem Hinterkopf, als sie an dem riesigen Tier vorbei segelte und Fell und Fleisch zerriss.

Ihr Wolf jubelte über sein Schmerzensheulen. Der Wandler, den sie verletzt hatte, würde heilen, doch sie war gern diejenige die den ersten Treffer landete. Victoria hatte Rhea einmal gesagt, dass statistisch gesehen derjenige, der den ersten Treffer in einem Kampf landete, eher gewinnen würde. Da V nicht oft falsch lag, hatte Rhea es sich zur Gewohnheit gemacht, hart und schnell anzugreifen.

Sie wirbelte schnell zurück, um sich den Angreifern zu stellen. Solon hatte sich zweier angenommen, und sie würde die zwei anderen übernehmen. Ihre Chancen hatten schon schlechter gestanden.

Fragen, wer diese Wölfe waren oder was sie wollten, spielten keine Rolle. Das Einzige, was zählte, war die Beseitigung der Bedrohung für ihr Rudel. In der übernatürlichen Welt ging es wild und brutal zu. Nur Macht wurde respektiert, und wenn man jemanden in sein Territorium eindringen ließ, wurde das als Zeichen von Schwäche betrachtet.

Und andere würden kommen und versuchen, es auch zu tun. So wurden Unschuldige verletzt.

Sie entblößte ihre Eckzähne und knurrte die beiden Wandler an. Sie hatte den ersten Treffer gelandet und wollte ihre Bewegungen, ihre Fehler sehen.

Einen Kampf in die Länge zu ziehen war ein guter Weg, sich töten zu lassen. Ihr Alpha hatte ihr das vor über hundert Jahren beigebracht. Provoziere deinen Gegner nicht.

Das Erste, was Rhea bemerkte, war, dass die braun-weiße Wandlerin ihre rechte Vorderpfote schonte – vielleicht hatte sie sich beim Sprung verletzt – und der graue männliche Wandler zog einen Hinterlauf nach.

Sie folgte ihrem Instinkt, sprang zwischen die beiden Wölfe und überraschte sie damit. Sie trat mit ihren Hinterläufen aus und nahm Kontakt mit der Schnauze des Weibchens auf, während sie sich auf das Männchen stürzte.

Mit gefletschten Zähnen schlitzte sie sein Gesicht auf und riss eines seiner Augen heraus. Im Kampf gegen zwei Gegner musste sie verstümmeln oder verletzen, bevor sie zum tödlichen Schlag ansetzte. Sonst wäre es zu schwierig.

Das Männchen knurrte und schnappte, und Rhea spürte einen bösen Riss durch ihren Hinterlauf. Sie bündelte den Schmerz und benutzte ihn, um sich auf ihre Aufgabe zu konzentrieren.

Als das Feuer des Schmerzes ihr Bein leckte, schlug sie erneut mit ihren Krallen auf das Männchen ein. Im Gegensatz zu normalen Wölfen hatten Wandler einziehbare Krallen. Sie schlug auf sein Gesicht ein, als das Weibchen ihre Zähne in Rheas Oberschenkel bohrte.

Sie heulte vor Schmerz, schlug aber wieder zu und schloss diesmal den Kiefer um den Hals des Mannes. Er krallte sie, schnappte selbst, bis sie durch Knochen und Knorpel riss und ihn enthauptete.

Adrenalin schoss durch sie hindurch, als sie ihn zur Seite schleuderte.

Krallen gruben sich in ihren Rücken und Zähne in ihren Nacken, als sich das Weibchen auf sie stürzte.

Mit einem Knurren rollte Rhea ab und schlug das Weibchen mit aller Kraft zu Boden.

Sofort lockerte sich der Biss der Wandlerin.

Rhea sprang auf alle viere und wandte sich zu ihrer Angreiferin zu. Das Weibchen griff an, das Maul weit aufgerissen.

Sie wich den scharfen Zähnen aus, duckte sich und rollte nach rechts ab. Das Weibchen konnte den Schwung ihrer Landung jedoch nicht bremsen. Rhea nutzte das zu ihrem Vorteil und schlug zu, klammerte sich an ihre Kehle.

Diese Wandlerin war kleiner, nicht so stark und leichter zu töten. Rhea atmete schwer, ihr Herz pochte wild in der Brust, als sie den Kadaver fallen ließ und die vier toten Wandler betrachtete.

Auch Solon war mit den beiden anderen Männern schnell fertig geworden. Als die Leichen in ihre menschliche Form zurückkehrten, zwang sich Rhea, sich ebenfalls zu wandeln.

Die Rückkehr zurück zur menschlichen Gestalt war nicht so nahtlos wie ihre Wandlung zum Wolf, doch es ging schnell. Ihre Herzfrequenz begann sich zu verlangsamen, als sie aufstand und das Gemetzel betrachtete.

Es waren weniger als zehn Minuten vergangen, seit sie versucht hatten, in das Haus einzusteigen, doch es fühlte sich wie eine Ewigkeit an. Sie holte tief Luft und inhalierte alle Düfte um sich herum, während sie auf Geräusche lauschte, die nicht hierher gehörten. Sie konnte keine Menschen oder andere Wesen riechen, doch das bedeutete nichts, denn jemand hätte die Explosion gesehen haben können.

Sie ignorierte ihr blutendes Bein und den Schmerz, der von der Wunde aus pulsierte, und blickte zu den schwelenden Ruinen des Balkons auf. „Wir müssen Finn anrufen und diese Leichen loswerden."

Soweit sie sehen konnte, waren nur die Wand und ein Teil des Balkons von der Explosion weggeblasen worden. „Wenn jemand diese Explosion gesehen hat ..." Sie mussten die Leichen wegschaffen, für den Fall, dass jemand die Polizei gerufen hatte.

Sie konnten unmöglich vier Leichen erklären, die von wilden Tieren in Stücke gerissen und enthauptet worden waren.

Solon nickte und trat in Aktion. „Ich hole den SUV."

„Ich rufe Finn an." Sie nahm ihr Handy aus ihrer zerfetzten Hose. Ihre Hand zitterte, doch sie atmete durch den Schmerz. Bevor sie wählen konnte, summte ihr Handy in ihrer Hand.

„Hey", meldete sie sich beim ersten Klingeln.

„Es war eine Falle", sagte Finn sofort.

„Hier auch. Sie haben ein Fenster mit Sprengstoff präpariert. Ich bin mir noch nicht sicher, was sie benutzt haben. Insgesamt vier Wölfe. Drei Männer, eine Frau. Alle tot." Sie ging neben einer der Leichen in die Hocke und drehte ihn um, um nach irgendwelchen Auffälligkeiten zu suchen.

Als sie eine ihr bekannte Tätowierung auf der Brust des Mannes sah, erstarrte sie einen Moment lang, und Eis glitt durch ihre Adern.

„Sprengstoff bisher in jedem Haus, doch sonst sind keine hochgegangen", sagte Finn. „Wir sind zufällig durch nicht verkabelte Eingänge reingegangen. Ich habe ein paar getötet und die anderen Teams auch. Zwei sind allerdings davongekommen."

Rhea schluckte und zwang sich, ruhig zu bleiben. Aus Instinkt sah sie sich um und hielt nach anderen Angreifern Ausschau. „Irgendwelche Zeichen auf den Körpern?"

„Ja, sie sind alle tätowiert", sagte er, als Rhea zum Leichnam der Frau ging. Sie war mit einem komplizierten keltisch aussehenden Symbol am inneren Handgelenk tätowiert.

Genau wie Rhea es einmal gewesen war. Bis sie ihre Haut im wahrsten Sinne des Wortes weggeschnitten hatte, damit sie ohne dieses abscheuliche Zeichen des Besitzanspruchs nachwachsen konnte.

„Ich kenne die Tätowierungen aber nicht", fuhr er fort.

Sie wollte ihm sagen, dass sie sie kannte, doch Solon fuhr, ohne die Scheinwerfer einzuschalten, in die Einfahrt. Sie würde es Finn sagen, wenn sie allein waren. Niemand sonst durfte es wissen. Nicht, wenn Finn es nicht für notwendig hielt. „Die hier haben auch Tätowierungen." Es widersprach ihrem Instinkt, Finn nicht sofort davon zu erzählen, doch ihre Angst hielt sie zurück. „Solon ist gerade mit dem SUV gekommen. Wir werden die Leichen einladen und zurück zum Compound fahren. Wenn jemand die Feuerwehr wegen der Explosion angerufen hat ..."

„Ich werde mich darum kümmern. Ihr ladet die Leichen ein und verschwindet da."

„Bis dann." Sie legte auf, als Solon vom Fahrersitz sprang, jetzt wieder voll bekleidet.

Wortlos eilte sie zur Tür und riss sie auf, um ihre Reisetasche mit den Wechselkleidern zu nehmen. Alle Wandler verließen wegen Zwischenfällen wie diesem das Haus in der Regel mit einem oder zwei Sätzen Wechselkleidung. Innerhalb von Sekunden war sie angezogen und bewegte sich schnell, um ihm zu helfen, die toten Wandler aufzuladen.

Wenn sie wegen irgendetwas von der Polizei angehalten werden würden, würde es ihnen schwerfallen, die Leichen und Köpfe im Kofferraum des SUV und das Blut an ihrer Kleidung zu erklären, doch das war etwas, worüber sie sich nur Sorgen machen müssten, falls es passierte.

„Bist du okay?", fragte Solon, als er die Heckklappe zuschlug.

Sie hob eine Schulter. „Warum sollte ich nicht okay sein?", fragte er sicher nicht, weil sie sich während des Kampfes ein wenig verletzt hatte. Das gehörte zum Leben eines Wandlers dazu.

„Du siehst blass aus."

Beim entfernten Geräusch von Sirenen stieg ihre Herzfrequenz wieder an. Ihr Gehör war so viel schärfer als das eines Menschen, darum wusste sie, dass sie die Sirenen hörte, lange bevor sie auch nur in die Nähe des Strandhauses kamen, doch sie wollte immer noch lange weg sein, falls das Feuerwehrauto und/oder die

Streifenwagen hierher unterwegs waren. „Lass mich schnell nach persönlichen Gegenständen suchen." Weder sie noch Solon hatten etwas mitgebracht, das sie identifizieren konnte – das taten sie auf Missionen nie –, doch sie wollte sichergehen, dass die vier toten Wölfe nichts zurückgelassen hatten.

Er nickte und stieg in den Wagen ein, während sie zum Haus rannte. Ein kurzer Blick, dann würden sie von hier verschwinden.

Kapitel 3

Rhea seufzte erleichtert, als sich das schwere Tor der Villa hinter ihrem Geländewagen schloss. „Ich hasse es, mit Leichen im Kofferraum durch die Gegend zu fahren", murmelte sie.

Solon schnaubte zustimmend.

Es war nicht so, als könnten sie menschliche Polizisten nicht abschütteln, indem sie den SUV stehen ließen und ihnen davonliefen, wenn es darauf ankam. Keines ihrer Fahrzeuge war auf ihre Namen registriert oder konnte zu ihrem Rudel zurückverfolgt werden, doch es war lästig und unangenehm, der Polizei davonzulaufen.

„Sieht aus, als wären wir die letzten hier", sagte er, als sie hinter den anderen anhielten.

Nicht nur die Teams, die die Eindringlinge gejagt hatten, standen um ihre SUVs herum, sondern auch eine Handvoll Rudelkameraden.

Und Conall.

Ein unerwarteter Anflug von Freude erfasste sie beim Anblick des unglaublich gutaussehenden Mannes. Sie wusste, dass er hier war, um Victoria und seinen Bruder Drake zu sehen. Aber musste er sie sehen, wenn sie blutverschmiert war?

„Das Schicksal hasst mich", murmelte sie.

„Er wird dich trotzdem noch heiß finden." Solon stellte den Motor ab.

„Wer?"

Ihr bester Freund schnaubte. „Spiel das Spiel, solange du willst, doch du machst mir nichts vor. Und … Du hast da ein bisschen Blut auf deiner Nase und an den Wangen."

„Verdammt." Sie klappte die Sonnenblende herunter, doch als sie in den Spiegel sah, war da nichts in ihrem Gesicht. An ihrem Hals, Fingernägeln und, okay, an ihrem linken Ohr, aber sonst nirgendwo. „Du bist ein Arsch." Sie klappte die Sonnenblende hoch und stieg aus dem Fahrzeug. Was auch immer. Dann hatte sie eben überall Blut und Schmutz. Sie würde nicht so tun, als wäre sie etwas, das sie nicht war. „Ich komme vielleicht später in den Club und versaue dir deine Tour. Vielleicht fange ich an, Geschichten über dich zu erzählen, als du ein Welpe für ein paar der Ladys warst."

Seine dunklen Augen weiteten sich, als er um den Wagen herum kam, um sie zu treffen. „Du bist gemein."

Sie kicherte nur. Er war nur fünfzig Jahre jünger als sie, doch sie hatte ihn aufwachsen sehen, und sie ließ es ihn nicht vergessen. Sie nickte kurz ihrem Alpha zu, als sie zu den anderen traten. Conall stand neben Drake, doch Rhea konnte nicht umhin zu bemerken, dass zwei ihrer hübschesten Rudelkameradinnen ebenfalls in der Nähe von Conall standen.

Viel zu nah.

Der Mann war groß, hatte dunkles Haar und atemberaubende graue Augen, und er war attraktiv genug, um jede Frau dazu zu bringen, zweimal hinzusehen. Dann noch einmal. Mit wie aus Stein gemeißelten Wangenknochen und der sexy brütenden Miene war er eine Augenweide.

Etwas, das die anderen weiblichen Singles ihres Rudels ebenfalls bemerkt zu haben schienen. Sie musste ihren Wolf tatsächlich zwingen, nicht zu knurren. Wenn sie jetzt in Tierform gewesen wäre, hätte sie ihre Ohren angelegt, und sie würde wahrscheinlich den zwei Frauen, die sie wirklich mochte, die Zähne fletschen. Ugh.

„Leichen im Kofferraum?", fragte Finn.

Sie nickte.

„Gut. Ich werde in einigen unserer Datenbanken nach den Tätowierungen suchen. Ihr zwei geht zu Ophelia."

„Mir geht's gut", sagten sie und Solon gleichzeitig. Und Rhea musste Finn sowieso von den Tätowierungen erzählen. Sie konnte es kaum erwarten. „Das Blut ist ihrs", fuhr sie fort. Nun, nicht alles, doch da es keine vollständige Lüge war, würde kein saurer Geruch von ihr ausgehen.

Finn kniff die Augen zusammen. „Wirklich alles ihres?"

Verdammt. „Ich bin bereits geheilt … weitgehend." Die Wunde an ihrem Bein war praktisch schon wieder zusammengestrickt. Es war nicht mehr so, als würde sie bluten, und sie würde Ophelias Zeit nicht verschwenden.

„Ich kann es mir schnell ansehen", sagte Victoria.

Bevor Victoria nach Montana gezogen war, war sie auch eine der Heilerinnen des Rudels gewesen. Doch jetzt, wo V einen Drachenwandler zum Gefährten genommen hatte, war sie bei seinem Clan eingezogen. „Mir geht's gut, V. Versprochen. Ich … ich muss unter vier Augen mit dir über die Tätowierungen sprechen", sagte sie leise und sah Finn eindringlich an.

Sein Blick wurde schärfer, und sie spürte auch Solons Blick auf sich. Sie hatte ihm während der Fahrt nichts gesagt und unter normalen Umständen erzählte sie ihm so ziemlich alles. Aber nicht das. Finn war einer der wenigen Rudelkameraden, der sie gekannt hatte, bevor sie eine Kriegerin geworden war, und der wusste, was vor so vielen Jahren mit ihr passiert war. Sie wollte, dass es so blieb.

„Dann gehen wir in mein Büro. Jetzt." Er gab dem Rest des Teams den Befehl, mit der Entsorgung der Leichen zu beginnen.

Als sie neben ihm herging, sah sie zu Conall hinüber, schenkte ihm ein halbes Lächeln und nickte. Als er dasselbe tat, schlug ihr verräterisches Herz in ihrer Brust einen Purzelbaum. In seinen Augen lag ein Anflug von Sorge, der sie die Stirn runzeln ließ. Sie brauchte niemanden, der sich Sorgen um sie machte, nicht nach einem kleinen Kampf. Sie spannte ihren Kiefer an, als er sich zu einer ihrer Rudelkameradinnen umdrehte, die versuchte, seine Aufmerksamkeit auf sich zu lenken.

Als sie einen scharfen Schmerz in ihren Handflächen bemerkte, wurde ihr bewusst, dass sie ihre Krallen ausgefahren hatte. Nein. Sie musste sich unter Kontrolle bringen. Das war nicht sie. Mit einer potenziellen Bedrohung aus ihrer Vergangenheit am Horizont war jetzt definitiv nicht die Zeit für sie, wegen eines Mannes durchzudrehen.

Als sie Finns Büro erreichten, war die Tür halb offen, was keine Überraschung war. Lyra, Finns blutgeborene Vampirgefährtin, saß auf der Chaiselongue und hatte einen Laptop auf den Oberschenkeln. Die Blondine lächelte, als sie sie sah, doch ihre erfreute Miene machte schnell der Sorge Platz. Sie bewegte sich mit der für ihre Art natürlichen Geschwindigkeit und war in Sekundenschnelle an der Seite ihres Gefährten.

„Ich rieche Blut." Sie strich mit ihren Händen über Finns Arme und ihre grauvioletten Augen wanderten besorgt über ihn.

Dem Alpha ging es mehr als gut. Rhea sah nicht einmal Kratzer oder Blutspuren an ihm, doch es war unglaublich süß, dass sie sich Sorgen um ihn machte. Er war immer ein guter Alpha gewesen und hatte seine Gefährtin mehr als verdient.

Rhea hatte das Gefühl, als störte sie einen intimen Moment. Sie wandte den Blick ab und starrte auf eines seiner Bücherregale. Sie überflog die Titel, ohne sie tatsächlich zu lesen.

„Mir geht's gut", murmelte er, und Rhea hörte Kussgeräusche, bevor er knurrte, sein Ton ermahnend: „Das Blut ist Rheas."

Sie drehte sich um und sah, dass Lyra sie jetzt besorgt ansah.

Die Vampirin war vielleicht erst neunzig, doch sie hatten diesen Mutterblick zu einer Kunst erhoben.

„Meine Wunden sind alle geheilt. Ich schwöre es. Ich bin nur schmutzig und widerlich, das ist alles." Ihre eigenen Eltern waren schon lange nicht mehr da, und sie hatte keine Angst zuzugeben, dass es ihr nichts ausmachte, ein wenig bemuttert zu werden.

Zumindest nicht von Lyra.

„Setz dich", sagte Lyra und deutete auf einen der Sessel.

Da es Leder war, setzte sich Rhea, sonst hätte sie sich auf den Boden gesetzt. Sie war zu schmutzig, um auf irgendeinem Stoff zu sitzen.

Lyra murmelte etwas von Wölfen, die nicht wussten, wie man auf sich selbst aufpasste, zog ein Erste-Hilfe-Set aus einer der Schreibtischschubladen und schob Rheas Hosenbeine hoch. Inzwischen wusste sie es besser, als mit der Frau zu streiten, also sah sie den Alpha an, als er sich auf die Kante seines Schreibtischs setzte.

„Ich wollte vor den anderen nichts sagen, weil es mit … Anson … zu tun hat." Den Namen des Mannes auch nur auszusprechen hinterließ einen bitteren Geschmack in ihrem Mund.

In Finns Augen stieg der Wolf auf, als er sie ansah. Er nickte nur kurz, während Lyra das getrocknete Blut von ihren Beinen wischte. Sie fühlte sich ein wenig komisch zu sitzen, anstatt auf und ab zu gehen, doch sie musste alles loswerden.

„Als er mich gefangen genommen hat, hat er …" Rhea stieß einen harten, zittrigen Atemzug aus. Der böse Mann hatte viele Dinge getan, über die sie nicht nachdenken wollte, geschweige denn reden. Doch eines musste sie tun. „Er hat dafür gesorgt, dass jeder in seinem Rudel mit einem Zeichen seiner Wahl tätowiert wurde. Es war egal, dass ich nicht freiwillig da war, dass ich nicht zum Rudel gehört habe, er hat mich auch tätowiert. An derselben Stelle wie die Frau, die ich heute getötet habe. Innenseite des Handgelenks für die Frauen, Brust für die Männer."

Finns Blick wanderte zu ihren Handgelenken, an denen keine Tätowierung zu sehen war.

Sie fuhr mit der Hand durch ihre zerzausten Locken. „Ich habe meine Haut abgeschnitten, sobald ich frei war." Es hatte furchtbar wehgetan, doch der Schmerz war es wert gewesen, frei von den Spuren dieses Monsters zu sein.

„Glaubst du, er ist es?"

„Nein. Er ist tot. Das weiß ich ganz genau. Ich habe ihn selbst getötet." Es war ihr damals nicht wegen ihrer körperlichen Stärke gelungen, sondern nur mit List und Glück. „Ich habe sein Herz herausgerissen." Sie hatte ihm auch den Kopf abgeschnitten, nur um ganz sicherzugehen. „Dann habe ich den Leichnam verbrannt. Er ist weg."

Er zog seine Augenbrauen hoch. „Wusste mein Onkel …?"

Rhea nickte und warf Lyra, die ihre Beine gesäubert hatte, einen Blick zu. Sowohl Finn als auch Lyra hassten seinen Onkel, Finn mehr als jeder andere.

Lyra lächelte schief. „Ihr könnt über ihn reden. Ich kannte ihn nicht einmal."

Rhea räusperte sich und wandte den Blick wieder ihrem Alpha zu. „Ja, er wusste es. Er wusste auch über die Tätowierungen Bescheid. Sagte, er würde sich darum kümmern. Er wollte ein klares Statement machen, indem er alle aus Ansons Rudel zerstört hat."

„Hatte Anson irgendwelche Blutsverwandten?"

„Ein paar Brüder, aber wie gesagt, ich dachte, dein Onkel hat alle getötet. Als ich geflohen bin, habe ich ihm gesagt, wo Ansons Lager war, und er ist mit einer Gruppe von Jägern losgegangen. Sie kamen blutüberströmt zurück, und er hat mir gesagt, dass es erledigt sei. Das war's. Außer deinem Onkel glaube ich nicht, dass jemand wusste, dass ich Anson getötet habe … oder was mir zugestoßen war." Ansons Tod war Vampiren angelastet worden, was für sie in Ordnung gewesen war. Sie hatte Jahre gebraucht, um die Alpträume zu überwinden.

„Wenn einige seiner Rudelkameraden überlebt hätten, könnte das der Versuch eines Rachefeldzugs sein."

Sie nickte, sagte dann aber: „Es ist über hundert Jahre her."

„Was, wie du und ich wissen, nichts bedeutet. Wandler vergessen nicht." Er presste seine Lippen zu einer dünnen Linie zusammen.

„Und wenn sich jemand an mir oder unserem Rudel rächen wollte, musste er ein starkes Rudel haben, um es mit uns aufzunehmen." Es könnte sehr gut hundert Jahre dauern, bis ein Rudel stark und groß genug ist.

„Stimmt. Oder es könnte nur ein Idiot sein, der glaubt, er hätte genug Schlagkraft, mein Territorium anzugreifen." Seine Worte kamen eher tierisch als menschlich heraus, und Finns Augen waren wieder die eines Wolfs. Das Tier starrte Rhea mit der Kraft eines wahren Alphas an.

Sie musste den Blick senken, was sie selten tat, doch er war ihr Rudelführer. Die Kraft seines Zorns, der zum Glück nicht auf sie gerichtet war, war eine mächtige Sache.

Nach ein paar Augenblicken räusperte er sich, und als sie ihn wieder ansah, war sein Wolf verschwunden. „Und jetzt raus hier, mach dich frisch. Ich denke, ein Teil des Rudels geht ins Howlers und ein paar andere zu Bo. Morgen früh möchte ich mich mit allen Kriegern treffen, also sei um acht im Trainingsraum. Wir werden die Patrouillen verstärken, und ich werde mich mehr mit den Tätowierungen befassen."

„Was ist mit Fingerabdrücken?" Sie konnten sie nehmen, bevor sie die Toten verbrannten oder begruben, und sie durch eine beliebige Anzahl von Datenbanken laufen lassen, auf die ihr Rudel Zugriff hatte. Elana, eine ihrer Hackerinnen, war sehr gut darin, spurlos online zu agieren.

Finns Mund verzog sich zu einem Lächeln. „Schon dran. Gönn dir heute Abend eine Pause. Du siehst aus, als ob du eine gebrauchen könntest."

Normalerweise würde sie streiten, doch sie brauchte ein bisschen Ruhe und Distanz zu ihrem Rudel. Sie nickte und stand auf. „Danke." Sie würde jedoch nicht ins Howlers und auch nicht zu Bo gehen. Im Moment war sie überhaupt nicht in der Stimmung, zu trinken oder zu tanzen oder sozial zu sein. Der Anblick dieser Tätowierung hatte auch zu viele Alpträume aus der Versenkung geholt, die sie nur mit harter Arbeit dorthin verbannt hatte.

Ganz zu schweigen davon, dass Conall wahrscheinlich im Club sein würde, wenn Victoria und Drake dort waren, und sie nicht die Energie hätte, sich mit ihren verwirrenden Gefühlen für ihn auseinanderzusetzen. Nein. Sie und Beziehungen das funktionierte einfach nicht. Sie hatte bereits einen Mann getötet. Sie würde es nicht riskieren, es noch einmal zu tun.

Kapitel 4

Sieben Monate zuvor

Rhea sank auf ihr Bett, erschöpft von einem Tag, an dem sie die jüngeren Wölfe im Nahkampf trainiert hatte. „Wie war es, heute Alpha zu sein?", fragte sie Conall, das Handy an ihrem Ohr.

Er schnaubte. „Jemand aus meinem Clan hat beim Sex fast seine Küche abgefackelt."

Sie blinzelte. „Was?"

„Ich weiß immer noch nicht genau, was passiert ist. Und ich will es nicht wirklich wissen", antwortete er trocken.

„Ich kann ehrlich sagen, ich glaube nicht, dass wir jemals dieses Problem in meinem Rudel hatten." Das Stavros-Rudel lebte in einer großen Villa. Nun, einige Rudelkameraden hatten ihre eigenen Häuser oder Wohnungen in der Stadt, doch die Mehrheit der Wölfe lebte gern unter einem Dach. Sie wusste, dass Conalls Clan anders war. Drachen waren insgesamt anders. Ihre Clans lebten zusammen in der gleichen Gegend, doch jeder hatte sein eigenes Zuhause. Sie mochten ihre Privatsphäre.

Conalls Lachen war leise, heiser, und sie fühlte es bis in die Zehen. „Ich wünschte, ich könnte sagen, es war das erste Mal für meinen Clan."

Jetzt schnaubte sie. Und die Leute sagten, Wölfe seien verrückt. „Wie hat sich Victoria in Montana eingelebt?"

„Alle lieben sie. Sie neigen auch ein bisschen dazu, sie zu bemuttern, was sie, so wie ich das sehe, verrückt macht, aber sie beschwert sich nicht."

„Es ist schwer, sie nicht zu lieben." Rhea hatte V schon gekannt, als das andere Weibchen noch ein Welpe gewesen war. Sie war jetzt auch noch nicht sehr alt, nicht im Vergleich zu Rheas über hundertfünfzig Jahren. An manchen Tagen fühlte sich Rhea jedoch, als wäre sie tausend Jahre alt.

„Wie ist das Training heute gelaufen?" Seine Stimme war heute Abend leise und heiser und ließ sie erschauern, obwohl ein Alpha-Drache, der weit weg lebte, keine Wirkung auf sie haben sollte.

Sie war sich nicht einmal sicher, wie diese Freundschaft zwischen ihnen begonnen hatte. Vor ein paar Monaten war sie in Montana auf dem Land seines Clans gewesen, und sie hatten Seite an Seite gekämpft, als ein paar böse Drachen angegriffen hatten. Nun, nicht direkt Seite an Seite, aber trotzdem. Er hatte nach ihrer Telefonnummer gefragt, und seitdem hatten sie telefoniert und Nachrichten hin und her geschrieben. Doch an ihren Gesprächen war nichts Romantisches. Vielleicht …

Nein, vielleicht nichts. Sie wollte sich sowieso mit niemandem einlassen. Sie hatte bereits einen guten Mann getötet; sie wollte nie wieder für so etwas verantwortlich sein. Es hatte sie das erste Mal fast zerstört. Außerdem glaubte sie, dass sie einfach ein gutes Ventil für Conall war. Sie nahm an, dass er nicht viele Leute in seinem Clan hatte, mit denen er sprechen konnte, nicht, seit er der Alpha war. Alphas mussten immer eine Grenze zwischen sich und allen anderen ziehen.

Sie räusperte sich und verdrängte diese Gedanken. „Gut. Ein paar der Welpen, besonders die männlichen, wollen meine Grenzen austesten, glauben, sie könnten es mit mir aufnehmen." Sie lachte dunkel.

„Warum habe ich das Gefühl, dass du Spaß daran hast, ihnen zu zeigen, dass sie es nicht können?"

„Oh, weil ich eine Menge Spaß daran habe. Sie werden übermütig und unterschätzen mich, weil ich eine Frau bin. Was auf so vielen Ebenen mehr als dumm ist." Zumal einige der Jungen, die sie trainierte, unglaublich starke Mütter hatten. Sie verstand es nicht wirklich, doch sie dachte schließlich auch nicht mit ihren Fortpflanzungsorganen. Oder vielleicht war es eine Generationssache, weil die Männer ihrer Generation nicht so arrogant waren. Zumindest nicht, was das anging.

„Jeder, der eine Kriegerin unterschätzt, ist ein Dummkopf."

Ja, sie glaubte nicht, dass es einen sexistischen Knochen in Conalls sehr großem, sehr sexy Körper gab. Nicht, dass ihr aufgefallen wäre, wie sexy er war. Nicht sehr. Sie hatte Augen im Kopf, und natürlich konnte sie sehen, wie völlig muskulös und tödlich der Mann war. Und in Drachengestalt war er eines der schönsten Wesen, die sie jemals gesehen hatte. Gah, sie musste aufhören, so über ihn zu denken. Sie waren nur Freunde. „Sagt der Mann mit der furchteinflößendsten Mutter, die ich je getroffen habe."

Er lachte. „Ich werde ihr sagen, dass du das gesagt hast."

„Sie wird es als Kompliment betrachten."

„Ich weiß."

Rhea lächelte entspannt, als sie an die Decke ihres Zimmers starrte. Sie freute sich mehr auf diese Gespräche mit Conall als sie sollte. Es war eine wöchentliche Sache geworden, die Nachrichten eine tägliche. Rudelleben und Kriegerleben bedeuteten immer unter Volldampf zu stehen. Er war ein Ventil, jemand, bei dem sie Dampf ablassen oder einfach nur sie selbst sein konnte. Sie vertraute ihm und fühlte sich wohl bei ihm. Sie wollte gerade etwas sagen, als es an ihrer Tür klopfte.

„Rhea, mach dich bereit, ein Notfall!" Es war Solon.

„Verdammt, ich muss Schluss machen", sagte sie leise zu Conall und stand bereits auf. So viel zum freien Abend.

„Alles okay?"

„Ja, wahrscheinlich nur ein Sicherheitsproblem. Bis bald?" Die Millisekunde, in der sie auf seine Antwort wartete, schoss eine lächerliche Vorfreude durch sie hindurch.

„Absolut. Pass auf dich auf."

„Du auch." Als sie auflegte, ignorierte sie das Gefühl des Verlustes, das sie empfand. Es war seltsam. Sie kannte ihn noch nicht so lange, doch jedes Mal, wenn sie telefonierten, wurde ihr klar, dass es nichts gab, worauf sie sich mehr freute als mit ihm zu reden.

Und sie wollte definitiv nicht darüber nachdenken, warum das so war.

KAPITEL 5

Gegenwart

Conall lehnte sich in seinem Stuhl zurück, als Victoria Drake auf die Tanzfläche des Howlers zog. Drake sah beim Tanzen unbehaglich aus, doch wie er Victoria dabei ansah, war pure Liebe und Anbetung.

„Ich hätte nie gedacht, dass ich das sagen würde, aber dein Bruder ist wahrscheinlich der einzige Mann, der gut genug für sie ist", sagte Gabriel, leise genug, dass nur Conall es hören konnte, als er die beiden ebenfalls beobachtete.

Conall war sich der Beziehung des Hüters zu Victoria nicht ganz sicher, wusste aber, dass er sie als Schwester betrachtete. „Sie passen auf jeden Fall zusammen." Die beiden hatten eine gewisse Unschuld gemeinsam. Auch wenn sein Bruder über tausend Jahre in der Hölle gefangen gewesen war, es war ihm irgendwie gelungen, seine Güte zu bewahren. Und die perfekte Gefährtin zu finden. Es gab Conall Frieden, zu wissen, dass sein Bruder so glücklich war.

Zum hundertsten Mal warf er einen Blick auf sein Handy. Er hatte Rhea vor einer Stunde eine Nachricht geschrieben und nichts von ihr gehört. Er wusste, dass sie mit ihrem Alpha über irgendetwas reden musste, doch nachdem er Rhea kurz auf dem Anwesen des Stavros-Rudels gesehen hatte, bekam er sie nicht aus dem Kopf. Okay, er hatte sie seit dem Moment, als er ihr das erste Mal begegnet war, nicht mehr aus dem Kopf bekommen. Er hasste es, dass sie eindeutig verletzt gewesen war, aber nicht zu ihrer Heilerin hatte gehen wollen.

Seit seiner ersten Begegnung mit ihr war sein Drache auf eine Weise erwacht, mit der er sich immer noch nicht abgefunden hatte. Wann immer er an sie dachte, regte sich sein Tier unter der Oberfläche und forderte Conall auf, sie zu beanspruchen. Er schüttelte diese Gedanken ab und trank einen Schluck von seinem Bier, als eine Frau namens Lauren an seinen Tisch schlenderte. Er hatte die Blondine zuvor vor der Villa von Stavros getroffen.

Sie lächelte ihn ein wenig zu strahlend an, und er begriff, dass ihre Freundlichkeit von vorhin mehr als nur das war. „Kommst du mit mir auf die Tanzfläche?", fragte sie fast schnurrend.

Er schüttelte den Kopf. „Danke, dass du fragst, aber nein." Es war ihm egal, ob manche es als Höhlenmenschenmentalität betrachteten, er wollte einer Frau den Hof machen, nicht von einer angegraben werden. Doch er stammte aus einer ganz anderen Generation. Außerdem beleidigte der Gedanke, mit einer Frau zu tanzen, die nicht Rhea war, seine Drachenhälfte. Nein, ihn *ganz* und gar.

„Ich habe Spiro vorhin jammern hören, dass niemand auf der Tanzfläche mit ihm mithalten kann. War an einer der Bars. Zeig ihm, dass du es kannst, erlöse uns alle aus unserem Elend", sagte Gabriel, bevor die Frau antworten konnte.

Sie schmollte niedlich, bevor sie sich abwandte. Er starrte wieder auf sein Handy. Runzelte die Stirn. Immer noch keine Antwort. Gott, er fühlte sich wie … Okay, er hatte sich noch nie so gefühlt. Er war es nicht gewohnt, sich wegen irgendetwas unsicher zu fühlen. Seit er ein junger Drache gewesen war, hatten sich Frauen ihm immer an den Hals geworfen. Er hatte sich nie darum gekümmert, weil er mit einer Frau verlobt gewesen war. Selbst nachdem sie sich getrennt hatten, war er nie unsicher gewesen, was Frauen anging.

Weil er nie etwas für eine von ihnen empfunden hatte.

Die Erkenntnis traf ihn, als Gabriel eine weitere Runde für sie bestellte. „Ich habe gerade eine Nachricht von Finn bekommen. Rhea geht zurück in ihr Zimmer. Ich glaube nicht, dass sie heute Abend rauskommt. Ihr scheint gerade viel im Kopf rumzugehen."

Conall warf ihm einen Blick zu. Seine grünen Augen waren so unleserlich wie sein Gesichtsausdruck. Und verdammt noch mal, seine Worte waren ärgerlich kryptisch.

„Ich dachte, du wolltest es vielleicht wissen", fuhr Gabriel mit einem selbstgefälligen Lächeln fort, als er der Kellnerin zunickte, als sie das Bier an ihren Tisch brachte.

Conall runzelte die Stirn. „Was meinst du mit ihr geht viel im Kopf rum?" Er sollte nicht fragen, sollte niemandem Schwäche zeigen, doch dieser Mann hatte sich bereits als vertrauenswürdig erwiesen.

Als Alpha des Petronilla-Clans hatte Conall kürzlich einen Bündnisvertrag zwischen seinem Clan und dem Stavros-Rudel unterzeichnet. Und Gabriel war der Hüter des Rudels, im Grunde nach der Gefährtin des Alpha sein Stellvertreter.

Gabriel hob nur eine Schulter.

Conall schob sein Bier in die Mitte des Tisches. „Du kannst meins haben, wenn du willst. Ich mach los." Die Wahrheit war, der einzige Grund, warum er heute Abend überhaupt ausgegangen war, war Rhea zu sehen, doch wenn sie nicht kam, würde er nach Hause gehen. Es war klar, dass Drake und Victoria auch bald gehen würden, und er hatte keinen Nerv, sozial mit anderen zu sein. Er warf ein paar Scheine auf den Tisch, mehr als genug, um seine und Gabriels Getränke zu bezahlen.

Er war enttäuscht, dass sie nicht auf seine Nachricht geantwortet hatte. Doch sie war eine komplizierte Frau, etwas, das er in den letzten acht Monaten gelernt hatte. Sie ließ ihn nur so weit an sich heran, wie sie es wollte, ohne auch nur eine Schwäche zu offenbaren. Nicht, dass er sie schwach sehen wollte, aber verdammt, er wollte einen Weg an ihrer Mauer vorbei finden.

„Sie mag Waffen", sagte Gabriel, ohne ihn anzusehen.

Conall blieb mit seiner Brieftasche in der Hand stehen. „Was?"

„Rhea. Wenn du ihr den Hof machen willst: sie mag individualisierte Waffen oder antike Stücke. Hat eine ganze Sammlung."

Conall dachte sofort an etwas, das er für sie machen könnte, verwarf die Idee jedoch genauso schnell wieder. Er konnte ihr nicht einfach so etwas schenken, ohne seine Absicht preiszugeben. Eine im Drachenfeuer geschmiedete Waffe war heilig und selten, etwas, das man nur seiner Gefährtin gab. Er wusste, dass sein Bruder Victoria eine geschenkt hatte, doch er hätte nie gedacht, dass *er* jemandem einen schenken wollen könnte. Verdammt, er hatte gedacht, wenn er jemals eine Gefährtin nehmen würde, würde es ein anderer Drache sein.

Sein Drache schlug mit bösartigen Krallen auf ihn ein, das Gefühl so tief, als wäre er körperlich getroffen worden. Er räusperte sich und steckte seine Brieftasche weg. „Danke", murmelte er und wandte sich dann zum Gehen.

„Wenn du sie verletzt, wird sie dir in den Arsch treten. Und dann werden Solon und ich beenden, was sie angefangen hat." Gabriels Worte hatten einen wilden Biss, der Conall dazu brachte, sich mitten im Schritt umzudrehen.

Er wusste, dass sein Drache in seinen Augen loderte, und konnte sein Tier kaum zügeln. Nicht wegen der Drohung, sondern weil er Rhea sehen musste. In der gleichen Stadt wie sie und nicht in ihrer Gegenwart zu sein, machte ihn unruhig.

Ein bisschen unkontrollierbar. Er hatte sich noch nie so gefühlt, nicht mit einer Frau.

Und er mochte es nicht, dass sie auf einer Mission und verletzt worden war. Sie hatte es abgetan, doch er hatte ihr Blut über das aller anderen Wölfen gerochen, die verletzt worden waren. Er war sich nicht einmal sicher, woher er wusste, dass es ihres war, doch es hatte herausgestochen und alle seine Sinne angesprochen. Er hasste es, dass sie verletzt worden war und er kein Recht hatte, sie danach zu fragen. Oder zu verlangen, einen Heiler zu sehen. Jede Faser seines Seins wollte darauf bestehen oder sich einfach selbst um sie kümmern, doch er hatte sich zurückgehalten.

Gerade so.

Er ging schnell durch die Bar, die an Finns Hotel angeschlossen war. Draußen auf dem Parkplatz atmete er die frische Nachtluft ein.

Als sein Telefon in seiner Tasche summte, pochte sein Herz. Wie erbärmlich. Aber als er Rheas Namen auf seinem Display sah, war es ihm egal, ob er erbärmlich war oder nicht.

Hey, habe gehört, dass du unterwegs bist. Ich bin auf dem Weg zum OS Strand. Brauche ein bisschen Abstand von der Villa. Werde in der Nähe der Brücke parken. Komm, wenn du frei bist. Könnte die Gesellschaft gebrauchen.

Plötzlich spannten sich alle Muskeln in seinem Körper vor Erwartung an. Er schickte schnell eine Antwort, das Verlangen, sie zu sehen, allesverzehrend. Er war vor einem Jahr an der Golfküste gewesen, als sein Bruder aus der Hölle geflohen war. Conall und seine Schwester hatten monatelang nach ihm gesucht, darum kannte er die Gegend und wusste, wo Rhea sein würde. Vorfreude summte in ihm und Erleichterung, dass sie ihm geschrieben hatte. Er hatte noch nie zuvor für die Aufmerksamkeit einer Frau arbeiten müssen, nicht wirklich, und das … er mochte es. Er mochte *sie*.

Er sah sich auf dem Parkplatz nach anderen Gästen um, die zu ihren Fahrzeugen gingen. Sein Bruder hatte ihm bereits gesagt, wo er den Kameras entgehen konnte, falls er wandeln wollte. Zuerst brachte er sein Handy und seine Brieftasche in seinen Miettruck.

Im Schutz der Dunkelheit zog er sich aus und tarnte sich. Drachen waren die Chamäleons der übernatürlichen Welt. Sie waren weniger zahlreich als Vampire oder Wölfe, doch Mutter Natur machte das mit anderen Gaben wieder wett, die sie seiner Art verliehen hatte.

Sobald er vor neugierigen Blicken geschützt war, wandelte er und ließ seinen Drachen übernehmen, als er sich in die Luft schwang. In letzter Sekunde hob er seine Kleidung mit den Klauen auf. Er hatte sich so darauf konzentriert, zu Rhea zu kommen, dass er sie fast vergessen hätte.

Einer seiner Flügel schlug auf ein Auto, das er nicht bemerkt hatte, doch er ignorierte es. Vielleicht sollte es ihm leidtun, doch alles, was ihn interessierte, war, zu Rhea zu kommen. In seiner Drachenform war er stärker und kontrollierter. Seine Flügel schlugen schneller, je höher er in die Luft stieg, hoch, hoch, hoch.

Als der kühle Wind über ihn wehte und er die Erde unter sich zurückließ, empfand sein Drache dasselbe Gefühl der Freiheit, das er im Flug immer hatte. Gebäude, Autos und Menschen wurden kleiner, als er noch höher schoss.

Er flog eine scharfe Linkskurve und auf die Brücke zu, in deren Nähe Rhea sein würde. Sie führte über den Intracoastal Waterway, und auf der anderen Seite gab es nur begrenzte Parkmöglichkeiten. Er versuchte, sich zu beruhigen, und redete sich ein, dass er sich nur mit einer Freundin traf, doch er konnte sich nicht dazu bringen, die Lüge zu glauben.

Nicht, wenn Fantasien von ihr acht Monate lang seine Träume dominiert hatten.

Als die Brücke in Sicht kam, musste er sich daran erinnern, getarnt zu bleiben, was in seinen fünfzehnhundert Jahren nie nötig gewesen war.

Anstatt über die Brücke zu fliegen, flog er eine Kurve nach rechts und tauchte zum Wasser hinunter. Im Sturzflug schoss er hinunter und breitete seine Flügel erst im letzten Moment voll aus. Dem peitschenden Geräusch folgte Stille, als er über das Wasser glitt und direkt auf sein Ziel zusteuerte.

Eine Ansammlung von Segelbooten und anderen Wasserfahrzeugen lag vor einem örtlichen Yachtclub. Der zwei Meilen lange weiße Strand war so spät in der Nacht einsam.

Er entdeckte Rhea, die in der Nähe des Wassers saß und ihre Beine vor sich ausgestreckt hatte, sofort.

Leider war sie bekleidet. Nicht, dass er erwartet hätte, dass sie nackt war. Trotzdem konnte ein Drache träumen.

Er flog über sie hinweg und wusste, dass sie sich seiner Anwesenheit bewusst war, als der Wind ihr lockiges Haar zerzauste. Er setzte zwanzig Meter hinter ihr zur Landung an, und seine Krallen versanken im weichen Sand. Er hatte seine Landungen vor Jahrhunderten perfektioniert. Nachdem er zu seiner menschlichen Form übergegangen war, ließ er seine Tarnung fallen und ging auf sie zu.

Nackt.

Er hielt seine Kleider in der Hand, machte sich aber nicht die Mühe, sie anzuziehen, als er über den Sand wanderte. Nacktheit war für Wandler keine große Sache, doch normalerweise zog er sich an, wenn es sozial angemessen war, besonders in Gegenwart von Frauen. Jetzt wollte der ursprünglichste Teil in ihm, dass Rhea ihn ganz sah.

Damit sie sah, was er ihr zu bieten hatte.

Höhlenmenschenmentalität? Ja. Er hatte jedoch nie behauptet, zivilisiert zu sein.

Sie hatte sich im Sand umgedreht und beobachtete, wie er sich näherte. Ihre bernsteinfarbenen Augen funkelten hell im Mondlicht. Er war sich nicht sicher, ob es das Licht oder ihre Reaktion auf ihn war. Er wusste, dass sie zwischenzeitlich wieder geheilt sein musste, war jedoch froh, dass er ihr Blut nicht mehr riechen konnte.

Ihr Blick wanderte über ihn und verweilte einen Moment lang

zwischen seinen Beinen, doch ihr Gesichtsausdruck war undeutbar, bevor sie rasch den Blick abwandte. „Das war schnell", murmelte sie und starrte auf das stille Wasser.

Er hielt seine Kleidung vor sich und wollte nicht, dass sie seine jetzt sehr deutliche Reaktion auf sie sah. „Ich war gerade auf dem Weg aus dem Howlers, als ich deine Nachricht bekommen habe."

„Oh ..." Sie sah wieder zu ihm hinüber, als er sich neben ihr im kühlen Sand niederließ. Sie hob die Augenbrauen. „Hast du vor, dich anzuziehen?"

Er zuckte eine Schulter. „Fühlt sich gut an. Und ich will dich dieses Anblicks nicht berauben." Die feixende, flirtende Bemerkung überraschte ihn, als die Worte seinen Mund verließen. In den letzten acht Monaten war ihre Kommunikation freundschaftlich gewesen. Nicht einmal ansatzweise flirtend.

Zu seiner Überraschung warf Rhea lachend den Kopf in den Nacken. Ihre wilden, dunklen Korkenzieherlocken tanzten mit der Bewegung. Ihr Lachen war herzlich und wunderschön, ein Klang, der über ihn rollte wie die süßeste Musik. „Alphas sind alle gleich, egal welche Spezies, denke ich", sagte sie schließlich und kicherte immer noch.

Sie hatte wahrscheinlich recht. Alphas waren Alphas. Er konnte arrogant, territorial und unausstehlich sein. Und er hatte heute Abend eine Entscheidung getroffen. Okay, er hatte sie vor acht verdammten Monaten getroffen. Diese Frau war seine. Wenn sie ihn haben wollte, würde er sie beanspruchen. In diesem Moment hätte ihm seine Drachenhälfte ein High Five gegeben, wenn es körperlich möglich gewesen wäre.

Oh ja, sie würde seine sein.

„Gott, das habe ich heute Nacht gebraucht", murmelte sie, und ihr Lachen verstummte.

In ihrer Stimme lag Stress, was jeden Teil von ihm aufhorchen ließ. Trotz allem, was er gesagt hatte, zog er seine Jeans an und wollte nicht, dass seine Männlichkeit auf dem Präsentierteller lag, während sie redeten, zumal er in ihrer Gegenwart öfter hart war als nicht. Etwas sagte ihm, dass sie gerade einen Freund brauchte. Er wollte derjenige sein, an den sie sich wandte. „Was ist heute Abend passiert?" Er hatte davon gehört, wollte es aber von ihr hören.

Seufzend rutschte sie näher und lehnte zu seiner Überraschung ihren Kopf an seine Schulter. Er bewegte sich nicht und wollte sie nicht verschrecken, doch dann legte er seinen Arm um sie. Er genoss es, sie so nah zu spüren. Wandler mochten in der Regel Berührungen, doch er hatte bemerkt, dass sie mit ihren Zuneigungsbekundungen nicht gerade freigiebig war.

„Eine Gruppe von Wandlern hat geglaubt, dass sie stark genug wären, um in unser Territorium einzudringen, und wir haben ihnen das Gegenteil bewiesen." Ihre Stimme war nachdenklich.

Und dieser Vanille- und Jasminduft, der allein ihr gehörte, wehte um ihn und neckte ihn. „Hast du einen eurer Heiler besucht?"

Sie schnaubte, bewegte sich aber nicht. „Es waren nur ein paar Bissspuren. Es ist beim Wandeln geheilt. Das Meiste zumindest."

Sein Drache hieb nach ihm und hasste dieses hilflose Gefühl. Er wusste, dass sie eine fähige Frau war, aber das bedeutete nicht, dass er es mögen musste, wenn sie verletzt wurde oder sich in den Kampf stürzte, wann immer ihr Alpha es befahl. „Was ist sonst noch? Irgendwas belastet dich."

Da blickte sie auf, ihre Augen unleserlich. „Warum sollte mich etwas belasten?"

„In deiner Nachricht hast du gesagt, du könntest Gesellschaft brauchen." Und er konnte etwas kaum Merkliches riechen … etwas, das er nicht definieren konnte, aber dennoch von ihr ausging. Eine Emotion, die seinen Drachen ein wenig verrückt machte.

Sie seufzte. „Ja. Ist nur dummes Zeug. Ich will nicht darüber sprechen, aber ich habe heute Abend einen Freund gebraucht.

Danke, dass du gekommen bist. Und es tut mir leid, dass ich nicht früher reden oder rumhängen konnte."

Er beschloss, das Wort *Freund* zu ignorieren, auch wenn sie genau das waren. Er wollte mehr. „Ich verstehe. Gehst du morgen zur Party?" Bo und Nyx hatten eine einwöchige Party anlässlich ihrer Hochzeit geplant. Conall war sich nicht sicher warum, aber der Halbdämon wollte eine wirklich große Party für seine Gefährtin. Anscheinend bedeutete das eine Woche Party mit einem anderen Thema jeden Abend.

Sie schnaubte. „Ja. Ich weiß aber nicht, was ich anziehen soll."

Er schmunzelte nur und blickte auf das Wasser.

Sie lehnte sich schwerer an seine Seite. „Was ist das für ein Blick?"

„Du würdest in einem Flapper-Kleid gut aussehen." Oder irgendeinem Kleid. Oder ohne irgendein Kleid. Er konnte seinen Blick nicht von ihr abwenden, wusste, dass die ganze Hitze, die er für sie empfand, jetzt in seinen Augen war.

Zu seiner Überraschung errötete sie und wandte den Blick ab. „Ich verstehe die Themen nicht einmal. Das ergibt überhaupt keinen Sinn. New Orleans durch die Jahrzehnte, was okay ist, ich verstehe das ja, nachdem Bo von da ist. Aber jemand hat was von einem Maskenball und vielleicht einem Cowboy-Thema gesagt … Gott, ich kann mich nicht einmal erinnern."

Wieder lächelte er. „Männer, die ihre Gefährtinnen gefunden haben, können ziemlich verrückt sein." Verdammt, sie waren nicht einmal auf dem Weg, sich zu paaren, und Rhea machte ihn bereits verrückt.

„Frauen genauso. Nyx ist bei allem voll dabei. Ich mag eine gute Party, aber Verkleiden?" Sie schauderte.

„Wir können das Verkleiden gemeinsam boykottieren."

„Und mir anhören, wie sich deine Schwägerin beschwert? Nein, danke."

„Ich denke, weil sie in den Wahnsinn ihrer Hochzeit

hineingezogen worden ist, will sie das für alle anderen auch." Victoria war eine von Nyx' Brautjungfern und nahm ihren Job sehr ernst. Er verstand es nicht wirklich, da Drachen keine Hochzeiten feierten. Wölfe auch nicht. Sie paarten sich, und, ja, manchmal gab es eine Party. Aber keine ganze Woche lang.

„Anscheinend sitzen wir nach der Hochzeit für den Empfang am selben Tisch." Rhea wandte den Blick vom ruhigen Wasser ab und drehte sich zu ihm um.

„Gut."

Sie beobachtete ihn für einen langen Moment, und ihre bernsteinfarbenen Augen funkelten ein bisschen heller als sonst. „Wie lange bist du in der Stadt? Das hast du noch gar nicht gesagt." In ihrer Frage lag ein Interesse, wie er es noch nie zuvor von ihr gehört hatte.

Ja, er glaubte nicht, dass sie so unbeeindruckt war, wie sie ihn glauben machen wollte. „Zumindest für die Party." Und solange es dauerte, um Rhea davon zu überzeugen, die Seine zu werden.

Sie sah wieder aufs Wasser hinaus. Sein Blick wanderte über ihren Hals und zu ihrem Kinn. Ihre Milchkaffeehaut war glatt und perfekt. Der Drang, sein Gesicht an ihren Hals zu schmiegen und sie zu küssen, war fast überwältigend.

Er verdrängte diese Gedanken und zwang sich, den Blick abzuwenden. Er konnte seinen Geruch bis zu einem gewissen Grad unterdrücken, doch es wurde immer schwieriger, die Anziehung, die er empfand, unter Verschluss zu halten. Und er wusste, dass in dem Moment, in dem er sie küsste, sich seine Paarungsmanifestation zeigen würde.

Alle Petronilla-Drachen glühten während des Paarungsprozesses. Er hatte es nie mit seiner ehemaligen Verlobten gehabt, doch er wusste, dass es mit Rhea passieren würde, so sicher wie er wusste, dass die Sonne morgen aufgehen würde.

Leider wusste er auch, dass es sie in Panik versetzen würde. Sie war in der Vergangenheit verletzt worden, und obwohl er die

Details nicht kannte, hatte er genug Nachforschungen angestellt – auch bekannt als Verhören seiner Schwägerin –, um zu wissen, dass sie seit sehr langer Zeit keine ernsthafte Beziehung mehr gehabt hatte.

Wenn er etwas dazu zu sagen hatte, würde sich das sehr bald ändern. Er konnte einer Frau wie Rhea nicht offen den Hof machen. Sie würde dem einen Riegel vorschieben, bevor er überhaupt richtig angefangen hätte.

Nein, er musste subtil und klug vorgehen – und sie so süchtig nach ihm machen, dass sie nicht mehr ohne ihn leben wollte.

Kapitel 6

Liberty schob den riesigen Kuchen vorsichtig so, dass er perfekt in der Mitte des runden Tisches zentriert war.

„Sieht toll aus", bemerkte Rory mit diesem leichten schottischen Akzent, als er sich von ihrer rechten Seite näherte.

Er hatte vor Monaten gelernt, sich ihr nicht von hinten zu nähern. Sie fühlte sich deswegen wie ein Freak, doch nachdem sie geschrien und ihn fast angegriffen hatte, hatte er angefangen, immer sehr deutlich auf sich aufmerksam zu machen.

Sie sah nicht auf, während sie den Kuchen kritisch betrachtete. Wenn sie das tat, würde sie wahrscheinlich ihren Gedankengang verlieren. Der Mann war lebendes, atmendes Sexappeal. Mit ein paar Stoppeln im Gesicht, die diesen herben, grüblerischen Ausdruck unterstrichen, breiten Schultern, einem sinnlichen Lächeln – und diesem Akzent, der sie immer ablenken würde. „Ich bin nicht sicher, ob er groß genug ist." Der fünfschichtige violett-schwarz-weiße Kuchen mit komplizierten Mustern und venezianischen Miniaturmasken aus Fondant auf jeder Schicht war riesig, aber Bo und Nyx hatten so viele Leute eingeladen.

Sie wusste, dass es daran lag, dass Bo niemanden beleidigen wollte, also wurde natürlich das gesamte Stavros-Rudel eingeladen, dann ein riesiger Teil des Petronilla-Drachenclans und Mitglieder eines weiteren Drachenclans, weil … Liberty war sich nicht einmal sicher warum. Ganz zu schweigen von verschiedenen übernatürlichen Wesen, die Bos Club besuchten. Laut Nyx kannte er einige von ihnen seit fast fünfzig Jahren und konnte seine Gästeliste nicht kürzen, weil er niemanden vor den Kopf stoßen wollte. Es gab einfach so viele Leute, dass es schwer zu fassen war.

Und sie würde wahrscheinlich der einzige Mensch sein. Vor einem Jahr wäre dieser Gedanke für sie mehr als seltsam gewesen. Sie hatte nicht gewusst, dass es andere Wesen als Menschen gab. Sie schauderte, als sie an die Hölle dachte, die sie vor Monaten wegen dieser Halbdämonen durchgemacht hatte, doch sie zuckte die Achseln und schloss sie fest in der kleinen Truhe ein, die sie in ihrem Kopf für sie erschaffen hatte. Sie war seit Monaten in einer Art Therapie und sprach wöchentlich mit Ophelia, damit die ihr half, darüber hinwegzukommen, doch manche Tage waren schwieriger als andere.

„Nichts ist groß genug für das Stavros-Rudel, aber angesichts des Menüs, das du geplant hast, ist alles gut." Er schob seine Hände in seine Taschen, als er sie ansah, seine wunderschönen grünen Augen intensiv. In Jeans und T-Shirt gab es nichts, das all seine köstlichen Muskeln verbarg, und es fiel ihr immer schwerer, gegen die körperliche Anziehung anzukämpfen. Mit den Händen in den Hosentaschen wie jetzt, waren alle Sehnen in seinen Armen gespannt und zeigten seine Sleeve-Tätowierungen. Vor Rory hatte sie nie gedacht, dass Tätowierungen so sexy sein könnten.

Nach allem, was sie durchgemacht hatte, hatte sie nicht gedacht, dass sie überhaupt jemals wieder daran denken könnte, wieder mit einem Mann zusammen zu sein. Doch in den letzten paar Monaten war ihr bewusst geworden, dass sie Rory wollte. Sie wusste, dass er sie nie körperlich verletzen würde, und er war unglaublich süß.

„Wohl wahr. Also was denkst du?" Sie drehte sich um und

machte eine ausladende Geste durch das verwandelte Howlers. Für die erste Party der Woche hatten Nyx und Bo ein New Orleans-Thema haben wollen, und Liberty hatte sich in den letzten acht Monaten den Arsch aufgerissen, um alles für die sieben Partytage in die Wege zu leiten. Finn, der der Besitzer des Hotels und des Casinos war, an das das Howlers angeschlossen war, hatte den Laden für eine ganze Woche gebucht, sodass nur übernatürliche Wesen im Hotel, Casino oder Howlers ein- und ausgehen würden.

In ihrem früheren Leben, bevor sie in einem Höllenreich mit echten lebenden Monstern gefangen gewesen war, war sie eine Partyplanerin gewesen. Mit einem Abschluss in Event- und Hospitality Management und viel Erfahrung wusste sie, wie man eine gute Party plante. Sie war bettelarm aufgewachsen, daher war es eine Spezialität von ihr gewesen, Partys mit kleinem Budget zu einem Erfolg zu machen. Natürlich war das Budget von Bo und Nyx nach oben offen, was die Planung viel leichter machte.

„Es ist perfekt." Er sah sich um. „Verdammt beeindruckend", fuhr er fort.

Das Lob in seiner Stimme löste etwas Seltsames in ihrem Inneren aus. Anstelle der üblichen Deko verdeckten jetzt dicke tiefviolette und goldene Vorhänge die meisten Wände und Fenster, und auf runden Tischen lagen handbemalte Masken, die jeder als Geschenk mit nach Hause nehmen und bei der nächsten Themenparty, die ein Maskenball war, verwenden konnte. Kandelaber und Laternen sorgten für Stimmung, und obwohl sie eine Jazzband vorgeschlagen hatte, hatten Bo und Finn beide die Idee verworfen. Sie wollten keine Menschen hier – außer ihr natürlich – und die Jazzband aus übernatürlichen Wesen, die Bo gebucht hätte, tourte auf der anderen Seite des Landes. Das war okay, sie hatten einen wirklich guten DJ, der bald kommen sollte, um sich einzurichten.

Alles war glitzerndes Gold und Violett und wartete nur darauf, dass die Leute sich amüsierten. Das Einzige, was noch nicht fertig war, waren die Buffettische, doch das Personal der Hotelküche würde erst anfangen, die Speisen herauszubringen, wenn die Leute ankamen.

„Die Kellner werden herumlaufen und Dirty Martinis, Champagner und alles servieren, was irgendjemand will. Einschließlich Café Brûlots."

„Flammender Kaffee?"

„Bo will das." Anscheinend war es ein berühmtes Getränk aus New Orleans, und es war das Einzige, worauf der Halbdämon bestanden hatte. In Anbetracht dessen, wie viel er ihr bezahlte, würde Liberty für diese Party alles möglich machen. Wenn er beschloss, dass er einen jonglierenden einradfahrenden Bären haben wollte, würde sie einen besorgen.

„Feuer ist bei Wölfen als Gästen normalerweise keine gute Idee ..." Rory schüttelte schmunzelnd den Kopf. „Mein Bruder hat wirklich den Verstand verloren."

Sie räusperte sich nervös. Sie war den letzten Monat im Planungsmodus gewesen und hatte außer nachts nicht viel Zeit allein mit Rory gehabt. Aber da war er normalerweise in Wolfsform, was Unterhaltungen erschwerte. Sie war meistens sowieso zu nervös, aber jetzt, wo sie allein waren, musste sie das rausbringen.

„Hör zu, ich ... ähm ... denke nicht, dass du noch länger bei mir schlafen solltest." Die Worte zu sagen war fast unmöglich, doch sie konnte ihn nicht weiter als Sicherheitsanker benutzen. Er hatte Besseres verdient.

Er zuckte zurück, als hätte sie ihn geschlagen.

Schuldgefühle stiegen sofort in ihr auf, als sie bemerkte, dass er ihre Absicht missverstanden hatte. Sie trat auf ihn zu und berührte sanft Rorys Unterarm. „Ich schätze alles, was du für mich getan hast. Wenn du nicht gewesen wärst..." Sie schluckte schwer, zwang sich aber, ihm weiter in die Augen zu sehen. „Ich weiß nicht, ob ich Bos Haus jemals verlassen hätte."

Nachdem Rory, Bo, deren anderer Bruder Ian und Nyx sie aus einem Höllenreich gerettet hatten, war Liberty zwei Monate lang nicht in der Lage gewesen, Bos Haus zu verlassen. Sie hatte zu viel Angst gehabt, sich wieder in die reale Welt zu wagen. Doch sie hatte Zugang zu ihren Bankkonten gebraucht und beweisen müssen, dass sie nicht tot war. Sie war von jemandem, mit dem sie zusammengearbeitet hatte, als vermisst gemeldet worden, ihre ehemalige Wohnung war vermietet, und die meisten ihrer Sachen eingelagert worden.

Sie hatte Glück, dass ihr ehemaliger Vermieter so freundlich gewesen war, ihre Sachen aufzubewahren. Seitdem hatte sie alles abgeholt und in ihre neue Wohnung gebracht, doch nach der Entführung hatte sie ohne einen Blick zurück ihr früheres Leben hinter sich gelassen. Ihr Zuhause war jetzt in Biloxi, und sie konnte nicht zurückgehen und so tun, als wüsste sie nicht, dass andere Wesen auf der Welt existierten. Ganz zu schweigen davon, dass sie nicht mehr dieselbe Frau war wie zuvor. Monate in einem Höllenreich hatten das alles verändert. Sie hatten sie verändert. Die alte Liberty war tot.

„Du wärst mit mir oder ohne mich an diesen Punkt gekommen", sagte er leise und hob seine große Hand, um ihre Wange zu berühren.

Doch in der letzten Sekunde ließ er sie sinken, anstatt sie zu berühren, und seine grünen Augen waren verschlossen. Er tat das immer und verhielt sich, als hätte er Angst, sie zu verletzen. Nicht, dass sie ihm einen Vorwurf daraus gemacht hätte. Sie war in einem furchtbaren Zustand gewesen, als sie sich das erste Mal begegnet waren, und er hatte seitdem an ihrer Seite geschlafen – in Wolfsgestalt. Und sie musste aufhören, ihn als Sicherheitsanker zu benutzen. Sie wollte mehr als das von ihm, auch wenn sie zu viel Angst hatte, das, was sie wollte, in Worte zu fassen.

Doch das Einzige, was sie wusste, war, dass er aufhören musste, sie als hilflos anzusehen, wenn sie jemals auf eine andere Ebene gelangen wollten.

„Vielleicht, aber … Ich kann dich nicht weiter als Krücke benutzen, Rory. Ich hatte seit Wochen keine Alpträume mehr." Das war eine Lüge, doch sie war in den letzten Wochen nicht mehr schreiend aufgewacht, also war das ein Fortschritt.

Er schnaubte ungläubig.

„Was?"

„Ich kann riechen, wenn du lügst." Seine Stimme war angespannt, genauso wie alle Muskeln in seinen Armen, als er seine Hand wieder in seine Hosentasche schob.

„Das ist nicht fair", murmelte sie. „Schau, ich brauche das. Du hast so viel für mich getan, und es ist Zeit für mich, auf eigenen Beinen zu stehen. Apropos, ich habe genug Geld gespart, um dir zurückzuzahlen, was …"

„Ich nehme dein Geld nicht", blaffte er und knurrte sie tatsächlich an. Etwas, das er noch nie getan hatte.

Sie hatte in den letzten acht Monaten genug Zeit mit Wandlern verbracht, um zu wissen, dass er nicht aggressiv ihr gegenüber war, nur genervt. Sie hob die Augenbrauen. „Ähm, du wirst es nehmen, weil ich es dir schulde." Sie hatte eine Unterkunft gebraucht, als sie den Mut gefunden hatte, aus Bos Haus auszuziehen, und er hatte ihr geholfen, eine Wohnung zu finden, in der sie sich sicher fühlte.

Natürlich hatte er ihr nicht gesagt, dass er das verdammte Stadthaus gekauft hatte, in dem sie jetzt lebte, oder dass er ihr Nachbar war – oder dass er die ganze Reihe von Stadthäusern um sie herum besaß. Nicht, dass es ihr etwas ausgemacht hätte. Wenn sie Rory in ihrer Nähe hatte, fühlte sie sich sicher, doch sie war ihm gegenüber nicht fair. Sie wusste, dass er seit Jahrzehnten in einem Höllenreich lebte, und sie wollte nicht, dass er für sie in der Welt der Menschen blieb, nicht wenn er sich verpflichtet fühlte.

Und wenn er es nicht tat, konnte sie immer noch nicht ertragen, dass jemand sich aus Mitleid oder aus irgendeinem anderen Grund um sie kümmerte. Vor allem nicht, wenn sie … mehr von ihm wollte. Sie war sich nicht ganz sicher, was dieses mehr war. Sie wusste, dass sie eine körperliche Beziehung zu ihm haben wollte, aber sie wusste nicht, ob sie jemals mehr als das haben würden. Er hatte sie ganz unten gesehen und sie war sich nicht sicher, ob er sie jemals als ebenbürtig ansehen konnte. Und vielleicht zerbrach sie sich auch einfach zu viel den Kopf. Er könnte so oder so nicht mehr von ihr wollen.

„Das Haus ist bezahlt, und ich brauche das Geld nicht. Wenn du versuchst, es zurückzuzahlen, sage ich Bo einfach, dass er dir eine Gehaltserhöhung geben soll, um das zu decken, was du mir gibst. Also nimmst du nur mehr Geld von ihm."

Sie blinzelte. „Du … kannst das nicht tun."

„Ich bin mir ziemlich sicher, dass ich das kann."

Liberty biss die Zähne aufeinander und knuffte ihm die Brust. „Du nervst manchmal ganz schön."

„Hör einfach auf zu streiten und spar dir die Zeit und die Energie. Wenn du dich dadurch besser fühlst, spende das Geld an eine Wohltätigkeitsorganisation oder sowas. Aber glaube nicht, dass ich es jemals nehmen werde." Sein Grinsen war selbstgefällig und ein bisschen sündig.

Einfach so stoben Schmetterlinge in ihrem Bauch auf. Selbst wenn er sie ärgerte, hatte er die Fähigkeit, sie anzutörnen. Einiges davon hatte mit seinem Akzent zu tun, der sie nur zum Schmelzen brachte. Sehnsucht erwachte zwischen ihren Beinen, und sie trat von einem Fuß auf den anderen. Alles wegen Rory. Sie fühlte sich so sicher bei ihm. Sie wollte nur, dass er sie als Frau sah, nicht als hilfloses Opfer, das jemanden brauchte, der sich um sie kümmerte.

Plötzlich sah sie reinen Wolf in seinen Auen.

Sie trat aus Instinkt zurück. „Was–"

Doch er hatte sich schon umgedreht und ging, bevor sie ein Wort beenden konnte, geschweige denn einen ganzen Gedanken. Dann erinnerte sie sich daran, dass Wandler Emotionen riechen konnten. Als sie spürte, wie sich ihr Gesicht erhitzte, wurde ihr klar, dass er ihre Reaktion auf ihn gerochen haben musste. Oh Gott, sie wusste nicht, was sie tun sollte.

Sie hatte nicht einmal die Gelegenheit gehabt, ihn zu fragen, warum er ins Howlers gekommen war. Nicht, dass es jetzt noch etwas ausmachen würde. Sie fragte sich, ob er so plötzlich gegangen war, weil ihr Geruch ihn irgendwie beleidigt hatte. Sie glaubte es nicht, doch es gab so viel über übernatürliche Wesen, das sie nicht wusste. Ein Schmerz glitt durch ihre Brust, dass er ihren Duft nicht mochte, sie vielleicht nicht wollte.

„Liberty, du musst dich sofort umziehen."

Sie drehte sich beim Klang einer vertrauten Frauenstimme um. Taylor aus dem Stavros-Rudel. Eine der Wandlerinnen, die das Howlers leitete und für das heutige Catering verantwortlich war. „Was? Warum? Wir haben eine Stunde Zeit, bevor das Essen rausgebracht wird, und die Leute dürften erst mindestens eine halbe Stunde später auftauchen." Bo und Nyx würden in einer Stunde hier sein, aber Gäste wurden erst in neunzig Minuten erwartet.

Kichernd schüttelte die Rothaarige den Kopf. „Du hast offensichtlich noch nie mit Wölfen zu tun gehabt. Sie wissen, dass es eine Menge kostenloses Essen geben wird, und sie wissen, dass Bo und Nyx in einer Stunde hier sein werden. Sie werden hier sein, sobald das Essen bereitsteht, egal, was auf der Einladung steht. Mein Büro ist leer oder benutz einfach eine der Damentoiletten, um dich umzuziehen."

„Danke, gib mir nur zehn Minuten und komm zurück, um beim Aufbau des Buffets zu helfen." Sie drängte die Gedanken an Rory vorerst in den Hintergrund und nahm ihre Reisetasche von einem der Barstühle, auf dem sie sie stehen gelassen hatte, und eilte in Richtung Küche. Taylors Büro war klein, doch dort konnte sie ihr Flapper-Kleid anziehen und den Schmuck anlegen und sich schnell nachschminken.

Die heutige Nacht würde reibungslos verlaufen. Es musste einfach alles klappen. Seit Monaten arbeitete sie an dieser Hochzeitsfeier und hatte sich in die Planung gestürzt. Es war verdammt viel leichter gewesen zu arbeiten, als in ihren Alpträumen zu versinken. Jetzt, wo der Tag gekommen war, hatte sie Angst vor dem, was sie nach der Hochzeit tun würde.

Doch das war eine Angst für einen anderen Tag. Im Moment ging sie eine Minute nach der anderen an.

Sie überlegte, Rory zu sagen, dass sie an mehr interessiert war, war sich aber nicht sicher, ob sie bereit war, so mutig zu sein. Den ersten Schritt zu machen und abgelehnt zu werden, war nicht etwas, wovon sie dachte, dass sie es jetzt ertragen könnte.

Kapitel 7

„Du benimmst dich, als wäre sie deine Gefährtin", murmelte Bo.

Rory brummte eine Nicht-Antwort, trank einen Schluck von seinem Bier und sah zu, wie Liberty mit einer der Kellnerinnen sprach, die bei der Party halfen. Er kannte die Frau vage und wusste, dass sie Teil des Stavros-Rudels war.

Libertys Hände waren in ihre Hüften gestemmt, das schwarzgoldene Paillettenkleid betonte ihre üppigen Brüste. Sie hatte in den letzten Monaten ein wenig an Gewicht zugenommen, Gewicht, das sie dringend hatte zunehmen müssen, doch sie sah immer noch schlank und zart aus. Ihr langes blondes Haar war heute Abend sanft gewellt, und sie hatte ein Haarband mit Federn auf einer Seite, um ihr Flapper-Ensemble zu vervollständigen. Sie strahlte Selbstbewusstsein aus.

Das war sie auch, doch wenn sie nicht im „Arbeitsmodus" war, wie sie es nannte, konnte er ihre Unsicherheiten sehen.

Verdammt, sie hatte zwei Monate gebraucht, um überhaupt das verdammte Haus zu verlassen. „Sie hat mir gesagt, dass sie nicht mehr will, dass ich über Nacht bei ihr bleibe. Sie will nicht, dass ich ihre Krücke bin." Das Geständnis kostete ihn mehr als er wollte, als er den Blitz von etwas in Bos Augen sah. Vielleicht Mitleid.

Er verstand ihre Argumentation nicht einmal. Er war nicht ihre Krücke. Er wollte sie nur beschützen. So wie es Gefährten nun einmal machten. Sie passten aufeinander auf. Doch er hatte nicht viel Erfahrung mit Frauen, also machte er vielleicht etwas falsch. Er hatte immer noch Probleme, sich an das menschliche Reich anzupassen. Manchmal reagierte er in sozialen Situation nicht ganz richtig.

Schließlich sagte sein Bruder vorsichtig: „Das ist nicht unbedingt eine schlechte Sache."

Rory wandte sich von ihm ab und ließ den Blick über die Menge schweifen. Der Raum war voll von Wolfs- und Drachenwandlern. Sein Wolf fühlte sich wohl hier, doch seine Dämonenhälfte mochte es nicht. Zurück in der Menschenwelt zu sein hatte einige Nachteile. „Warum das?", fragte er.

Bo räusperte sich und sah zu seiner Gefährtin hinüber. Rory folgte seinem Blick und sah Nyx auf der Tanzfläche mit einigen Frauen aus dem Stavros-Rudel tanzen.

Er konnte das Lachen nicht unterdrücken, das aufstieg. „Trotz all ihrer Gaben ist sie eine furchtbar schlechte Tänzerin."

Bo grinste, die Anbetung auf seinem Gesicht war beinahe lächerlich. „Ich weiß."

Als er seine Halbbrüder zum ersten Mal getroffen hatte, hatte Bo Rory und Ian gesagt, dass sie jederzeit zehn Meter Abstand von Nyx halten sollten. Er hatte das wahnsinnige Bedürfnis gehabt, sie zu beschützen. Und okay, er war einfach nur verrückt nach ihr gewesen. Es war klar gewesen, dass sie in den Augen seines Bruders nichts falsch machen konnte. Selbst wenn sie aussah, als wollte sie sich aus einem Moor herauskämpfen – und es „Tanzen" nannte.

Sein Bruder räusperte sich. „Nyx sagt, Liberty bemüht sich sehr, auf eigenen Beinen zu stehen." Bo hob bedeutungsvoll die Augenbrauen, als ob das alles erklären sollte. „Du weißt, was ich meine?"

Nein, er wusste es verdammt noch mal nicht. Er versuchte nicht, sie davon abzuhalten. Aber er hatte sich daran gewöhnt, in ihrer Nähe zu schlafen. Er wollte nicht, dass es endete. Jeder Teil von ihm war zufrieden, wenn sie einander nahe waren. Wenn jemand versucht hätte, ihm das Gefühl zu erklären, bevor er sie kennengelernt hatte, hätte er es nicht einmal ansatzweise verstanden.

Und … Sie hatte immer noch Alpträume. Sie konnte leugnen, so viel sie wollte, doch selbst wenn sie in letzter Zeit nicht im Schlaf geschrien hatte, wälzte sie sich immer noch unruhig hin und her und wachte schweißgebadet auf. Sie versuchte, es zu verbergen, doch sie konnte sich nicht vor seiner übernatürlichen Fähigkeit verstecken. Er roch sie. Sie war wiederholt vom Anführer einer Bande von Halbdämonen misshandelt worden. Der Mann hatte sie nicht mit den anderen geteilt, doch das war egal. Er hatte sie auf eine Weise verletzt, dass Rory sich wünschte, er könnte den Mann wieder zum Leben erwecken, um ihn wochen- und monatelang dafür zu foltern. Keine Strafe würde je genug sein. Zumindest hatte sie Hilfe bei Ophelia gesucht. Jedes Mal, wenn Liberty die Heilerin besuchte, schien sie stärker zu sein.

„Ich interpretiere dieses mürrische Knurren als Nein …" Bo verstummte und sah zu, wie Nyx ein Tablett mit Gläsern aus den Händen einer vorbeikommenden Kellnerin stieß. Er gefror die Gläser mitten in der Luft mit der Gabe seiner Dämonenhälfte.

Einige der Wandler starrten geschockt, doch die meisten hatten Rorys Bruder schon einmal in Aktion gesehen. „Geh zu deiner Gefährtin und vergiss meinen mürrischen Arsch. Das ist deine Woche, und ich freue mich für dich." Er klopfte Bo auf die Schulter und war froh, dass sein Bruder wahres Glück gefunden hatte.

Rory konnte nicht glauben, dass er und Ian vor weniger als einem Jahr nicht gewusst hatten, dass sie andere Geschwister hatten. Bisher wussten sie, dass sie Bo und Cynara hatten … ihre Halbschwester, die auch hier irgendwo war. Mit ihren leuchtend violetten Haaren war es schwer, sie zu übersehen, also musste sie kurz rausgegangen sein. Doch wenn man bedachte, was für ein Arsch ihr Vater war, waren sie alle sicher, dass sie mehr Geschwister hatten, von denen sie vielleicht nie etwas wissen würden.

Als Bo mit erhitztem Blick auf seine Gefährtin zuging, wusste Rory, dass sie ihre eigene Party bald verlassen würden. Oder zumindest eines der Hotelzimmer im Obergeschoss benutzen würden.

Himmel, er hoffte, dass sie ein verdammtes Zimmer benutzen würden. Er hatte ein paar Monate bei ihnen gelebt, und diese beiden waren nicht gerade leise. Er drehte sich um und ließ den Blick noch einmal über den Raum schweifen. Er blieb sofort an Liberty hängen.

Er wollte sie mit einer Verzweiflung, die es ihm seit einigen Tagen schwer machte, nachzudenken. Seine Wolfs- und Dämonenhälften waren verrückt geworden, weil sie sie nicht berühren konnten. Doch er musste sich zurückhalten, weil sie nicht bereit war und er sie nicht vergraulen wollte.

Als er sah, wie sie mit Solon sprach, knurrte und scharrte sein Wolf, als sie den Mann anlächelte. Seine Dämonenhälfte, von der er wusste, dass sie auf jeder Ebene der Normalität schon zum Wahnsinn neigte, wollte sofort angreifen. Doch seine Dämonenseite hatte nie etwas so gewollt, wie sie Liberty wollte.

Ohne bewusst nachzudenken, stellte Rory seine Flasche auf ein Tablett einer vorbeikommenden Kellnerin und schob sich zwischen den Stehtischen hindurch.

Er hörte jemanden seinen Namen rufen, ignorierte ihn aber, als er Liberty und Solon erreichte. Liberty wurde rot, lächelte aber, als sie ihn sah. „Hey, amüsierst du dich?"

„Ja, die Party ist unglaublich. Du hast ganze Arbeit geleistet."

Das Pink in ihren Wangen wurde dunkler und verleitete ihn zu schmutzigen, schmutzigen Gedanken. Was ihm das Gefühl gab, ein Arsch zu sein. Sie war immer noch in Therapie und erholte sich von ihren Qualen, also konnte sie ihn unmöglich so wollen, wie er sie wollte. Rory wandte sich Solon zu und machte sich nicht die Mühe, ein falsches Lächeln aufzusetzen. „Eine Frau hat nach dir gefragt. Hat gesagt, du hast versprochen, ihr oben zu zeigen, was Spaß ist oder so."

Solon blinzelte völlig überrascht angesichts Rorys offensichtlicher Lüge – bevor er seine Augen zusammenkniff. „Danke", murmelte er und ging.

Liberty zog die Brauen hoch. „Ich habe gehört, dass er ein Playboy ist", bemerkte sie und lachte.

Rory wusste nicht, ob er einer war oder nicht, und es war ihm egal. Er mochte es nicht, wenn er mit Liberty sprach, und er schämte sich nicht dafür. „Hör zu, da ich nicht mehr bei dir übernachte …" Er räusperte sich und versuchte, die richtigen Worte zu finden. „Ich wollte wissen, ob du Lust hast, später bei einem Film mit mir zu entspannen."

Er hatte vor zu bleiben und beim Aufräumen zu helfen. Alles, um mehr Zeit mit ihr zu verbringen. Sie musste sehen, dass er auf lange Sicht dabei war.

„Hm ja. Bist du sicher? Könnte spät werden." Sie runzelte die Stirn, und er widerstand dem Drang, sie zu berühren und glattzustreichen. Er ballte die Hände an seinen Seiten, unterdrückte das Bedürfnis, sich zu ihr hinunterzubeugen und seine Lippen auf ihre zu legen. Er konnte nicht zählen, wie oft er davon geträumt hatte, genau das zu tun.

Die Party sollte nur bis zehn dauern, bis der Gastraum also wieder normal aussah – und das Team von Wandlern, das die Aufräum- und Reinigungsarbeiten durchführte, würde nicht lange brauchen –, also konnte er immer noch Zeit mit ihr verbringen, bevor er gehen musste. Er knurrte fast bei dem

Gedanken, die Nacht nicht mit ihr verbringen zu können, schluckte es jedoch herunter. Diesmal würde er nicht in seiner Wolfsform sein. Sie musste aufhören, ihn nur als Wachhund zu betrachten, sondern als Mann, der sie wollte. Er hatte angenommen, dass er es im richtigen Tempo angegangen war, aber vielleicht … wollte sie mehr? „Ganz sicher. Du siehst heute übrigens wunderschön aus. Nur für den Fall, dass ich das noch nicht gesagt habe."

Ihre Wangen wurden rot, als sie ihn ansah, und sein Schwanz wurde hart. Er verlagerte sein Gewicht, doch es half nichts. Er hoffte nur, dass sie es nicht bemerkte.

„Danke. Ich habe es von einer der Frauen aus dem Rudel ausgeliehen, aber es passt ganz gut."

„Das tut es", murmelte er. Instinktiv fiel sein Blick auf den Ausschnitt. Das Kleid zeigte kaum Haut, doch was er nicht geben würde, um seinen Kopf zwischen ihren Brüsten zu vergraben.

Der Gedanke brachte ihn zurück in die Realität. Er hatte all seinen Hunger unterdrückt, seit sie einander kennengelernt hatten, denn auf keinen Fall konnte sie es gebrauchen, dass er oder irgendein anderer Mann sie anmachte, solange sie nicht bereit war. Sie hatte jemanden verdient, der sich beherrschen konnte. Doch als er ihr ins Gesicht blickte, sah er in ihren dunkelbraunen Augen eine rohe Sehnsucht. Und der Duft, der von ihr ausging, war derselbe, den er vor ein paar Stunden bemerkt hatte. Definitive Erregung. Diesmal stärker und definierter.

Der Anblick und der Duft erwischten ihn so unvorbereitet wie zuvor. Sein Hals schnürte sich zu, als er sich bemühte, tief durchzuatmen, und er widerstand dem Drang, sie an sich zu ziehen, sein Gesicht an ihrem Hals zu vergraben und seine Reißzähne über ihre zarte Haut zu streichen, an ihren süßen Lippen zu knabbern. Vorhin war er so überrascht gewesen von dem Duft, dass er ohne ein Wort gegangen war. Sie hatte ihn jedoch nicht nach seinem seltsamen Verhalten gefragt. Aber verdammt, sie hatte ihn geschockt.

Bevor er antworten konnte, sah sie weg. „Ich muss nachsehen, ob …" Sie murmelte etwas so Unsinniges, dass er selbst mit seinem Wandler-Gehör die Worte nicht ergründen konnte, als sie davoneilte.

Rory blickte ihr nach und verschlang die Art und Weise, wie das Kleid über die Rundung ihres Pos floss, wie sich ihre Wadenmuskeln bei jedem Schritt anspannten. Sie arbeitete heute Abend, darum ließ er sie gehen. Für den Moment. Doch heute Nacht würden sich die Dinge ändern. Jetzt, da er wusste, dass sie ihn definitiv wollte, würde er sich nicht zurückhalten. Sie war sein.

Eine harte Hand auf seiner Schulter ließ den Krieger in ihm zum Leben erwachen. Die Krallen seines Dämons drängten heraus, und er war sich sicher, dass sein Wolf in seinen Augen war, als er sich zu dem Mann umdrehte.

Solon ließ seine Eckzähne aufblitzen und drückte erneut, bevor er losließ. „Das war eine echte Arschlochnummer."

Er hatte keinen Zweifel, was er meinte. Rory zuckte die Achseln, denn es tat ihm nicht im geringsten leid. „Halt nicht den Atem an, während du auf eine Entschuldigung wartest. Halt dich fern von meiner Frau." Verdammt, er war kaum zivilisiert. Wieder im Menschenreich zu sein erforderte einige Anpassungen. Die Tatsache, dass er den Mann nicht angegriffen hatte, weil er mit Liberty gesprochen hatte, war ungefähr so zivilisiert, wie er sein konnte.

Solon verdrehte die Augen. „Erstens ist sie nicht deine Frau." Als Rory seine eigenen Eckzähne blitzen ließ, presste der Mund seine Lippen zu einer dünnen Linie zusammen. „Zweitens weiß jeder im Rudel, was du für sie empfindest. Ich habe sie nicht angebaggert. Ich war nur freundlich. Das ist alles. Sie ist eine süße Frau. Das nennt man Konversation machen, zivilisiert sein."

Er zuckte erneut die Achseln. „Okay."

„Ist das deine Version einer Entschuldigung?"

Rory schnaubte und ließ erneut den Blick über die Menge schweifen. Liberty war in der Nähe eines der Buffettische, auf denen Desserts in Schnapsgläsern arrangiert wurden. Es gab nicht genug Essen in diesen Fingerhüten, um jemanden damit sattzubekommen, doch sie hatte erklärt, dass das Mikrodesserts waren und sehr trendy. Was auch immer das bedeutete. Er hatte gesehen, wie eines der Mitglieder des Stavros-Rudels am Tisch entlang ging und zehn dieser Gläser auf einen Teller stellte. „Du hast Glück, dass du noch auf deinen Beinen stehen kannst."

Zu seiner Überraschung lachte Solon. „Gott, du und Bo seid wirklich aus demselben Holz geschnitzt."

Sein Lachen linderte den Druck in Rorys Brust. Er wusste, dass er keinen Anspruch auf Liberty hatte, dass sie mit jedem Mann sprechen konnte, mit dem sie reden wollte. Während ihn das verrückt machte, wollte er ihr das nicht nehmen, doch er musste nicht mögen, dass sie von all diesen … Bedrohungen umgeben war.

Und genau so sah seine Dämonenhälfte all diese Wandler. Bedrohungen und, ja, Konkurrenz. Er wollte sie küssen, vor allen Besitzansprüche anmelden, damit sie wussten, wem sie gehörte. Und dass er zu ihr gehörte. Er wollte sie nicht besitzen, doch er wollte sie als Gefährtin nehmen, damit die ganze übernatürliche Welt wusste, dass sie tabu war.

Es war egal, dass Finn Stavros, der Alpha des Rudels, Rory gefragt hatte, ob er sich dem Rudel anschließen wollte, er sah jeden immer noch mehr oder weniger als eine potentielle Bedrohung an. Er war ständig in Alarmbereitschaft und musste sich sicher sein, dass Liberty kein Schaden zugefügt wurde. Sie hatte so viel durchgemacht, dass er nicht wollte, dass etwas sie jemals wieder verletzte. Das Bedürfnis, sie zu beschützen, machte ihn besessen und … scheinbar zu einem Arsch. „Der Drang zum Paaren ist intensiv", murmelte er mit einem Anflug von Reue.

„Ich beneide dich nicht." Solon klopfte ihm erneut auf die Schulter, diesmal nicht so hart und deutlich freundlicher.

„Ja, kein Witz –" Eine Explosion krachte durch eines der verhängten Fenster, verbrannte die Vorhänge und regnete Glas und Feuer auf alle herab.

Erschrockene Schreie folgten, doch Rory ignorierte alle, als er in Aktion trat.

Er musste zu Liberty. Er sah einen Blitz ihrer blonden Haare, bevor sie aus dem Blickfeld verschwand. Er stieß ein wildes Knurren aus.

Liberty war ein Mensch, das einzige Wesen im gesamten Raum, das wirklich verletzlich war. Er war nicht besorgt darüber, wer angegriffen hatte, er musste sie nur in Sicherheit bringen.

Es interessierte ihn nicht, wen er aus dem Weg stoßen musste, er wollte nur so schnell wie möglich zu ihr.

KAPITEL 8

Rory war sich kaum bewusst, dass er sich bewegte, doch er rannte los, über die Tanzfläche und sprang über einen Tisch mit Miniaturdesserts. Er hatte gesehen, wie Liberty bei der ersten Explosion in Deckung gegangen war. Er wartete keine Sekunde.

Die Leute um ihn herum waren verschwommen, als er über einen anderen Tisch sprang. Die Angst, die ihn antrieb, ließ ihn gerade so einem Paar ausweichen, das dahinter hockte. Er blieb in der Nähe der Stelle stehen, an der er Liberty zuletzt gesehen hatte.

Als er das silberne Tischtuch hochhob, fand er sie mit weit aufgerissenen Augen darunter zusammengekauert. Er war nur erleichtert, als er sie lebendig sah.

Sie stürzte sich mit einem leisen Schrei auf ihn, Tränen liefen über ihr Gesicht. Er hob sie auf und konnte den Schrecken in ihrem Blick kaum ertragen. Mit rasender Geschwindigkeit hatte er sie in Sekunden in der Küche und außer Gefahr.

Einer der Männer des Stavros-Rudels platzte aus einem der Kühlräume und knöpfte seine Hose zu. „Was ist passiert?" Ihm folgte eine Frau, die ihre Bluse zuknöpfte.

„Explosion in der Nähe eines der vorderen Fenster. Mehr weiß ich nicht." Er ging weiter durch die Küche, bis sie in der Nähe einer der Ausgangstüren waren. Obwohl es gegen alle seine

Instinkte ging, nicht zu bleiben und gegen die Bedrohung zu kämpfen, das Bedürfnis, sie in Sicherheit zu bringen, war größer.

„Nein", sagte Liberty und klammerte sich an seinen Oberarm. „Und du kannst mich runterlassen. Mir geht's gut."

Er ignorierte den letzten Teil und brachte sie in ein nahe gelegenes Büro, das die Größe einer Streichholzschachtel hatte. Mit seiner freien Hand zog er den einzigen Stuhl im Raum heran und setzte sie darauf. Er ging vor ihr in die Hocke, strich mit seinen Händen über ihre Arme und untersuchte sie auf Verletzungen. Sein Herz pochte unkontrolliert, und er bemerkte verspätet, dass er in seiner Dämonenform war.

Das erklärte die Geschwindigkeit, mit der er sie hierhergebracht hatte. Doch er hatte sich noch nie gewandelt, ohne es bewusst zu initiieren.

„Tut mir leid, ich habe nicht wandeln wollen", murmelte er und bewegte sich ein Stück zurück, während er sie weiter untersuchte. Er wollte sie nicht mit dieser Gestalt erschrecken. Er fürchtete, es könnte eine Panikattacke auslösen.

Sie hatte einen kleinen Riss in ihrem Kleid am unteren Saum, aber das war wahrscheinlich passiert, als sie unter dem Tisch in Deckung gegangen war. Er konnte kein Blut riechen. Sie war weit genug von der Explosion entfernt gewesen, dass sie nicht einmal das Glas abbekommen hatte.

Der rationale Teil seines Verstands wusste das, doch der besitzergreifende, schützende Mann in ihm dachte nicht klar.

„Es ist okay, und mir geht's gut, versprochen." Sie legte sanft eine Hand an seine Wange, damit er sie ansah.

Ihre Berührung ließ ihn erstarren. Wenn sie vorgehabt hätte, ihn mehr zu überraschen, wäre ihr das nicht gelungen. Sie hatte ihn schon in dieser Gestalt in diesem Höllenreich gesehen, doch hier hatte er nie seine Dämonengestalt angenommen. Er hatte ihr hier nur seinen Wolf gezeigt. Nach allem, was ein anderer Halbdämon ihr angetan hatte, wollte er sie nicht einmal versehentlich an seine Blutlinie erinnern. Er konnte nicht fassen, dass sie ihn überhaupt berührte. Er war hellblau, über zwei Meter groß, und seine Brust und seine Arme waren mit tätowierungsartigen Zeichen bedeckt, die seine Abstammung repräsentierten. Zumindest hatte er im Gegensatz zu seinem verfluchten Vater keine Hörner.

Er roch jemanden, bevor er Schritte in die Küche kommen hörte. Eine Frau. Er drehte sich um, stand auf und brachte sich vor Liberty in Position. Seine Krallen fuhren automatisch aus. Als Rhea in der Tür stehen blieb, zogen sie sich sofort zurück.

Ihre Augen weiteten sich, als sie seine Gestalt sah, doch sie fing sich schnell. „Ist Liberty okay? Ich habe gehört, du hast sie hierhergebracht."

„Mir geht's gut." Liberty schob ihn aus dem Weg, und obwohl er sich nicht bewegen wollte, trat er beiseite.

Als sie an ihm vorbeigehen wollte, streckte er einen Arm aus, was ihm einen finsteren Blick einbrachte. Er ignorierte ihn und konzentrierte sich auf Rhea. „Was ist passiert?"

„Wir sind uns noch nicht sicher. An einem der Fenster ist ein Sprengsatz explodiert, doch er war nicht stark genug, um strukturelle Schäden zu verursachen. Ian ist gerade mit Drake Luftaufklärung machen gegangen, um zu sehen, ob sie was entdecken, und wir haben Teams, die drinnen und draußen nach mehr Sprengstoff suchen. Ich muss zurück, aber …"

„Was ist mit Bo, Nyx und Cynara?"

„Alles gut. Niemand wurde verletzt. Diese Bombe hatte nur eine geringe Sprengkraft, hat die Leute eher erschreckt als alles andere."

Rory wusste, dass es in der Nacht zuvor ein Problem mit dem Stavros-Rudel gegeben hatte, und fragte sich, ob das mit dem Angriff zusammenhing. „Ich kann bei der Suche nach Sprengstoff helfen, aber ich will Liberty hier wegbringen."

„Ich gehe nirgendwohin." Sie duckte sich unter seinem Arm hindurch, und ihr störrischer Gesichtsausdruck überraschte ihn.

Er runzelte die Stirn. „Du solltest nicht hier sein."

„Ist die Bedrohung vorbei?", fragte sie Rhea.

„Wir sind uns nicht hundertprozentig sicher, aber drinnen hat niemand sonst irgendwelche Sprengstoffe gerochen, und das Team, das auf die Jagd gegangen ist, ist schnell – wir hätten den Sprengsatz viel schneller bemerkt, wenn er im Haus gewesen wäre. Aber es kann nicht schaden, wenn du gehst …"

„Ich werde nach meinen Freunden sehen und beim Aufräumen helfen. Ich bin nicht hilflos", blaffte sie, und eine Vielzahl von Emotionen ging von ihr aus, bevor sie an Rhea vorbeiglitt.

Er wollte ihr folgen, doch Rhea hielt ihn auf. Es war egal, dass die Frau ein Kleid und Absätze trug, sie sah jeden Zentimeter wie die Kriegerin aus, als sie ihn zurückschob. Ihre Stärke überraschte ihn, nicht, dass er es jemals zugeben würde.

„Wenn du versuchst, ihr die Kontrolle zu nehmen oder ihr Leben zu bestimmen, wirst du sie am Ende verlieren. Ich weiß nicht im Detail, was mit ihr passiert ist, aber ich kann es mir vorstellen. Sie braucht Kontrolle in ihrem Leben. Vergiss das nicht."

Er hatte überhaupt nicht so gedacht. Er hatte sich nur darauf konzentriert, sie in Sicherheit zu bringen. Obwohl der ursprünglichste Teil von ihm Rhea aus dem Weg stoßen und seiner zukünftigen Gefährtin nachjagen wollte, wusste er, dass er es nicht durfte. Rhea hatte Recht. So würde er Liberty nur verlieren.

Er fuhr sich mit der Hand über den Nacken. Er wünschte, er wüsste mehr über Frauen, doch er hatte Jahrzehnte in einem Höllenreich gelebt. Und er war noch nie mit einer süßen, menschlichen Frau wie Liberty zusammen gewesen. Sein Wolf und sein Dämon wussten nur, dass ihnen acht lange Monate verweigert worden war, die Frau, von der sie wussten, dass sie ihre Gefährtin war, für sich zu beanspruchen. Seine ursprünglichste Seite verstand nicht warum.

„Danke. Ich werde daran denken." Oder er würde es zumindest versuchen. „Wo brauchst du mich?" Denn das war die Party seines Bruders, und er musste helfen. Er hatte ein schlechtes Gewissen, dass er sich nicht sofort um seine Brüder, seine Schwester oder Nyx Sorgen gemacht hatte. Er war zu sehr damit beschäftigt gewesen, Liberty in Sicherheit zu bringen.

„Draußen. Aber zuerst müssen wir dir ein paar Klamotten besorgen. Du siehst aus wie ein blauer Hulk. Und ich muss aus diesem verdammten Fummel raus", murmelte sie und wandte sich ab.

Er folgte ihr, eifrig darauf bedacht, Liberty nicht aus den Augen zu lassen. Nur, weil er sie nicht hier wegbringen konnte, wie er es wollte, hieß das nicht, dass er nicht auf sie aufpassen würde. Es war an ihm, sie zu beschützen.

Liberty stand mit einer Gruppe von Angehörigen des Stavros-Rudels zusammen und lauschte Finn Stavros. „Alles ist unter Kontrolle, und es wurden keine weiteren Sprengstoffe gefunden. Trotzdem möchte ich, dass so viele von euch wie möglich wieder in die Villa zurückkehren. Ich muss euch alle in Sicherheit wissen, während wir das Howlers aufräumen und sichern. Je weniger Leute hier sind, desto leichter ist es für mich. Jemand Fragen?"

Als niemand etwas sagte, nickte er. „Gut. Wer das getan hat, wird dafür bezahlen." Der wilde Biss in seinen Worten ließ sie kalt werden.

Gelegentlich war es leicht zu vergessen, dass sie mit Wesen zusammenarbeiteten, die jemandem ohne ins Schwitzen zu kommen die Kehle herausreißen konnten.

Als sich die Rudelkameraden zerstreuten und zum Ausgang

gingen, sah sie, wie Rhea in die Küche verschwand. Liberty folgte ihr. In einem Nebenraum fand sie Rhea, die ein Tablett mit Sandwiches aufhob.

„Brauchst du Hilfe?", fragte sie automatisch, obwohl klar war, dass Rhea niemals Hilfe bei einem so leichten Tablett brauchen würde.

„Oh nein. Ich hole nur was zu essen für das Team, das bleibt. Gehst du?"

„Ja, ich … Es ist nur, vor einiger Zeit hat Keelin mir erzählt, dass du sie in Waffen und Selbstverteidigung trainiert hast. Meinte, du bist wirklich gut in sowas." Und Keelin war ein Drache. Wenn sie sagte, dass Rhea eine ausgezeichnete Trainerin war, dann gab es niemanden, der für Liberty besser wäre. Sicher, sie konnte Rory fragen, aber sie wusste, dass er sie zu sehr ablenken würde, und sie musste lernen.

Rhea räusperte sich. „Schau, ich habe Keelin ein bisschen trainiert, aber du bist ein Mensch. Ich weiß nicht, aber ich denke nicht, dass es eine gute Idee wäre." Etwas flackerte in Rheas Augen, als sie Liberty beobachtete.

Mitleid.

Das machte sie wütend. „Ich will kein Mitleid", blaffte Liberty und überraschte sich selbst. Sie hatte nicht vorgehabt, die Beherrschung zu verlieren, tat es fast nie mehr, aber sie konnte es nicht ertragen, wie die Leute sie ansahen, als wäre sie ein Opfer. Sie hatte verdammt viel durchgemacht und wollte einfach lernen, sich zu verteidigen.

Sie hatte mehr als einmal wöchentlich mit Ophelia gesprochen, und die Therapie hatte geholfen, aber dennoch war das Lernen, mit etwas emotional umzugehen, nicht dasselbe wie sich verteidigen zu können, wenn sie erneut angegriffen wurde. Nicht, dass sie glaubte, sie könnte es mit einem übernatürlichen Wesen aufnehmen, doch sie könnte sich gegen Menschen verteidigen und zumindest lernen, jemanden lange genug abzuwehren, um zu fliehen. Doch sie würde nicht um Hilfe betteln. „Ich werde schon jemanden finden, der mich trainiert", murmelte sie und wandte sich ab.

„Ich werde es tun." Bei Rheas Worten drehte sie sich wieder um.

„Was?"

„Im Moment geht es ein bisschen drunter und drüber, aber das weißt du ja. Ich weiß nicht, auf welchen Patrouillen mein Alpha mich haben will oder was ich in den nächsten Wochen tun werde, aber wir werden was hinbekommen. Lass mich einfach herausfinden, wann ich eingeteilt bin, okay?"

„Du wirst mir wirklich helfen?" Sie hoffte, dass Rhea das nicht nur dahinsagte, und sie später abwimmeln würde.

Rhea nickte. „Ja. Du erinnerst mich an mich selbst", sagte sie mit schiefem Lächeln.

Sie blinzelte. Rhea war die ultimative Kriegerin. Liberty hatte in den letzten acht Monaten eine Menge Geschichten über sie gehört. Im Ernst, die Frau hatte einen Drachen getötet und war kürzlich von einem dreistöckigen Haus gefallen, um direkt im Anschluss zwei Wandler zu töten. Doch sie wollte nichts sagen und riskieren, dass sie ihre Meinung änderte. „Danke. Sag mir einfach, wann und wo, und ich werde da sein."

„Ich habe deine Nummer, und ich bin sicher, wir sehen uns die nächsten Tage sowieso. Warum hast du Rory nicht gefragt?"

Liberty wollte nicht ehrlich sein, wusste aber, dass sie nicht lügen konnte, da Wandler es riechen konnten. Sie war sich nicht sicher, ob sie auch Halbwahrheiten riechen konnten, obwohl sie sich vornahm, es von Victoria oder Keelin herauszufinden. Sie wünschte, Keelin wäre in Biloxi, doch sie war noch nicht aus Oregon zurück und würde erst zur eigentlichen Hochzeit in der Stadt sein. Sie und ihr Gefährte hatten gerade eigene Clanangelegenheiten zu erledigen.

„Er lenkt mich zu sehr ab und …" Sie schluckte schwer. „Ich

habe Angst, mit einem Mann zu trainieren." Sie hatte Angst, dass es eine Panikattacke auslösen könnte, und sie wollte nicht, dass Rory sie so sah.

Rhea nickte. „Ich melde mich. Jetzt geh nach Hause, wir wollten zuschließen." Ein autoritärer Ton in ihrer Stimme machte deutlich, dass Rhea es gewohnt war, Befehle zu erteilen, und dass diese Befehle auch befolgt wurden.

Liberty war nicht bereit zu gehen, weil es bedeutete, dass sie und Rory allein sein würden, doch sie wusste, dass es keinen Weg daran vorbei gab. Er hatte ihre Reaktion auf ihn vorhin gerochen und sie war sich nicht sicher, was er dachte, oder was er wollte. Wem versuchte sie etwas vorzumachen? Sie war sich nicht sicher, was sie von Rory wollte, abgesehen vom Körperlichen. Und sie hatte Angst, dass sie jetzt noch nicht einmal dazu in der Lage war. Nach allem, was sie durchgemacht hatte, hatte sie Angst, dass sie vollkommen kaputt war. Es war egal, was Ophelia sagte, dass sie alles überwinden und ein normales Leben führen und normale, gesunde Beziehungen haben würde.

Liberty war sich, was das anging, überhaupt nicht sicher.

Kapitel 9

Aus der Sicherheit seines gestohlenen SUV sah er sich den Live-Video-Feed auf seinem Laptop an, als Wandler aus dem Stavros-Rudel auf dem Parkplatz des Howlers nach weiteren Bomben suchten.

„Fahr weiter, bis ich sage, dass du anhalten sollst", sagte er, ohne zu seinem Fahrer aufzublicken. Er hatte einen Menschen angeheuert, ihn herumzufahren, und wollte gerade nicht in der Nähe seines Rudels sein.

Er hatte letzte Nacht vierzehn seiner Leute verloren, und einige seiner Rudelkameraden waren wütend und wollten zuschlagen. Sie hatten nicht mit Toten gerechnet, er jedoch schon. Deshalb hatte er seine jüngsten Rudelangehörigen zum Angriff geschickt. Doch zwei von ihnen hatten überlebt und waren davongekommen. Das war etwas. Die Frau hatte nicht einmal dort sein wollen, um für ihn zu kämpfen, also war es nicht schlimm, sie zu verlieren. Er hatte sehen müssen, wie schnell die Wölfe von Finn Stavros reagieren würden, und er war nicht bereit gewesen, seine älteren Krieger zu opfern.

Jetzt beobachtete er den arroganten Finn auf dem Bildschirm, wie er seinen Leuten Befehle zurief. Sie bewegten sich wie ein perfekt eingespieltes Team und arbeiteten sehr zu seinem

Verdruss zusätzlich zu ihrem Rudel mit anderen übernatürlichen Wesen zusammen.

Er hatte von Bo Broussard, dem Halbdämon, gewusst und heute Abend herausgefunden, dass das Rudel mit mindestens zwei Drachen befreundet war. Er hatte noch nie einen Drachen wandeln gesehen – hatte sich immer gefragt, ob sie wirklich ausgestorben waren –,doch er hatte zwei Männer auf dem Bildschirm vor seinen Augen verschwinden sehen, dann war eine Bewegungsunschärfe gefolgt. Da Drachen die einzigen Kreaturen waren, von denen er wusste, dass sie das konnten, musste er davon ausgehen, dass sie mit dem Rudel arbeiteten.

Was eine Komplikation darstellte. Er hatte nicht gewusst, dass das Stavros-Rudel andere Verbündete hatte. Von den Vampiren abgesehen. Er schnaubte bei diesem Gedanken. Der Stavros-Alpha hatte sich mit einem Vampir gepaart. Interspezies-Beziehungen waren eine abstoßende Vorstellung, besonders aber mit einer dieser Kreaturen.

Vampire waren eines Wandlers nicht würdig.

Als Rhea auf das Display kam, richtete er sich auf, als er sah, wie sie sich über den Parkplatz bewegte. Die Kamera, die er dort angebracht hatte, war klein, unauffällig und hoch genug an einem Lichtmast befestigt, dass fast niemand sie bemerken würde, der nicht speziell danach suchte.

Die atemberaubende Frau hatte ihre Hände in die Hüften gestemmt, als sie mit zwei Männern sprach, die er von einer Aufklärungsmission letzten Monat erkannte. Sein Rudel hatte das Stavros-Rudel verdeckt beobachtet und war direkt unter der Nase aller in ihr Territorium eingedrungen. Es war nicht so, als hätte das Rudel überall an der Golfküste Augen, und seine Leute waren sehr vorsichtig gewesen. Er hatte sogar Immobilien auf dem Territorium gekauft. Natürlich nicht unter seinem Namen.

Heute Abend war ein weiterer Test gewesen, um zu sehen, wie sie auf eine Bombe reagierten. Eine, die sich nicht zu ihm oder einem seiner Leute zurückverfolgen ließ. Er hatte seinem Rudel nichts davon erzählt. Nein, er behielt seine Pläne gerne für sich, bis es unumgänglich wurde, andere einzuweihen. Nachdem er seine Brüder und alle seine Familienmitglieder verloren hatte, fiel ihm Vertrauen nicht leicht.

Ein Knurren stieg in seiner Kehle auf, als er sah, wie ein Mann auf Rhea zuging und seine Hand in einer subtilen, aber besitzergreifenden Geste auf ihren Rücken legte. Das war sehr interessant. Vielleicht konnte er das gegen sie verwenden.

Er war sich des menschlichen Fahrers bewusst, der ihn im Rückspiegel ansah, und knurrte: „Behalte die verdammte Straße im Auge."

Er erkannte den Mann an Rheas Seite nicht, zoomte auf sein Gesicht und fror das Bild ein. Er sah einem der Männer, von denen er vermutete, dass sie Drachen waren, sehr ähnlich. Dunkles Haar, graue Augen und hochgewachsen.

Seine Finger flogen über die Tastatur, während er das Bild in eine Datenbank hochlud. Wenn dieser Mann für Rhea wichtig war, hatte er vielleicht einen Weg gefunden, an sie heranzukommen. Um sie zu verletzen. Und er würde sie verletzen.

Letztendlich plante er, das Gebiet des Stavros-Rudels vollständig zu übernehmen und es für sich zu behalten. Er und sein Rudel würden sich hier niederlassen und wenn er in den Krieg ziehen musste, um das zu tun, dann sei's drum. Doch sie zu töten – und sie zu foltern, bevor er es tat – war seine oberste Priorität.

Dieses Miststück hatte ihm alles genommen, und jetzt würde er ihr alles wegnehmen.

KAPITEL 10

„Was ist es?", fragte Conall und legte seine Hand auf Rheas unteren Rücken.

Sie wollte sich in diese Berührung lehnen, sie genießen, selbst wenn das Timing unangemessen war. Es war jedoch schwer, sich um das Timing zu scheren, wenn sie in diese grauen Augen sah. Es war so verdammt lange her, dass sie mit einem Mann zusammen gewesen war, und Conall war nicht wie irgendjemand, den sie jemals getroffen hatte.

Sie schüttelte den Gedanken ab, blickte zum Hotel und dem Casino auf und betrachtete es kritisch. Sie hatten alle unwesentlichen Personen vom Parkplatz und dem Hotel nach Hause geschickt, sodass nur noch Krieger und Tracker hier waren. Zum Glück hatten keine Menschen gesehen, was passiert war, und die Polizei gerufen, also waren sie unter sich. Heute Abend hätte es viel schlimmer kommen können.

Niemand war verletzt worden. Nicht wirklich. Ein paar Rudelkameraden hatten kleinere Schnitte erlitten, ein Mann hatte Verbrennungen ersten Grades davongetragen, die jedoch alle bereits heilten, und ein paar Frauen hatten sich ihre Kleider zerrissen, als sie während der Explosion in Deckung gehechtet waren.

Sie runzelte die Stirn. Sie sollte froh sein, dass niemand verletzt worden war. Und das war sie. Trotzdem konnte sie das Gefühl nicht loswerden, dass alles falsch war. „Wer auch immer das getan hat, hätte ein viel wirksameres Statement machen können. Mit Leichtigkeit. Die Platzierung der Bombe war … schwach."

Wenn auch leicht zugänglich, bemerkte sie, als sie die Position der Überwachungskamera in der Umgebung betrachtete. Die Sicherheit hätte es sehen sollen, als, wer auch immer das getan hatte, auf dem Parkplatz und in der Nähe des Howlers gewesen war, doch die Stelle, an der die Bombe zurückgelassen worden war, war in einem toten Winkel außerhalb der Reichweite der Kameras.

„Ich weiß."

Es wäre schwierig gewesen, eine Bombe in das Hotel zu bringen, wenn man die überlegenen Sinneswahrnehmungen der Wandler berücksichtigte. Oder zumindest ein viel größeres Risiko, da irgendjemand aus dem Rudel sicher den Sprengstoff gerochen hätte. So gesehen war es einfacher, eine Bombe draußen zu platzieren, wo ihre Sicherheit heute Abend zugegebenermaßen schwach gewesen war. Trotzdem blickte sie auf, bewegte sich langsam in einem Kreis und beobachtete alles genau.

Drake und Ian machten Luftaufklärung, aber … „Verdammt", murmelte sie, als ihr Blick auf etwas fiel, das nicht hierher gehörte.

Als Wandlerin hatte sie geschärfte Sinne, doch ihr außergewöhnliches Sehvermögen war eine ihrer Gaben als Tracker.

„Was?", fragte Conall und folgte ihr, als sie über den Parkplatz zu einem Lichtmast ging, der ungefähr fünfzehn Meter entfernt stand.

„Eine Videokamera. Könnte nichts sein, aber ich werde es überprüfen." Sie war sich bewusst, dass Solon und Gabriel ihnen ebenfalls gefolgt waren, doch sie ignorierte alle, als sie mühelos den Lichtmast hinaufkletterte.

Der Lichtmast befand sich an der Ecke des Parkplatzes auf der

Ostseite, und von dort aus hatte man ein klares Bild auf das Kommen und Gehen im gesamten Sektor. Sie bemerkte auch, dass die Bombe an einem Teil des Hotels auf der Rückseite des Anwesens explodiert war. Nicht an der Straßenfassade, wo es viel mehr Verkehr gab. Es war unerheblich, dass Finn das Hotel für die Feierlichkeiten geschlossen hatte unter dem Vorwand, dass das Hotel renoviert wurde, und dass eine geschlossene Gesellschaft das Howlers für die Woche gebucht hatte. Sonst wären eine Menge Touristen auf dem Parkplatz gewesen oder hätten eine Explosion von der Hauptstraße aus sehen können.

Durch das Platzieren dieser Bombe am Howlers auf der Rückseite des Hotels wurde die Wahrscheinlichkeit verringert, dass sie von Menschen gesehen wurde. Etwas, das sie sehr interessant fand. Als sie oben ankam, stieß sie ein leises triumphierendes Knurren aus. Das kleine runde Gerät war definitiv eine Videokamera. Ziemlich Hightech, wenn sie raten müsste.

Sie zeigte der Kamera den Mittelfinger, bevor sie sie vom Mast riss. Sie war mit einem Kleber befestigt gewesen und sendete wahrscheinlich noch. Sie wusste genug über Technologie, um sich in der heutigen Zeit zurechtzufinden, doch zu verfolgen, woher dieses Ding kam oder wohin es sendete, lag weit außerhalb ihrer Kompetenz. Zum Glück hatte sie Rudelkameraden, die kein Problem damit hatten, den Standort des Beobachters aufzuspüren. Natürlich, wenn jemand gerade zusah, hätte er sie gesehen und würde wahrscheinlich den Feed abbrechen, doch vielleicht würde es ihren Rudelkameraden gelingen, trotzdem etwas finden.

Auf halber Höhe des Masts ließ sie los und ließ sich lautlos zu den Boden fallen. Solon, Gabriel und Conall warteten auf sie. Es war ein bisschen komisch, Conall dabei zu haben, aber sie fand, dass sie es mochte, wenn er da war. Sie schien alles an ihm zu mögen. Er war eine solide Präsenz, ein Mann, von dem sie wusste, dass sie ihm vertrauen konnte, doch sie wollte sich nicht daran gewöhnen, dass er in der Nähe war. Sie hatte bereits einen Mann verloren, sie konnte den Gedanken nicht ertragen, einen weiteren zu verlieren, der ihr wichtig war.

Sie streckte die Hand aus. „Eine Kamera."

Gabriel nahm sie ihr aus der Hand. „Ich werde sie zu Elana bringen, um zu sehen, ob sie was darüber herausfinden kann." Er sah Solon an und nickte. „Schnapp dir ein Dreierteam und versuch es nochmal." Solon machte auf dem Absatz kehrt, bevor Gabriel sich wieder Rhea und Conall zuwandte. „Finn hat gerade über Funk gemeldet, dass er auf dem Weg nach draußen ist und euch beide sehen will."

„Wir gehen ihm entgegen." Finn war in die Sicherheitszentrale gegangen, um die Feeds zu überprüfen, darum wusste sie, aus welchem Ausgang er kommen würde. Sie war überrascht, dass er Conall gebeten hatte, mit ihr zu kommen, ließ es sich jedoch nicht anmerken.

Conall schwieg, als sie um das Gebäude herum gingen und Finn und Lyra fanden. Der Wind war aufgefrischt und zerzauste Rheas Haare, doch sie spürte es kaum. Sie war sich des Mannes neben ihr viel zu bewusst. Drachenwandler schienen im Allgemeinen größer zu sein als Wolfwandler, und Conall war da nicht anders. Doch es war nicht seine Größe, sondern seine Präsenz. Es war etwas an ihm, das ihre Sinne berührte und sie sich seiner besonders bewusst machte. Es ärgerte sie ein wenig, wie sehr sie das ablenkte.

Sie richtete sich auf, als sie den Ausdruck auf dem Gesicht ihres Alpha sah, und ein Adrenalinschub schoss durch sie hindurch. Sie kannte die Miene nur zu gut.

Er hatte etwas gefunden.

„Kommt mit mir", sagte er und nickte Conall respektvoll zu. „Ich würde gerne deine Hilfe in Anspruch nehmen, wenn du dazu bereit bist?"

„Sag mir einfach, was du brauchst."

Finn hielt kurz inne, als sie zu einem SUV eilten, der mit laufendem Motor wartete. Sie konnte Chloe hinter dem Lenkrad sitzen sehen. „Ich habe zwei Personen auf dem Bildschirm gesehen, die die Bombe gelegt haben, Menschen, wenn ich mich nicht irre. Beides Männer. Sie haben sich zu Fuß auf das Grundstück geschlichen und ihre Gesichter gut versteckt gehalten – bis sie den Parkplatz verlassen haben. Ich habe von einer meiner neuen Kameras ein klares Bild von beiden Gesichtern bekommen."

Rhea wusste, dass ihr Alpha viele Kameras auf und um das Grundstück herum hatte, was die fremde Überwachungskamera und die Tatsache, dass es jemandem gelungen war, eine Bombe zu legen, überaus beunruhigend machte. „Weißt du, wer sie sind?"

„Ja. Beide sind vorbestraft. Ich habe ihre Adresse, und ich möchte, dass ihr mit mir kommt, Lyra und Chloe. Ich will sofort zuschlagen."

Was bedeutete, dass Elana wahrscheinlich in eine Datenbank gehackt oder ihre eigene für die Gesichtserkennung verwendet hatte. „Wer von der Sicherheit hatte Dienst?", fragte sie. Normalerweise war sie über solche Dinge auf dem Laufenden, doch sie war bei der Party nicht als Teil des Sicherheitsteams gewesen. Heute Abend war sie als Gast dort gewesen.

Lyra setzte sich auf den Rücksitz, doch Rhea blieb, wo sie war, da Finn sich nicht bewegt hatte, um einzusteigen.

Sein Wolf blitzte in seinem eisblauen Blick auf, und eine Welle der Kraft ging von ihm aus. „Darum kümmert sich schon jemand."

Was überhaupt keine Antwort war. Doch Finn war ein gerechter Alpha. Wer auch immer heute eingeteilt war, hatte es eindeutig vermasselt und würde dafür bezahlen. Sie würde früh genug erfahren, wer derjenige war, der es vermasselt hatte, und da es im Moment nicht wichtig war, drängte sie nicht auf eine Antwort. „Gut."

Er sah Conall an. „Ich habe die Adresse dieser Menschen. Wir werden hart zuschlagen. Bist du bereit, Luftaufklärung für uns zu fliegen?"

Rhea fand es interessant, dass Finn überhaupt fragte. Ian war Bos Bruder, also ergab es Sinn, dass er half. Und Drake würde immer als einer ihrer Leute betrachtet werden, egal was geschah. Es war schön, dass Finn Conall mit einbezog, auch wenn sie von ihrem Alpha überrascht war.

Conall nickte. „Ich folge euch aus der Luft und werde die Augen offen halten."

„Danke. Von hier aus sind es ungefähr zwanzig Minuten Fahrt." Finn rutschte zu seiner Gefährtin auf die Rückbank und schloss die Tür.

„Ich kann dein Handy und deine anderen Sachen nehmen, wenn du willst", sagte Rhea zu Conall.

„Danke." Er zog sein Hemd aus, und als er es ihr reichte, widerstand sie dem Drang, es an ihre Nase zu drücken und seinen Duft zu inhalieren. Weil das definitiv unangemessenes Verhalten war. Freunde taten so etwas nicht.

Obwohl sie versuchte, es nicht zu tun, wanderte ihr Blick über seine breite Brust und die scharfen Linien seiner Brust- und Bauchmuskeln. Wandler an sich waren meist größer als Menschen, zumindest Wölfe, doch Drachen … Sie waren eine Klasse für sich.

Gott, darüber nachzudenken, etwas mit ihm anzufangen, war lächerlich, es sei denn … Vielleicht könnten sie eine kleine Affäre haben. Es war so verdammt lange her, seit sie mit jemandem zusammen gewesen war. Wer sagte, dass sie keinen Spaß haben konnte? Er war der Alpha eines anderen Clans und würde keinen Wolf zur Gefährtin haben wollen. Sie bezweifelte es zumindest. Und er hatte so oder so nie ein Wort über Paarung verloren. Doch vielleicht … Sie blickte auf und bemerkte, dass sein Blick zu einer Supernova geworden war, während er sie beobachtete.

Hitze strömte zwischen ihre Beine, als sie in diesen

leuchtenden Blick starrte, der so voller Hunger war.

Lautlos zog er seine Hose aus und hielt seinen Blick auf ihren gerichtet. Sie sollte wegsehen. Ja, sie sollte es wirklich, wirklich. Doch sie konnte sich nicht dazu zwingen. Nicht, nachdem sie ihn letzte Nacht gesehen hatte. Sie war es gewohnt, Männer nackt zu sehen. Nach über hundertfünfzig Jahren auf dem Planeten hatte sie reichlich nackte Körper gesehen. Es schien, als war immer mindestens einer ihre Rudelkameraden nackt.

Doch das hier war, als würde man zusehen, wie ein Kunstwerk enthüllt wird. Sie hatte gesehen, was zwischen seinen Beinen war, und sie schämte sich nicht zuzugeben, dass sie es wiedersehen wollte. Mehr als nur sehen. Berühren und Kosten wären ein guter Anfang.

Sie versuchte, ihren Geruch zu verbergen, und es gelang ihr ziemlich gut, doch ein weiterer Hitzestoß flutete zwischen ihre Beine, als er seine Hose tiefer, tiefer schob …

Im letzten Moment wandte er sich ab und gab ihr einen perfekten Blick auf einen perfekten Po. Sie unterdrückte ein frustriertes Knurren, als er sich halb zu ihr umdrehte, das sündigste wissende Grinsen in seinem Gesicht, als er ihr seine Schuhe und den Rest seiner Kleidung reichte.

Sie biss die Zähne zusammen, als er wegging, um Platz zum Wandeln zu haben. Irgendwie gelang es ihr, sich zu zwingen, sich auf den Beifahrersitz zu setzen und nicht auf die Art und Weise zu starren, wie sich seine Arsch- und Beinmuskeln bewegten. Ihr wurde bewusst, dass ihre Pheromone außer Kontrolle waren, als Chloe kicherte.

„Oh, Mädchen, dieser Mann ist …"

„Beende diesen Satz nicht." Ihr Wolf krallte sich in sie und ärgerte sich, dass ihre Freundin und Rudelkameradin Conall es auch bemerkt hatte. Natürlich war der Mann verdammt sexy, und natürlich würde jede Frau ihn anstarren. Rhea musste es jedoch nicht mögen.

Auf dem Rücksitz unterdrückte Lyra ein Kichern, doch Rhea weigerte sich, sich umzudrehen, und entweder sie oder ihren Alpha anzusehen, als Chloe den Gang einlegte. Die Adresse hatte sie bereits in das Navigationssystem eingetippt.

Rhea blickte nicht aus dem Fenster, um zu sehen, ob Conall sich bereits gewandelt oder getarnt hatte. Wenn sie ihn ansah, gehorchte ihr Verstand ihr nicht mehr, und jetzt musste sie ganz Kriegerin sein, wenn sie einer unbekannten Bedrohung nachjagen wollten. Es war egal, dass es nur ein paar Menschen waren. Es war sehr wahrscheinlich, dass sie mit einem Wandler arbeiteten. Oder vielleicht einem Vampir mit einem Groll. In jedem Fall musste sie bereit sein.

„Ich wollte nur sagen, dass er köstlich ist", fuhr Chloe fort, als sie zur Ausfahrt des Parkplatzes steuerte.

„Ich weiß, was du sagen wolltest", knurrte Rhea und runzelte die Stirn angesichts des grinsenden Profils ihrer Freundin. Sie wollte es nicht hören.

„Ich würde ihn bestimmt nicht von der Bettkante stoßen." Obwohl Chloe sie offensichtlich neckte, war in ihren Worten ein Hauch von Wahrheit.

„Wenn ich ihn jemals in deinem Bett finde, zerreiße ich dich in der Luft." Die Worte waren raus, bevor sie es verhindern konnte. Sie hatte gerade vor drei Mitgliedern ihres Rudels zugegeben – darunter einem, das eine große Klappe hatte –, dass sie sich für Conall interessierte. Mehr als interessierte.

Kapitel 11

„Danke, dass du mich nach Hause gefahren hast", sagte Liberty, als Rory in ihre Einfahrt bog. Er hatte darauf bestanden, sie zu fahren, und jemanden vom Stavros-Rudel gebeten, ihr Auto später nachzubringen.

Er brummte nur und fuhr in ihre Garage. Er hatte einen zweiten Garagentoröffner und einen Schlüssel zu ihrem Haus. Und er hatte auf einem erstklassigen Sicherheitssystem bestanden. Ihr Stadthaus befand sich in einer gehobenen Gegend. Als sie es das erste Mal gesehen hatte, war sie begeistert gewesen, dass jemand es zu einem so günstigen Preis vermietete. Als sie erkannt hatte, dass es Rory gehörte, und dass er das Haus nebenan und genauer gesagt die ganze Reihe auf dieser Straßenseite besaß – hinterhältiger Mann! –, war es natürlich zu spät gewesen, einen Rückzieher zu machen. Nicht, dass sie es gewollt hätte. Sie musste sich sicher fühlen, doch auch ein Gefühl der Unabhängigkeit haben. Der Umzug hierher war ein großer Schritt in diese Richtung gewesen.

„Können wir reden?", fragte sie, als sie ausstieg.

Das Garagentor schloss sich hinter ihnen. Er sah sie über die Motorhaube hinweg an, sein Gesichtsausdruck war unleserlich, doch er nickte. „Ja. Lass uns aber zuerst reingehen."

Im Inneren schrillte sofort der eindringliche Piepton der Alarmanlage, doch er ging zum Bedienelement und tippte den Code ein. Als er ihr den Rücken zukehrte, nahm sie sich einen Moment Zeit, um seinen Anblick aufzusaugen. Als sie ihm zum ersten Mal begegnet war, war ihr auf intellektueller Ebene bewusst gewesen, dass er attraktiv war, doch Männer und Sex waren nicht auf ihrem Radar gewesen. Er war eine solche Naturgewalt und hatte seinen Weg in ihr Leben gefunden, dass sie nicht daran gedacht hatte, ihn aufzuhalten. Sie wollte es auch nicht. Er hatte ihr ein Gefühl der Sicherheit zurückgegeben, und sie empfand so viel für ihn, dass es ihr Angst machte.

Bevor er sich wieder zu ihr umdrehte, wandte sie den Blick ab, da sie nicht beim Starren ertappt werden wollte. Sie zog ihre Cabanjacke aus und hängte sie an den Kleiderhaken, an dem sie auch ihre Schlüssel aufbewahrte. Vier Haken, die zu einer bourbonischen Lilie gebogen waren. Rory hatte ihn für sie gekauft und eine Woche nach ihrem Einzug aufgehängt. Er hatte erklärt, sie brauchte einen Haken, weil sie dauernd ihre Schlüssel suchte.

Eine traurige Wahrheit.

Der Mann war immer so umsichtig. Sie fragte sich, was sie ihm zu bieten hatte. Sie war ein Mensch, er ein mächtiger halbdämonischer Wolfwandler. Er war reich, obwohl er nicht viel darüber sprach, wie er und Ian zu ihrem Geld gekommen waren. Ganz zu schweigen davon, dass sie umwerfend sexy waren. Sie war plötzlich nervös wegen dem, was sie zu sagen hatte, lehnte sich gegen die nächste Theke in ihrer Küche und begegnete seinem Blick.

Und ertappte ihn dabei, wie er sie mit einer erhitzten Intensität beobachtete, die ihr den Atem stocken ließ. Für einen Moment verlor sie den Faden.

„Worüber willst du reden?" Seine tiefe Stimme durchbrach die Stille und sandte eine weitere Schockwelle des Bewusstseins durch sie.

Sie war sich nicht sicher, wie sie überhaupt sagen sollte, was sie wollte. Er hatte offensichtlich bemerkt, dass sie sich zu ihm hingezogen fühlte, und sie hatte gesehen, wie er sie vorhin auf der Party angesehen hatte. Sie fragte sich, ob vielleicht … Ugh, wenn sie es nicht in ihrem eigenen Kopf in Worte fassen konnte, würde sie es auf keinen Fall laut aussprechen können. „Hast du noch immer Lust auf Filmabend?"

Er blinzelte und trat einen Schritt näher an sie heran, sodass er mitten in ihrer Küche stand. Für ein Stadthaus war sie groß. Dank ihm auch alles erstklassig ausgestattet. Doch nichts davon war jetzt von Bedeutung. Nur ein paar Schritte trennten sie. „Darüber wolltest du sprechen?"

„Die Auswahl des richtigen Films ist eine ernsthafte Entscheidung, besonders wenn du einen dieser schrecklichen ausländischen Filme sehen willst." Sie versuchte, einen amüsierten, neckenden Ton in ihre Stimme zu legen, schaffte es aber nicht. Ihr Versuch, Humor zu zeigen, war lahm, aber sie griff nach Strohhalmen. Sie hätte überhaupt nichts sagen sollen.

Seine moosgrünen Augen wurden für einen Moment ganz Wolf, bevor sie wieder menschlich wurden. Er machte einen weiteren Schritt auf sie zu, bis er nur noch wenige Zentimeter von ihr entfernt war. Obwohl er sie nicht berührte, war seine Präsenz allesverzehrend. Sein würziger Duft neckte sie und drang in ihre Sinne ein.

„Ich will nicht über einen dummen Film sprechen. Warum bist du im Büro vor mir weggelaufen?" Er klang fast verletzt.

Sie runzelte die Stirn. Darüber wollte er sprechen? „Ich wollte nur helfen, und du hast versucht, mich da so schnell wie möglich wegzubringen." Die Kontrolle über ihre Handlungen zu übernehmen. Auch wenn er es nicht beabsichtigt hatte, so hatte es sich angefühlt. Als wäre sie hilflos und unfähig, auf sich selbst aufzupassen.

„Ich wollte dich beschützen, nicht dich kontrollieren", sagte er, als hätte er ihre Gedanken gelesen. „Rhea hat vorhin was gesagt und … Ich wollte nur, dass du in Sicherheit bist. Das ist alles."

„Nein, du denkst, ich bin hilflos, weil ich ein Mensch bin!"

Seine Augen weiteten sich, doch er trat nicht zurück. „Das ist Unsinn. Du bist die stärkste Frau, die mir je begegnet ist."

Seine Worte überraschten sie. Sie fühlte sich die meiste Zeit nicht stark. An den meisten Tagen hatte sie das Gefühl, dass sie sich gerade so über Wasser halten konnte.

„Warum hast du mich dann heute Nachmittag im Howlers stehengelassen, als du gerochen hast …?" Ihre Stimme war gegen ihren Willen hoch geworden, doch sie konnte den Gedanken immer noch nicht beenden. Sie hatte nicht vorgehabt, ihn danach zu fragen. Sie war sich nicht einmal sicher, ob sie überhaupt eine Antwort wollte. Doch jetzt war die Frage raus und verdammt, sie *wollte* es wissen. Selbst wenn sie nicht nur Angst vor der Antwort hatte, sondern auch vor den Konsequenzen, wenn sich zwischen ihnen etwas ändern sollte.

Knurrend drehte er sich um und kehrte ihr den Rücken zu, ging aber nicht weg. Er rieb sich nur den Nacken mit einer Geste, die sie mehr als einmal gesehen hatte, wenn sie frustriert war. „Ich will dich nicht verletzen."

„Oh." *Oh Gott.* Sie hatte alles falsch verstanden. Schmerz durchbohrte ihre Brust. Natürlich wollte er sie nicht verletzen. Er war ein anständiger Mann. Er hatte sie aus einem Höllenreich gerettet und seitdem ein Auge auf sie gehabt. Doch sie musste ihm eine Last sein. Acht Monate waren eine lange Zeit, um auf jemanden aufzupassen. Und sie hatte ihm erzählt, was dieser Halbdämon im Höllenreich ihr angetan hatte, die ständigen Vergewaltigungen und das Hungern. Vielleicht hatte Rory einfach zu viel Mitleid gehabt, um zu gehen.

Sie hatte gedacht, sie hätte heute Abend auf der Party gesehen, wie er sie angestarrt hatte, aber das …

Schamesröte brannte auf ihren Wangen. Was machte es schon,

wenn er sie attraktiv fand? Das hatte nichts zu bedeuten. „Schau, wir können das dann einfach vergessen." Zu ihrem Entsetzen brach ihre Stimme beim letzten Wort.

Er drehte sich mit großen Augen zu ihr um. „Nicht weinen." Es war ein panischer Befehl.

Als er das sagte, war es zu viel. Sie hatte sich ermahnt, sie sollte sich nicht daran gewöhnen, ihn um sich zu haben. Vor acht Monaten hatte sie ihm sogar gesagt, dass sie ihm nicht böse wäre, wenn er ginge, falls er sie als Verpflichtung zu sehen begann. Doch jetzt, da er versuchte, ihr die Abfuhr sanft zu erteilen, tat es verdammt weh. „Tut mir leid", murmelte sie, und dumme Tränen liefen über ihre Wangen.

Er hatte seine Arme um sie gelegt, bevor sie die Unschärfe weggeblinzelt hatte, und seine feste Umarmung machte es gleichzeitig besser und schlechter. „Bitte nicht weinen", murmelte er und streichelte mit einer Hand beruhigend über ihren Rücken.

„Das tue ich nicht", schniefte sie an seiner Brust. „Es ist mir nur peinlich. Ich dachte, dass du vielleicht wolltest, dass was zwischen uns passiert …" Sie stieß ein nervöses, wässriges Lachen aus, trat zurück und wischte die Tränen weg. „Ich bin nur dumm."

Rory sah sie stirnrunzelnd an und wich keinen Zentimeter von ihrer Seite. Sie liebte die Art, wie er roch, wie eine kalte Winternacht im Wald. Sie spürte seine Verwirrung, und obwohl sie keine übernatürlichen Fähigkeiten besaß, war es nicht schwer, es in den angespannten Linien seines Körpers und in seinem Gesichtsausdruck zu sehen. „Ich *will* dich. Mehr als meinen nächsten Atemzug." Das tiefe Timbre seiner Stimme ließ sie genauso erstarren wie das heisere Eingeständnis selbst.

Plötzlich ergab seine vorherige Bemerkung, sie nicht verletzen zu wollen, einen Sinn. Das hoffte sie zumindest. „Als du gesagt hast, dass du mich nicht verletzen willst, meintest du das … ich meine körperlich? Oder hast du versucht, mir auf sanfte Weise einen Korb zu geben?"

Seine Augen waren wieder ganz Wolf. „Körperlich."

„Oh." Nun, das veränderte alles. Sie hatte gedacht, er wollte sie nicht emotional verletzen. Sie fühlte sich viel mutiger, ließ einige ihrer Ängste los, trat auf ihn zu und legte beide Hände an seine Brust.

Sein Atem war unregelmäßig, seine Augen waren wild, als er sie ansah. Mensch, Wolf, Dämon. Alle starrten sie an, der Hunger leuchtete hell. „Ich habe Angst, dich zu verletzen." Seine Stimme war ein heiseres Knurren.

Die Wahrheit in seinem Blick linderte jede noch schwelende Angst. Rory würde sie niemals verletzen. Das war eine Wahrheit, die sie bis ins Mark spürte. Nachdem sie wahre Monster gesehen hatte, war dies ein Mann, der eine Frau einfach nicht verletzen konnte. Es war nicht in seiner DNA. „Das ist das Letzte, worüber ich mir Sorgen mache, aber ich weiß nicht, wofür ich bereit bin. Einen Tag nach dem anderen angehen ist alles, worauf ich mich gerade konzentrieren kann."

Er nickte, als könnte er das verstehen.

Sie hoffte, dass er es tat, wollte aber alle Karten auf den Tisch legen. „Du verdienst Besseres als mich." Er runzelte die Stirn und wollte protestieren, doch sie legte einen Finger an seine Lippen.

Zu ihrer Überraschung knabberte er daran. Der simple kleine Biss jagte Hitze zwischen ihre Schenkel. Sogar er sah ein wenig überrascht darüber aus, was er getan hatte. Bis rohe Hitze in seinen Blick stieg.

Sie konnte sich nicht an das erinnern, was sie sagen wollte. Doch sie wollte auch nicht reden. Nicht, wenn Rory auf sie herabblickte, als wäre sie das Kostbarste auf der Welt.

Sie schob ihre Hände höher, grub ihre Finger in seine Schultern und hielt ihn fest, um sich zu stabilisieren. Sie war sich nicht sicher gewesen, ob sie jemals an den Punkt kommen würde, an dem sie wieder mit jemandem zusammen sein wollte, doch sie wusste, dass sie Rory wollte.

In einer schnellen Bewegung hob er sie auf die Theke, sodass sie fast auf Augenhöhe waren. Wegen der engen Passform ihres Kleides konnte sie ihre Beine nicht weit spreizen, doch so, wie er sie mit seinen Armen einrahmte, fühlte es sich unglaublich intim an. Besonders, als er sie anstarrte, als könnte er sie verzehren.

Es machte ihr auch keine Angst, es erregte sie nur. Es war so lange her, dass sie Genuss mit einem Mann empfunden hatte. Obwohl sie immer noch ein wenig Angst hatte, wollte sie unbedingt Rorys Mund auf sich spüren.

Er bewegte sich langsam, neigte seinen Kopf und gab ihr genug Zeit, sich zurückzuziehen, falls sie das wollte. Sie wollte es nicht. Ihr ganzer Körper vibrierte vor Sehnsucht nach ihm.

Sie fühlte sich gleichzeitig nervös und erregt und beugte sich in seinen Kuss vor, verzweifelt, ihn zu schmecken.

Als seine Lippen ihre trafen, verschmolz sie mit ihm und schnippte ein wenig zaghaft mit ihrer Zunge gegen seine. Sie war sich nicht sicher, wie weit sie gehen wollte, wie viel sie gerade noch ertragen konnte, doch Küssen war gut. Mit Rory war Küssen perfekt. Sie hoffte nur, dass er es verstehen würde, wenn sie aufhören wollte.

Er stöhnte, und sein großer Körper erschauerte unter ihren Fingerspitzen. Er berührte sie jedoch nirgendwo anders, hielt nur seine Hände auf der Theke neben ihr, während seine Zunge gegen ihre streichelte. Die Liebkosung wurde von Sekunde zu Sekunde hungriger.

Sie kam ihm genauso hungrig entgegen, ihr ganzer Körper reagierte auf seinen Geschmack. Ihre Nippel richteten sich fest gegen den Stoff ihres BHs auf, und sie wurde feucht. Als sie sich weiter vorbeugte, mehr wollte und ihre Finger hinter seinem Nacken verflocht, zog er sich zurück.

Er atmete schwer und sah mit einer Mischung aus zu vielen Emotionen auf sie herab, als dass sie sie hätte entziffern können. „Ich würde heute Nacht gern hier bleiben." Die Worte schienen aus ihm herauszuplatzen. Und er berührte sie immer noch nicht, bemerkte sie.

Sie schluckte schwer, eine Ablehnung auf ihrer Zungenspitze. Sie wollte nicht, dass er blieb, weil er glaubte, sie brauchte den Schutz.

„Es war schwer für mich, mich daran zu gewöhnen, in der Menschenwelt zu sein. Ich weiß, dass du glaubst, du hast mich als Krücke benutzt, aber … Ich bin gerne nachts bei dir. Es hilft mir auch zu schlafen."

Überrascht starrte sie ihn an und suchte in seinen Augen nach der Wahrheit. Sie war ziemlich gut darin geworden, ihn zu lesen, seit sie einander kennengelernt hatten, und sie glaubte nicht, dass er log. „Wirklich?"

Er nickte. „Ja. Es ist … anders hier. Friedlicher. Stiller. Es ist gewöhnungsbedürftig."

Sie konnte das glauben, besonders nachdem er jahrzehntelang in einem Höllenreich gewesen war. „Wirst du in Menschengestalt bleiben?"

Er schluckte schwer. „Wenn du das willst?"

„Ich will." Wahrscheinlich viel zu sehr.

Kapitel 12

Rory fühlte sich wie ein unerfahrener Welpe, als er Libertys Schlafzimmer betrat. Er hatte die letzten acht Monate mit ihr hier in seiner Wolfsform geschlafen, also war er mit ihrem Schlafzimmer vertraut, doch es war ganz anders, in Menschengestalt hier zu sein.

Er konnte Wasser im Badezimmer laufen hören, also wusste er, dass sie ein paar Minuten brauchen würde. Er beobachtete manchmal ihre kleinen Rituale, wie sie sich abschminkte und ihr Gesicht wusch und all die kleinen Dinge, die sie nachts tat. Es hatte sich immer intim angefühlt, sie zu beobachten, doch wenn er in Wolfsgestalt war, war sie immer entspannt. Er hatte das ausgenutzt, um ihren Anblick zu trinken.

Denn er war keine Bedrohung für sie. Nicht, dass er sich selbst als eine gesehen hätte oder jemals eine sein würde, doch heute Abend würde es anders sein.

Besonders nach diesem Kuss und seinem Eingeständnis, dass er sie mehr wollte als seinen nächsten Atemzug. Es war wahr, und er bereute es nicht. Er war nur froh, dass sie keine Angst vor ihm bekommen hatte.

Sein Blick wanderte über die blassviolette Bettdecke mit weißen Kanten, von der sie stundenlang überlegt hatte, ob sie sie kaufen sollte oder nicht. Alles in ihrem Zimmer war weich und weiblich. Wie sie. Vor ihr hatte er gedacht, alle Menschen seien schwach, doch er liebte ihre Weichheit. Verdammt, er liebte alles an ihr.

Als sich die Badezimmertür öffnete, zuckte er fast zusammen und schalt sich dann. Er war kein dummer Welpe. Doch die Frauen, mit denen er zusammen gewesen war, waren alle Wandler der einen oder anderen Art gewesen. Und immer One-Night-Stands. Manchmal zwei Nächte, doch er hatte einen Großteil der letzten fünfzig Jahre im Höllenreich verbracht und war nur für gelegentlichen Sex in die Menschenwelt gegangen.

Davon abgesehen bedeutete es nicht, dass etwas zwischen ihnen passieren würde, nur weil er bei ihr blieb.

Er war angetörnter gewesen, als er sich jemals gewesen zu sein erinnern konnte, als sie einander geküsst hatten, doch er hatte sich zurückgezogen, um ihrer beider willen. Das Letzte, was sie brauchte, war, dass er zu erregt wurde. Er musste die vollständige Kontrolle über sich haben, wenn er bei ihr war. Sie hatte ihm ein wenig von dem erzählt, was sie erlebt hatte, und es war genug gewesen, dass er sich Sorgen machte, was sie und Sex anging.

Sie trug einen langärmeligen Pyjama mit rosa kleinen Hunden auf blauem Grund und lächelte, als sie ihn sah. „Es ist ein bisschen komisch, wenn du in menschlicher Form bist. Und das hört sich ziemlich seltsam an, wenn man es laut ausspricht." Die Leichtigkeit in ihrer Stimme ließ ihn aufatmen.

Wenn es okay für sie war, war es das auch für ihn. Neben ihr zu schlafen und nicht nackt zu sein war scheiße, doch wenn es eine Weile dauerte, bis sie so weit war, wäre das auch okay. Auch wenn es seinen Wolf und Dämon wahnsinnig machte. Also beschloss er, sich so normal wie möglich zu verhalten.

„Wann musst du morgen bei Bo sein?" Obwohl er die Antwort bereits kannte, nachdem sein Bruder es ihm gesagt hatte, wollte er sich entspannt unterhalten, während er zur linken Seite ihres Betts ging. Er glaubte nicht, dass sie die Partys nach diesem Angriff fortsetzen sollten, doch scheinbar bestanden Bo – und Finn – darauf. Sie mussten stark wirken, und Feierlichkeiten aufgrund eines Angriffs abzusagen, würde sie in der übernatürlichen Welt schwach erscheinen lassen.

„Die Party fängt erst am Abend an, aber wahrscheinlich gegen Mittag. Ich will anfangen, alles herzurichten, und du kennst mich, ich will lieber alles dreimal überprüfen." Sie schlug die Decke auf ihrer Seite zurück und lachte zittrig. „Ich kann dir doch sagen, dass ich nervös bin, oder?"

Er seufzte erleichtert auf. „Bin ich auch."

Ihre dunklen Augen weiteten sich. „Wirklich?"

„Ja." Die Dinge änderten sich zwischen ihnen, und obwohl er wusste, was er wollte, war ihm auch klar, dass sie nicht für „für immer" bereit war. Nicht einmal annähernd. Er hasste das rastlose Gefühl in sich, diesen Wunsch, sie zu markieren, sie zu beanspruchen, alle wissen zu lassen, dass sie seine war. Er hasste es, dass sie, wenn sie in der Öffentlichkeit waren, Freiwild für jedes übernatürliche Wesen war, das sie anbaggern wollte. Es machte ihn nervös. Rund um die Uhr.

„Können wir es nochmal mit Küssen versuchen?", fragte sie, als sie auf ihre Seite des Bettes rutschte.

Ihre Frage und die Welle der Lust, die plötzlich von ihr ausging, warf ihn beinahe um. Er hatte das überhaupt nicht erwartet. Er hatte gedacht … Wen zum Teufel kümmerte es, was er gedacht hatte? Er traute seiner Stimme nicht, darum nickte er nur, als er in ihr Bett stieg.

Er räusperte sich. „Wenn ich etwas tue, das dir nicht gefällt, sag mir einfach, dass ich aufhören soll, und ich höre auf. Und wir müssen uns nicht küssen." Sein Wolf und sein Dämon prügelten auf ihn ein und schrien ihn an, er solle die Klappe halten und nehmen, was sie anbot. Doch er konnte nicht.

Sie nickte und atmete ungleichmäßig, als sie sah, wie er sich gegen das Kopfteil lehnte. Sie überraschte ihn erneut, als sie näherkam und sich dann rittlings auf ihn setzte.

Er erstarrte, als sie sich auf ihm niederließ. Sein Instinkt war, sie an den Hüften zu packen und sie an sich zu ziehen, doch er hielt sich zurück. Stattdessen ballte er die Fäuste gegen das Laken. Sie waren beide angezogen, sodass es viele Barrieren zwischen ihnen gab, doch sein Schwanz war hart und pochte nach ihr. Sein natürlicher Instinkt war es, die Führung zu übernehmen, sie unter sich zu drehen, damit er die vollständige Kontrolle hatte.

Doch er wusste, dass es mit Liberty anders sein musste. Ihr Trauma war viel zu groß, und er würde das nicht vergessen.

Er war mehr als einverstanden damit, dass sie jetzt die Kontrolle hatte. Sogar seine ursprünglichste Seite war ruhig und friedlich. Weil Liberty hier bei ihm war.

„Ich war noch nie in meinem Leben so nervös", flüsterte sie mit großen dunklen Augen.

„Worüber bist du nervös?", fragte er leise und wollte nichts tun, um den intimen Moment zu zerstören. Er glaubte die Antwort zu kennen, wollte aber sicher sein, dass sie beide dasselbe wollten.

„Ich … Ich weiß nicht, ob ich jemals für mehr bereit sein werde. Mehr als Küssen, meine ich."

„Okay."

Sie schüttelte den Kopf, Frustration blitzte in ihren Augen auf. „Das sagst du jetzt, aber …"

„Kein Aber! Wir werden es einen Tag nach dem anderen angehen. Es ist mir egal, wie lange es dauert." Als er die Worte aussprach, wusste er, dass er es so meinte. Ja, er wünschte sich, er wäre jetzt nackt mit ihr, tief in ihr vergraben, doch er hatte tiefe Gefühle für diese Frau. Sein Wolf hatte sie als seine Gefährtin erkannt, lange bevor er sie tatsächlich kennengelernt hatte, doch in den letzten acht Monaten hatte er gesehen, was für eine starke Frau sie war, und er kannte die Frau in ihrem Inneren. Sie war wirklich wunderschön, innen wie außen.

Sie seufzte, und obwohl er die Unsicherheit in ihrem dunklen Blick sehen konnte, legte sie sanft ihre Hände auf seine Schultern.

Gegen seinen Willen wiegten sich seine Hüften, und sein Schwanz drückte zwischen ihre Schenkel. Er erstarrte, doch dann sah er, dass ihre Lider schwer wurden, und der unverkennbare Geruch von Lust ging von ihr aus. Doch er ließ sie den ersten Schritt machen, selbst wenn er all seine Instinkte niederringen musste, um es zu tun.

Langsam beugte sie sich vor, bis ihre Lippen seine berührten.

Er unterdrückte sein Stöhnen nicht, als sie an seiner Unterlippe knabberte. Obwohl er sie halten und an sich ziehen wollte, hielt er seine Hände an seiner Seite und krallte sie in ihre Laken, als sie ihre Brüste gegen seine Brust schob.

Es war egal, dass Kleidung sie trennte, er konnte immer noch fühlen, wie ihre harten Nippel gegen ihn streiften, als sie sich gegen ihn schaukelte. Ihre Bewegungen waren süß, sinnlich, und er fragte sich, ob sie sich überhaupt bewusst war, dass sie ihn im Grunde ritt.

Er neckte seine Zunge mit ihrer, und ihr süßer Geschmack brannte sich in sein Gehirn ein. Als sie gegen ihn stöhnte, hob er eine Hand und legte sie auf ihre Hüfte, während sie sich weiter gegen ihn bewegte.

Ihr Kuss schien ewig anzudauern. Je länger sich ihre Zungen neckten, desto entspannter wurde sie – und desto härter wurde sein Schwanz. Es war fast schmerzhaft, doch er würde es so lange wie nötig ertragen.

Als sie sich schwer atmend zurückzog, stöhnte er angesichts der Lust, die in ihren Augen loderte. „Ich bin noch nicht zu mehr bereit, aber ich bin unglaublich angetörnt."

Er wollte zwischen ihre Beine tauchen, sie überall kosten, wusste aber, dass es zu früh war. Dennoch … „Du könntest dich berühren", flüsterte er und wurde heiß bei der Vorstellung. „Schieb deine Hand in deine Pyjamahose und streichle dich, während ich zusehe." Alle seine Muskeln spannten sich an, als er auf ihre Reaktion wartete.

Wenn die Art und Weise, wie viel süßer ihr Duft wurde, ein Hinweis war, gefiel ihr die Idee auch. Doch sie bewegte sich nicht, ihre Finger gruben sich in seine Schultern, als sie ihn mit diesen durchdringenden, dunklen Augen beobachtete, von denen er hätte schwören können, dass sie direkt in sein Herz sehen konnten.

Als eine Hand ihren Todesgriff um ihn lockerte und ach so langsam zwischen ihren Körpern hinunterglitt, bemerkte er, dass er den Atem anhielt und darauf wartete, dass sie mehr tat. Er wünschte, er könnte sie berühren, doch das hier hatte einen ganz eigenen Reiz.

Sie spielte mit dem Bund ihrer Pyjamahose, doch er wusste, dass sie es nicht tat, um ihn anzutörnen. Ihre Nackenmuskeln waren angespannt, als ihre Hand auf ihrem flachen Bauch und dem dehnbaren Material lag. Er sah den Moment, als sie die Entscheidung traf.

Ihr Blick wanderte zu seinem, ihre Augen leuchteten, dann glitt ihre Hand weiter und in den Hosenbund.

Er konnte nicht sehen, was sie dort tat, nicht wirklich, doch seine Fantasie lief Amok. Er sah ihr dennoch weiter in die Augen und beobachtete, wie sich ihr Mund öffnete, als sie anfing, sich zu streicheln.

Er wünschte, er hätte sehen können, wie sie sich selbst berührte, wie viel Druck sie ausübte, doch er würde das alles eines Tages lernen. Er musste daran glauben, dass es passieren würde. Sie vertraute ihm genug, um das zu tun, und das gab ihm ein unvorstellbares Gefühl.

Er war kein guter Mann und hätte nie gedacht, eine Frau wie Liberty zu finden. Er war jahrelang in diesem Höllenreich gewesen und hatte sich dort versteckt, das wurde ihm jetzt bewusst. Weil er von allem so verdammt desillusioniert war. Er würde niemals irgendwo hineinpassen, nicht als Wesen von gemischtem Blut. Weder er noch sein Bruder. Deshalb hatten sie sich aus der Menschenwelt zurückgezogen. Jetzt war der Gedanke, für immer hier zu bleiben, nicht einmal eine Wahl. Er würde überall leben, solange Liberty bei ihm war.

Ihr Atem stockte ein wenig, als sie sich auf die Unterlippe biss. Ihre Wangen waren gerötet, und ihr Geruch verriet ihm, dass es eine Mischung aus Lust und Unsicherheit war.

Das war unglaublich intim, und obwohl er ihren Gesichtsausdruck sehen wollte, während sie kam, wollte er, dass sie sich sicher und wohl fühlte. Sein Schwanz pochte zwischen seinen Beinen, das Pulsieren jetzt definitiv schmerzhaft, doch er lehnte sich zurück und vergrub sein Gesicht an ihrem Hals.

Anscheinend war es das Richtige, denn sie erschauerte und stieß ein leises Stöhnen aus, als sie mit ihrer freien Hand durch seine Haare strich.

Er küsste die weiche Säule ihres Halses und kratzte mit den Zähnen über ihren Puls, als sie wieder erschauerte.

„Stell dir vor, dass das gerade meine Zunge an deiner Klitoris ist", flüsterte er. Er war noch nie jemand gewesen, der auf Dirty Talk stand, doch gerade sagte ihm irgendetwas, dass sie Worte brauchte. Wenn er sie nicht berühren konnte, würde er verdammt gerne helfen, sie auf eine andere Weise anzutörnen.

Sie zuckte bei seinen Worten zusammen, atmete noch schwerer, und ihre Bewegungen wurden schneller. Er kratzte wieder mit den Zähnen ihren Hals entlang, bevor er ihr Ohrläppchen in seinen Mund saugte. Alles an ihr schmeckte süß. Sie überraschte ihn, als sie gedämpft aufschrie, und er wusste, dass sie kam, als sie erschauerte und ihre Hüfte in harten, ruckartigen Bewegungen gegen seine drängte. Er wollte sie berühren, seine Hände unter ihr Top schieben, ihre Brüste streicheln, doch er hielt sich zurück.

Er hielt sein Gesicht an ihrem Hals vergraben und atmete den

Duft ihres Orgasmus ein. Er hüllte ihn ein, machte seinen Wolf und seinen Dämon nervöser als erwartet, doch er rang diese Seite an sich nieder, als sie sich ganz gegen ihn entspannte.

Als sie ihre Hand aus ihrer Hose zog, ergriff er ihr Handgelenk und lehnte sich zurück, um sie anzusehen. Zu viele Emotionen bombardierten ihn.

Er hob ihre Hand und saugte ihre ersten beiden Finger in seinen Mund, wohl wissend, dass es eine ursprüngliche, animalische Geste war. Seine Geschmacksknospen explodierten mit ihrer Essenz. Obwohl ihre Wangen purpurrot brannten, als sie ihn beobachtete, roch er, dass ihr gefiel, was er tat.

Da er sich ziemlich sicher war, dass es jetzt nichts Passendes zu sagen gab, küsste er sie nur sanft, bevor er herunterrutschte und sie beide zudeckte. Er zog sie zurecht, sodass sie auf seiner Brust lag.

Zum ersten Mal, seit er sie kannte, schlief sie in weniger als einer Minute ein. Ihre Atmung war so ruhig wie ihr Herzschlag.

Sein Schwanz schmerzte immer noch, aber sei's drum. Er würde sich später darum kümmern, sobald er sicher war, dass sie fest schlief. Im Moment wollte er es genießen, sie einfach zu halten. Was sie gerade getan hatten, war riesig. Sie hatte ihm genug vertraut, um vor ihm völlig verletzlich zu sein, und es gab ihm Hoffnung, dass er sie bald für sich würde beanspruchen können.

KAPITEL 13

Fünf Monate zuvor

„Warum siehst du so glücklich aus?", fragte Victoria als sie sich auf einen der Hocker an Conalls Kücheninsel setzte.

Sie waren vorbeigekommen, um über Baupläne für ein neues … irgendwas mit der Skilodge zu besprechen. Verdammt, er wusste es nicht, und es war ihm im Moment auch egal.

„Hm …" Er blickte von seinem Handy auf und sah, dass Drake und Victoria ihn neugierig beobachteten. „Oh, nichts Wichtiges. Nur Clankram." Eine totale Lüge. Er hatte Rhea geschrieben, etwas, was er in letzter Zeit immer häufiger zu tun schien. Mit ihr zu reden war eine Sucht. Er war es jedoch leid, nur zu reden. Seine Fantasien von ihr waren außer Kontrolle. Er konnte nicht mehr an andere Frauen denken, würdigte keine auch nur eines Blickes. Er war nicht interessiert. Doch er war sich nicht sicher, ob sie irgendetwas für ihn empfand, das über Freundschaft hinausging. Sie war eine komplexe Frau.

Drake neigte den Kopf. „Du weißt, dass ich spüre, wenn du lügst."

Victoria kicherte nur und schüttelte den Kopf. „Du bist in letzter Zeit ein Geheimniskrämer mit deinem Handy. Es ist eine Frau, so viel ist klar! Mit wem schreibst du?"

Sein Handy pingte erneut. „Einen Moment, ich muss darauf antworten", murmelte er.

Er war sich vage bewusst, dass Drake und Victoria leise miteinander tuschelten, als er auf das Display blickte, um eine weitere Nachricht von Rhea zu sehen, doch er hörte ihnen nicht mehr zu. Er wusste, dass er unhöflich war, und wenn jemand so mit ihm umgehen würde, wäre er verärgert. Aber er war der Alpha. Er konnte seine Arbeit jederzeit als Ausrede benutzen. Im Moment war es ihm definitiv recht.

Solon hätte sich heute Abend fast von ein paar Katzen in den Arsch treten lassen. Musste ihn bei Bo retten. Im Ernst, dieser Mann wird nie erwachsen.

Ein sehr kleiner Teil von Conall hasste es, dass Rhea einen Mann als besten Freund hatte, doch er unterdrückte dieses Gefühl. Er hatte die beiden zusammen gesehen und wusste, dass sie mehr Bruder und Schwester waren als manche leiblichen Geschwister. Seine Finger flogen über das Display. *Das wird er schon, wenn er die richtige Frau trifft.*

Sie schickte ihm ein augenrollendes Emoticon zurück. *Wir werden sehen. Bis dahin darf ich ihm wohl weiter den Arsch vor verrückten Weibern retten.*

Das machst du doch gern, schrieb er zurück. Und er liebte das an ihr. Er hatte genug mit ihr gesprochen, um zu wissen, dass sie sich gerne um ihre Rudelkameraden kümmerte und wenn nötig auf sie aufpasste. Es war Teil ihrer DNA und einer der Gründe, warum er sie bewunderte. Sie war ihren Leuten treu.

Lol, stimmt. Ihn am Leben zu halten ist meine Lieblingsbeschäftigung. Was machst du heute Nacht?

Clantreffen mit V und Drake wegen Baugenehmigungen.

Das würde ich lieber machen, als hier im Club festzusitzen.

Ja, ihm wäre lieber, wenn sie hier bei ihm wäre. Sein Drache regte sich unter der Oberfläche und war mehr als wütend, dass er nicht in Rheas Nähe war. Viel zu viele Meilen trennten sie.

Monate waren vergangen, seit er sie das letzte Mal gesehen hatte, und es machte ihn nervös. Ihre tägliche Kommunikation war eines der wenigen Dinge, die ihn gesund hielten. Im Moment wollte sein Drache aus der Menschengestalt heraus, direkt nach Biloxi fliegen und seine Frau sehen.

Seine? Er rollte die Schultern. Er musste sich zusammenreißen. Sie war nicht einmal ansatzweise seine. Sie waren nur Freunde. Zumindest für den Moment. Er würde abwarten.

Seine Finger flogen wieder über das Display. *Pack deine Koffer und komm her.*

Dem folgte eine längere Pause als normal; *Eines Tages werde ich dein Angebot annehmen.*

Du bist hier immer willkommen. Und er meinte es so. Wenn er sie wieder hierher bringen würde, würde er sie nie wieder gehen lassen. So viel wusste er.

Vielleicht komme ich diesen Winter und fahre Ski. Das letzte Mal hatte ich nicht viel Gelegenheit, mich zu amüsieren.

Das lag daran, dass sie alle mit einer Bedrohung beschäftigt gewesen waren. Ein verräterischer, jetzt toter Cousin von ihm. Ganz zu schweigen von gewalttätigen Drachen eines feindlichen Clans, die angegriffen hatten. *Wir haben immer ein Gästehaus für dich. Und V würde sich freuen, einen anderen Wolf hier zu haben.* Bei der Lüge schnaubte er fast vor sich hin. Sicher, V würde sich freuen, wenn sie hierherkommen würde, doch er würde sich sehr viel mehr freuen.

Ich werde in meinen Kalender schauen und es einfach tun … Mist, ich muss los. Ich fürchte, das ist eine Nummer zu groß für Solon. Schon wieder. Ich ruf dich später an?

Ja. Ich bin dann sicher noch auf. Und er würde auf ihren Anruf warten. Was ihn nur ein ganz kleines bisschen erbärmlich machte.

Conall schob sein Handy zurück in die Hosentasche. Alles andere, was mit dem Clan zu tun hatte, konnte warten. Als er aufblickte, sah er, dass Drake ihn mit einem wissenden Ausdruck beobachtete. Victoria musste gegangen sein, und er hatte es nicht einmal bemerkt. Scheiße. Er war wirklich abgelenkt. Das Wissen ließ eine Welle Eis durch seine Adern gleiten. Er war *nie* abgelenkt. Nicht so weit, dass er nicht bemerkte, dass jemand einen verdammten Raum verließ.

„Wie geht's Rhea?", fragte Drake leise.

Conall blinzelte, und sein Gesichtsausdruck wurde zu einer ausdruckslosen Maske. Er liebte seinen Bruder mehr als alles andere, doch er wollte nicht, dass jemand etwas über seine Gespräche mit Rhea erfuhr. Noch nicht. In seinem Clan wusste jeder alles über jeden. Und als Alpha war er normalerweise in alles involviert, selbst, wenn er es nicht wollte. Er mochte es, etwas zu haben, das nur ihm allein gehörte. Ganz zu schweigen davon, dass er keine Ahnung hatte, ob sie sich überhaupt zu ihm hingezogen fühlte. Sie hatte derart undurchdringliche Mauern um sich aufgebaut, dass es unmöglich war, das zu sagen. „Woher soll ich das wissen?"

Drake schnaubte nur und drehte das Tablet um, das er und Victoria sich angesehen hatten, damit Conall die Pläne auch sehen konnte.

„Wenn du jemals reden willst … egal worüber, ich bin da. Nicht, dass ich ein Experte für Frauen wäre, aber meine Gefährtin ist eine Wölfin." Drakes Stimme war steif, ein wenig unbehaglich.

Sein älterer Bruder war über ein Jahrtausend in der Hölle gefangen gewesen und hatte sich in vielerlei Hinsicht immer noch nicht an diese neue Welt gewöhnt. Er war sozial ein wenig unbeholfen, doch Conall wusste, dass es nicht darum ging. Drake war der beste große Bruder gewesen, als sie Kinder gewesen waren, und Conall gewöhnte sich immer noch daran, ihn wieder bei sich zu haben.

Drake hätte der Alpha sein sollen und war in der Lage, seinen eigenen Clan zu gründen, wenn er wollte. Ja, Conall hatte sogar versucht, ihn seinen Clan übernehmen zu lassen, nachdem er aus der Hölle zurückgekehrt war, doch Drake hatte nicht den Wunsch, die Verantwortung für ihre Leute zu übernehmen. Er wollte einfach nur mit seiner Gefährtin zusammen sein.

Es war … schön, einen älteren Bruder zu haben. Doch immer noch ungewohnt. So lange hatte er diese Rolle gespielt und war immer noch der ältere Bruder für Keelin, doch verdammt, vielleicht sollte er mit seinem Bruder sprechen.

Er räusperte sich. „Mein Drache weiß, was er will." Er musste Rheas Namen nicht erwähnen, die Implikation war klar genug.

Drake nickte verständnisvoll. „War für mich genauso. Ich wusste es, bevor ich Victoria überhaupt gesehen habe. Ihr Duft war …"

„Perfekt?" Genau wie Rheas für ihn perfekt war.

„Ja. Also, worauf wartest du?"

Conall rieb sich den Nacken. Er war es nicht gewohnt, jemanden um Rat zu fragen. Er war immer der Verantwortliche, der im wortwörtlichen und im übertragenen Sinne Feuer löschte. „Wir sind nur Freunde." Weil er nicht sicher war, ob sie mehr wollte. Normalerweise würde er sich auf das stürzen, was er wollte, doch Rhea war anders, sie war besonders. Er konnte bei einer Kriegerin wie ihr nicht den Alpha-Höhlenmenschen raushängen lassen. Er musste subtiler vorgehen. Und die Wahrheit war, dass die letzten Monate, in denen er sie kennengelernt hatte, zu den besten seines langen Lebens gehörten. Auch wenn er frustriert war, dass er sie nicht jeden Tag sehen und berühren konnte.

„Hmm." Drake nickte nur, drängte jedoch nicht.

Was Conall zu schätzen wusste. Er war jetzt zu angespannt. Je länger er von Rhea entfernt war, desto schwieriger wurde es, seine Drachenseite zu beruhigen. Er wusste, dass er sie bald sehen musste.

Und wenn er sie sah, würde er einen Weg finden, sie zu seiner zu machen.

Kapitel 14

Gegenwart

Conall trug die Hose, die er aus Finns Geländewagen geholt hatte, und schlich in das Haus, in das Rhea und die drei anderen kürzlich durch ein Fenster auf der Rückseite eingedrungen waren. Er hatte den Einbruch aussitzen müssen, und obwohl es ihm auf die Nerven ging, verstand er es.

Das war nicht sein Territorium. Er war nur ein Gast.

Bevor er die anderen erreichte, roch er Blut. Viel Blut. Doch nicht das von Rhea, dessen war er sich sicher.

Ganz zu schweigen davon, dass er das leise Murmeln der Wölfe hören konnte. Keine Panik, nur Wut. Die Menschen waren also tot.

Als er das spartanisch eingerichtete Wohnzimmer des Hauses betrat, drehten sich alle vier Wölfe zu ihm um. Finn mit verärgerter Miene, Rhea mit einem halben Lächeln, und die beiden anderen Frauen würdigten ihn kaum eines Blickes, bevor sie sich wieder dem Blutbad zuwandten.

„Fass nichts an", knurrte Finn, als Conall weiter in den Raum kam.

Er schnaubte nur. Es war nicht nötig, ihm das zu sagen, doch er nahm an, dass der Alpha seine Dominanz demonstrieren musste. Conall war das allerdings egal. Er wollte dieses Gebiet nicht. Er wollte nur Rhea.

Als er sich umsah, bemerkte er eine menschliche Hand in einem leeren Aquarium, ein Bein an einem Deckenventilator und zwei Sätze Körperteile, die überall im Raum verteilt waren. „Ist das Gemetzel auf dieses Zimmer beschränkt?", fragte er eher aus Neugier. Da er und Finn kürzlich einen Pakt geschlossen hatten, in dem sie ihre Allianz erklärten, hatte er ein gewisses Interesse, doch das waren nur zwei tote Menschen, die wahrscheinlich an den Bombenangriffen beteiligt gewesen waren.

„Ja", nickte Finn.

„Irgendwelche Tätowierungen?", fragte er und beobachtete Rheas Reaktion. Letzte Nacht hatte er gehört, wie sie Finn gesagt hatte, dass sie mit ihm über eine Tätowierung sprechen musste, und etwas an ihrer Körpersprache war anders gewesen. Zu starr. Als er Drake und Victoria danach gefragt hatte, hatte keiner von ihnen viel mehr gewusst, als dass die Wandler, die das Stavros-Rudel angegriffen hatten, alle zueinander passende Tätowierungen gehabt hatten. Er wollte wissen, was das verdammt nochmal zu bedeuten hatte, da es Rhea wichtig zu sein schien.

Finn schüttelte den Kopf. „Nichts." Er räusperte sich und sah ihn fast entschuldigend an. „Ich muss allein mit meinen Rudelkameraden sprechen. Ich würde dich doch gerne am Morgen sehen, wenn du Zeit hast. In meinem Büro. Ich weiß, dass deine Eltern dann in der Stadt sein werden. Ich werde sie bitten, auch zu kommen."

Ah, also wurde er weggeschickt. Es nagte an ihm, hauptsächlich, weil er in der Nähe von Rhea bleiben wollte, doch er nickte. Das ging ihn nichts an. Er sah Rhea an. „Begleitest du mich kurz raus?"

Ihre Augenbrauen hoben sich ein wenig, doch sie nickte und

folgte ihm. Anstatt eines der Fenster zu benutzen, ging er zur Hintertür und griff nach einem Handtuch, um sie vorsichtig zu öffnen. Er zweifelte nicht daran, dass das Rudel das Haus reinigen würde, doch er wollte trotzdem keine Spuren hinterlassen.

„Tut mir leid", murmelte Rhea, als sie in die frische, kühle Nachtluft traten.

Die Häuser in dieser Gegend waren nahe genug beieinander, dass er einen Fernseher von nebenan und einen Hund aus dem Garten des Nachbarn dahinter bellen hören konnte. Zumindest gab es einen Sichtschutzzaun, der sie vor neugierigen Blicken möglicherweise menschlicher Augen schützte.

„Ich verstehe. Er ermittelt mit seinem Rudel. Ich bin ein Außenseiter."

Rhea sah aus, als wollte sie mehr sagen, nickte jedoch, bevor sie sich umsah. „Ich denke, du kannst hier sicher wandeln." Sie meinte den Garten hinter dem Haus. „Oder ich kann jemanden anrufen, der dich abholt."

„Danke für das Angebot, aber nein. Irgendeine Idee, wer diese Leute getötet hat?" Er hatte die Luftaufklärung durchgeführt und alles von oben betrachtet, bevor sie in das Haus eingedrungen waren. Es hatte keine ungewöhnlichen Bewegungen gegeben. Die Menschen im Haus waren, so wie das Blut roch und auf verschiedenen Oberflächen bereits angetrocknet war, schon mehr als ein paar Stunden tot.

„Noch nicht. Wir werden das Haus komplett durchsuchen, um zu sehen, ob es Verbindungen zu übernatürlichen Wesen gibt, doch ich mache mir keine allzu großen Hoffnungen."

Er nickte verständnisvoll. Wer heute Abend hierhergekommen war, hatte hinter sich aufgeräumt, denn er hatte wahrscheinlich gewusst, dass Finn und sein Rudel die Menschen aufspüren würden, die die Bombe gelegt hatten. Kollateralschaden. Wer auch immer hinter dem Angriff steckte, hatte wahrscheinlich so oder so vorgehabt, diese Menschen zu töten. Sie zu beauftragen war klug gewesen, wenn die Menschen in keiner Beziehung zu übernatürlichen Wesen standen. Das würde es ihnen viel schwieriger machen, herauszufinden, wer wirklich hinter dem Bombenanschlag steckte. „Wenn ich etwas tun kann, lass es mich wissen."

„Werde ich." Ihr Blick fiel für einen Moment auf seinen Mund, bevor sie ihm wieder in die Augen sah. Diese unverkennbare Hitze war da und erweckte alles in ihm zum Leben. Das Bedürfnis, sie zu beanspruchen, war verzehrend, doch er wusste, dass er es geschickt mit ihr angehen musste. Er musste ihr subtil näherkommen. Er wusste, dass sie fast einen Gefährten genommen hätte, kannte jedoch die Details nicht. Verdammt, er musste herausfinden, was schiefgelaufen war. Er musste es wissen, weil er sie nicht verlieren wollte.

Weil Rhea zu gewinnen ein Kampf war, den er nicht verlieren durfte. Er weigerte sich, das zuzulassen.

„Hast du vor, hierzubleiben und mir wieder beim Ausziehen zuzusehen? Ich sollte anfangen, Eintritt zu verlangen – oder selbst um eine Strip-Show bitten", sagte er in betont lockerem Ton und beobachtete sie aufmerksam.

Ihre Wangen wurden rot, doch sie begegnete seinem Blick direkt. „Du kannst eine Show haben, wenn du denkst, dass du damit umgehen kannst." Damit drehte sie sich um und ging zurück ins Haus.

Das sanfte Wiegen ihrer Hüften und ihres Pos ließen ihn hart werden. Schon wieder. In ihrer Gegenwart schien das ein Dauerproblem zu sein. Er zwang sich, den Blick von ihr loszureißen, und sah sich noch einmal um, bevor er sich auszog. Zeit, seine menschliche Form hinter sich zu lassen.

Rheas Herz pochte nur ein bisschen heftiger, als sie zurück ins Haus ging. Die Situation zwischen ihr und Conall hatte sich definitiv verändert. Über Nacht, wie es schien. Okay, nicht gerade über Nacht, wenn sie ehrlich war.

Sie war sich nicht sicher, wie sie sich dabei fühlte, doch sie war sich ziemlich sicher, dass sie ihn sehr bald nackt und flach auf seinem Rücken unter sich sehen würde. Oder auf ihr. Egal wie herum. Es schien fast unvermeidlich.

„Hast du deinem Mann einen Abschiedskuss gegeben?", fragte Chloe und schnurrte fast, als Rhea zurück in den Raum kaum. Finn war nirgends zu sehen, doch sie roch ihn in der Nähe.

„Mann, du scheinst unbedingt dieses hübsche Gesicht verlieren zu wollen."

Chloe grinste nur. „Komm schon. Ich brauche Details. Ich lebe schon viel zu lange zölibatär. Ist er ein guter Küsser?"

Rhea hielt einen Moment inne, als sie an seine Lippen dachte. Sie hatte sich sicherlich vorgestellt, wie er schmecken und wie er sich anfühlen würde.

„Ihr zwei seid euch schon bewusst, dass wir mitten in einem grausigen Tatort stehen?", fragte Lyra trocken.

Rhea hob eine Schulter. Wenn sie ein Mensch gewesen wäre, würde sie sich wahrscheinlich gerade die Seele aus dem Leib kotzen, doch sie hatte im Laufe der Jahrzehnte genug Szenen wie diese gesehen. Schlimmere sogar. „Diese beiden Idioten haben eine Bombe vor dem Howlers gelegt."

Lyras Mundwinkel zuckten. „Wohl wahr. Kommen wir also zur Sache. Finn hat schon angefangen, die Garage zu durchsuchen. Chloe und ich übernehmen die zwei anderen Räume und dann den Flur, um nach irgendwas zu suchen, das sie mit jemandem in Verbindung bringt, der hinter dem Angriff stecken könnte. Rhea, ich möchte, dass du damit anfängst, Düfte zu katalogisieren. Achte darauf, ob dir irgendeiner vielleicht bekannt vorkommt. Du weißt, was zu tun ist. Fang mit dem Wohnzimmer an."

Sie nickte, ganz die Kriegerin, als die Gefährtin ihres Alphas ihr ihre Befehle erteilte. Es war Zeit, sich an die Arbeit zu machen.

Als Trackerin war sie außergewöhnlich gut darin, Düfte zu unterscheiden. Selbst wenn sie einen Duft nicht erkannte, wenn sie etwas Bestimmtes roch, würde sie sich erinnern, falls sie es später noch einmal riechen sollte.

Obwohl sie es nicht wollte, verdrängte sie die Gedanken an ihren sehr sexy Drachen und machte sich an die Arbeit. Jemand glaubte, er könnte sich mit ihrem Rudel anlegen? Sehr bald würden sie herausfinden, wie sehr sie sich geirrt hatten.

Kapitel 15

Der Vollmond hing hoch über ihm, und ein paar Sterne glitzerten am Nachthimmel. Conall ließ eine Hand hinter seinen Kopf gleiten, als er sie anstarrte. Der Loungesessel auf dem Balkon auf der ersten Etage seines Hauses war so bequem, dass er darüber nachdachte, draußen zu schlafen. Nicht, dass er sich bald würde ausruhen können. Stunden waren vergangen, seit er Rhea in diesem Haus voller Blut und Tod zurückgelassen hatte, und wie immer beherrschte sie seine Gedanken.

Er hatte es gehasst, sie zu verlassen, gehasst, nicht Teil der Untersuchung zu sein. Er war nicht wirklich besorgt um ihre Sicherheit, nicht während sie so fähig war, doch er war es so verdammt gewohnt, die Kontrolle über Situationen zu übernehmen. Ein Außenseiter zu sein, weil er sich auf dem Territorium eines anderen Alphas befand, war … frustrierend. Und er hasste es einfach, von ihr getrennt zu sein.

Doch er mochte es, dass Rhea sich zu *ihm* hingezogen fühlte, nicht zu seiner Position in seinem Clan. Wenn überhaupt, dachte er, konnte sein Alpha-Status für sie gegen ihn sprechen. Er konnte sich jedoch nicht sicher sein, weil diese Frau so frustrierend verschlossen war. Ganz gleich, wie viel sie redeten, es war, als hätte sie immer eine Mauer zwischen sich.

Als sein Telefon summte, warf er einen Blick darauf und erwartete, dass es seine Eltern sein würden, da sie heute Abend in Biloxi ankommen würden. Oder eines seiner vielen Clanmitglieder. Sie hatten sich in den letzten Tagen mit dem einen oder anderen Problem an ihn gewandt, was zu erwarten gewesen war. Doch als er Rheas Namen sah, schlug sein Herz wieder auf Hochtouren.

Sind wieder in der Villa, bisher keine Hinweise gefunden. Bist du Zuhause? Keine großen Neuigkeiten, doch es gefiel ihm, dass sie ihm trotzdem eine Nachricht geschrieben hatte. Es bedeutete, dass sie an ihn dachte.

Ein Teil von ihm, den er nicht zu intensiv analysieren wollte, hätte ihn nicht schlafen lassen, ohne zu wissen, dass sie sicher zurück in der Villa war. Er strich mit dem Daumen über das Display. *Ja, schöne Nacht für einen Lauf, wenn du rüberkommen willst.*

Obwohl er es niemandem erzählt hatte – außer Finn, da es sein Territorium war – hatte Conall vor fast einem Jahr ein Haus in Biloxi gekauft. Er hatte sich eingeredet, dass sein Bruder das Haus benutzen konnte, wenn er hierherkam, um Victoria zu besuchen. Doch die Wahrheit war, er hatte es gekauft, weil er, nachdem er Rhea getroffen hatte, tief im Inneren gewusst hatte, dass er ihr nach Biloxi folgen würde. Seine Drachenhälfte würde ihn sonst nicht ruhen lassen.

Wenn ich nicht so erledigt wäre, würde ich. Dann die nächste Nachricht: *Was hast du an?*

Die Frage überraschte ihn. Er setzte sich auf und antwortete, *Nichts*. Auch wenn es eine Lüge war. Er hatte eine bequeme Baumwollhose an. Doch er wollte ihr das richtige Bild vermitteln. Er hatte es satt, es zwischen ihnen langsam angehen zu lassen, und er hatte es satt, darauf zu warten, sie für sich zu beanspruchen. Als fünfzehnhundertjähriger Drache hatte er viel Geduld, doch er sehnte sich nach dieser Frau. *Und du?*

Sie schickte ihm ein Foto zurück. Sein Herz pochte in seiner

Brust, als er das Bild ihrer hübschen Füße in schwarzen Riemchensandalen herunterlud. Er vergaß für einen Moment zu atmen. *Nichts sonst?*, schrieb er zurück.

Nichts.

Er hielt inne, denn sein Herz raste immer unkontrolliert von ihren flirtenden Nachrichten. Sein Schwanz war steinhart und sehnte sich nach ihr. Etwas hatte sich vorhin zwischen ihnen verschoben. Es war subtil, doch er hatte es gespürt, als sie ihn angestarrt hatte, während er sich vor dem Wandeln ausgezogen hatte. Er hatte gespürt, dass sie mehr von ihm wollte. Bei Rhea war es fast unmöglich zu sagen, ob sie nur etwas Körperliches wollte. Er würde es nehmen – vorerst. Doch er würde irgendwann alles von ihr haben.

Stöhnend fuhr er sich mit der Hand über das Gesicht und stellte sich vor, wie sie in diesen sexy High Heels und sonst nichts auf seinem Bett lag, damit er sich an ihrem Anblick erfreuen konnte. Ihre wilden Korkenzieherlocken ausgebreitet auf seinem Kissen, ihr schlanker, sehniger Kriegerkörper bereit, verschlungen zu werden.

Gib mir mehr, schrieb er und mochte diese neue Dynamik zwischen ihnen wirklich.

Das Warten schien sich ewig hinzuziehen. Als sie ein weiteres Bild schickte, diesmal ein … nacktes Knie, schmunzelte er.

Das ist lahm, schrieb er.

Wenn du mehr sehen willst, du musst mir auch was geben.

Du hast mich schon gesehen. Mehr als einmal, dachte er.

Wohl wahr.

Also?

Also was? Ich sexte dir nicht mit Fotos.

Warum nicht? Er wartete, starrte auf das Display und hielt praktisch den Atem an, während er auf ihre Antwort wartete.

Du wirst warten müssen, um es von Angesicht zu Angesicht zu sehen.

Sein Körper erschauerte bei ihrer Antwort. Oh ja, die Situation hatte sich heute Abend definitiv verändert. *Bedeutet das, dass ich es von Angesicht zu Angesicht sehen darf?* Seine Finger flogen über das Display, als er antwortete. Lieber Gott, bitte ja, dachte er.

Vielleicht.

Du machst mich fertig.

Gut. Das ist dafür, dass du nackt rumläufst. Er konnte praktisch ihre sinnliche Stimme, ihr gedämpftes Lachen hören.

Es hat dir gefallen. Eine Aussage, keine Frage.

Auch wahr.

Er stöhnte erneut. Alle Muskeln in seinem Körper waren angespannt. Diese Frau war entschlossen, ihn in den Wahnsinn zu treiben. Er wollte wissen, was diese Veränderung in ihr bewirkt hatte, doch er würde keine Fragen stellen.

Bist du sicher, dass du heute Abend nicht auf einen Lauf rüberkommen willst?, schrieb er, obwohl ein Lauf das Letzte war, was sie zusammen tun würden, und sie wussten es beide. Wenn sie kam, würde er sie nackt und flach auf dem Rücken unter sich haben, bevor sie blinzeln konnte.

Es folgte eine weitere lange Pause, dann: *Nicht heute Nacht, aber bald.*

Na wunderbar. Das zwischen ihnen würde sich definitiv ändern. Er wusste, was er wollte: Rhea. Leider war er sich nicht sicher, ob sie mehr als nur ein Schäferstündchen wollte.

Und damit konnte er sich nicht zufriedengeben. Er wollte sie ganz.

Rhea war nervös und darüber hinaus sexuell frustriert, als sie die Küchentür aufstieß. Finn hatte sie gebeten, ihn heute Morgen eine halbe Stunde vor allen anderen in seinem Büro zu treffen, und sie brauchte Kaffee.

Und Sex.

Doch Kaffee würde vorerst reichen. Letzte Nacht hatte sie keine Ahnung gehabt, was mit diesen Nachrichten an Conall über sie gekommen war. Okay, das war eine Lüge. Sie wollte Conall, und sie hatte eine Entscheidung getroffen. Er würde bald wieder nach Hause gehen, wahrscheinlich in einer Woche oder so. Es gab absolut keinen Grund, warum sie nicht ein bisschen Spaß mit ihm haben sollte.

Einfach, um das Verlangen nach ihm zu befriedigen. Danach würden sie wieder Freunde sein.

Ihretwegen war ein Mann gestorben, und sie würde nicht riskieren, dass das jemals wieder passierte. Deshalb würde sie nie einen Gefährten nehmen, doch Spaß konnte sie trotzdem haben. Das sagte sie sich zumindest immer wieder.

Rhea hatte die beiden Frauen gerochen, bevor sie die Tür aufgestoßen hatten, doch Taylor und Lauren, die an der langen Granitkücheninsel saßen und Kaffee tranken, nervten sie nur noch mehr. Sie mochte ihre beiden Rudelkameradinnen, nein, sie liebte sie. Doch Lauren hatte Conall neulich Nacht angesehen, als wollte sie ihn bespringen.

„Hey, Rhea, hast du Frühschicht?", fragte Taylor, eine schöne Rothaarige, als sie zum großen Edelstahlkühlschrank ging.

„Weiß nicht. Der Großteil der Sicherheit hat bald eine Besprechung." Doch damit hatte sie gerechnet angesichts des Bombenangriffs. Alle waren gerade in höchster Alarmbereitschaft. Sie holte einen Reisekaffeebecher aus einem der Schränke und goss die heiße schwarze Flüssigkeit hinein. Der Duft von Kaffee am Morgen brachte sie immer zum Lächeln.

„Hier", sagte Taylor und schob ihr eine Flasche Haselnusskaffeesahne entgegen.

Sie lebten lange genug zusammen, dass sie viel über ihre Rudelkameraden wussten. „Danke", murmelte sie und goss die Sahne in ihren Becher.

„Also", Taylor lehnte ihre Hüfte gegen die Theke und sah Rhea an. „Ich habe gehört, dass sich der feine Alphadrache letzte Nacht vor dir nackt ausgezogen hat und wir haben ihn verpasst. Ist er so heiß, wie Chloe sagt?"

Ja, Rhea würde ihrer Freundin später in den Arsch treten. Sie zuckte mit den Schultern. „Er sieht gut aus."

„Hmm. Nicht das, was ich gehört habe. Und Lauren will unbedingt ein Stück von ihm abbekommen. Nicht, dass ich ihr einen Vorwurf draus machen würde."

Rhea knurrte sie an, und ihre Eckzähne schossen ohne Vorwarnung heraus. Das war nicht passiert, seit sie ein Welpe gewesen war und noch nicht gelernt hatte, sich zu beherrschen.

Bevor sie etwas sagen konnte, grinste Taylor und wandte sich Lauren zu. „Her mit der Kohle!"

Stöhnend zog die hübsche, zierliche, blonde Lauren einen Zwanziger heraus und legte ihn auf die Theke. „Ich hasse es, wenn du gewinnst."

„Was in aller Welt ist das denn?", fragte Rhea, obwohl sie eine ziemlich gute Ahnung hatte.

Taylor grinste. „Ich wusste, dass du ihn magst, und Lauren hat mir nicht geglaubt. Sie hat ihn neulich im Howlers angebaggert –"

Lauren hob die Hände, als Rhea sich zu ihr umdrehte und erneut knurrte. Herrgott, was war los mit ihr?

„Ich wusste nicht, dass du und er … Ich schwöre es. Ich würde niemals mit jemandem flirten, der vergeben ist", sagte sie, bevor sie Taylor anstarrte. „Taylor hat es mir gesagt, doch ich dachte, sie spinnt."

Er war nicht vergeben, doch Rhea würde sie nicht korrigieren. „Du bist so ein Miststück", murmelte sie zu Taylor und kämpfte gegen ein Lächeln an.

„Erzähl mir was, das ich noch nicht weiß." Ihre Rudelkameradin wedelte mit der Zwanzig-Dollar-Note, als hätte sie in der verdammten Lotterie gewonnen. „Komm schon! Ich habe dich noch nie mit einem Typen gesehen. Du hast dem Rudel zumindest für ein paar Wochen was zum Tratschen gegeben. Du und dieser sexy Drache! Doch wage nur nicht, uns zu verlassen wie Victoria."

„Ich gehe nirgendwo hin, doch … lass die anderen wissen, dass er tabu ist." Das laut auszusprechen beruhigte ihren inneren Wolf auf eine Weise, die sie nicht analysieren wollte. Nicht jetzt, nicht irgendwann. Es war lange her, dass sie ihren Claim auf einen Mann abgesteckt hatte. Und sie konnte sich nicht erinnern, jemals derart besitzergreifend gewesen zu sein, nicht einmal gegenüber dem Mann, den sie fast zum Gefährten genommen hatte.

Sie schüttelte sich geistig wach. An manchen Tagen konnte sie vergessen, dass sie eine so schwache Frau gewesen war, dass sie nicht immer eine Kriegerin gewesen war. Es war die *Vorher-Version* ihrer selbst. Und diese alte Rhea war lange tot. Sie vermisste sie definitiv nicht.

„Das werde ich, wenn du mir sagst, wie es mit einem Drachen ist. Victoria ist so prüde, dass sie keine Details über Drake verrät", klagte Taylor und riss Rhea aus ihren Gedanken.

„Gott, du bist ein Perversling!"

„Sag mir was, das ich nicht weiß. Hmm, ich frage mich, wofür ich meinen Gewinn ausgeben soll." Sie winkte Lauren mit dem Geldschein zu.

Rhea schüttelte nur lachend den Kopf. „Ich muss gehen, Knalltüte. Wir sehen uns später. Hey … seid vorsichtig, wenn ihr diese Woche unterwegs seid. Und achtet darauf, immer jemandem zu sagen, wohin ihr geht." Taylor und Lauren waren stark wie alle Wandler, doch sie waren keine Kriegerinnen, und mit der Bombe und diesem Angriff machte sich Rhea Sorgen um ihr Rudel. „Am besten geht ihr immer zu zweit –"

Taylor zog eine Augenbraue hoch. „Mann, das wissen wir schon. Finn hat uns allen bereits gesagt, dass wir den Compound nach Möglichkeit nicht verlassen sollen."

Oh, natürlich hatte er das. „Dann hört besser auf ihn, oder ihr werdet euch vor mir verantworten." Der Gedanke, dass einer ihrer Rudelkameradinnen irgendetwas zustoßen könnte, zerriss sie innerlich. Sie wollte nie wieder jemanden im Stich lassen. Deshalb trainierte sie so hart und kämpfte so hart, um jede Bedrohung für ihr Rudel zu beseitigen.

„Werden wir. Und jetzt raus hier. Ich habe gesehen, wie Conall zu Finns Büro gegangen ist", sagte Lauren, und ein Grinsen erhellte ihr Gesicht.

Es ging kein saurer Geruch von ihr aus, also wusste Rhea, dass ihre Rudelkameradin keine Witze machte. Ihre Herzfrequenz stieg bei dem Gedanken, ihn zu sehen, etwas an, besonders nach den Nachrichten von gestern Abend. Sie hatte heute Morgen nicht einmal damit gerechnet, ihn hier zu sehen. Sie hatte insgeheim gehofft, dass sie noch ein paar Stunden Zeit hatte, bevor sie ihn wiedersehen würde. Der Mann war ihr unter die Haut gegangen, und jetzt war sie rot und erregt, etwas, das sie vor niemandem verstecken konnte.

Nachdem sie die Küche verlassen hatte, ging sie schneller, ohne sich darum zu scheren, dass sie quasi zum Büro ihres Alpha joggte, weil sie Conall sehen wollte. Oben bemerkte sie seinen erdigen Duft im Flur vor Finns Büro. Conalls Duft erinnerte sie immer an den Wald im Frühling.

Sie holte tief Luft und zwang sich, ruhig und gelassen zu bleiben, als sie die Tür aufstieß, doch sie war sich nicht sicher, ob sie irgendjemandem etwas vormachen konnte. Finn saß auf der Kante seines Schreibtisches, die Arme vor der Brust verschränkt, während Conall an ein Bücherregal gelehnt stand, die Hände in den Hosentaschen vergraben.

Er trug eine dunkelgraue Cargohose, ein hellgraues T-Shirt und schwarze Stiefel. All das Grau machte seine Augen nur noch atemberaubender – etwas, das sie in diesem Moment nicht bemerken sollte. Wenn sie zuließ, dass er eine Wirkung auf sie hatte, würde er es riechen. Ihr Blick fiel auf seinen Mund, und sie kämpfte gegen einen Schauer an und stellte sich vor, wie es sich anfühlen würde, wenn –

„Gut, dass du hier bist", sagte Finn und stand von seinem Schreibtisch auf.

Dankbar für die Unterbrechung ihrer eigensinnigen Gedanken sah sie ihren Alpha an. „Was gibt's?"

„Ich möchte, dass du und Conall heute zusammen auf die Jagd geht. Ich fasse die meisten meiner Krieger in Gruppen zusammen, außer denen, die hier auf Patrouille bleiben, und du kennst die Stadt gut."

„Du willst nicht, dass ich mit Solon ...?" Sie beschwerte sich sicherlich nicht, mit Conall zu arbeiten, doch sie und Solon arbeiteten fast immer als Team.

Conall stieß ein leises Knurren aus und überraschte sie, doch als sie ihn ansah, war sein Gesichtsausdruck vollkommen neutral.

„Nicht heute", sagte Finn. „Ich habe ihn mit Chloe losgeschickt, und sie nehmen einen der jüngeren Krieger mit auf die Jagd."

„Wen?"

„Silas."

Sie nickte und war froh, dass Finn ihn mit ausgebildeten Kriegern auf eine Mission gehen ließ. Obwohl er dreißig war, war Silas noch jung und relativ unerfahren. „Gut. Was ist unser Ziel?"

Er nahm sein Tablet von seinem Schreibtisch und hielt es ihr entgegen. Sie war überrascht, dass er keine Liste ausgedruckt hatte. Finn war meistens oldschool, was das anging.

„Die meisten dieser Stopps sind reine Befragungen. Du hast einen ruhigeren Kopf als die meisten anderen, also möchte ich, dass du und Conall die ersten drei Stopps macht, um zu sehen, ob ihr etwas über Rudel herausfinden könnt, die versuchen, in unser Gebiet zu ziehen."

Sie überflog die gesamte Liste und erkannte, warum er ihr die ersten drei Namen gegeben hatte. Sie hatte gute Beziehungen zu den beiden Katzen und dem Wolfwandler auf der Liste. Alle rudellos, doch alle lebten auf Finns Territorium unter der Bedingung, dass sie seine Regeln befolgten.

Doch irgendetwas ließ ihre Nackenhaare zu Berge stehen. Sie wappnete sich, bevor sie ihre Frage stellte. „Nimmst du Kontakt zu Leuten auf, die Anson gekannt haben könnten?"

Irgendwie gelang es ihr, den Namen auszusprechen, ohne eine Reaktion zu zeigen. Sie wusste, dass sie wahrscheinlich später Fragen von Conall erwarten musste, darüber, wer der Mann war, doch sie musste wissen, was Finn vorhatte. Besonders wegen dieser verdammten Tätowierungen.

Sie hatten zu viele Erinnerungen an die Frau geweckt, die sie zuvor gewesen war, an diesen Bastard Anson, der sie fast getötet hätte, sie gefangen genommen und versucht hatte, sie zu zwingen, sich mit ihm zu paaren. Er hatte sie sogar mit diesem Symbol seines Rudels tätowiert und sie als seine gebrandmarkt. Er hatte sie als sein Eigentum betrachtet. Seine Sklavin. Der Tag, an dem sie die Tätowierung aus ihrer Haut geschnitten hatte, war der Tag, an dem sie ihn getötet hatte. Sie hatte sich nie freier gefühlt.

„Scrolle weiter", sagte er, ohne ihre Frage zu beantworten.

Als sie es tat, sah sie eine Liste von zehn Personen. „Was ist mit Knox?" Ein weiterer Alpha, der in Alabama lebte. Über tausend Jahre alt und aus einem alten germanischen Land stammend hatte er auch einen Vampir zur Gefährtin genommen. „Er ist einer der ältesten Wandler der Welt."

Conall räusperte sich. Als sie ihn ansah, zog er seine Augenbrauen hoch.

„Einer der ältesten *Wolf*wandler", korrigierte sie, da Conall und viele seiner Clanmitglieder weit älter waren als ihr Rudel und sogar Knox. Jahrhunderte oder Jahrtausende älter. „Er hatte Landprobleme mit Ansons altem Rudel." Das war zu einer Zeit gewesen, als Finn kaum älter als ein Welpe gewesen war. „Dieser

Mann vergisst nie einen Streit und ist überaus nachtragend. Er könnte was wissen."

Finn sah überrascht aus, nickte jedoch. „An ihn habe ich nicht einmal gedacht. Ich möchte jetzt nicht weit vom Rudel weg sein, doch ich werde ihn kontaktieren und ihm sagen, dass du und Conall kommen werdet." Er warf Conall einen Blick zu. „Es sei denn, du hast was dagegen?"

„Nein."

Er nickte erneut. „Gut, dann können die Namen auf deiner Liste bis zum Nachmittag warten. Ich denke, ein persönlicher Besuch ist am besten. Wenn Knox jetzt Zeit hat, werde ich unseren Piloten anrufen. Seid bereit, in einer Stunde zu gehen, wenn ich nichts anderes sage", sagte er, als sich die Tür öffnete.

Sie hatte ihre Rudelkameraden im Flur gehört und gerochen, war jedoch überrascht, als ein Dutzend von ihnen hereinkam, darunter Lyra, Gabriel, Bo, Nyx, Victoria, Drake – und die Eltern von Drake und Conall – Dragos und Arya.

Aryas Gesicht leuchtete auf, als sie Rhea sah, und sie klopfte ihr sanft auf die Schulter. „Schön, dich wiederzusehen."

In den letzten acht Monaten hatte Arya sie ein paarmal im Monat angerufen, ohne wirklichen Grund, außer, um mit ihr über Waffen zu sprechen. Rhea hatte Victoria gefragt, was mit der Frau los sei, doch V hatte nur gesagt, dass Arya schon immer tat, was Arya wollte, und es keinen Grund geben musste, für das, was sie tat. Die Wahrheit war, sie mochte die Telefonate, auch wenn Arya ein bisschen einschüchternd war.

„Ich freue mich auch", murmelte sie und nickte allen anderen zu. Dann sagte sie zu Finn: „Ich habe mein Handy bei mir. Wir fahren gleich zum Flughafen." Natürlich nach einem Besuch in der Waffenkammer. Nicht, dass sie vorhatte, irgendwelche Waffen gegen Knox' Rudel einzusetzen, doch angesichts der unbekannten Bedrohung wollte sie vorbereitet sein.

Nachdem Conall leise mit seinen Eltern und seinem Bruder gesprochen hatte, machten sie sich auf den Weg. Als sie unten und allein waren, warf sie Conall einen Blick zu und bemerkte, dass er sie beobachtete. „Ich will ein paar Waffen holen, bevor wir gehen. Sollen wir auch bei dir zu Hause vorbeischauen?", fragte sie, stolz, dass sie es mit normaler Stimme herausbekam, während ihre Herzfrequenz durch seine bloße Präsenz anstieg.

Seine Augen waren etwas heller als normal, eher silbern als grau, als er sie ansah.

„Was ist?", fragte sie, als er ihre Frage nicht beantwortete.

„Ich frage mich nur, welche Farbe dein Höschen hat." Er sagte es so sachlich, als sie in einen anderen Flur abbogen und zum Trainingsraum gingen.

Sie spürte, wie sich ihre Wangen erhitzten, antwortete jedoch nicht. Sie war sich nicht sicher, was sie sagen sollte. Sie war diejenige, die letzte Nacht mit den flirtenden Nachrichten angefangen hatte, doch jetzt, wo sie mit Conall allein war, fragte sie sich, ob sie sich übernommen hatte. Der Mann war ein Alpha mit einem großen A.

„Oder vielleicht trägst du überhaupt keins", murmelte er, als sie die offene Tür des Trainingsraums erreichten.

„Violette Spitze mit einer schwarzen Schleife … Hier." Sie zeigte auf eine Stelle an ihrem Po.

Er knurrte, und seine Augen wurden zu einer Supernova, als sie eintraten. „Die werde ich bald sehen." Wieder eine Feststellung, keine Frage.

Vielleicht sollte sie das beleidigen, doch im Gegenteil, es machte sie nur noch heißer. Ihre Brustwarzen richteten sich unter ihrem passenden violetten BH auf – und die Tatsache, dass sie etwas anderes als ihren normalen Sport-BH trug, machte es ziemlich offensichtlich, dass sie geplant hatte, dass heute etwas mit ihm passieren würde, falls sie ihn heute sah.

Sie hatten einen anstrengenden Tag vor sich, und sie sollte sich nicht vorstellen, wie es wäre, wenn sie beide nackt und ineinander verknotet waren. Unglücklicherweise für ihr sexuell frustriertes Ich war das alles, woran sie denken konnte, trotz der Bedrohung, die über ihnen allen hing.

Kapitel 16

„Ich wette, Lyra hat es gehasst, das zu verpassen", sagte Gabriel zu Finn, als sie die ruhige Gasse entlang schlichen.

„Ja, aber ich habe ihr heute Abend eine Jagd versprochen." Finns Gefährtin war eine Blutgeborene und mächtig, konnte allerdings kein Tageslicht ertragen. Einige Dinge konnte er jedoch einfach nicht warten lassen. „Ich glaube nicht, dass es ihr etwas ausmacht. Sie hilft Vega heute beim Ausfüllen ihrer College-Bewerbungen."

Gabriel presste die Lippen aufeinander, doch er sagte nichts dazu. In letzter Zeit, wenn Finn Vega zur Sprache brachte, machte sein Hüter nur ein finsteres Gesicht.

„Was ist? Denkst du, ich sollte sie nicht gehen lassen?" Denn wenn er ehrlich war, wollte er nicht, dass sie ging. Dabei wollte sie nicht einmal weit weg; Tulane war ihre erste Wahl, und das war nur anderthalb Stunden entfernt. Doch er hatte erst vor etwas mehr als einem Jahr von der Existenz seiner Tochter erfahren. Und sie war kaum achtzehn. Er wollte sie noch nicht gehen lassen.

„Ich denke, sie muss außerhalb des Campus und mit Rudelkameraden leben – ich meine damit Wachen", sagte er. „Sie ist stark, doch sie ist jung. Und sie wäre ein sehr wertvolles Druckmittel für jemanden, der dich verletzen wollte, oder Lyra oder das Rudel. Doch daran hast du sicher selbst schon gedacht", sagte Gabriel.

Ja, das hatte er definitiv. Sie würde erst im Sommer, also in sieben oder acht Monaten, ausziehen, also hatte er Zeit, alles zu planen. Bis dahin würde er einfach so tun, als würde sie nicht gehen.

Gabriel blieb stehen, als sie das Ende der Gasse erreichten.

Dort bog sie in eine andere Gasse ein. Eine Reihe von Lagerhäusern säumte den Block. Er hatte gehört, dass vor ein paar Tagen ein Vampirnest eingezogen war. Unter anderen Umständen hätte er sie vielleicht gewarnt, doch so wie die Dinge lagen, würde er es jetzt nicht tun.

Er durfte nicht schwach erscheinen. Auf keinen Fall. Deshalb würden die Hochzeitsfeierlichkeiten wie geplant weitergehen. Niemand legte sich mit seinem Rudel oder seinen Freunden an. Und Vampire, alle Vampire, wussten es besser, als in sein Gebiet zu ziehen, ohne vorher mit ihm zu sprechen. Dafür gab es einfach keine Entschuldigung. Es war kein Versehen, es war eine offensichtliche Respektlosigkeit.

Er atmete tief ein und runzelte die Stirn. Er roch Blut. Menschenblut. Als er Gabriel ansah, hatte sein Hüter es auch bereits gerochen.

Gabriels Miene war finster, als Finn Handzeichen verwendete, um zu kommunizieren. Sie arbeiteten lange genug zusammen, dass er wahrscheinlich nicht einmal kommunizieren musste, doch er tat es trotzdem.

Sein Hüter nickte und ging auf die andere Seite der Gasse. Tageslicht war gerade ihr Freund. Vampire neigten dazu, tagsüber zu schlafen, besonders diejenigen, die außerhalb etablierter Zirkel nisteten.

Das bedeutete jedoch nicht, dass sie nicht wachsam wären.

Finn spähte in die Gasse, nickte und beide sprinteten mit übernatürlicher Geschwindigkeit los.

Wenn Menschen in der Nähe waren, würden sie mit bloßem Auge nicht viel sehen. Finn bog nach rechts ab und Gabriel nach links, als beide die Außenseite des nächsten Lagerhauses erreichten. Sie hatten einen Tipp bekommen, dass das Nest hier war, doch das menschliche Blut bestätigte es.

Ohne innezuhalten rannte er um das Gebäude herum und wusste, dass Gabriel auf der anderen Seite dasselbe tat. Sie würden auf verschiedenen Seiten eindringen und alle unbefugten Eindringlinge auf seinem Gebiet ausschalten.

Ein einfacher Plan.

Er hatte zwei kurze Dolche dabei, doch er hatte vor, seine Krallen zu benutzen oder bei Bedarf einfach zu wandeln. Das hing davon ab, was die Situation erforderte.

Als er eine Seitentür erreichte, drehte er am Knauf. Abgeschlossen.

Ein kurzer Ruck mit seiner Kraft sorgte dafür, dass sich die Tür dennoch leise öffnete. Er schlüpfte hinein und brauchte nicht lange, um sich an die Dunkelheit zu gewöhnen, als er sich in den Schatten bewegte.

Als er sich umsah, bemerkte er, dass das Gebäude fast leer war, bis auf eine Ansammlung von Leichen in einer Ecke. Tote Menschen, wenn er richtig roch. Die Bastarde hatten die Menschen ausbluten lassen und sie einfach zurückgelassen.

In der Mitte des Lagerhauses war eine Sammlung von Liegen und Matratzen, auf denen Vampire schliefen. Wenn sie Blut getrunken hatten, erklärte das, dass sie so fest schliefen. Ein Dutzend Vampire, so wie es aussah. Er blickte auf und sah kreuz und quer verlaufende Stahlträger hoch über sich.

Dort oben konnten Feinde lauern, doch das glaubte er nicht. Nicht so früh am Morgen. Nein, alle schliefen zufrieden in ihren Betten, während die Leichen ihrer Opfer nur wenige Meter entfernt lagen.

Er ließ seinen Wolf von der Leine, ließ seine tierische Seite übernehmen, als er sich auszog und wandelte. Er bewegte sich geschmeidig und ging einmal um das gesamte Lagerhaus. Er suchte nach weiteren Vampiren, die vielleicht im Schatten lauerten, fand jedoch keine.

Er spürte Gabriel mehr als dass er ihn sah. Sein Hüter war ein dunkler Schatten, der sich leisen Schrittes auf die schlafenden Feinde zubewegte.

Sie näherten sich von entgegengesetzten Seiten. Als Finn in Schlagdistanz war, stieß er ein wildes Knurren aus, stürzte sich auf den erstbesten Vampir und riss dem Mann den Kopf ab. Sekunden später schmeckte er Asche in seinem Mund, als der Vampir zu Staub zerfiel.

Schreie hallten durch das Lagerhaus, als die Vampire versuchten zu fliehen. Doch für sie war es zu spät.

Der ursprünglichste Teil Finns, der Teil, der allein Tier war, genoss das Töten dieser Monster. Sie hatten Menschen hierhergebracht, sie getötet und dann wie Müll weggeworfen. Ja, er hatte keine Gewissensbisse. Seine Wolfsseite hatte nie welche.

Ein Mann griff nach einer Klinge. Finn stürzte sich auf ihn und riss ihm den Arm ab, als ein anderer Mann auf seinen Rücken sprang. Er spürte, wie sich Krallen in seine Flanken bohrten, ignorierte jedoch den Schmerz, während er dem Mann unter sich mit dessen eigenen Krallen den Kopf abtrennte.

Schmerz schlug durch seinen Bauch, als der andere Vampir wieder auf ihn einschlug –scheinbar wusste er nicht, wo sein Herz war. Finn warf sich auf den Rücken, schleuderte den Vampir von sich, bevor er wieder aufsprang und auch ihm sauber den Kopf abtrennte.

In weniger als zwei Minuten waren alle Vampire bis auf einen Asche.

Finn atmete schwer, ignorierte das Brennen seiner Kampfwunden und wandelte. Fell machte Haut Platz, als er seine menschliche Seite übernehmen ließ, wobei die meisten seiner

Wunden heilten. Gabriel hatte sich ebenfalls gewandelt und hob den letzten Vampir mit einer Hand um dessen Hals hoch in die Luft.

Der Mann war groß, schlaksig, seine Augen weit aufgerissen, und er stank nach Angst. Die Gerüche, die von ihm ausgingen, sagten Finn, dass er sehr jung war, wahrscheinlich erst im letzten Jahr zum Vampir geworden. „Habt ihr all diese Menschen getötet?", knurrte er tief in seiner Kehle, als er auf ihn zuging.

„Die? Das ist niemand", keuchte der Mann und blickte zwischen ihm und Gabriel hin und her. „Nur Obdachlose. Warum habt ihr das getan?" Er klang wirklich schockiert.

Finn packte den Mann am Hals, und Gabriel zog sich zurück. „Weil ihr auf meinem verdammten Gebiet seid."

„Du bist Finn." Eine Aussage, keine Frage. Voller Entsetzen.

„Kein Witz. Gib mir einen Grund, warum ich dich nicht töten sollte." Er wollte mehr darüber wissen, warum dieser Vampir und seine Freunde hier nisteten, weil es wirklich keinen Sinn ergab, wenn sie keinen ausgeprägten Todeswunsch hatten. Ohne Erlaubnis in das Gebiet des Stavros-Rudels zu ziehen war einfach nur dumm.

Der Vampir schluckte schwer. „Er hat … er hat gesagt, dass wir hier in Sicherheit wären."

„Wer?"

Der Mann schüttelte den Kopf. „Ich kenne seinen Namen nicht. Er ist wie ein Geist, doch er baut ein riesiges Wandlerrudel auf. Eine Armee. Sagte, dass alles anders wäre, dass Vampire dann auch hier leben könnten, wenn er –"

Finn würde nicht darauf eingehen, dass Vampire und viele andere Wesen auf seinem Gebiet willkommen waren – solange sie sich an seine Regeln hielten. Dazu gehörte, keine Unschuldigen zu töten oder zu verletzen. Doch das würde dieser Dummkopf nicht verstehen. „Wenn er mein Gebiet übernommen hat?"

Das Schweigen des Mannes war die einzige Antwort, die er brauchte.

„Also will ein Geist mein Territorium übernehmen? Wie heißt er?", fragte er noch einmal.

„Ich weiß es nicht."

Finn roch keine Lüge. „Gibt es etwas, das ich über dieses Rudel wissen sollte?"

„Nein, nein ... Doch, Moment! Sie sind alle tätowiert. Alle von ihnen. Das ist alles, was ich weiß, ich schwöre es!"

„Ich glaube dir." Finn trennte den Kopf des Vampirs mit einem einzigen Zug seiner Krallen ab und trat zurück, als er zu Asche zerfiel. „Verdammt", murmelte er und betrachtete den Staub, der von den Vampiren übrig war. „Lass uns einen Sweep machen, sehen, ob es noch irgendwo Überlebende gibt, und dann nichts wie raus hier." Obwohl er fast sicher war, dass es keine gab. Er konnte keinen Herzschlag hören, und Leichen hatten einen sehr ausgeprägten Geruch.

Er musste auch anonym die Polizei anrufen, doch erst, wenn sie weit weg waren. Und wenn die Toten hier wirklich Obdachlose waren, würde er diskret ihre Bestattungskosten bezahlen. Sie wurden auf seinem Gebiet ermordet, und das war inakzeptabel.

Irgendein Narr glaubte, er könnte in sein Territorium einmarschieren und anderen sagen, dass sie dasselbe tun konnten? Wer auch immer dahintersteckte, würde sehr bald herausfinden, wie sehr er sich damit irrte.

Kapitel 17

„Also wer ist Anson?“, fragte Conall, als das Flugzeug die Startbahn hinunter raste.

Sie räusperte sich und wollte nicht sofort antworten. Nachdem sie sich bewaffnet hatten und eine etwas unangenehme, von sexuellen Spannungen geprägte Fahrt zum privaten Flughafen hinter sich gebracht hatten, waren sie an Bord gegangen. Der Flug würde nur fünfundvierzig Minuten dauern, doch im Auto hätten sie ungefähr vier Stunden gebraucht, und sie bezweifelte, dass Conall in Drachengestalt hin- und zurückfliegen wollte, während sie auf ihm ritt.

Sie hatte die Frage erwartet, da sie ihn im Zusammenhang mit Knox vor nicht allzu langer Zeit erwähnt hatte, doch das bedeutete nicht, dass sie bereit war zu antworten. Sie drehte sich zu ihm um. Er hatte sich entschieden, direkt neben ihr im Privatflugzeug zu sitzen, als es noch ein Dutzend andere Plätze gab. Etwas, das ihr sehr gefiel.

Wie Sirenengesang zogen seine Augen sie an. Fast niemand in ihrem Rudel wusste, was ihr zugestoßen war, nicht einmal Solon. Viele der älteren Rudelkameraden, die dagewesen waren, als Finns Onkel Alpha war, hatten entweder das Rudel verlassen oder waren getötet worden, nachdem sie Finn herausgefordert hatten.

„Er war der Alpha eines anderen Wolfsrudels."

„War?"

„Er ist tot. Ich … ich habe ihn getötet." Ein Teil von ihr fühlte sich genötigt, ihm alles zu erzählen. Na ja, einiges davon. Selbst das widerstrebte ihr, doch der ursprünglichste Teil von ihr vertraute Conall. Es war eine natürliche Reaktion. Ihr Wolf wollte sich die ganze Zeit an ihm reiben.

„Warum?"

Sie wandte sich von ihm ab und starrte aus dem Fenster, doch sie konnte seinen Blick auf sich spüren. Es fiel ihr leichter, so zu reden. „Weil er ein Monster war. Ich habe dir doch gesagt, dass ich kurz davor gestanden habe, einen Gefährten zu nehmen", sagte sie und fand die Kraft, seinem Blick noch einmal zu begegnen.

Er nickte mit gerunzelter Stirn. Ja, das schien ihm überhaupt nicht zu gefallen.

„Anson hat Damien getötet. Das war der Name meines Verlobten." Es tat nicht mehr so weh wie früher, Damiens Namen auszusprechen. Nicht einmal annähernd. Sie war nicht mehr die Frau, die sie vor hundert Jahren gewesen war. Selbst wenn sie wegen Damiens Tod immer noch Schuldgefühle hatte, hatte sie ihn und ihr früheres Ich begraben.

Sie räusperte sich. „Anson war ein mächtiger Wolf und gierig auf alles, was nicht sein war. Er war wie ein Kind. Ein psychotisches Kind. Er war Teil eines benachbarten Rudels, und vor hundert Jahren war alles anders. Die Stärkeren neigten dazu, mit eiserner Faust zu regieren." Zum größten Teil immer noch, doch selbst sie waren insgesamt zivilisierter als damals.

Er nickte verständnisvoll. Selbst wenn Drachen bis vor kurzem mehr oder weniger selbst vor den meisten übernatürlichen Wesen verborgen gelebt hatten, wusste sie, dass Drachen ihre eigenen Scharmützel untereinander hatten. Und auch sie waren gewalttätig gewesen. „In der Vergangenheit war es für meine Art genauso. Mehr Blutvergießen und eine Sofort-töten-ohne-Fragen-zu-stellen-Einstellung."

Ein schiefes Lächeln umspielte ihre Lippen. Ja, genau so war es vor Jahren auch für andere Wandler und Vampire gewesen. Erst in den letzten Jahrzehnten hatten sie angefangen, dauerhaften Frieden zwischen den Ihren und anderen Arten zu schaffen. Sie konnten es sich nicht mehr leisten, Kriege zu führen. Nicht angesichts der invasiven Technologie der Menschen. Das Risiko, entdeckt zu werden, war zu groß.

„Also Anson wollte mich und war wütend, dass er mich nicht haben konnte. Er kam zu meinem Alpha und hat sich erdreistet, zu versuchen, mich zu *kaufen*. Etwas, das weder meinem Alpha noch meinem zukünftigen Gefährten gefallen hat. Versteh mich nicht falsch, mein Alpha war von der alten Schule. Er war der Meinung, Frauen sollten unter allen Umständen eine unterwürfige Rolle spielen, doch sein Rudel war sein Rudel. Niemand legte sich mit uns an. Anson ging und hat uns fast sechs Monate lang in Ruhe gelassen. Ich hatte ihn schon vergessen." Sie fühlte sich immer noch wie ein Idiot, weil sie das Ausmaß von Ansons Wahnsinn nicht gesehen hatte.

Vor Jahren noch hatte sie sich ständig gefragt, wie sie es versäumt haben konnte zu sehen, dass etwas mit dem Mann nicht stimmte, bis es zu spät war. Sie wischte ihre klammen Handflächen an ihrer Hose ab und fühlte sich unbehaglich, ihm das alles zu erzählen.

„Du musst nicht weiterreden", sagte er, als hätte er ihre Gedanken gelesen. „Du hast ihn in Finns Büro erwähnt, und ich dachte, er könnte wichtig sein für unsere Jagd."

Sie holte tief Luft. „Danke, doch ich will es dir erzählen. Und es könnte gut sein, dass er etwas mit dem zu tun hat, was gerade passiert." Oder einer seiner alten Rudelkameraden, da dieser kranke Hund tot war.

Ihre Wangen und ihr Nacken fühlten sich feucht an, als sie die nächsten Worte herauszwang. Sie war sich nicht sicher, was sie überhaupt dazu brachte, Conall das alles zu erzählen. Er brauchte nicht alle Details. Er musste nur wissen, dass wahrscheinlich jemand, der mit Anson verwandt war, es auf ihr Rudel abgesehen hatte, weil sie den Mann getötet hatte. Doch ... „Er hat Damien und mich im Wald überrascht, als wir auf der Jagd waren. Er hat meinen Gefährten getötet, mich vergewaltigt und mich dann in sein Lager verschleppt." Sie hielt inne und versuchte, ihre Stimme ruhig zu halten, während sie fortfuhr.

„Er war besessen und verrückt. Er hatte alle in seinem Rudel mit demselben Symbol tätowiert, das wir auf den Wölfen gefunden haben, die wir letzte Nacht getötet haben. Darum habe ich es erkannt."

Conall knurrte tief in seiner Kehle, sein Drache hell in seinem Blick. „Bist du sicher, dass er tot ist?"

„Ich habe sein Herz herausgerissen und ihn zur Sicherheit enthauptet." Es war das erste Mal, dass sie jemanden getötet hatte. Sie war sich sicher, dass er tot war. Nur so hatte sie ihr Leben weiterleben können. Sie räusperte sich. „Dann habe ich ihn angezündet. Wie auch immer, er hat mich wochenlang gefangen gehalten, bis ich ihn getötet habe." Etwas, woran sie nicht denken wollte.

Sie wandte sich ab, um wieder aus dem Fenster zu blicken. Sie war überrascht, doch froh, als er ihre Hand ergriff und festhielt. Er war so eine beruhigende Präsenz. „Ich bin zurück zu meinem Rudel geflohen, und mein alter Alpha hat Ansons Rudel gejagt und geschlachtet. Er hat niemandem erzählt, was mir zugestoßen war, sondern nur gesagt, dass sie Damiens Tod rächen würden. Und er hat alle anderen außerhalb unseres Rudels im Glauben gelassen, dass Vampire sie getötet hatten. Ich habe noch nie gehört, dass einer seiner Rudelkameraden wieder aufgetaucht wäre. Ich habe meinem Alpha geglaubt, als er gesagt hat, dass alle tot waren, doch vielleicht sind einige davongekommen..."

„Und du glaubst, dieser Knox könnte mehr über Ansons tote Rudelkameraden wissen? Oder lebende Rudelkameraden, wie es scheint?"

Als sie ihren Blick zurück zu Conall zwang, lauerte sein Drache immer noch in seinen Augen, zu viele Emotionen schimmerten dort, doch kein Mitleid. Sie war dankbar dafür. Sie glaubte nicht, dass sie es ertragen könnte, wenn dieser Mann sie bemitleidete. Sie hatte Jahre gebraucht, um dorthin zu gelangen, wo sie jetzt war, und sie wollte nicht, dass jemand Mitleid mit ihr hatte.

Sie atmete leichter und nickte. „Knox kann einen Groll hegen. Er ist wirklich alt und ein bisschen despotisch veranlagt."

Seine Lippen verzogen sich zu einem Lächeln. „Zeig mir einen Alpha, der das nicht ist."

Sie lächelte. „Wohl wahr. Doch ja, laut Finns letzter Nachricht weiß Knox etwas und ist bereit, sich mit uns zu treffen. Seine Gefährtin ist übrigens eine Taggängerin, also sei einfach vorbereitet."

Conalls Augen flackerten kurz vor Überraschung. „Ich habe noch nie eine getroffen."

„Ich kenne sie auch nicht, doch sie war Teil von Titus' Zirkel – das ist Lyras Bruder. Lyra hasst ihren Bruder, also bring diese Verbindung nicht zur Sprache", fügte sie hinzu.

Er lächelte halb. „Werde ich nicht tun."

Sie beobachtete ihn für einen langen Moment, fasziniert von seinen silbernen Augen, als sich eine seltsame Last von ihrer Brust hob. Ihm zu erzählen, was sie durchgemacht hatte, war überraschend kathartisch gewesen.

Sein Ausdruck wurde intensiv, als er ihren Blick festhielt. „Die Worte sind schwach und erbärmlich, doch es tut mir wirklich leid, was dir passiert ist."

Sie schluckte schwer. „Es ist sehr lange her, doch danke. Also … bist du immer noch in Fia verliebt?" Er war nicht der Einzige, der heute Antworten bekam. Und scheiß drauf, sie musste es wissen. Die Frage hatte sie seit Monaten beschäftigt. Es war egal, dass sie sich eingeredet hatte, dass das zwischen ihr und Conall unverbindlich sein würde, und dass er in ungefähr einer Woche wieder weggehen würde. Doch sie konnte nicht mit ihm schlafen, wenn er in eine andere verliebt war. Sie konnte es einfach nicht. Und Rhea hatte Fia, seine frühere Verlobte, vor Monaten persönlich kennengelernt. Sie wusste also, dass die Frau irgendwie noch in Conalls Leben war.

Er zuckte kaum merklich zusammen, definitiv überrascht von ihrer Frage, wenn die Art und Weise, wie seine Augen wieder menschlich wurden, ein Anzeichen dafür waren. „Nein. Oh Gott, nein. Ich … habe sie nie wirklich geliebt."

Rheas Augenbrauen hoben sich. „Bist du dir da sicher?"

„Ja. Ich dachte, ich hätte sie geliebt, doch wir hätten uns gegenseitig nur unglücklich gemacht."

„Sie ist eine schöne Frau." Sie war Anmut und Eleganz personifiziert. Es war ein bisschen nervig.

Er schenkte ihr ein schiefes Lächeln. „Ja, doch sie ist sehr abhängig von ihrem Partner. Sie mag es, hilflos zu sein. Und ich dachte, ich wollte das von einem Partner, jemanden, auf den ich aufpassen muss, jemanden, der mich für alles braucht." Er schüttelte den Kopf, scheinbar über sich selbst.

„Und jetzt nicht mehr?"

Er durchbohrte sie mit der Kraft seines Supernova-Blicks. „Ich würde mich um meine Gefährtin kümmern – bitte interpretiere das jetzt nicht falsch. Ich möchte eine Partnerin. Eine Kriegerin. *Dich.*"

Als sie sich der Wucht seiner Worte bewusst wurde, schnürte sich ihre Kehle zu. Er konnte nicht meinen, dass er sie als Gefährtin haben wollte. Sie war ein verdammter Wolf, und er war der Alpha eines Drachenclans. Doch –

Sie schwankte nach vorn, als das Flugzeug plötzlich in Turbulenzen absackte und ihr Magen einen Purzelbaum schlug.

„Nur ein paar Turbulenzen", sagte der Pilot über die Sprechanlage mit ruhiger Stimme. „Wir landen pünktlich in fünfzehn Minuten."

Himmel, der Flug war wirklich kurz.

Wortlos verflocht Conall seine Finger mit ihren, zog ihre Hand in seinen Schoß und hielt sie einfach fest.

Sie drückte seine Hand und kämpfte gegen all die Emotionen an, die in ihr tobten. Warum hatte sie jemals gedacht, dass sie mit diesem Mann etwas Lockeres haben könnte?

Zu viele Emotionen zerrissen sie innerlich. Sie *durfte* nicht mehr mit ihm haben. Es hatte nichts mit dem zu tun, was sie wollte, sondern einzig und allein damit, ihn zu beschützen. Wenn sie Gefährten wären, würde er verletzlicher werden und könnte sterben, wenn sie starb. Nein, das konnte sie nicht zulassen.

Kapitel 18

Conall war überrascht, als der Alpha, Knox, und seine Vampirgefährtin bereits auf der Landebahn auf sie warteten. Die Frau lehnte an einem Geländewagen und surfte auf ihrem Handy, während der Mann stand, als wäre es bereit, jeden Moment anzugreifen. Seine Arme waren vor seiner Brust verschränkt, sein Gesichtsausdruck unleserlich, doch es war klar, dass er für alles bereit war.

Conall sah sich um, eine jahrtausendealte Gewohnheit, und war nicht gerade überrascht, dass der private Flughafen geräumt zu sein schien. Er tat dasselbe mit seinem eigenen Flughafen, wenn nötig, doch er war sich nicht sicher, ob er mochte, wie still es hier war. Da die Motoren des Flugzeugs bereits abgestellt waren und keine anderen Flüge in der Nähe starteten oder landeten, war das Pfeifen des Windes das einzige wirkliche Geräusch.

„Wenn wir angegriffen werden, werde ich wandeln, und du reitest auf mir hier raus", sagte er leise genug für Rheas Ohren, als sie auf die Treppe traten. Normalerweise würde er jede Gefahr direkt bekämpfen, doch abhängig von der Bedrohung würde er Rhea zuerst in Sicherheit bringen – obwohl ihm etwas sagte, dass sie das nicht zulassen, sondern bleiben und eine Bedrohung würde bekämpfen wollen.

Ihre Wangen röteten sich sexy, und er bemerkte verspätet, wie sich das anhörte. „Das klang schockierend wie ein Befehl", bemerkte sie.

Er wandte den Blick ab, als er spürte, wie sein Schwanz hart wurde. Er konnte sich nicht so mit diesem Alpha treffen. „Es gefällt dir."

Er hörte ein leises Einatmen hinter sich, als er zuerst die Treppe hinunterging. Männer gingen unabhängig von der Situation immer vor ihren Gefährtinnen, um sie vor möglichen Gefahren zu schützen. Oder um den Angriff abzuwehren, falls sie in eine Falle liefen. Rhea war noch nicht seine Gefährtin, doch sie würde es sein, und in der Zwischenzeit betrachtete er sie als seine.

Als sie den Fuß der Treppe erreichten, näherten sich Knox und seine Gefährtin mit freundlichen Mienen. Zumindest die der Frau war freundlich. Sie war ungefähr eins siebzig groß, etwa so groß wie Rhea, mit blasser Elfenbeinhaut und einem kurzen schwarzen Bob. Ihre Augen waren grau, seinen sehr ähnlich, und ihre Wangenknochen scharf. Knox war muskulös und hochgewachsen, wo sie zart und zierlich war.

„Knox", sagte Rhea zur Begrüßung, als sie sich neben Conall stellte.

Er ließ sich von seinem Instinkt leiten, als er eine Hand auf ihren Rücken legte. Scheiß auf Höflichkeit und alles andere. Nach ihrem Gespräch im Flugzeug hatte er das Gefühl, als wären Jahre der sogenannten Zivilisation abgebröckelt. Der dunkelste Teil von ihm wollte sie über seine Schulter werfen und einen Ort finden, an dem sie allein sein konnten. Drachen liebten Schätze, das war kein Mythos über seine Art, und Rhea war der größte Schatz von allen. Er wollte sie mit niemandem teilen, und es war ihm egal, dass dieser Mann eine Gefährtin hatte oder dass Knox' Gefährtin direkt neben ihm stand. Der besitzergreifendste Teil von Conall wollte nicht, dass ein anderer Mann Rhea überhaupt ansah.

Was … völlig verrückt war.

Er bemerkte, dass Knox ihn mit Raubtieraugen beobachtete, seine Haltung starr. In diesem Moment erkannte Conall auch, dass sein Drache definitiv in seinen Augen war. Mit Willenskraft, von der er nicht wusste, dass er sie besaß, gelang es ihm, sein Tier niederzuringen. Gerade so. Er brachte ein kleines Lächeln zustande. „Ich bin Conall Petronilla. Danke, dass Sie uns erlaubt haben, in Ihr Territorium zu kommen." Sein Drache schnaubte angesichts der Worte. Niemand *erlaubte* ihm, etwas zu tun. Er war ein verdammter Drache. Er tat, was er wollte.

Der andere Alpha schien seine Gedanken zu spüren, nickte knapp, doch seine Haltung änderte sich nicht viel. „Ich bin Knox."

„Und ich bin Angela. Und heilige Männlichkeit, könnt ihr das Testosteron ein bisschen runterschrauben?", fragte sie.

Rhea schnaubte und versetzte Conall einen Knuff in die Rippen. Ihr Gesichtsausdruck war so scheltend wie der der Vampirin. „Sie sind hier, um uns zu helfen", zischte sie.

Und er hatte sich von seinem Schwanz leiten lassen, weil er Besitzansprüche auf Rhea anmelden wollte. Er räusperte sich und nickte Angela höflich zu. „Es ist mir ein Vergnügen, Sie kennenzulernen."

Sie lächelte, streckte ihm eine Hand entgegen, dann Rhea, bevor sie sich wieder zu ihm umdrehte. „Wir können uns ruhig duzen, wenn ihr nichts dagegen habt. Eine Frage nur, was bist du? Deine Wärmesignatur ist … seltsam."

Er blinzelte angesichts ihrer Frage.

„Ah …" Rhea sah so überrascht aus, wie er sich fühlte.

„Du kannst meine Wärmesignatur lesen?"

Angela nickte. „Ja. Eine meiner Vampirgaben."

„Er ist ein Drache", bemerkte Knox und überraschte Conall noch mehr. „Finn hat mir gesagt, dass Rhea einen anderen Alpha mitbringt, doch ich habe angenommen, dass er einen Wolf meinte. Dein Nachname, ich kenne ihn. Ich habe deine Eltern getroffen.

Vor vielen, vielen Jahrhunderten", fügte er hinzu, als alle drei ihn ansahen.

„Wie furchteinflößend ist Arya?", fragte Rhea mit leiser Stimme und löste damit die Spannung.

Knox schnaubte nur, doch Conall glaubte einen Anflug von Zustimmung im Gesicht des Mannes zu sehen. „Ist es okay, wenn wir hier reden?", fragte er.

„Normalerweise würden wir euch auf unseren Compound einladen, doch der liegt ein ganzes Stück von hier, und wir wissen, dass ihr unter Zeitdruck steht", fügte Angela hinzu.

„Wir sind nur dankbar, dass ihr euch Zeit nehmt", sagte Rhea. „Was hat Finn euch bisher erzählt?"

„Dass er glaubt, dass jemand aus Ansons altem Rudel versucht, sein Territorium zu übernehmen. Dieser räudige Hund hat immer versucht, sich zu nehmen, was nicht sein war." Knox schüttelte den Kopf und zog eine Mappe heraus, die zusammengerollt in seiner Gesäßtasche gesteckt haben musste. „Ich war froh, als ein paar Vampire die Welt von ihm und seinem Rudel befreit haben, doch einer seiner Brüder – den ich für tot gehalten habe – ist vor einigen Jahren auf meinem Radar aufgetaucht." Er gab Rhea die Akte. „Das ist alles, was ich über ihn habe."

Rhea öffnete die Mappe und wurde blass, als sie das Bild des Mannes sah. Conall wusste nicht, ob es mehr gab, als was sie ihm im Flugzeug erzählt hatte, so, wie sie auf das Foto reagierte. Er runzelte die Stirn und sah Knox an. „Kannst du uns einen Überblick darüber geben, wer er ist?"

„Ezra Meyer. War ein Welpe, als sein Rudel getötet wurde. Vielleicht haben die Vampire ihn am Leben gelassen, weil er so jung war. Wer weiß?" Knox zuckte die Schultern. „Vor ein paar Jahren hat er versucht, in das Gebiet eines befreundeten Alpha im Westen einzudringen. Er hat versucht, so zu tun, als wüsste er nicht, dass es jemandes Territorium war."

Rhea schnaubte neben ihm, und Knox nickte nur. „Totaler

Schwachsinn, doch er hat niemandem geschadet, also hat mein Freund ihn und sein Rudel gehen lassen. Einige Wochen später gab es Sachschäden an einigen seiner Immobilien. Es waren Kleinigkeiten, und obwohl er es nie beweisen konnte, haben seine Leute den Geruch von Ezras Wölfen in der Nähe einiger dieser Schäden gewittert. Danach habe ich angefangen, Erkundigen über ihn einzuholen und eine Akte anzulegen. Sein Bruder war ein unerfreulicher Zeitgenosse, also wollte ich vorbereitet sein, falls dieser Wichser Ezra es jemals wagen sollte, auf meinem Gebiet herumzuschnüffeln."

Rhea hatte Recht gehabt. Knox hegte wirklich einen Groll gegen ihn.

Rhea blickte von der Akte auf. „Er steht auf illegale Untergrundkämpfe?"

Knox nickte. „Ja. Aber lies weiter. Er hat auch bei Drogen und Menschenhandel die Hände im Spiel. Angeblich. Es gibt viele Informationen über ihn, doch er zieht alle paar Jahre um. Alles, was ich weiß, ist in dieser Akte. Wenn ihr irgendwelche Fragen habt, ruft mich einfach an. Ich würde es vorziehen, nichts davon per E-Mail oder sonst irgendwie online zu diskutieren. Ich habe nur physische Dateien davon", sagte er und nickte in Richtung der Akte in Rheas Hand. „Nichts elektronisch gespeichert."

Conall würde jede Wette eingehen, dass der Mann solche Akten über unzählige andere übernatürliche Wesen hatte.

„Danke, das wissen wir zu schätzen." Rhea klappte die Akte zu.

„Kein Thema. Ich vertraue darauf, dass Finn sie an einem sicheren Ort aufbewahren wird. Ich muss euch bitten, diese Informationen auch nicht hochzuladen. Ich habe Jahre damit verbracht, die Akte zusammenzustellen, und ich will vermeiden, dass er einen Hinweis bekommt, dass ich ihn im Auge behalten habe. Und … Ich möchte auch nicht, dass die Regierung diese Akte jemals sieht."

„Mein paranoider Gefährte", kicherte Angela und stieß ihn mit ihrer Hüfte an.

Der Mann legte seinen Arm um ihre Schultern und zuckte die Achseln. „Besser paranoid als tot."

Conall nickte zustimmend. Mit der immer intensiveren Überwachung durch die Regierungen auf globaler Ebene war es klug, bestimmte Dinge offline zu halten.

Nachdem sie sich verabschiedet hatten, kehrten Conall und Rhea ins Flugzeug zurück. Die Reise war kurz gewesen, worüber er froh war. Jetzt hatte er wieder fünfundvierzig Minuten allein mit Rhea. Obwohl er wusste, dass sie die Akte während des Fluges würde lesen wollen, freute er sich auf die gemeinsame Zeit. Nach dem, was sie ihm über ihre Zeit in Gefangenschaft erzählt hatte, hatte er einen noch stärkeren Drang, sie in seiner Nähe zu haben und sich an sie zu binden. Er wusste, dass sie auf sich selbst aufpassen konnte, doch das änderte nichts an seinem Bedürfnis, sie zu beschützen.

Der Pilot und der Copilot bereiteten das Flugzeug in Rekordzeit zum Abflug vor.

„Also findest du, meine Mutter ist furchteinflößend?", fragte Conall, als das Flugzeug die Startbahn hinunterraste. Instinktiv griff er nach ihrer Hand und war froh, als sie ihre Finger mit seinen verflocht.

Sie schnaubte. „Wer etwas anderes denkt, ist ein Dummkopf. Und das ist keine Beleidigung", fügte sie schnell hinzu und sah ihn an, als ob sie sich Sorgen über seine Reaktion machte.

„Ich weiß. Ich denke, sie wäre beleidigt, wenn die Leute keine Angst vor ihr hätten."

„Sie ruft mich an, wusstest du das?", murmelte Rhea. „Ein paarmal im Monat."

„Ich … wusste das nicht." Er biss die Zähne zusammen. Er war ein Alpha, fast fünfzehnhundert Jahre alt. Vielleicht urteilte er vorschnell, doch es klang sehr, als würde sich seine Mutter einmischen.

Rhea zuckte die Achseln. „Ja, sie ist lustig. Sie ruft immer an, um sich über Waffen zu unterhalten."

Er runzelte die Stirn. Vielleicht hatte er sich bei der Einmischung geirrt. „Das ist alles?"

„Ja. Sie hält Menschen für Freaks, so viele zu entwickeln, doch sie ist immer noch neugierig darauf. Sie hat mich einmal angerufen, um über die Schaltpläne einer reaktiven Panzerbüchse zu sprechen, und wollte wissen, ob ich es für schwer halte, eine zu *bauen*."

„Allein beim Gedanken daran bekomme ich Kopfschmerzen", murmelte er.

„Ja, kein Witz."

Er wollte sowieso nicht über seine Mutter sprechen. „Was hast du in der Akte gelesen?"

„Genug, um zu wissen, dass dieser Typ die Angewohnheit hat, überall Chaos zu verbreiten. Er respektiert weder die menschlichen noch unsere eigenen Gesetze, wie es scheint." Sie nahm ihre Hand von seiner, öffnete die Mappe erneut und blätterte. „In einigen der Städte, in denen er Halt gemacht hat, sind weibliche Wandler verschwunden, als er und sein Rudel weitergezogen sind. Alles rudellose Frauen, die niemanden haben, der sie beschützt."

„Vielleicht haben sie sich bereitwillig seinem Rudel angeschlossen?"

Sie zuckte eine Schulter. „Ja, vielleicht. Doch wenn er wie sein Bruder ist, ist es ihm egal, ob eine Frau dazu freiwillig mitkommt oder nicht."

Er knurrte, und sie starrte ihn an, also zügelte er sich bewusst.

Sie räusperte sich. „Und einige von ihnen … die, die vermisst wurden, hatten gute Jobs und waren in ihren Gemeinden etabliert. Das Wichtigste, was sie gemeinsam haben, ist, dass sie Wölfe sind und Ezra in ihrer Stadt war, als sie verschwunden sind."

„Soll ich auch einen Teil lesen?", fragte er und wollte helfen. Unabhängig davon, dass er beenden wollte, was sie auf der Flugreise hier fast begonnen hatten, das war wichtig für die Sicherheit ihres Rudels und was noch viel wichtiger für ihn war: Rheas Sicherheit. Er wollte diesen Bastard Ezra und jeden anderen jagen, der jemals mit Anson in Verbindung gestanden hatte.

Sie nickte. „Danke."

Er biss die Zähne aufeinander, bevor er wieder sprach. „Dieser Mann. Hat er dich auch verletzt?"

Rhea versteifte sich und fuhr sich mit der Hand durch die wilden Haare. „Nein. Er war zu jung, doch er sieht Anson sehr ähnlich. Dieses Gesicht nach so vielen Jahren wiederzusehen, war einfach ein Schock."

Er wollte sie in seine Arme ziehen, wusste jedoch nicht, ob er das Recht dazu hatte – wusste nicht, ob sie sich daran stören würde. „Es tut mir leid, dass das unangenehme Erinnerungen weckt."

Sie sah ihn fast überrascht an. „Danke."

„Warum überrascht dich das?"

„Das tut es nicht. Es … es ist einfach schön, mit dir zu arbeiten."

Er hatte das Gefühl, dass sie sich zurückhielt, doch jetzt war nicht die Zeit, sie zu drängen. Nicht, während sie sich ihm bereits geöffnet hatte, was ihre Vergangenheit anging. Stattdessen nahm er die Hälfte der Unterlagen aus der Mappe und legte sie auf seinen Schoß. Es war Zeit, sich an die Arbeit zu machen. Seine Drachenhälfte liebte Rätsel, und auf die eine oder andere Weise würde er diesen Ezra jagen und töten. Unabhängig davon, ob er etwas mit der Bombe oder den Einbrüchen zu tun hatte oder nicht, hatte Conall vor, den Mann zu töten, nachdem er die Akte gelesen hatte, die Knox ihnen gegeben hatte.

Dieser Mann musste sterben.

Kapitel 19

„Gray ist ein bisschen … exzentrisch", bemerkte Rhea, als Conall die lange Schotterauffahrt hinauffuhr.

Das war die letzte Person auf ihrer Liste, mit der sie reden sollten, und Conall freute sich darauf, für diesen Tag fertig zu sein. Nachdem sie aus Birmingham zurückgekehrt waren, hatten sie alle Informationen an Elana übergeben, damit sie tiefer in die Akte eintauchen konnte, die Knox ihnen gegeben hatte. Dann hatten sie mit der Liste der Leute angefangen, mit denen sie in Finns Namen sprechen sollten.

Zeit mit Rhea zu verbringen war ein Bonus, doch sie war seit ihrer Landung auf ihre Arbeit konzentriert. Was er verstand, doch gefallen musste es ihm nicht. Er wollte sie mitnehmen und sich wochenlang irgendwo mit ihr verbarrikadieren. „Inwiefern?"

„Vielleicht ist das das falsche Wort, doch er ist ein Einzelgänger. Was für unsere Art etwas seltsam ist."

Er nickte. Wölfe brauchten Rudel. Es lag in ihrer Natur. „Finn stört es nicht, dass er auf seinem Gebiet lebt?"

„Nein. Der Typ ist ein Künstler. Holzschnitzereien. Er ist anscheinend eine große Nummer in der Kunstwelt", sagte sie.

Conall beäugte das kleine Blockhaus und die riesige Werkstatt daneben. „Wie ist sein Nachname?"

„Glaube nicht, dass er einen hat. Nicht, dass ich wüsste. Oder es könnte einfach Teil seiner Künstlerpersönlichkeit sein, nur unter einem Namen bekannt zu sein."

„Er weiß, dass wir kommen?", fragte er, als er den Wagen abstellte. Alle Lichter im Haus schienen aus zu sein, doch in der Werkstatt brannte Licht, und er konnte eine Kettensäge hören.

„Nein. Doch zu den Bedingungen, auf Finns Territorium leben zu dürfen, gehört, dass Finn oder ein Vertreter des Rudels das Recht hat, jederzeit unangekündigt vorbeizuschauen. Sonst rufen wir immer an, doch diesmal nicht."

Conall nickte. Davon war er ausgegangen, da die anderen, die sie heute besucht hatten, überrascht gewesen waren, als Rhea und er geklingelt hatten. Als sie aus dem SUV stiegen, verstummte die Kettensäge, was bedeutete, dass der Wolf wahrscheinlich wusste, dass sich jemand auf seinem Grundstück befand.

Conall atmete tief ein, und schnupperte nach Lebewesen in der Nähe, roch aber nur eines. Wahrscheinlich der Mann, der hier lebte. Laut Rhea gehörten 50 Hektar Wald zu Grays Anwesen, und sie hatten ungefähr eine halbe Stunde fahren müssen, um hierher zu gelangen. Er hätte es vorgezogen, sie einfach zu fliegen, denn er hatte sich gefragt, wie es sich anfühlen würde, wenn Rhea ihn in seiner Drachenform ritt, doch es war unnötig zu riskieren, einen Außenstehenden wissen zu lassen, was er war. Und er war sich nicht sicher, ob sie es gewollt hätte. Es war ein gewisses Maß an Vertrauen beider Parteien nötig. Er vertraute ihr auf der tiefsten Ebene, wusste jedoch, dass Fliegen nicht jedermanns Sache war. „Riechst du irgendwas, das nicht passt?", fragte er.

Sie schüttelte den Kopf. „Nein. Aber er weiß, dass wir hier sind."

Bevor sie den Satz beendet hatte, öffnete sich die Schiebetür zur Werkstatt, und ein Mann kam heraus. Er trug eine lange, schmutzige Schürze, dick aussehende Handschuhe, die bis zu den Ellbogen reichten, und einen Schweißhelm, den er auf seinem

Kopf zurückgeschoben hatte. Er schien Anfang dreißig zu sein, doch bei Wandlern konnte man nie sagen, wie alt sie tatsächlich waren. Er sah mürrisch aus.

„Was zum Teufel wollt ihr auf meinem Grundstück?", knurrte er und stapfte über Gras und Kies auf sie zu.

Instinktiv knurrte Conall, und seine Alpha-Natur drängte sich in den Vordergrund, als er sich vor Rhea schob. Das Einzige, was ihn gerade so zurückhielt, war Rheas sanfte Berührung seines Unterarms.

„Sei kein Arsch, Gray", sagte sie. „Wir sind hier, um zu reden."

Der Mann blinzelte, als er ein paar Meter vor ihnen stehenblieb. Er war mit Sägemehlspänen bedeckt. „Oh, wusste nicht, dass du es bist. Wer ist der Typ?" Er nickte in Conalls Richtung, sah ihn jedoch nicht an.

Conall knurrte angesichts der Beleidigung. Normalerweise ließ er anderen gewisse Dinge durchgehen, doch heute war er besonders nervös, dank der sexy Wölfin, die neben ihm stand und deren Hand immer noch auf seinem Unterarm lag. Er liebte das Gefühl ihrer leicht schwieligen Finger, die ihn berührten. Er wusste, dass die Schwielen von ihren Waffen stammten, und fand sie höllisch sexy. Er wollte keine weiche Frau. Das hatte er vor langer Zeit einmal geglaubt. Jetzt wusste er, was für ein Idiot er gewesen war.

„Gray, das ist Conall, er ist ein Freund meines Rudels. Sei nett." Ihr Ton war eher mahnend als alles andere, fast als würde sie einen Welpen schelten.

Der Mann sah ihn mit scharfen grünen Augen an und musterte ihn schnell. Conall entblößte seine Eckzähne, und zu seiner Überraschung tat der andere Mann dasselbe. Gray wich keinen Zentimeter zurück, als sein Wolf in seinem Blick aufflammte. Conall wusste sofort, dass er ein Alpha war, und fragte sich, ob Finn das auch wusste. Es war noch seltsamer, dass der Mann allein lebte.

„Hört auf ihr zwei, das ist lächerlich", blaffte Rhea. „Sofort, sonst bekommt ihr es mit mir zu tun."

Er glaubte nicht, dass sie wirklich etwas tun würde, doch Conall hörte auf zu knurren und zog seine Eckzähne zurück. Doch er ließ den anderen Mann nicht aus den Augen. Es war offensichtlich, dass Rhea ihm zu einem gewissen Grad vertraute, doch Conall tat es nicht. Gray folgte seinem Beispiel.

„Was wollt ihr auf meinem Grundstück?", fragte er erneut und sah Rhea an.

„Wir müssen dir ein paar Fragen stellen."

Er verschränkte die Arme vor der Brust. „Okay, frag."

„Du willst uns nicht reinbitten?", fragte sie mit einer Spur Sarkasmus.

„Ich habe eine Deadline, also nein", schnaubte er.

Conall bewegte sich blitzschnell vorwärts, packte den Hals des anderen Mannes und hob ihn vom Boden auf. „Zeig gefälligst Respekt, wenn du mit ihr sprichst!"

Gray klammerte sich an seinen Unterarm, hielt ihn fest, griff jedoch nicht direkt mit seinen Krallen an. Er nickte nur einmal kurz, in seinen Augen brannte unverhohlene Abneigung.

Als Conall ihn losließ, zeigte Gray kurz seine Eckzähne und sah Rhea wieder an. „Entschuldigung, ich bin in einer beschissenen Stimmung, und ihr zwei habt gerade mein Projekt unterbrochen. Können wir das einfach hinter uns bringen?"

„Hast du jemals von einem Ezra Meyer gehört?", fragte sie ohne Umschweife.

Er hielt inne, und Conall sah, dass er nachdachte und nicht versuchte, eine Lüge zu finden – was sinnlos gewesen wäre, da sie Unwahrheiten riechen konnten. Schließlich schüttelte Gray den Kopf. „Ich habe viele Kunden, doch er kommt mir nicht bekannt vor. Ich kann aber nicht sicher sein, ohne in meinen Unterlagen nachzusehen. Warum?"

„Hast du in letzter Zeit von irgendwelchen seltsamen

Vorkommnissen in der Gegend gehört? Irgendwas über Vampire oder Wandler, die hier nichts zu suchen haben?"

„Nein … Na ja, vor ein paar Monaten war ich in einer Kneipe drüben in Pass Christian, und diese Frauen – beide Wölfe – haben mich ziemlich aggressiv angemacht." Seine Lippen verzogen sich zu einer dünnen Linie. „Sie haben sich an mir gerieben und mir erzählt, dass sie Teil dieses neuen, mächtigen Rudels waren und wollten wissen, ob ich mich ihnen anschließen wollte. Eine hatte ihre Hand in meiner Hose, als sie gefragt haben." Er schnaubte und schüttelte den Kopf. „Es war, als wollten sie mich für einen Kult rekrutieren."

„Wie hast du reagiert?", fragte Rhea.

Der Mann zuckte die Achseln. „Habe ihnen gesagt, sie sollen sich verpissen, und sie sind gegangen."

„Bist du ihnen nachgegangen?"

„Ich bin ihnen ein paar Meilen gefolgt, doch sie waren auf dem Weg nach Westen in Richtung New Orleans, also dachte ich, sie würden das Gebiet verlassen."

„Warum hast du Finn nichts davon erzählt?"

Der Mann hob eine Schulter. „Er ist nicht mein Alpha."

Conall knurrte erneut. Die Respektlosigkeit des Mannes ärgerte ihn.

Der Mann verdrehte die Augen, als er Conall ansah. „Ich bin gerade höflich. Ich gebe mir wirklich Mühe hier." Er wandte sich Rhea zu, sein Gesichtsausdruck etwas weicher. „Ich habe es ihm nicht gesagt, weil ich es bis eben vergessen hatte. Ich habe später in dieser Nacht eine Frau getroffen und … die Woche danach auch. Ich hatte gerade ein großes Projekt abgeschlossen und mir eine Auszeit genehmigt."

„Erinnerst du dich an den Namen der Bar?"

„Ja." Er ratterte einen Namen und die Adresse herunter und sagte dann: „Es ist eine ziemliche Spelunke. Ich glaube nicht, dass sie da Videoüberwachung haben, falls du das denkst."

Rhea lächelte ihn nur höflich an, antwortete jedoch nicht direkt. „Kannst du mir sagen, wie sie ausgesehen haben?"

„Hübsche Wölfe, beide durchschnittliche Größe, bisschen unterernährt für meinen Geschmack, als würden sie nicht genug essen. Doch vielleicht waren sie auch einfach nur wirklich schlank. Kaukasisch. Dunkelbraunes Haar für beide. Eine hatte braune Augen, die andere blaue. Und … Oh, beide hatten eine keltisch aussehende Tätowierung an ihren Handgelenken. Ist mir aufgefallen, als sie mich angemacht haben. Das und dass offensichtlich war, dass sie überhaupt nicht auf mich geflogen sind, obwohl sie versucht haben, mich anzutörnen, war der Grund, warum ich denke, dass sie zu einem Kult gehören müssen."

Rhea antwortete nicht, doch Conall sah, dass sie die Informationen verarbeitete. Er fragte sich, ob die Frauen dieses neuen Rudels so behandelt wurden wie Rhea. Sein Drache hieb nach ihm und wollte diesen Ezra sofort jagen.

„Du bist ein Künstler, oder?", fragte er Gray.

Der Mann brummte nur, was sich wie eine Bestätigung anhörte.

„Glaubst du, du kannst eine Skizze der Frauen zeichnen?", fuhr Conall fort und zwang sich, höflich zu bleiben, auch wenn er diesen Typen am liebsten verprügeln wollte.

Grays Kiefer spannte sich an, doch er nickte. „Ja, gib mir nur ein paar Minuten", knurrte er, bevor er in Richtung seiner Werkstatt davonstapfte.

Als er ging, wandte sich Rhea Conall zu. „Willst du jetzt nach Pass Christian fahren? Es ist nur vierzig Minuten von hier. Oder ich kann dich absetzen und –"

„Ich gehe mit dir. Wir sind als Team eingeteilt worden." Und er würde sie nicht aus den Augen lassen. Obwohl die Einteilung als Team nichts damit zu tun hatte. Er war hier mit Rhea, weil sie seine war. So einfach war das.

Ihre Lippen verzogen sich zu einem Lächeln. „Ja, weil du dir auch tatsächlich von einem anderen Alpha sagen lässt, was zu tun ist. Du bist hier, weil du hier sein willst."

„Das ist sehr wahr." Er trat einen Schritt näher, schob sich in ihre Distanzzone und scherte sich nicht darum. Sein Blick fiel auf ihren Mund, und alles, was er tun wollte, war, sie auf der Stelle zu verschlingen.

Sie schluckte schwer, eine ihrer Hände strich über seine Brust und blieb dort liegen, was sich wie eine sehr besitzergreifende Geste anfühlte. Er erschauerte bei dem Gefühl ihrer Fingerspitzen auf seinem Hemd und wollte all ihre Kleider wegbrennen, damit es keine Barriere zwischen ihnen mehr gab.

Der Gedanke an sie nackt und unter sich – oder auf sich, die Position spielte keine Rolle –zerrte an seiner Beherrschung. Sein Schwanz wurde noch härter. Sie war so nah, dass ihr Geruch ihn verrückt machte. Dieser wilde, erotische Duft, der Rhea zu eigen war, machte ihn wahnsinnig, und er konnte kaum klar denken. Er musste sie schmecken. Ihr klarmachen, dass er sie als seine sah.

Ohne seine Aktion zu hinterfragen oder ihr die Chance zu geben, sich zurückzuziehen, presste er seinen Mund auf ihren und nahm sich, was er wollte.

Stöhnend schmiegte sie sich an ihn, und ihre Hand grub sich in seine Brust, als er eine Hand hinter ihren Kopf schob und sie festhielt. Er ließ sie nicht gehen. Was er nicht geben würde, um sie einfach gegen den SUV zu drücken und sie ganz zu nehmen.

Ihre Zunge bewegte sich in erotischen, gierigen Bewegungen gegen seine, als ihre andere Hand an seine Taille wanderte. Er spürte, wie sich ihre Nägel in seinen Rücken bohrten, und genoss das Gefühl, dass auch sie die Kontrolle verlor.

Jetzt war nicht die Zeit oder der Ort, um sich auszuziehen, doch es war egal. Scheiß auf alles. Sie besaß ihn. Er rieb sich an ihrer Hüfte und knabberte an ihrer Unterlippe.

Als sie ein leises Knurren ausstieß, spürte er es bis in sein

Innerstes. Zu viele Emotionen strömten durch ihn, hauptsächlich das Bedürfnis, sie für sich zu beanspruchen, sie zu besitzen, sie zu seiner zu machen. Deshalb war er so verdammt geduldig und vorsichtig mit ihr gewesen. Er hatte gewusst, sobald er sie gekostet hatte, würde er das Bedürfnis haben, sie zu markieren und sie zu seiner zu machen. Und verdammt, er war sich nicht sicher, ob sie dazu bereit war.

„Whoa." Grays Stimme riss ihn zurück in die Realität.

Conall zog sich zurück und war wütend auf sich selbst, weil er nicht auf seine Umgebung geachtet hatte. Er war nie abgelenkt. Niemals. Jetzt hätte jedoch leicht ein anderer Drache vom Himmel herabstürzen können, und er hätte ihn nicht einmal kommen hören.

Er sah Rhea an und bemerkte, dass sie ihn ähnlich entsetzt anstarrte. Ihre Pupillen waren geweitet, und ihre schönen Lippen leicht geschwollen. Dann wurde ihm klar, dass er leuchtete.

Scheiße.

„Nein, nein, nein." Sie schüttelte den Kopf und trat einen weiteren Schritt zurück. „Nein, nein …" Sie verstummte und wandte sich Gray zu – der Conall überrascht anstarrte.

Conall entblößte seine Eckzähne und griff nach den Skizzen des Mannes. Die Art und Weise, wie sie seine Paarungsmanifestation offen ablehnte, traf ihn tief. Es durchbohrte ihn so sehr, dass er überrascht war, dass er nicht in der Einfahrt ausblutete. Anscheinend war er nicht gut genug, um als ihr Gefährte in Frage zu kommen. „Sind sie das?", knurrte er, seine Stimme eher Tier als Mann.

Gray nickte nur und sah überhaupt nicht mehr mürrisch aus, sondern viel eher fasziniert. Was Conall ärgerte. Er machte sich nicht die Mühe, sich zu bedanken oder irgendetwas anderes zu sagen, drehte sich um und ging zurück zu seinem Wagen. Rhea konnte sich von dem Mann verabschieden oder was auch immer.

Er warf sich auf den Fahrersitz, obwohl er jetzt nur noch seine menschliche Gestalt hinter sich lassen und in den Himmel fliegen wollte. Abstand zwischen sie und sich bringen. Ihre völlige Ablehnung von ihm als Gefährte zerriss ihn. Ja, er musste hier raus, und Fliegen beruhigte seine angeschlagenen Nerven immer.

Weniger als eine Minute später rutschte Rhea auf den Beifahrersitz, und viel zu viele Emotionen gingen von ihr aus, als dass er sie hätte durchschauen können. Er ließ den Motor nicht an, sondern drehte sich zu ihr um. „Ist es wirklich so verdammt schlimm, dass ich mich mit dir paaren will?", knurrte er. Denn es war klar, dass sie wusste, was sein Leuchten bedeutete. Jeder Drachenclan zeigte das Bedürfnis, sich zu paaren, auf einzigartige Weise. Seine Familie strahlte ein Leuchten aus, das immer dann erwachte, wenn ein Petronilla mit seinem beabsichtigten Partner intim wurde. Es verschwand nur, wenn sie wirklich Gefährten wurden. Und wenn sie es nicht wurden, daran wollte er nicht einmal denken.

„Nein! Ich … das ist es nicht. Ich habe nur … ich wusste nicht, dass du *das* wolltest. Du bist ein Alpha und …" Sie verstummte und rieb sich mit der Hand über den Nacken. Jetzt wirkte sie gequält, sowohl ihr Geruch als auch ihre Körpersprache.

Die Spannung in ihm nahm zu. „Und was?"

„Ich kann nicht deine Gefährtin werden", flüsterte sie mit verzweifelter Miene.

Wut traf ihn, bis ihm bewusst wurde, dass sie *kann nicht* gesagt hatte. „Kannst nicht oder willst nicht?"

„Kann nicht."

Er dachte an alles, was sie ihm im Flugzeug erzählt hatte, und spürte, wie ein Teil seiner Wut nachließ, doch nicht alles. „Liegt es daran, was dir passiert ist? Ich würde niemals zulassen, dass dich jemand verletzt, Rhea."

Sie schluckte schwer und schüttelte den Kopf. „Das ist es nicht. Du bist ein Drache. Ich weiß von Victoria, dass ihr euch im wahrsten Sinne des Wortes fürs Leben paart. Wenn mir also irgendetwas passieren würde ..." Sie verstummte wieder und sah elend aus.

Sie musste nicht zu Ende sprechen. Wenn sie starb, würde er auch sterben. Drachen waren die einzigen Wandler, deren Bindung nicht einmal durch den Tod unterbrochen wurde. „Durch mich würdest du geschwächt, zu einem ständigen Ziel. Wenn jemand dir schaden will, würde er sich einfach auf mich konzentrieren. Ich wäre deine größte Schwäche. Du bist ein Alpha, du musst viele Feinde haben. Ich könnte dich buchstäblich umbringen, nur weil ich deine Gefährtin wäre!"

Er schüttelte den Kopf und weigerte sich, es zu akzeptieren. „Das ist mir egal, Rhea. Lass mich diese Entscheidung für mich treffen. Gib uns die Chance zu sehen, ob es etwas Echtes zwischen uns gibt ..."

„Nein! Ich werde dein Leben nicht so riskieren. Ich habe schon einen Mann im Stich gelassen. Gott, ich könnte dich buchstäblich umbringen. Ich bin eine Kriegerin, ich kämpfe andauernd gegen andere übernatürliche Wesen. Mir könnte jederzeit etwas passieren." Das gleiche Entsetzen wie zuvor stand ihr ins Gesicht geschrieben, und er erkannte, dass sie Angst um ihn hatte.

Was seinen Ärger nicht linderte. Er war froh, dass sie so viel für ihn empfand und ihn beschützen wollte, doch seine animalische Seite war nicht rational, wenn es um seine Gefährtin ging. Sein Drache wusste nur, dass seine Gefährtin ihn nicht wollte.

Da ihm klar war, dass alles, was er in der nächsten Minute sagen würde, voller Wut wäre, stieß er die Tür auf und sprang hinaus. „Ich werde dir nach Pass Christian folgen." Während er sich auszog, sagte sie nichts, beobachtete ihn nur elend, als sie auf den Fahrersitz rutschte.

Er biss die Zähne aufeinander und wollte nichts weiter als sie zur Besinnung schütteln. Oder sie einfach küssen und ihr so viele verdammte Orgasmen schenken, wie sie brauchte, um zur

Vernunft zu kommen. Ihr Grund war totaler Schwachsinn, und obwohl er es verstand, würde er sie nicht davonkommen lassen. Er würde niemals aufhören, um sie zu kämpfen.

Er warf seine Kleidung auf den Rücksitz und ließ nach einem kurzen Blick in die Werkstatt seine Tarnung fallen und wandelte mit einem animalischen Schrei. Sein Drache übernahm sofort und schoss in die Luft, bevor er Zeit hatte, seine Gedanken vollständig zu verarbeiten.

Im Moment brauchte er Abstand von Rhea, bevor er etwas Dummes tat. Sein Drache war uralt. Und im Moment verlangte er, sie zu beanspruchen, unabhängig davon, was sie wollte.

KAPITEL 20

Liberty sah sich in Bos und Nyx' Club um, ein wenig überrascht von der Transformation, obwohl sie daran beteiligt gewesen war, sie umzusetzen.

Übernatürliche Wesen waren so verdammt komisch. Heute Abend sollte der Maskenball stattfinden, doch nach allem, was passiert war, war die Party auf unbestimmte Zeit verschoben worden – weil aus nachvollziehbaren Gründen niemand eine Maske tragen durfte. Stattdessen war heute Abend die Party mit dem Wildwest-Thema, was im Grunde bedeutete, dass alle als Cowboys und Cowgirls verkleidet waren.

Es war ein Haufen Erwachsener – die sich in verschiedene Tiere verwandeln konnten oder Blut von Menschen tranken – die es lustig fanden, sich zu verkleiden und sich wie Vierjährige zu benehmen. Eine Wolfwandlerin tanzte gerade auf einem Tisch und schwang ein Lasso.

„Oh, Schatz, das ist perfekt!" Nyx erschien wie aus dem Nichts und schlang einen Arm um Libertys Schultern.

Lächelnd sah Liberty ihre Freundin an, die als Saloon-Girl gekleidet war in einem purpurroten Kleid mit schwarzen Spitzenrüschen überall. „Ja?"

„Ja! Ich hatte keine Ahnung, wie du das hinbekommen

würdest, doch es sieht wirklich aus wie in einem Saloon!" Nyx, die Halbfee/Halbgöttin, quietschte vor Freude. „Obwohl ich in einem anderen Reich aufgewachsen bin, hatte ich natürlich Zugang zu Dingen aus der Menschenwelt, einschließlich Fernsehen. Ich habe diese Phase gehabt, als ich ungefähr sechs Jahre alt war und eine Geburtstagsfeier mit Cowgirl-Thema wollte. Natürlich habe ich es meiner Mutter nie erzählt, weil, na ja, weil ich es einfach nicht getan habe. Doch ich habe es Bo gegenüber erwähnt und ..." Sie schüttelte den Kopf und sah sich um. Tränen glitzerte in ihren Augen. „Ich liebe diesen Mann", flüsterte sie.

„Oh, und, er liebt dich auch." Liberty drückte Nyx fest und betrachtete ihr Werk.

Sie hatte Öllampen – natürlich flammenlose – auf den meisten Tischen, Heuballen und Holzkisten, um viele der normalen Sitzgelegenheiten zu ersetzen. Bierflaschen konnte man sich selbst aus Zinkwannen mit eingeprägtem Rindermotiv nehmen, und jedes andere Getränk wurde in gläsernen Cowboystiefeln serviert. Sie hatte jegliche Kunst durch Vintage-Poster ersetzt, auf denen Dampfschifffahrten oder Landkarten und einige „Gesucht"-Plakate mit Bo, Nyx, Cynara und anderen Mitarbeitern des Clubs darauf. In Kombination mit den Wagenrädern, Holzfässern, Weidezäunen, Lassos und anderem Dekor im Westernstil hatte der Club tatsächlich ein Westernflair.

„Wenn du dich mit Bo fotografieren lassen willst", sagte Liberty und deutete auf eine große Fotokabine in der Nähe einer der Bars. „Die Kabinen haben vier verschiedene Wildwest-Themen zur Auswahl."

Nyx quietschte wieder und gab ihr einen schmatzenden Kuss auf die Wange, bevor sie weiß Gott wohin verschwand. Höchstwahrscheinlich ging sie ihren Gefährten suchen.

Auch wenn Liberty schon viele Partys geplant hatte ... Nun, in ihrem früheren Leben hatte sie noch nie mit Kunden gearbeitet, die alles so entspannt angingen. Bo wollte definitiv, dass alles richtig gemacht wurde, und alles, was er wirklich wollte, war, dass Nyx glücklich war, doch er war kein Mikromanager und beschwerte sich nie darüber, wie viel etwas kostete. Wenn überhaupt, war es so, als wäre er sich nicht sicher, ob er genug für Nyx ausgab.

„Ich habe einen Notfall in der Küche, Liberty." Taylors panische Stimme kam über ihren Ohrhörer und ließ sie zusammenzucken.

Taylor, eine Frau aus dem Stavros-Rudel, war eine der Managerinnen im Howlers, und da die Hochzeitsgesellschaft in Bos Club umgezogen war, hatte sie sich bereit erklärt, hier mitzuhelfen. Was gut war, denn Liberty hatte sich daran gewöhnt, sich mit ihr abzustimmen. „Bin gleich da", antwortete sie und drehte sich um, um sich durch die Menge auf der überfüllten Tanzfläche zu schieben, wo sich die Gäste an einer Art Country Line Dance versuchten.

Sie entdeckte Rory an der Bar, wo er mit Cynara mit den violetten Haaren sprach – und Libertys Herzfrequenz stieg wie üblich an. Obwohl sie nur Halbgeschwister waren, konnte sie Ähnlichkeiten in der Art erkennen, wie sie mit ihren Händen gestikulierten. Es war bezaubernd, obwohl sie nicht glaubte, dass Rory es schätzen würde, wenn sie ihn bezaubernd nannte.

Liberty schwankte immer noch von der letzten Nacht. Sie hatte noch nie vor jemandem masturbiert, nicht einmal in ihrem „früheren" Leben, als sie normale menschliche Freunde und Partner gehabt hatte. Doch sie hatte sich bei ihm so sicher gefühlt … so geschätzt. Der Mann war fast zu perfekt, um wahr zu sein. Was ihr eine Heidenangst machte. Sie war sich gerade nicht einmal sicher, was sie wollte oder konnte, und sie hatte Angst, dass es zu spät sein würde, wenn sie sich dessen endlich bewusst wurde. Dass Rory dann schon auf grünere Weiden gezogen sein könnte.

Als sich eine Frau aus dem Stavros-Rudel Rory und Cynara anschloss und Rory ansah, als wollte sie ihn auffressen, schoss ein scharfer Anflug von Eifersucht durch Libertys Brust. Er flirtete nicht, und sie konnte es der Frau auch nicht zum Vorwurf machen, Rory angesehen zu haben.

Doch tief im Inneren musste sie sich fragen, was sie Rory überhaupt zu bieten hatte. Sie war immer noch so verdammt kaputt. Mit gerunzelter Stirn wandte sie sich ab und ging durch die Schwingtür in die Küche und in den Lagerbereich, wo Taylor mit einem Saloon-Mädchen-Kleid kämpfte.

„Was ist der Notfall?", fragte Liberty und legte ihr Klemmbrett auf eine der Arbeitsflächen.

Die Rothaarige stieß ein frustriertes Knurren aus und drehte sich so, dass ihr Rücken Liberty zugewandt war. „Das!"

Lachend nahm Liberty die Bänder des offenen Korsetts und begann es zu schnüren. „Das ist kein wirklicher Notfall."

„Es wird einer sein, wenn meine Brüste aus dem Korsett springen, während ich Essen serviere."

„Oh bitte! Ich habe mehr nackte Leute aus deinem Rudel gesehen, als mir lieb ist." Wandler waren so ungeniert, was ihre Nacktheit anging. Sie war sich nicht sicher, ob sie sich jemals daran gewöhnen würde. Sie hatte Rory nackt gesehen, als sie aus diesem Höllenreich zurückgekehrt waren, doch sie war damals viel zu durcheinander gewesen, um es wirklich bewusst wahrzunehmen. Sie hatte ihn oder seine Brüder kaum ansehen können.

„Das heißt nicht, dass ich allen meine Titten zeigen will."

„Wie du meinst." Liberty zurrte die Korsage fest. „Wie ist das? Zu eng?"

„Perfekt, danke." Taylor drehte sich um. Ihr leuchtendrotes Haar war zu einer kompliziert aussehenden Frisur auf ihrem Kopf getürmt. „Wie sehe ich aus?"

„Fantastisch. Und wie wäre es, wenn du jetzt da rauskommst und dich an die wirkliche Arbeit machst?"

Taylor lachte. „Alles klar. Ich werde die Runde machen und sehen, ob irgendwas ausgeht."

„Danke." Als Taylor ging, ging Liberty zu einem der Kühlschränke. Sie hatte bemerkt, dass der erste Kuchen tatsächlich bereits verschlungen war. Also war es an der Zeit, einen weiteren rauszubringen, ein riesiges Wagenrad aus Schokoladencreme.

Als sie in einen der Kühlräume trat, fröstelte sie. Sie trug ein schlichtes schwarzes Etuikleid mit dreiviertellangen Ärmeln, Türkisschmuck und Cowboystiefeln. Das Kleid wärmte nicht gerade. Sie bemerkte, wie groß der Kuchen war, als sie ihn in einem der Metallregale sah. „Ich brauche noch ein paar Hände", murmelte sie.

„Ich kann helfen", sagte eine weibliche Stimme hinter ihr und ließ Liberty fast aus ihrer Haut springen.

Sie drehte sich um und fand Arya, Drakes Mutter, die hinter ihr in der Kühlkammer stand. Heilige Scheiße, diese Frau bewegte sich leise. Libertys Herz raste in ihrer Brust, als sie die große, blonde Frau ansah, die unglaublich schön war – und unglaublich furchteinflößend. Liberty hatte mehr Raubtiere gesehen, als ihr lieb war, und diese Frau war definitiv die furchteinflößendste von allen. Vielleicht mit Ausnahme ihres Gefährten Dragos.

Arya trug ein elegantes Kleid, das sie wie ein seidiger Wasserfall umfloss, und hätte mit ihrer Größe und ihren Wangenknochen ein Supermodel sein können. Doch etwas in ihren kaffeebraunen Augen war … Gott, es gab kein Wort dafür. Wenn sie einen ansah, war es, als könnte sie direkt in die Seele blicken und sich vielleicht überlegen, einen als Vorspeise zu vertilgen. Die Sache war, Liberty glaubte nicht, dass die Frau es absichtlich tat, so war sie einfach.

Anscheinend verkleidete sie sich nicht für Themenpartys, was

Liberty überhaupt nicht überraschte. Diese Frau tat, was sie wollte, wann sie es wollte. Liberty räusperte sich. „Schon okay. Ich habe Personal, das mir helfen kann." Sie war sich nicht sicher, warum Arya überhaupt wieder hier war. Dieser Bereich war nur für Mitarbeiter. Nicht, dass sie Arya das sagen würde.

Arya tippte nachdenklich an ihr Kinn und ignorierte Libertys Worte, als sie sich mit offensichtlichem Desinteresse im Gefrierschrank umsah. „Ich wurde vor vielen, vielen Jahren als Göttin verehrt."

Es war so eine seltsame Bemerkung, obwohl Liberty nicht daran zweifelte, dass sie angebetet worden war. Doch … sie fragte sich, warum in aller Welt die Frau ihr das erzählte.

„Ich meine das nicht als Beleidigung", fuhr Arya fort, ihr Blick flackerte, sodass ihr Drache Liberty ansah. „Doch ich bezweifle, dass du verstehen kannst, wie lange das her ist. Ein paar der echten Göttinnen mochten es nicht, dass ich als Gottheit verehrt wurde." Sie schnaubte wenig damenhaft.

Alles in Liberty erstarrte, als der Drache sie ansah. Das war eine Sache, mit der sie sich immer noch nicht abgefunden hatte. Es war egal, dass sie mit Drake und Keelin befreundet war – von denen sie sich wirklich wünschte, sie wären gerade in der Stadt. Drachen waren keine Wölfe oder gar Halbdämonen. Sie waren so groß wie kleinere Einfamilienhäuser und konnten Feuer speien.

„Warum erzählen Sie mir das?" Es schien eine sichere Frage für die Frau zu sein, die sie mehr oder weniger im Kühlraum in die Enge getrieben hatte. Obwohl das Wort sicher und Arya Petronilla nicht zueinander passten.

„In meiner langen Existenz ist Liebe das Einzige, was von Wert ist. Alles andere ist flüchtig. Alles. Und ich sehe, wie dieser Halbdämon/Wolfsmann dich ansieht. Er würde für dich sterben. Ich sehe es deutlich in seinem Blick, auf eine Weise, die mich tief berührt. Leute würden jedoch für viele Dinge sterben." Ihre gruseligen Drachenaugen verschwammen, als würde sie Liberty für einen Moment überhaupt nicht sehen. „Doch dieser Mann würde alles für dich opfern, und das ist anders. Zweifle nicht an ihm."

Liberty würde nicht vorgeben, so tun, als würde sie es nicht verstehen, selbst wenn sie nicht wüsste, was dieses Raubtier sagen wollte. „Das werde ich nicht." Es war sie selbst, an der sie zweifelte. Fast ständig. Rory war Perfektion und sie war … ugh, sie wusste nicht, was sie war.

Arya streichelte ihre Wange, als wäre sie ein Kind. Obwohl es eine seltsame Geste war, nahm Liberty an, dass sie für Arya ein Kind war. Sie glaubte auch nicht, dass der Drache sie überhaupt sah. Es war klar, warum sie angebetet worden war. Die Macht, die sie ausstrahlte, war spürbar, als reichte der kleine Kühlraum nicht aus, um sie aufzunehmen. Und Liberty war nur ein Mensch. Sie fragte sich, ob übernatürliche Wesen ein besseres Gefühl für ihre Macht hatten.

Plötzlich packte Arya Libertys Wangen. „Mach deinen Mund auf." Ihre Stimme war sanft und doch befehlend.

Obwohl sie keine Ahnung hatte, warum sie das verlangte, öffnete sie den Mund. Arya tat dasselbe und mit nur wenigen Zentimetern Abstand zwischen ihnen schwebte ein weiches, weißes Licht von Arya zu Libertys Mund.

Eine Wärme erfüllte Liberty von innen heraus und sie roch … den Duft von Frühlingsregen und Zimt in der Luft – der von *ihr* ausging. Praktisch vor Schock erstarrt, als ihr ganzer Körper mit neuem Leben zu singen schien, konnte sie nur blinzeln, als Arya sich zurückzog.

Liberty konnte nicht in Worte fassen, was gerade passiert war, doch ein tiefes Gefühl des Wissens erfüllte sie, als sie in die Augen der Drachenfrau starrte. Geschockt versuchte sie zu begreifen, wie anders sie sich fühlte. „Bin ich jetzt unsterblich?" Als sie die Frage laut aussprach, fühlte sie sich dumm, doch was auch immer Arya mit ihr gemacht hatte, sie fühlte sich anders. Stärker.

Arya zuckte eine Schulter. „In gewisser Weise. Eine Enthauptung wirst du nicht überleben oder wenn dir jemand dein Herz aus dem Leib reißt, wenn du das meinst, doch du wirst länger leben. Und du bist jetzt stärker. Jedenfalls körperlich. Deine Lebensessenz ist schon süß und stark, besonders für einen Menschen. Für jeden wirklich. Das finde ich interessant." Ihr Kopf neigte sich ein wenig zur Seite, als sie Liberty interessiert musterte.

Liberty fühlte sich wie ein Käfer unter dem Mikroskop, als sie „interessant" sagte.

„Warum haben Sie mich nicht zuerst gefragt?" Die Frage war heraus, bevor sie sich zurückhalten konnte. Im Ernst, ein wahnsinnig mächtiges Wesen in einem kleinen Raum mit nur einem Ausgang so etwas zu fragen, nachdem die Frau ihr gerade ein unermessliches Geschenk gemacht hatte, war wahrscheinlich nicht klug.

Arya hob eine blonde Augenbraue, eine Mischung aus Belustigung und Selbstgefälligkeit in ihrem Gesichtsausdruck. „Du wolltest stärker sein. Ich habe es gespürt."

Sie blinzelte. Es war wahr.

„Ich kann es zurücknehmen, wenn du es nicht willst." Jetzt hörte sie sich selbstgefällig und wissend an.

„Nein, nein", sagte Liberty schnell. Sie war sich nicht sicher, was das längere Leben bedeutete, doch stärker zu sein war etwas, das sie unbedingt wollte. Rhea hatte versprochen, sie zu trainieren, doch bei allem, was vor sich ging, wer wusste schon, wie lange das dauern könnte. Jetzt fühlte sie sich nicht mehr so schwach. „Und danke."

„Jetzt kannst du die Entscheidung treffen, ob du Rory um seiner selbst willen haben möchtest, und nicht nur, weil er dich stärker machen kann."

Liberty runzelte die Stirn, als sie die Worte der Frau hörte, doch sie war sich nicht sicher, ob sie sie wirklich verstanden hatte. „Was meinen Sie?"

Arya kniff die Augen zusammen. „Wenn sich Wandler mit Menschen paaren, werden Menschen automatisch stärker und leben länger, eine Anpassung an ihren Gefährten. Es ist ein Geschenk der Natur."

„Oh." Es gab wirklich so viel, dass sie nicht über die übernatürlichen Wesen um sich herum wusste. Sie schlang die Arme um sich und war überrascht, dass ihr nicht mehr kalt war wie noch vor wenigen Minuten. „Ich bin dafür dankbar, doch warum haben Sie es getan?" Weil sie sich nicht vorstellen konnte, dass Arya so etwas regelmäßig tat. Nein, Liberty konnte kaum begreifen, was gerade passiert war.

Arya lächelte sanft, und in diesem Moment wurde Liberty klar, dass dies die einzige Antwort war, die sie jemals von ihr bekommen würde. Weil die Antwort keine Rolle spielte. Arya hatte es einfach getan, weil sie konnte. Eine summende Energie umgab die Frau. „Was auch immer der Grund sein mag, danke."

Arya nickte majestätisch, jeden Zentimeter die Königin, von der Liberty glaubte, dass sie einst gewesen war. Oder die sie immer noch für ihre Leute war. „Verletze ihn nur nicht", fuhr Arya fort. „Seltsamerweise haben Halbdämonen viel mit meiner Art gemeinsam. Wenn du kein für immer mit ihm willst, lass ihn jetzt gehen."

Nein! Die vehemente Ablehnung schrillte sofort in ihrem Kopf, doch sie schwieg. Sie wollte Rory nicht gehen lassen, auch wenn sie immer noch das Gefühl hatte, nicht gut genug für ihn zu sein. Sie fragte sich, ob es egoistisch war, ihn so sehr zu wollen, wenn sie wusste, dass er jemanden finden konnte, der besser war als sie, jemanden, der nicht kaputt war. Sie war jetzt vielleicht körperlich stärker, doch innerlich? Innerlich war sie immer noch ein Scherbenhaufen. Liberty war sich nicht sicher, was sie sagen sollte, also sagte sie: „Ich könnte ihn niemals verletzen."

Das schien Arya zu reichen, wenn sie ihr Lächeln als Hinweis deuten konnte. „Gut. Dann öffne jetzt die Tür für mich."

Sie blinzelte angesichts des Befehls, gehorchte jedoch. Vielleicht ließ sie sich gerne Türen öffnen? Erst als sie es geöffnet hatte, bemerkte sie, dass Arya den riesigen Kuchen aus dem Regal genommen hatte und ihn beim Verlassen des Kühlraums auf einer Hand balancierte. „Ich weiß, wo er hinkommt."

Sie war mehr als ein bisschen verblüfft von allem, was gerade passiert war, und sah voller Ehrfurcht zu, wie Arya die Küche mit wehendem Kleid verließ und den riesigen Kuchen auf einer Hand trug.

Liberty wischte sich mit der Hand über die Stirn und versuchte zu begreifen, was gerade passiert war. Sie war sich nicht sicher, ob sie es überhaupt jemandem erzählen sollte. Verstieß das gegen irgendeine Art von Regel? Und was sollte sie überhaupt sagen: „Die gruselige alte Drachenfrau hat mir Unsterblichkeit geschenkt"? Weil das total vernünftig klang. Sie würde es zumindest Rory erzählen, doch erst, wenn sie allein waren.

Sie schüttelte sich geistig wach, als Taylors Stimme durch ihren Ohrhörer kam und um Hilfe bat. Es war Zeit, sich wieder an die Arbeit zu machen. Sie würde später mehr über das nachdenken, was passiert war.

Bevor sie einen Schritt gemacht hatte, schwang die Küchentür wieder auf.

Ian kam herein, sehr zu ihrer Bestürzung. Da er Rorys Halbbruder war, hatte sie gehofft, dass sie Freunde werden könnten, doch Ian hielt sie auf Distanz. Sie war sich ziemlich sicher, dass er sie nicht mochte. Oder ihr vertraute. Doch sie war sich nicht sicher, warum. Vielleicht widerte sie ihn einfach nur an, weil sie ein schwacher Mensch war, der von seiner Art benutzt worden war. Er war einer ihrer Retter gewesen.

Bei diesem Gedanken stieg bittere Galle in ihr auf. Sie zwang sich zu einem Lächeln, von dem sie wusste, dass es falsch war, und nickte ihm höflich zu. „Schön, dich zu sehen, Ian", sagte sie, als sie ihr Klemmbrett von der Theke nahm. Verspätet wurde ihr klar, dass er ihre Lüge riechen konnte, weil sie es alles andere als schön fand, ihn zu sehen. Verflixte Wandlersinne.

„Hast du einen Moment Zeit?" Seine Stimme war kratziger als die von Rory und Bo, als hätte er ständig Halsschmerzen.

Er hatte noch nie zuvor mit ihr reden wollen. „Oh, ähm, sicher. Gibt's draußen ein Problem?"

„Es geht nicht um die Party." Er fuhr sich mit der Hand über sein kaffeebraunes Haar, und seine bernsteinfarbenen Augen blitzten vor Frustration. „Ich … Ich werde es einfach direkt sagen. Brich meinem Bruder nicht das Herz."

Die Worte waren wie ein Peitschenschlag und ließen sie einen Schritt zurücktreten. „Ich würde Rory niemals verletzen."

„Nicht absichtlich, doch … Er ist kein Mensch, Liberty." Sie war sich ziemlich sicher, dass es das erste Mal war, dass er ihren Namen benutzte. „Wenn Wandler einen Gefährten nehmen, dann ist es fürs Leben."

Sie wusste, dass sowohl er als auch Rory neben der Wandlerseite auch Halbdämonen waren, und fragte sich, ob das auch für ihre Dämonenseite galt.

Als würde er ihre Gedanken lesen, trat er näher. „Halbdämonen sind besitzergreifend, und wenn du ihn verletzt, wird er niemals über dich hinwegkommen." Es war so viel Schmerz und Qual in seiner Stimme, dass sie sich fragte, ob er aus persönlicher Erfahrung sprach. „Er ist von fast jedem in seinem Leben abgelehnt worden, uns beiden ging es so. Du kannst nicht …" Er zuckte zusammen und starrte auf sie herab, als wäre ihr ein zweiter Kopf gewachsen.

„Was?"

„Du riechst."

„Machst du Witze?" Sie würde Rory nicht verletzen, und sie würde jetzt nicht auf Ian hören. Nicht, wenn sie für diese Party verantwortlich war und besonders nachdem er sie gerade beleidigt hatte. „Ich habe keine Zeit für sowas", knurrte sie.

Als sie an ihm vorbeiging, packte er ihren Oberarm.

Er beugte sich vor und schnupperte tatsächlich an ihr. „Du riechst … anders."

Sie wollte sich gerade von ihm losreißen, als Rory in die Küche kam – und einen wütenden Schrei ausstieß, bevor er auf Ian zu stürmte.

Liberty war kaum aus dem Weg gesprungen, bevor er gegen seinen Bruder krachte und ihn zu Boden riss, als spielten sie Football.

„Hört auf!", schrie sie, doch sie ignorierten sie, während sie sich herumrollten, schlugen und traten – und bissen – wie vollkommen Wilde.

Ihr Herz zog sich zusammen, als sie Ian sah, der eine Faust gegen Rorys Kiefer schlug.

Bo und ein paar Wandler aus dem Stavros-Rudel kamen in die Küche gestürzt, blieben dann jedoch stehen und sahen nur zu. Sie rannte zu Bo. „Kannst du sie aufhalten?" Sie zuckte zusammen, als sie Knochen knirschen hörte, und hoffte, dass Rory sich nichts gebrochen hatte.

Bos bernsteinfarbene Augen blitzten auf, als er den Kopf schüttelte. „Auf keinen Fall gehe ich da dazwischen. Das ist gut für sie, lass sie einfach ihren Ärger rauslassen. Hat sich schon seit ein paar Monaten aufgebaut."

„Aber –"

Er schüttelte den Kopf, und die anderen Wandler drängten sich nur um sie herum und sahen zu, als wäre es unterhaltsam. Der Gedanke machte sie wütend. Zu sehen, wie der Mann, der ihr so viel bedeutete, verletzt wurde, war keine Unterhaltung! Da es absolut dumm war, zwischen zwei so mächtige Männer zu springen, suchte sie verzweifelt in der Küche nach einem Weg, sie aufzuhalten. Der Sprühkopf der Spüle war nicht lang genug, um sie zu erreichen.

Sie schob einen Mann aus dem Weg, als sie sah, was sie

brauchte, und schnappte sich zwei mit Buttercreme-Zuckerguss gefüllte Spritzflaschen.

Sie hielt immer noch ein paar Meter Abstand zwischen sich und den beiden und drückte den Entriegelungsknopf beider Flaschen. Eine Mischung aus Blau und Gelb regnete auf sie herab, doch es dauerte noch fast dreißig Sekunden, bis sie aufhörten, einander zu schlagen, um zu ihr aufzublicken – als wäre *sie* die Verrückte.

Rorys linkes Auge schwoll an, seine Eckzähne waren ausgefahren, und Blut tropfte aus seiner Nase. Ian sah nicht besser aus, als er sie mit zuckergussverschmiertem Gesicht anstarrte.

„Was zum Teufel soll das denn?", knurrte Ian.

Rory schlug ihm ins Gesicht. „Sprich nicht so mit ihr."

Als Ian ihn zurückschlagen wollte, hielt sie die Flaschen vor sich. „Hört auf, euch wie Neandertaler zu benehmen! Das ist die Party eures Bruders, und seht euch an! Ihr seid wie … ihr seid schlimmer als Kinder!" Und sie hatte keine Ahnung, was diese Gewalt zwischen ihnen ausgelöst hatte. Und was hatte Bo gesagt? Es baute sich schon seit Monaten auf? Was zum Henker sollte das heißen?

„Es ist keine Party, solange sich nicht jemand die Nase gebrochen hat, jemand nackt ist oder jemand die Feuerwehr ruft", sagte ein Mann aus der Menge und brachte alle zum Lachen.

Sie war im Süden aufgewachsen, darum waren Rangeleien auf einer Party, insbesondere auf einer Redneck-Party, nicht so weit außerhalb der Normalität, doch Rory und Ian hatten sich tatsächlich gegenseitig verletzt.

„Bo, kannst du bitte alle aus der Küche werfen?", fragte sie, ohne sich umzudrehen.

Augenblicke später war die Küche bis auf Ian, Rory und sie leer. Beide Männer standen auf, verschmiert mit Zuckerguss und Blut. Sie warf Rory einen strengen Blick zu. „Was ist gerade passiert?"

„Er hatte seine Hand an dir und hat dich gerochen." Er sagte es so sachlich, als ob das alles erklären würde. Als hätte er nicht gerade versucht, seinen Bruder umzubringen.

„Warum *hast* du mich gerochen?", fragte sie Ian.

„Du riechst anders, doch es ist keine Entschuldigung", antwortete er und sah Rory an. „Ich habe nicht nachgedacht, ich habe mich nur vorgebeugt, doch ich habe nicht versucht, bei deiner Frau zu landen."

„Ich weiß das. Wenn du es versucht hättest, würdest du jetzt nicht mehr stehen." Die wilde Schärfe in Rorys Stimme jagte einen Schauer über ihren Rücken.

„Also ist es schlecht, mich zu riechen?", fragte sie.

Rory nickte, sein Wolf im Blick, als er sie wieder ansah. „Niemand darf den Duft der …" Er räusperte sich und verstummte.

„Ich war ein Arsch, und Rory hat mir zu Recht in den Hintern getreten. Es tut mir leid, Liberty." Ian sah angemessen zerknirscht aus, doch sie erinnerte sich an alles, was er zu ihr gesagt hatte, bevor Rory hereingestürmt war. Dass sie besser nicht das Herz seines Bruders brechen sollte.

Jetzt war jedoch nicht die Zeit, das zur Sprache zu bringen. Jedenfalls nicht vor Rory. Es gab so viel über Wandler und Halbdämonen und, ja, die ganze übernatürliche Welt, das sie immer noch nicht verstand. Doch sie würde später mit Ian sprechen. Nicht über ihren Geruch. Das hatte definitiv etwas mit dem zu tun, was Arya getan hatte, und sie würde zuerst Rory davon erzählen.

Sie wandte sich wieder Rory zu. „Bist du okay?", fragte sie leise. Sie war immer noch fassungslos über sein besitzergreifendes Verhalten, doch ihr wurde bewusst, dass es ihr gefiel.

Er nickte steif, fast als ob ihre Frage beleidigend wäre, doch sie glaubte nicht, dass er tatsächlich beleidigt war. „Mir geht's gut. Nur ein paar Kratzer. Ian und ich werden das und uns saubermachen", sagte er und deutete auf die Glasur, die überall auf dem Boden verschmiert war. „Es tut mir leid. Es ist keine Entschuldigung, doch meine Dämonenseite – und mein Wolf haben einfach übernommen. Ich weiß, dass diese Party für dich wichtig ist."

Nun ja, sie war wichtig. Es war ihr erster richtiger Job seit ihrer Rückkehr in die Menschenwelt. Doch … „Du bist wichtiger. Bist du sicher, dass es dir gut geht?" Sie musterte ihn von Kopf bis Fuß und ärgerte sich darüber, dass sie bemerkte, wie köstlich er trotz all der Buttercreme und des Blutes aussah.

Er trug Jeans, Stiefel und ein Flanellhemd, dessen Ärmel er bis zu den Ellbogen hochgerollt hatte, und zeigte starke, muskulöse Unterarme, über die sie ihre Fingerspitzen streichen wollte. Als er sich räusperte, wurde ihr bewusst, dass sie ihn angestarrt hatte. Sie begriff auch, dass er riechen musste, wie sehr sie ihn wollte, weil in seinen Augen rohe Lust loderte.

Ian sah nur weg, als ob es ihm unangenehm wäre. Oh ja, sie würde später ein Gespräch mit ihm führen. Was auch immer er über sie dachte, sie würden es herausfinden müssen, weil Rory ihr wichtig war. Und selbst wenn sie nicht sicher war, was sie ihm geben konnte oder wie sie es von einem Tag zum nächsten schaffen sollte, wusste sie ganz tief in sich, dass ihre Zukunft Rory beinhaltete.

Sie weigerte sich, irgendeine andere Realität zu akzeptieren.

„Hey, das ist gutes Zeug", murmelte Ian, leckte sich die Creme von der Hand und erntete einen verärgerten Stoß von Rory. Doch es war klar, dass die Brüder wieder friedlich waren.

Seufzend stellte Liberty die halbleeren Flaschen auf die Theke. So sehr sie bleiben und mit Rory sprechen wollte, hatte sie einen Job zu erledigen. Sie war für diese Party engagiert worden, und ihm ging es offensichtlich gut. Doch sobald die Party vorbei war, würden sie einen privaten Ort zum Reden finden.

Vielleicht mehr als Reden.

Kapitel 21

„Wartest du darauf, dass sie mit der Arbeit fertig wird?", fragte Ian und trank einen Schluck von seinem Bier auf einem Barhocker neben Rory.

„Was denkst du?" Rory sah Liberty nicht an, als sie um Bos Bar herumkam, um die Angestellten anzuweisen, verschiedene Dinge abzubauen. Er hatte bereits angeboten zu helfen – ein halbes Dutzend Mal –, doch sie hatte ihn jedes Mal weggescheucht. Fast alle waren gegangen, einschließlich Bo und Nyx, doch die Wandler, die Liberty für die einwöchige Party angeheuert hatte, waren noch hier, ebenso wie einige Angestellte des Clubs.

„Wie lange wirst du wütend auf mich sein?", fragte Ian.

„Solange ich brauche, um das Bild von dir, wie du meine Frau beschnupperst, aus dem Kopf zu bekommen."

„Oh, verdammt nochmal …"

„Ich bin nicht wütend." Nicht wirklich. Es hatte ihn nur erschüttert zu sehen, wie sein Bruder Liberty berührte. Es hatte sowohl seinen Wolf als auch seinen Dämon mit einer Wucht an die Oberfläche gebracht, die er nicht hatte kontrollieren können. Er hatte noch nie so reagiert und noch nie einen solchen Kontrollverlust erlebt. Es hätte ihm wahrscheinlich Sorgen machen sollen, doch er wusste, was es war. Er wollte sie als

Gefährtin, und jeder Mann, der ihm in die Quere kam oder auch nur den Anschein erweckte, war ein Feind.

„Also … werden wir jemals über die Veränderung in ihrem Geruch sprechen?"

Rory runzelte die Stirn und beobachtete über seine Schulter, wie Liberty durch die Küchentür verschwand. Er wollte nicht darüber reden. „Komm schon, lass uns mithelfen." Wenn sie außer Sichtweite war, konnten sie hier tatsächlich etwas tun. Und je schneller alles aufgeräumt war, desto schneller würden sie hier rauskommen, damit er mit ihr allein sein konnte.

„Ich nehme das als Nein", murmelte Ian.

Gut, denn Rory würde mit niemandem über die Änderung reden, bis er mit Liberty gesprochen hatte. Sie hatte immer einen süßen, verlockenden Duft gehabt, doch etwas war definitiv anders an ihr. Er hatte es erst nach dem Kampf mit Ian registriert. Sie roch jetzt nach Frühlingsregen und Zimt. Es war etwas Natürliches, das direkt von ihr kam, kein Parfum.

In Anbetracht dessen, dass er in den letzten acht Monaten von der Frau besessen gewesen war, kannte er jede kleine Veränderung ihres Dufts, wenn sich ihre Gefühle änderten. Doch er wusste nicht, was das jetzt war.

„Hast du was für uns zu tun?", sagte Rory zu Taylor, die sie sündig anlächelte.

„Ich bin so froh, dass ihr Jungs euch freiwillig gemeldet habt. Ihr könnt die Heuballen nach draußen bringen."

Er nickte. „Kein Problem."

Liberty kam mit Plastikträgern aus der Küche und runzelte die Stirn, als sie sah, wie er und Ian Heuballen schleppten. Sie öffnete ihren hübschen Mund, um etwas zu sagen, wahrscheinlich, dass sie aufhören sollten zu helfen, doch Taylor mischte sich ein.

„Lass sie das schwere Zeug schleppen. Sie haben es verdient, nachdem sie sich vorhin wie zwei unreife Teenager benommen haben", fügte sie hinzu.

Sie hatte recht, doch er wollte so oder so helfen. Alles für Liberty.

Liberty schüttelte nur den Kopf, doch er sah sie schmunzeln, als sie sich zur Bar umdrehte, um die Cowboystiefel-Gläser in den Trägern zu stapeln.

Er versuchte und scheiterte dabei, nicht zu bemerken, wie ihr Kleid die Krümmung ihres Pos perfekt umarmte. Es war schwer, diese Art von Perfektion nicht zu bemerken, besonders wenn sie ihm gehörte. Sie war seine. Auch wenn sie es noch nicht wusste. Jedenfalls nicht ganz.

Nach der letzten Nacht wusste er, dass sie eine Chance auf mehr hatten. Sie hatte ihm genug vertraut, um sich vor ihm zu berühren und sich verletzlich zu machen. Heute Abend hoffte er, dass sie noch einen Schritt weiter gehen würden.

Der Gedanke, sie zu schmecken und sie mit Mund und Zunge zum Orgasmus zu bringen –

„Alter, woran auch immer du gerade denkst, bitte hör auf", brummte Ian und warf einen Heuballen auf ihn. „Ich kann deine Pheromone riechen."

Er fing das Heu mitten in der Luft auf und verdrängte die Gedanken. Für den Moment.

In ungefähr einer Stunde würde er endlich wieder mit Liberty allein sein. Er zählte die Sekunden. Er wusste, dass nichts eine Gewissheit im Leben war, doch er hoffte wirklich, wirklich auf eine Wiederholung der Nacht zuvor. Vielleicht sogar mehr. Heute Nacht wollte er sie kosten, wenn sie kam, und nicht nur zusehen, wie sie sich selbst zum Orgasmus streichelte.

Kapitel 22

„Bereit?", fragte Ezra in sein Handy. Obwohl es kurz vor zwei Uhr morgens war, trug er eine Sonnenbrille und eine Baseballkappe. Er war sich nicht sicher, welche technologischen Gimmicks zur Gesichtserkennung Finn Stavros' Rudel besaß, sodass er kein Risiko eingehen wollte, von irgendeiner Überwachungskamera aufgenommen zu werden. Sonnenbrillen verdeckten seine Gesichtszüge genug, und er trug eine Perücke, die seine Ohren bedeckte, unter der Mütze.

Es war schon riskant genug für ihn, im Herzen von Stavros' Gebiet zu sein, nur wenige Blocks von Bo Broussards Club entfernt.

Doch dieser Bastard Finn hatte beschlossen, den Halbdämon seine Hochzeitsfeier fortsetzen zu lassen. Was bedeutete, dass er keine Angst hatte, dass sich jemand in seinem Gebiet befand.

Bald würde er Angst haben. Finn würde erkennen, wie mächtig Ezra war, dass er ein Mann war, vor dem man sich fürchten und den man respektieren musste. Er würde Angst in die Herzen von Finn Stavros Rudel säen, und er wusste sehr genau, wie er das anstellen würde. Langsam. Unsicherheit säen, bis alle Angst hatten und sich fragten, wer als Nächstes dran war.

„Ich sehe Scheinwerfer", sagte die Frau. May, eine rudellose

Wolfwandlerin, die er in Minneapolis in einem perspektivlosen Job gefunden hatte. Sie sollte ihm dankbar sein, dass er ihr die Gelegenheit gab, Teil seines Rudels zu sein. Stattdessen hatte sie nur versucht, wegzulaufen. Bis er ihre Schwäche gefunden hatte. Alles, was er tun musste, war, eine andere Frau im Rudel zu bedrohen, und May gehorchte.

„Das ist sie", sagte er und meinte eine Rothaarige aus dem Stavros-Rudel. Er kannte ihren Namen nicht, doch einige seiner Kundschafter hatten letzten Monat Fotos von ihr bei der Arbeit im Howlers aufgenommen, und heute Abend war sie eine der Letzten, die Bo Broussards Club verließen.

Sie war ein Gelegenheitsziel, und er würde es ausnutzen.

„Also ich soll … einfach vor ihr Auto springen?" Mays Stimme zitterte.

„Ja", knurrte er. „Sie wird für dich bremsen." Und wenn sie es nicht tat, würde May nur ein paar Knochenbrüche davontragen. Nicht, dass das sein Problem wäre. Sie würde sich sowieso schnell genug erholen. Er war ihr Gejammer so leid. „Alle anderen einchecken."

Als drei seiner Männer antworteten, atmete er erleichtert aus. Seine Männer waren in verschiedenen Abständen vom Club bis zu der Stelle positioniert, an der May wartete. In seinem eigenen Geländewagen hielt er Abstand, etwa einen Block hinter der Rothaarigen, als sie eine Abzweigung in eine ruhige Wohnstraße nahm – eine Abkürzung, von der er wusste, dass das Rudel sie manchmal nahm. Sie glaubten alle, dass sie so vorsichtig waren. Er hatte von weitem beobachtet, wie alle aus dem Club zu ihren Fahrzeugen gegangen waren. Niemand war allein gewesen – bis jetzt.

Genau wie er es geplant hatte, sah er zu, wie Mays schlanke Gestalt auf die Straße rannte. Das Fahrzeug vor ihm bremste und schlitterte ein Stück.

Er sah zu, wie sich die Fahrertür öffnete und die Rothaarige ausstieg. Seine Scheinwerfer beleuchteten sie, als er sich näherte. Seine Herzfrequenz stieg. Er war jetzt nur noch 15 Meter entfernt. Sie runzelte die Stirn und blickte in seine Richtung, dann wandte sie sich May zu. Die Haltung der Rothaarigen versteifte sich, und sie stieg wieder in ihr Auto.

„Roland, jetzt!", schrie er, als er Gas gab. Er wusste, wo sich seine Männer befanden, und Roland war der Frau am nächsten.

Roland kam mit erhobener Waffe aus dem Schatten gestürzt.

Ezra trat auf die Bremse, seine Reifen rutschten. Er sprang aus seinem SUV. Er hörte das leise Zischen, als der Betäubungspfeil Rolands Waffe verließ.

Die Fahrertür der Rothaarigen war noch offen. Als er das Auto erreichte, fand er sie in Wolfsform bewusstlos, ihre Kleidung um sie herum zerfetzt. Er knurrte zufrieden und sah sich um, um zu sehen, ob jemand etwas beobachtet hatte. Alle Häuser waren still, doch das bedeutete nicht, dass sie nicht jemand von einem Fenster aus gesehen hatte. „Meldung?", sagte er leise.

„Alles gut hier", kam eine Antwort, dann sagte eine andere, „Klar hier."

Gut. Er blickte zurück auf den rotbraunen Wolf, der über den Sitzen der Fahrer- und Beifahrerseite lag. Er hasste es, dass sie gewandelt hatte. Sie würden jetzt nicht so viel Spaß mit ihr haben können, doch sie würde immer noch eine gute Gefangene abgeben. Er beugte sich vor, schaltete die Scheinwerfer aus und zog den Zündschlüssel ab.

Er war vorbereitet. „Nimm sie", befahl er Roland, „und bring sie zum Heck meines Wagens!" Er machte sich nicht die Mühe, etwas zu May zu sagen, die immer noch zitternd vor dem Auto stand. Das dumme Weib sollte sich zusammenreißen und einsteigen. Ohne sie eines Blickes zu würdigen, ging er zu seinem Wagen und zu Roland, der dahinter stand.

Ezra zog dicke Handschuhe an und holte dann eines der vielen silbernen Stachelhalsbänder heraus, die er selbst angefertigt hatte.

Die Stachel waren natürlich nach innen anstatt nach außen gerichtet. Er legte es um den Hals der bewusstlosen Wölfin. Wenn sie zu sich kam, würde sie nicht wandeln können, ohne sich umzubringen. Und jedes Mal, wenn sie sich bewegte, würden die Silberkrallen sie stechen, was sie immer weiter schwächen würde. So war sie die perfekte Geisel.

„Alle zurück in die Basis!", befahl er leise und ließ sich auf den Fahrersitz fallen. Roland und May stiegen beide hinter ihm ein, und obwohl er Mays Qualen spürte, sagte sie kein Wort, sondern saß nur schweigend auf dem Rücksitz, und die Angst ging in Wellen von ihr aus.

Er roch ihre Angst und genoss sie. Es war einer der besten Düfte der Welt. Es bedeutete, dass sie alles tun würde, was er verlangte, oder sich den Konsequenzen stellen würde. Sein Rudel durch Angst und Belohnungen zu kontrollieren, war genau der richtige Weg, ein Rudel zu führen. Nicht wie dieser schwache Alpha Finn. Der Narr hatte eine Vampirin als Gefährtin genommen. Jetzt wäre seine Blutlinie schwach, und er hatte wahrscheinlich den Respekt seines Rudels verloren.

Das Territorium war die beste Entscheidung. Ja, er tat Finns Rudel damit einen Gefallen. Die Schwachen durften nicht herrschen.

Kapitel 23

Liberty hatte sich seit ihrer Begegnung mit Arya im Kühlraum seltsam gefühlt. Es war wie eine neue Art von Energie, die durch sie summte und die sie nicht ganz in den Griff bekommen konnte. Sie saß auf dem Beifahrersitz von Rorys Truck, als sie von Bos Club wegfuhren, und fühlte sich klaustrophobisch. „Kann ich dir was sagen, ohne dass du ausflippst?", fragte sie, als er in ihre Einfahrt einbog.

„Geht es darum, wie du jetzt riechst?" Seine Worte waren direkt, als er den Truck anhielt.

„Warte, *was*?" Ian hatte vorhin dasselbe zu ihr gesagt, und sie wusste, was es war – doch sie war noch nicht bereit, darüber zu sprechen. Nicht heute Nacht. Sie musste erst selbst begreifen, was passiert war, bevor sie es jemand anderem erzählte. Und sie war immer noch, wer sie war. Bevor er antworten konnte, fuhr sie fort. „Nein, ich möchte nicht darüber sprechen, wie ich rieche. Es sei denn, es ist unangenehm?"

Seine Augen waren die eines Wolfs, als er sie beobachtete. Er schüttelte den Kopf. „Absolut nicht unangenehm." Die sinnliche Note seiner Stimme, die sich um sie legte, machte sie für einen Moment benommen.

„Dann ist gut", murmelte sie. Sie würden später zu dieser Geruchssache zurückkehren, doch sie musste das jetzt loswerden, bevor sie die Nerven verlor. „Lass mich zu Ende reden, bevor du dich ärgerst. Okay?"

Er nickte, und sein Mund war eine harte Linie in seinem Gesicht.

Das würde reichen müssen. „Ich möchte heute Nacht allein schlafen." Als er seinen Mund öffnete, wahrscheinlich um zu protestieren, schüttelte sie den Kopf. „Nicht weil ich dich nicht bei mir haben will. Das will ich mehr als alles andere. Darum geht es nicht. Ich brauche nur eine Nacht allein. Bevor … ich in diesem Höllenreich gewesen bin, habe ich seit meinem siebzehnten Lebensjahr allein gelebt. Eine Nacht allein zu verbringen war keine große Sache. Doch ich war nicht allein, seit ihr mich gefunden habt. Und das muss ich tun. Für mich. Damit ich weiß, dass ich es kann. Du und ich, unsere Beziehung entwickelt sich, und ich weiß, dass wir viele Nächte zusammen verbringen werden." Sie wurde rot und war sich sicher, dass das eine Untertreibung war.

Seine Miene hellte sich ein wenig auf, als er nickte. „Ja, das werden wir."

„Du verdienst jemanden, der sich im Griff hat. Ich … Ich brauche das einfach, Rory. Vielleicht mehr als eine Nacht", fügte sie hinzu. Selbst wenn sie nicht allein sein wollte, wusste sie, dass es wichtig war, dass sie wieder allein sein *konnte*. Es gab keine Garantie, dass er immer da sein würde. Dass sie nicht wieder allein enden würde.

„Ich muss nur wissen, dass ich allein sein kann, falls du, du weißt schon …" Sie verstummte und beschloss, den Satz nicht zu beenden, als er knurrte. Doch die Wahrheit war, wenn es zwischen ihnen nicht klappen würde, wenn er es satt hatte, darauf zu warten, bis sie bereit war oder was auch immer, musste sie in der Lage sein, auf eigenen Beinen zu stehen.

Es war so klar, dass er mit ihr streiten wollte. Sein Kiefer spannte sich an, doch er nickte knapp. „Okay", presste er heraus.

Sie blinzelte überrascht. „Das ist alles?"

„Ich kann streiten, wenn du das willst", sagte er trocken.

„Nein, ich habe nur damit gerechnet, dass du streiten würdest, das ist alles." Er konnte so stur sein. Etwas, das sie wirklich an ihm liebte, auch wenn es sie ein bisschen verrückt machte.

„Also, es ist jetzt nach zwei, und ich habe vor, bei Sonnenaufgang hier zu sein, also … kann ich damit leben, ein paar Stunden von dir getrennt zu sein." Er klang selbstgefällig. „Doch zuerst will ich das Haus checken. Kurz überall nachsehen."

„Sonnenaufgang?", fragte sie, als er aus dem Wagen stieg und die Tür hinter sich schloss. Gah, das warf so ziemlich alles über den Haufen, was sie tun wollte, doch dann würde sie eben morgen allein schlafen. Sie würde es ihm bis dahin nicht sagen.

Als er nicht antwortete, wurde ihr klar, dass er nicht die Absicht hatte, das zu tun. Frustrierender Mann. Sie folgte ihm zur Haustür. Sobald sie drinnen waren, schloss er die Tür und verriegelte sie mit geübter Effizienz, schaltete den Abwesenheitsalarm aus und ging dann von Zimmer zu Zimmer.

Während er oben war, zog sie ihre Stiefel an der Tür aus und ging in die Küche. Nach heute Nacht war sie erschöpft und wollte ein Glas Wein. Ein großes. Wenn sie arbeitete, trank sie nicht, und die Wandler waren heute Abend in Feierlaune gewesen. Was bedeutete, dass sie ununterbrochen herumgerannt war.

Zumindest hatte Bo seinen Club nach der Party geschlossen, was er sonst selten tat. Doch bei allem, was vor sich ging, hatte er beschlossen, auf absehbare Zeit gegen zwei oder drei Uhr morgens zu schließen. Sein Laden mochte als neutral angesehen werden, doch es waren Menschen, die die Bombe an der Fassade des Howlers gelegt hatten, und er konnte nicht darauf vertrauen, dass sie diese Regel befolgten. Offensichtlich.

„Wir müssen über diese Sache mit Sonnenaufgang sprechen",

sagte sie, ohne sich umzudrehen, als sie hörte, wie Rory den Raum betrat. Wenn er wollte, konnte er sich lautlos bewegen, doch sie wusste, dass er bewusst Geräusche machte, damit sie ihn hören konnte. „Weil ich vorhabe, ausschlafen. Oh, willst du was trinken?" Sie stieß einen triumphierenden Laut aus, als sie ihren Weinflaschenöffner in einer Schublade fand. Den musste sie auch dringend an einen Haken hängen.

„Oh, ich habe durchaus vor, etwas zu trinken, bevor ich gehe", murmelte er mit einer sündigen Tonlage, die sie dazu brachte, den Blick von ihrer Weinflasche und ihrem Glas abzuwenden.

Sie drehte sich zu ihm um, und ein Schauer rollte ihren Rücken hinunter, als sie den erhitzten Ausdruck in seinen Augen sah. „Und das wäre?" Sie kannte die Antwort, doch sie wollte es ihn sagen hören. Nach der letzten Nacht wollte sie mehr von ihm. Obwohl sie sich nicht sicher war, mit wie viel mehr sie sich wohlfühlen würde, war sie froh, dass er nicht vorhatte, sofort zu gehen.

Er ging durch die Küche zu ihr, bis sie nur noch wenige Zentimeter voneinander entfernt standen. Seine Hände waren in seinen Hosentaschen vergraben, als würde er sich zurückhalten. Die Tätowierungen auf seinen Armen tanzten, als er seine Muskeln anspannte. Sie wollte ihre Finger über jede Sehne und jedes Motiv streichen.

„Ich brauche einen Vorgeschmack auf *dich*." Sein schottischer Akzent kam ein wenig mehr als sonst zum Vorschein und ließ ihr Herz schneller schlagen.

Da war etwas an seinem Akzent, das sie verrückt machte. Okay, alles an dem Mann machte sie verrückt.

Seine Hände wanderten zu ihren Hüften, und bevor sie seine Absicht erkannte, hob er sie auf die nächste Arbeitsplatte. Er beugte sich vor und strich mit den Lippen über ihre. „Sag mir, ich soll aufhören, und ich werde es tun", flüsterte er und sein warmer Atem streifte ihr Gesicht.

Sie inhalierte seinen würzigen, männlichen Duft. Ihr Atem stockte, doch sie nickte. Sie vertraute Rory. Sich selbst nicht so sehr. Doch wenn sie jetzt nicht in Panik geriet, war sie fast sicher, dass, was auch immer er vorhatte, für sie in Ordnung wäre. Und wenn dem nicht so war, wusste sie, dass er aufhören würde, sobald sie ihn bat.

Die Vorfreude auf das Unbekannte stieg in ihr auf, als er Küsse ihren Kiefer entlang verteilte und an ihr knabberte. Ihre Brustwarzen drückten sich fest gegen ihren BH, als er seine Zähne um ihr Ohrläppchen schloss.

Er stieß ein Knurren aus, das sie bis in ihr Innerstes spürte. Dieses tiefe Grollen kam von seiner Brust, und sie liebte die besitzergreifende Note.

Als seine großen Hände über die Außenseite ihrer Schenkel glitten und ihr Kleid höher schoben, dachte sie nicht einmal daran, ihn aufzuhalten. Instinktiv stützte sie sich ab, damit er den Saum nach oben und aus dem Weg schieben konnte. Sie wollte seinen Mund auf sich spüren.

Sie bohrte ihre Finger in seine Schultern. „Als du Vorgeschmack gesagt hast ..." Sie verstummte und konnte den Gedanken nicht beenden. Was, wenn er etwas anderes im Sinn hatte?

Er lehnte sich ein wenig zurück, um sie anzusehen. „Meinte ich, dass ich mein Gesicht zwischen deinen Beinen vergraben und nicht aufhören werde, bis ich schmecke, dass du kommst."

Die kühnen, unverblümten Worte brachten ihr Innerstes vor Verlangen zum Beben, ein Verlangen, das sie seit langer Zeit nicht mehr gespürt hatte. Sie hatte absolut keine Antwort, denn jetzt ihre Stimme finden? Ein Ding der Unmöglichkeit.

Er hielt seinen Blick auf ihren gerichtet, als er ihren schwarzen Tanga ihre Beine hinunterzog und ihn zu Boden warf.

Sie konnte kaum etwas über das Rauschen in ihren Ohren hören, als er seine großen Hände gegen die Innenseiten ihrer

Oberschenkel legte und sie spreizte. Es war lange her, seit sie das getan hatte, und die Tatsache, dass es Rory war, der das tun wollte? Ja, bitte. Als er niederkniete, konnte sie ihren Blick nicht von seinem dunklen Kopf losreißen, als er sich zwischen ihren Beinen bewegte. Es war eines der erotischsten Dinge, die sie jemals gesehen hatte.

Seine Brust hob und senkte sich unregelmäßig, als er auf ihre Pussy starrte. Er atmete tief ein, und sie spürte einen Anflug von Verlegenheit in sich aufsteigen. Es war so intim, so ursprünglich. Bevor ihr ihr Leben entrissen worden war, hatte sie Liebhaber gehabt, doch niemanden wie Rory.

Weil es niemanden wie diesen Mann gab.

Er war aufmerksam, er gab, ohne eine Gegenleistung zu verlangen, und selbst wenn er nicht glaubte, dass er ein guter Mann war, wusste sie die Wahrheit. Er war der ehrenwerteste Mann, den sie jemals getroffen hatte. Sie wollte seine Küsse mehr als alles andere spüren.

Und als seine Zunge über ihre glatten Schamlippen strich, vergaß sie alles andere. Das Einzige, was jetzt zählte, waren Rory und seine neckende, talentierte Zunge.

Sie fuhr mit ihren Fingern durch seine Haare, als er einen süßen, langsamen Rhythmus begann. Sie wiegte ihre Hüften in seine Küsse und drängte ihn, sich schneller zu bewegen, mehr zu tun. Gott, sie hatte vergessen, wie das war. So loszulassen, einfach frei zu sein und sich zu amüsieren.

Sein Bart kitzelte ihre Schenkel, und das Gefühl trug nur zu ihrem Vergnügen bei. Sie lachte unbeschwert.

Er stöhnte gegen sie. „Du schmeckst wie der Himmel", seufzte er.

Sie fühlte sich vollkommen hemmungslos, wiegte wieder mit den Hüften und kam seinen Küssen mit ihren eigenen Bewegungen entgegen. Seine Zunge war pures, sündiges Talent, das all ihren Nervenenden Freude bereitete. Sie brauchte mehr und klemmte seinen Kopf zwischen ihre Beine, doch er legte seine Hände auf die Innenseiten ihrer Oberschenkel und hielt sie fest.

Für den Bruchteil eines Augenblicks ließen der Kontrollverlust und das Gefühl, festgehalten zu werden, sie erstarren, doch nur, bis Rory erneut stöhnte.

Alles in ihr entspannte sich, dann spannten sich fast sofort alle ihre Muskeln an, als er sich auf ihre Klitoris konzentrierte. Seine Zunge peitschte an ihrem empfindlichen Nervenbündel und trieb sie in den Wahnsinn. Ihre Finger gruben sich in seine Kopfhaut, doch es schien ihm nichts auszumachen.

Mit einer Hand neckte er langsam ihren feuchten Eingang, dann schob sich sein Finger kaum an ihren Schamlippen vorbei.

Es war nicht genug. Sie war so nah dran, brauchte jedoch einen zusätzlichen Schub.

Sie hielt ihn fest und keuchte: „Mehr."

Sofort stieß er seinen dicken Finger in sie hinein und blieb dort. Er hielt inne, um zu ihr aufzublicken. Seine Miene war dunkel und gefährlich. Genau wie er selbst. „Gut?", keuchte er.

Sie atmete unregelmäßig, nickte jedoch.

Er zog seinen Finger langsam aus ihr heraus und stieß ihn dann wieder hinein. Langsam. Ihre inneren Wände zogen sich um ihn herum zusammen, und als er sie weiter liebkoste, schloss sie ihre Augen und ließ ihren Kopf in den Nacken fallen.

Es war zu viel und nicht genug. Als hätte er gespürt, was sie brauchte, begann er, an ihrer Klitoris zu saugen, und ließ sie fliegen.

Ihr Orgasmus traf sie mit der Wucht eines D-Zugs und breitete sich in all ihre Nervenenden aus, während er sie weiter mit seinem Finger und Mund verwöhnte. Dieser Orgasmus war besser als der letzte Nacht, weil Rory sie berührte und Rory ihr dieses Vergnügen bereitete.

Er riss seinen Mund von ihrer Klitoris, ließ jedoch seinen Finger in ihr, während seine Hand ihren Hügel hielt, als er zwischen ihren Beinen aufstand. Sie sah auf ihre Körper hinunter, wie ihre Beine für ihn gespreizt waren, wie er ihren intimsten Bereich hielt, als ob sie ihm gehörte.

In gewisser Weise war es auch so. Er hatte ihr Herz gestohlen, auch wenn sie noch nicht bereit war, es zuzugeben. Jedenfalls nicht ihm gegenüber.

Er strich mit dem Mund über ihren, ihr Geschmack frisch auf seinen Lippen. Der Kuss war ursprünglich und erotisch. Er knurrte gegen ihre Lippen, bevor er sich zurückzog, sein Kiefer angespannt, als er sie beobachtete.

Sie war sich nicht sicher, was er als Nächstes vorhatte, also griff sie nach dem Knopf seiner Jeans. Seine Erektion war deutlich sichtbar, und sie wollte sie spüren, mehr von ihm berühren. Sie wollte sehen, wie er Vergnügen fand, wollte sehen, wie er aussah, wenn er kam.

Doch er nahm seine Hand von ihrem Hügel und ergriff ihr Handgelenk. „Nicht heute Nacht." Sein Atem war unregelmäßiger als ihrer, dabei war sie diejenige, die gerade gekommen war.

Sie runzelte die Stirn, obwohl der Orgasmus immer noch in ihrem Körper nachklang und sie sich unendlich locker und entspannt fühlte. Sie hatte nicht das Gefühl, ihm etwas zu schulden, sie wollte ihm nur geben, was er ihr gegeben hatte. „Aber was ist mit dir?"

Er schüttelte den Kopf, die Sehnen in seinem Hals angespannt. „Noch nicht." Er sprach, als hätte er sich kaum unter Kontrolle.

Darum drängte sie nicht, obwohl sie es wirklich wollte. Und sie schmolz fast bei seinen nächsten Worten.

„Ich werde nach nebenan gehen und daran denken, wie du gegen meinen Mund gekommen bist, während ich mich streichle." Er presste eine Hand auf seine Erektion, die sich deutlich unter seiner Jeans abzeichnete.

„Lass mich das tun", sagte sie.

Sie griff wieder nach seinem Hosenbund, doch er schüttelte den Kopf. „Noch nicht." Nicht nur seine Stimme war angespannt, sondern jeder Muskeln in seinem Körper.

Sie wollte es so sehr. Zumindest ein Teil von ihr wollte es. Doch das Letzte, was sie tun wollte, war, etwas anzufangen und dann in Panik auszubrechen, wenn es zu intensiv wurde. Nicht weil sie dachte, Rory würde ihr das übel nehmen, sondern weil sie einfach nicht wollte, dass er sie so sah. Sie hatte in den letzten acht Monaten große Fortschritte gemacht und wollte auf ihren Instinkt hören. Sie war noch nicht ganz soweit.

Doch sie hoffte, dass sie es bald sein würde.

Er küsste sie noch einmal, diesmal leidenschaftlicher. Die Art, wie er sich an ihrem Mund labte, wie ein hungernder Mann, überraschte sie, doch sie lehnte sich hinein, schmiegte sich an ihn. Sie klammerte sich an seine Schultern und hielt sich fest, als seine Zunge mit ihrer tanzte. Sein Hunger war stark, lebendig und wild.

Als er sich zurückzog, atmete sie wieder schwer.

Er trat zurück und nahm all seine Wärme mit. „Schließ die Tür hinter mir ab und schalte den Alarm ein."

Sie nickte, weil sie ihre Stimme nicht finden konnte. Als sie von der Theke rutschte, fühlte sie sich exponiert, doch nicht verletzlich. Nur ein bisschen sündig, mit ihrem bis zur Taille hochgeschobenen Kleid und der entblößten Pussy.

„Du machst mich fertig." Er stöhnte, betastete noch einmal die Vorderseite seiner Jeans, drehte sich dann um und ging hinaus.

Auf zitternden Beinen zog sie ihr Kleid herunter und folgte ihm. Er hatte die Tür bereits geschlossen und, keine Überraschung, er musste seinen Schlüssel benutzt haben, denn sie war bereits abgeschlossen. Sie schaltete den Alarm ein, bevor sie für einen Moment gegen die Tür sank. Im selben Moment begann sie ihre Idee, allein schlafen zu wollen, zu bereuen. Nicht, weil sie Angst vor den Alpträumen hatte. Sie wollte einfach mit Rory zusammen sein.

Kapitel 24

Rory blickte auf die Uhr auf seinem Nachttisch. Drei Uhr. Er war noch nicht lange von Liberty weg, und er wusste, dass sie noch wach war. Zumindest war sie es vor ein paar Minuten gewesen. Trotz der Isolierung zwischen ihren Häusern hatte er dank seiner außersinnlichen Fähigkeiten gehört, wie sie sich bewegte.

Er wünschte, er wäre bei ihr, hatte darüber nachgedacht, sie ein wenig zu drängen, weil er ziemlich sicher war, dass sie ihn hätte bleiben lassen. Doch sie brauchte diesen Raum, und er musste das respektieren.

Auch wenn es ihm nicht gefiel.

Er hob die Hand an die Nase und atmete ihren süßen Duft ein. Ja, er wollte nie wieder seine Hand oder seinen Mund waschen. Er konnte sie immer noch schmecken. Wenn er nicht schon süchtig nach ihr gewesen wäre, wäre er es heute Nacht geworden. Es war um ihn geschehen. Sogar ein paar Stunden von ihr entfernt zu sein war zu viel. Er hatte aufs Duschen verzichtet, weil er ihren Duft nicht abwaschen wollte – doch er hatte sich einen runtergeholt. Es wäre verdammt schwer gewesen, es nicht zu tun. Er wollte sie anrufen, auch wenn er wusste, dass ihn ihre Stimme wieder erregen würde, doch was sie anging, hatte er keine Kontrolle über sich.

Er schnappte sein Handy von seinem Nachttisch und wählte ihre Nummer.

„Hey", sagte sie, als sie schon beim ersten Klingeln antwortete. „Alles okay?"

„Ja, ich vermisse nur deine Stimme."

„Wir haben uns gerade gesehen." Er hätte schwören können, dass er sie lächeln hören konnte.

„Wir haben mehr getan, als uns nur zu sehen, Sweetheart."

Sie holte tief Luft. „Das nächste Mal musst du mich den Gefallen erwidern lassen", sagte sie eilig. „War nicht fair, mir das vorzuenthalten."

Der Gedanke daran, dass ihre Hand ihn streichelte oder sie ihn saugte – ja, er war wieder hart. Er hatte viel zu viele Fantasien darüber gehabt, wie es wäre, ihren Mund auf sich zu haben. Hatte monatelang wie ein verdammter Teenager gewichst und sie sich dabei angezogen oder nackt vorgestellt, und fürchtete, dass er sofort kommen würde, wenn sie ihn berührte.

„Bist du noch da?", fragte sie leise.

Er räusperte sich. „Ja, entschuldige. Und ja zu dem, was du gesagt hast. Bist du schon im Bett?"

„Ja. Und du?"

Er konnte das Rascheln ihrer Laken hören und wusste genau, wie sie in ihrem Bett zusammengerollt aussah. Er wünschte, er wäre jetzt da. „Ja, kann aber nicht schlafen." Er legte eine Hand hinter den Kopf, streckte sich auf seinem Bett aus und starrte an die Decke.

„Ich auch nicht. Ist komisch ohne dich hier."

Kein Witz. Sie hatte um den Raum gebeten, und er gab ihr so viel wie er konnte. Das bedeutete jedoch nicht, dass er nicht mit ihr reden konnte. „Vorhin hast du gesagt, du warst seit deinem siebzehnten Lebensjahr allein." Nicht wirklich eine Frage, doch er wollte mehr über sie wissen. Sie hatte ihm in den letzten acht Monaten viel über sich erzählt, sodass er wusste, dass sie aus

Alabama stammte, sich selbst das College finanziert hatte, keine lebende Familie hatte und die Farbe Orange nicht mochte. Er war mit ihr gegangen, um all ihre Sachen abzuholen, die ihr ehemaliger Vermieter eingelagert hatte, als sie vermisst gemeldet worden war.

Doch es gab einige Dinge, die er immer noch über sie wissen wollte. Insbesondere, wie sie in diesem Höllenreich gelandet war. Sie hatte es sehr vage gehalten, und er hatte nicht gedrängt.

„Ich höre da keine Frage, aber ja. Meine Mutter war Alkoholikerin und hatte einen furchtbaren Geschmack bei Männern. Na ja, genau genommen hatte sie in allem einen schlechten Geschmack." Sie lachte, doch es klang traurig. „Um es kurz zu machen, sie hatte wieder mal einen Freund bei uns zu Hause einziehen lassen. Normalerweise hat sie Idioten gedatet – und ich verwende den Begriff *gedatet* hier locker – die meistens faul, aber harmlos waren. Dieser Typ dachte jedoch, er hätte ein Recht auf alles in unserem Trailer, einschließlich mir. Also habe ich das bisschen, das ich hatte, zusammengepackt und bin während meines Abschlussjahres bei verschiedenen Freundinnen untergeschlupft. Ich wollte nur meine Schule beenden und die Stadt verlassen. Ich hatte schon hundert Bewerbungen für Stipendien für das College ausgefüllt, und wollte mich nicht von ihr zurückhalten lassen."

„Wow, Liberty." Er hatte gewusst, dass sie sich selbst durchs College geschlagen hatte, doch er hatte sich das alles nicht so vorgestellt. Die Frau überraschte ihn jeden Tag mehr und mehr.

„Das ist besser kein Mitleid, das ich da in deiner Stimme höre." Er konnte sie praktisch die Stirn runzeln sehen.

Rory schnaubte. „Auf keinen Fall Mitleid. Eher Respekt."

„Oh …" Sie räusperte sich nervös. „Und was ist mit dir? Wenn ich dir von mir erzähle, darfst du das auch, Mr. Ich-habe-mehr-Geheimnisse-als-Oak-Island."

Ein unerwartetes Lachen dröhnte aus seiner Brust. Sie war

besessen vom History Channel, was er niedlich fand. „Du musst aufhören, diese Show zu sehen. Sie ist lächerlich."

„Du liebst diese Show." Sie klang fast beleidigt.

Nein, er liebte sie. „Was willst du wissen?"

„Also ... Ian hat heute Abend etwas gesagt. Bevor ihr zwei angefangen habt, euch wie Wahnsinnige am Boden zu rollen."

Er knurrte tief in seiner Kehle und stellte sich eine Reihe von Dingen vor, die Ian zu ihr gesagt haben könnte. Sein Bruder meinte es gut, doch Ian machte sich Sorgen, dass Liberty Rory verletzen könnte. Scheiß drauf. Wenn sie das tat, würde er schon damit zurechtkommen. Weil er kein Feigling sein und nicht für seine Frau kämpfen würde.

„Knurr nicht so. Er hat nichts Schlechtes gesagt, nur, ich weiß es nicht. Dass du und er ... von allen abgelehnt wurdet. Was hat er damit gemeint? Du hast immer gesagt, deine Mutter war unglaublich."

Er seufzte und drehte sich zur Seite. „Das war sie auch. Sie war eine Beta und ..." Er hatte Liberty nie erzählt, dass seine Mutter von seinem Vater vergewaltigt worden war, dass er nicht gewollt gewesen war. Nicht wirklich. Nicht, dass seine Mutter ihm jemals das Gefühl gegeben hätte. Doch, verdammt, wie hätte sie ihn haben wollen können? „Schau, es ist spät und ..."

„Auf keinen Fall kommst du mir so einfach davon. Komm, sag mir, was dein Bruder gemeint hat."

Rory fuhr sich mit der Hand über das Gesicht. Ian und seine große Klappe. Er nahm sich vor, seinem Bruder dafür gleich nochmal in den Arsch zu treten. „Okay. Du erinnerst dich wahrscheinlich nicht einmal daran, doch du hast einmal gefragt, wie Ian und ich erst kürzlich von unseren anderen Geschwistern erfahren haben."

„Ich erinnere mich. Ian hat gesagt, dein Vater ist viel *herumgekommen.*"

Seine Kiefermuskeln spannten sich an. „Ja, das ist er. Es war die Wahrheit, doch … Nicht alles davon. Unser Vater ist ein Monster. Und das ist milde ausgedrückt. Er hat meine Mutter vergewaltigt, genauso wie die von Ian, Bo und Cynara. Und wahrscheinlich auch noch andere Frauen. Welcher Spezies sie angehört haben, war ihm egal, er wollte sich nur so oft wie möglich fortpflanzen." Rory hatte ihn einmal getroffen und wusste nicht, wo dieser Widerling jetzt war. Er hoffte, dass dieses Monster wieder in der Hölle war. Er hätte niemals entkommen dürfen. Eines Tages würde er ihn zerstören, doch nicht heute, also verdrängte er diesen Gedanken.

„Rory, das tut mir so leid."

„Kein Mitleid, okay?", sagte er.

„Das ist nicht Mitleid. Es tut mir wirklich leid." Ihre Stimme war leise und sanft.

Er räusperte sich und musste ihr jetzt alles sagen. Sie hatte es verdient, alles über ihn zu wissen. Wenn sie Gefährten sein würden – und eines Tages würden sie sich verdammt nochmal paaren –, schuldete er es ihr, ihr zu sagen, woher er kam. „Jetzt ist die Situation ein bisschen anders, doch vor über hundert Jahren waren Mischblüter, also *ich*, nicht wirklich akzeptiert. Das Rudel meiner Mutter wusste nicht, was sie mit mir anfangen sollten. Ich war wegen meiner Abstammung mangelbehaftet."

„Das ist Unsinn", schnaubte Liberty, und das Feuer in ihrer Stimme beruhigte seine Nerven.

Er lächelte schief. „Ja, also, so war es. Ich bin nie vollständig akzeptiert worden, und da war diese … Frau. Ich dachte, ich wäre in sie verliebt, und habe geglaubt, dass sie mich auch liebt. Doch sie wollte nur heimlich mit mir zusammen sein. Sie hat mir gesagt, dass es wegen ihrer Familie war, dass sie es ihnen langsam beibringen musste." Als ob er so unpassend gewesen wäre, dass sie Zeit brauchten, sich an den Gedanken zu gewöhnen.

Eine allzu vertraute Welle von Selbsthass erfasste ihn, als er sich daran erinnerte, wie dankbar er für die Zuneigungshäppchen dieser Frau gewesen war. Wie er die Tatsache ignoriert hatte, dass sie immer nach dem Sex geduscht hatte, als könnte sie es kaum erwarten, seinen Geruch abzuwaschen. Es war gewesen, um ihre Beziehung vor allen zu verbergen, etwas, das er nicht hatte zugeben wollen.

„Doch sie hat nie etwas anderes von mir gewollt als Sex. Bei einem Rudeltreffen hat ihr zukünftiger Gefährte ihre bevorstehende Paarung angekündigt. So habe ich es erfahren. Sie kam später in dieser Nacht zu mir und wollte mich weiter ficken, bis sie gepaart war. Sagte, dass es niemand wissen musste, als ob ich glücklich sein sollte, dass sie mich immer noch wollte." Er stieß ein hartes, bitteres Lachen aus.

„Rory –"

„Nein, du musst nichts sagen." Er wollte kein Mitleid oder irgendetwas anderes in ihrer Stimme hören. Er hätte es nicht ertragen können. „Jetzt kennst du meine erbärmliche Geschichte. Als meine Mutter gestorben ist, habe ich das Rudel verlassen und seitdem nie wieder zurückgeblickt."

„Rory, es tut mir so leid."

Er schloss die Augen und versuchte, das Mitgefühl in ihrer Stimme zu ignorieren. Deshalb erzählte er niemandem über seine Vergangenheit. „Es ist lange her. Hör zu, ich muss schlafen. Wir sehen uns morgen früh." Er legte auf, auch wenn er wusste, dass er sich wie ein Arsch benahm, konnte er nicht anders. Das Reden über all das brachte all diese Gefühle der Unsicherheit zurück und erinnerte ihn daran, wie es gewesen war, bevor er seinen Bruder Ian getroffen hatte. Er war so allein gewesen, so –

Wumm, wumm, wumm!

Er setzte sich in seinem Bett auf und runzelte die Stirn, bis er bemerkte, dass das Donnern von seiner Haustür kam. Er war in Sekunden unten. Nachdem er sein Sicherheitssystem deaktiviert hatte, riss er die Tür auf. Er roch sie, noch bevor er sie sah.

Liberty stand da in Hausschuhen, einer weiten karierten

Pyjamahose und einem roten T-Shirt, das sich über ihren Brüsten spannte. Ihre harten Nippel waren perfekt umrissen und, ja, einfach so war er wieder hart. Er war sich ziemlich sicher, dass er ein Problem mit ihr hatte.

„Was zur Hölle war das?", fuhr sie ihn an. „Du legst einfach auf?" Ohne Vorwarnung stürzte sie sich auf ihn und zog ihn in eine enge Umarmung, während sie ihr Gesicht an seiner Brust vergrub.

Gott, er liebte alles an ihr. Er schlang seine Arme um sie, als er sie an sich zog und ihren süßen Duft einatmete. Er hatte nicht gedacht, dass er jemanden brauchte, doch wie sehr er sich geirrt hatte. Ihr Trost beruhigte den dunkelsten Teil von ihm. „Ich wollte nicht mehr reden", knurrte er.

„Du kannst nicht die Rosinen rauspicken, worüber du dich mir öffnest. Ich will dich ganz kennenlernen", sagte sie mit gedämpfter Stimme an seiner Brust. „Und sei gewarnt, wenn ich diese Schlampe jemals treffe, werde ich ihr ins Gesicht schlagen."

Ein erschrockenes Lachen entkam ihm, als er sie ins Haus zog und die Tür schloss. Liberty war einer der am wenigsten gewalttätigen Menschen, die er jemals getroffen hatte. Zu sehen, wie wild entschlossen ihr Beschützerinstinkt ihm gegenüber sie machte, wärmte ihn von innen.

„Ich mache keine Witze", murmelte sie und zog sich zurück, um ihn anzusehen. „Und ich werde heute Nacht hier bleiben."

Er wollte, dass sie es tat, doch er wusste auch, wie wichtig es für sie war, eine Nacht allein zu verbringen. Er wollte ihr das nicht nehmen, nur weil sie Mitleid mit ihm hatte. Bevor er protestieren konnte, fuhr sie fort: „Es ist schon nach drei, und wenn du vorhast, bei Sonnenaufgang rüberzukommen, würdest du mich sowieso in zwei Stunden wecken. Ich brauche meinen Schlaf, also ist das genaugenommen eine egoistische Entscheidung meinerseits." Sie lächelte ihn an, was sie nicht oft tat, und es fühlte sich an wie ein Schlag in die Magengrube.

„Du bist eine grottenschlechte Lügnerin, aber okay." Das war so ziemlich alles, was er herausbrachte, als er sie in seine Arme hob.

Sie stieß einen kurzen überraschten Schrei aus, schlang jedoch ihre Arme um seinen Hals, als er zur Treppe ging.

Was er früher für Liebe gehalten hatte, war nichts. Zu sagen, dass es im Vergleich zu dem, was er für Liberty empfand, verblasste, beschrieb es nicht einmal ansatzweise. Was er für Liberty empfand, war allesverzehrend. Wenn er sie verlieren würde, wäre es, als würde er seine Seele verlieren.

Kapitel 25

„Wir sollten ihr das Halsband abnehmen und sie zwingen, zurückzuwandeln", knurrte Roland und starrte die Wölfin im Käfig an.

Sie fletschte die Fangzähne, konnte jedoch nicht viel mehr als das tun, bevor sie vor Schmerzen winselte. Mit den silbernen Stacheln um ihren Hals konnte sie nichts tun. Und selbst wenn sie aus dem Käfig entkommen könnte, würde sie nie an den beiden vorbei zum einzigen Ausgang des kleinen Raumes kommen, aus dem sie ein Gefängnis gemacht hatten.

Ezra schüttelte den Kopf und hob eine Polaroid-Kamera. „Es ist fast unmöglich, jemanden dazu zu bringen, gegen seinen Willen zu wandeln." Und es sei denn, man verhinderte es mit Drogen, übernahm die Wolfsseite eines Wandlers automatisch die Kontrolle, wenn er bedroht wurde. Zu versuchen, sie wieder zum Menschen zu machen, wäre Zeitverschwendung für alle. Im Moment hatten sie keine Zeit – und Ezra erklärte sich nicht gern. Ganz zu schweigen davon, dass Roland diese Scheiße wusste. Er war ein Wandler, das war kein Geheimnis unter ihrer Art. Trottel.

Roland grunzte nur und verschränkte die Arme vor seiner breiten Brust. Der Mann war dumm und stark, das waren die Hauptgründe, warum Ezra ihn rekrutiert hatte. Roland bildete sich ein, schlauer als Ezra zu sein, was bedeutete, dass er leicht zu manipulieren war, und da der Idiot verdammt stark war, hatte Ezra zusätzliche Muskeln auf seiner Seite.

Das war die Art von Mann, die er für die Übernahme des Territoriums eines anderen brauchte. Jemand, der leicht zu kontrollieren war. Er musste sich daran erinnern, als er den anderen Mann anknurren wollte.

Er machte ein Dutzend Fotos und dachte, das sei genug für das, was er vorhatte. Er lächelte, als er die belichteten Fotos betrachtete, die er auf den Klapptisch gelegt hatte. Es war offensichtlich, dass die Frau auf den Bildern Schmerzen hatte, und das war genau das, was er wollte.

Er drehte eins von ihnen um und kritzelte eine kurze Nachricht. *Bald wirst du das sein, Rhea.*

Die Schlampe würde dafür bezahlen, was sie getan hatte, dafür, dass sie seinen Bruder getötet hatte und schuld am Tod des Rests seines Rudels war. Er würde sie auch leiden lassen. Er würde dafür sorgen, dass sie wusste, dass er sie holen würde. Er wollte, dass sie Angst hatte, lange bevor er zuschlug. Nichts würde ihn davon abhalten, sich zu rächen.

„Ist May fertig?", fragte er, als er die Fotos auf einem Stapel sammelte.

Roland öffnete die Tür ihres kleinen Gefängnisses und zog die ängstliche Frau herein. Gott, sie war so nervig. Doch sie hatte sich als nützlich erwiesen.

„Du wirst eine Nachricht zur Stavros-Villa bringen", sagte Ezra zu ihr.

Ihre dunklen Augen weiteten sich, als sie den Käfig anstarrte. Er sah Mitleid in ihren Augen, als sie den Wolf ansah. „Was für eine Nachricht?"

„Die hier. Du gibst sie ab und gehst sofort wieder."

Sie zögerte einen Moment lang, bevor sie die Bilder nahm. Für eine Sekunde sah er Hoffnung in ihren Augen aufflackern. Er wusste, was sie dachte: Dass sie sie abliefern und das andere Rudel anflehen würden, ihr Asyl zu gewähren, sie zu retten. Wahrscheinlich im Austausch für Informationen über ihn.

Es bereitete ihm ungeheure Freude, diese Hoffnung zu ersticken. „Und wenn du versuchst zu fliehen oder ihnen sagst, wo wir sind, wirst du es bereuen." Ezra nickte Roland einmal zu. Der Mann ging in eine dunkle Ecke des Raums und kam mit einer Weste zurück, die sie mit Sprengstoff vollgepackt hatten. An der Weste befanden sich auch eine Kamera und ein Mikrofon.

Sie starrte die Weste an, wurde blass, wehrte sich aber nicht gegen ihn oder Roland, als sie sie über ihren Kopf streiften. Am Anfang hatte sie gekämpft, darum war es fast eine Enttäuschung, dass sie sich jetzt nicht mehr wehrte. Vielleicht hatte sie endlich gelernt, wo ihr Platz war. Dafür respektierte er sie noch weniger.

Er befestigte die Weste mit silbernen Schlössern. „Wenn du versuchst, daran herumzuspielen, jage ich dich in die Luft. Wenn du versuchst, ihnen etwas zu sagen, jage ich dich in die Luft. Wenn du auch nur so aussiehst, als würdest du daran denken, wegzulaufen, jage ich dich in die Luft. Verstanden?"

Zitternd vor Angst nickte sie.

Er atmete tief durch, inhalierte ihr Entsetzen und genoss es. „Wir werden die ganze Zeit Augen und Ohren auf dir haben."

Sie schluckte schwer und nickte erneut. „Verstanden."

„Gut. Dann lass uns gehen." Sie hatten keine Zeit zu vertrödeln. Er wollte die Nachricht vor Sonnenaufgang überbringen, bevor jemand merkte, dass das kleine Miststück verschwunden war. Er würde das Stavros-Rudel wissen lassen, wie mächtig er war, wie leicht es gewesen war, eine der Ihren unter ihrer Nase zu entführen.

Bald würden die Villa und das ganze Gebiet ihm gehören. Rhea auch, bevor er sie tötete. Diese Schlampe würde ihn anflehen, sie zu töten, wenn er mit ihr fertig war.

Kapitel 26

Drei Monate zuvor

Rhea lächelte auf ihr Display hinab, als sie Conalls neueste Nachricht las.

„Ich dachte, du hasst diese Dinger", sagte Taylor, als sie den Trainingsraum betrat.

„Welche Dinger?" Rhea stand neben dem Tisch, auf dem verschiedene Dolche lagen, und betrachtete sie. „Bist du verrückt?" Sie hatte eine ganze verdammte Sammlung. Was meinte Taylor?

Taylor verdrehte die Augen. „Handys."

„Oh. Ich hasse sie nicht."

„Das nicht, aber du hasst es, SMSen zu schreiben."

Rheas Handy pingte erneut, und ihre Herzfrequenz erhöhte sich ein kleines bisschen. Bis vor ein paar Monaten hatte sie es gehasst, SMSen zu schreiben. Jetzt nicht mehr. Nicht, wenn es an einen gewissen Drachenwandler war, der ihre Gedanken beherrschte. „Was machst du hier?"

„Chloe sagte, sie hat einen meiner Hoodies – den sie sich ungefragt ausgeliehen hat, könnte ich hinzufügen – hier unten gelassen. Und nicht ablenken. Was ist in letzter Zeit mit dir und diesem Handy los? Ist fast so, als wäre es angewachsen."

Sie lächelte süß. „Das geht dich gar nichts an, neugieriges Huhn."

Taylor hob nur eine Augenbraue, nahm sich den Hoodie vom Tisch und ging hinaus, doch nicht, bevor sie sagte: „Ich werde herausfinden, was du treibst."

Rhea verdrehte nur die Augen. Verdammte neugierige Rudelkameraden. Hier gab es nie Privatsphäre. Sobald Taylor weg war, blickte sie wieder auf ihr Handy und las seine neueste Nachricht. *Es ist offiziell, ich reiche heute meine Kündigung ein.*

Sie lächelte und tippte eine Antwort. *Bin mir ziemlich sicher, dass du als Alpha nicht kündigen kannst.*

Und ich bin ziemlich sicher, dass ich es kann. Ich mache die Regeln.

Sie fragte sich kurz, wie er wohl im Bett sein würde, ob er rund um die Uhr Alpha war, oder ob er entspannt und witzig sein konnte. Sie schluckte schwer, kämpfte gegen die Hitze an, die in ihre Wangen stieg, obwohl sie niemand sehen konnte. Die anderen waren entweder auf Patrouille oder aßen gerade zu Abend. Deshalb war sie in den Trainingsraum gegangen. Sie hatte gewusst, dass sie hier Privatsphäre haben würde. *Was würdest du tun, wenn du nicht mehr Alpha wärst?*

Mich nicht mehr jeden Tag mit weinerlichen Kindern rumschlagen. Sie konnte sich seinen genervten Gesichtsausdruck vorstellen, und das Bild brachte sie zum Lächeln.

Delegiere die Arbeit. Oder versteck dich.

Oh, sie finden mich.

Sie tippte, *Dann komm nach Biloxi und versteck dich bei mir,* schickte es aber nicht ab. Ihre Finger schwebten über ihrem Handy. Sie hatte nicht vorgehabt, das zu tippen. Auch wenn sie es so meinte. Zu viele Emotionen kämpften in ihr. Sie spielte ein gefährliches Spiel. Sie löschte die Nachricht schnell und tippte dann: *Tut mir leid, dass du eine so harte Woche hast.*

Danke. Wie ist das Rudelleben?

Derselbe alte Mist. Ich muss los, ein Rudelding. Ich ruf dich später an? Sie hatte ein schlechtes Gewissen zu lügen, doch im Moment brauchte sie Distanz, sogar von dem Austausch mit Conall. Sie brauchte Zeit, um ihren Kopf klar zu bekommen.

Rhea wollte keinen Gefährten. Wollte keine Beziehung. Sie sollte all ihre Kommunikation mit Conall beenden. Oder zumindest einschränken.

Doch selbst der Gedanke daran ließ ihren Wolf in ihr Innerstes krallen und ihr zuzischen, dass sie das vergessen sollte, denn das würde nie passieren. Sie rollte mit den Schultern, doch es half nicht, die wachsende Anspannung in ihr zu lindern.

Raum. Das war alles, was sie brauchte. Ein guter, langer Lauf, dann vielleicht eine Sparring-Session mit jemandem, ja, das würde ihr helfen, den Kopf freizubekommen. Es musste reichen. Weil sie nie eine Beziehung mit Conall haben würde. Daran musste sie sich einfach erinnern.

Kapitel 27

Gegenwart

Rhea klopfte mit mehr Kraft als nötig an Conalls Tür. Nachdem sie diese Bar in Pass Christian besucht hatten – und nichts herausgefunden hatten –, war er ohne sie davongeflogen. Er hatte ihr gesagt, er würde sich bei Finn melden und sie später sehen. So, wie er *später* gesagt hatte, hatte es sich sehr angehört wie *nie*. Was sie viel zu sehr störte.

Nachdem sie bei Finn eingecheckt hatte – und sie hatten bestätigt, dass die Skizzen von Gray mit zwei der vermissten weiblichen Wölfe aus ihrer Akte übereinstimmten –, hatte ihr Alpha ihr gesagt, sie solle sich ausruhen, falls er sie bald brauchte. Also war sie nicht zu der Party in Bos Club gegangen, was keine Enttäuschung war, da sie sowieso nicht in Partystimmung war. Im Moment wollte sie Kleinholz aus ihren Möbeln machen.

Sie hatte versucht, zu schlafen oder sich auszuruhen, doch leider war ihr das in den letzten Stunden schwergefallen. Sie und Conall hatten den Zwischenfall nicht aus der Welt geschafft, und er wollte nicht einmal mit ihr reden. Er hatte sie einfach komplett ausgeblendet, und sie konnte absolut nicht damit umgehen. Jetzt antwortete er nicht einmal auf ihre Nachrichten.

Sie sollte es auf sich beruhen lassen, ihn gehen lassen. Das sagte sie sich immer wieder, doch ihr Wolf wollte nichts davon wissen. Das Vieh krallte in ihr und verlangte, dass sie den Mist wieder geradebiegen sollte.

Nur, dass sie nicht wusste, wie. Hierherzukommen würde die Sache wahrscheinlich noch schlimmer machen … doch sie *musste* ihn sehen.

Ein nagender, wachsender, obsessiver Hunger machte sie im Moment mehr als irrational. Sie dachte sogar darüber nach, die verdammte Tür einzutreten, als er sie aufriss.

„Ich habe deine Nachrichten aus gutem Grund nicht beantwortet", blaffte er und verschränkte die Arme vor der Brust. Er trug eine Jogginghose – und sonst nichts. Seine grauen Augen waren helles Silber, und jeder Muskel in seinem Körper war angespannt. Und verdammt noch mal, sie wollte ihre Finger über jeden Zentimeter des Mannes streichen.

„Ich weiß, aber ich dachte, wir könnten vielleicht reden." Und vielleicht konnte sie ihm erklären, warum sie sich nicht paaren konnten. Sie … Verdammt, als sie ihn jetzt ansah, fiel es ihr wirklich schwer, die Worte ein zweites Mal herauszubekommen.

„Worüber willst du reden? Du willst mich nicht als Gefährten, okay. Wir sind fertig." Er wollte die Tür schließen, doch sie schob sie mit ihrem Stiefel in den Türrahmen und stapfte ins Foyer.

„Du bist ein Arsch!"

Er zuckte eine Schulter, seine Augen waren kalt.

„Also, weil ich nicht deine Gefährtin werden will, können wir nicht einmal Freunde sein? Du lässt mich es nicht einmal erklären!" Sie schrie den letzten Teil und wollte ihn ernsthaft verprügeln.

„Ich will nicht dein verdammter Freund sein, Rhea", knurrte er und trat auf sie zu. „Ich dachte, das wäre klar." Ein leuchtend orange-goldenes Feuer flackerte um sie herum und überraschte sie für einen Moment.

Sie spürte keine Hitze, und es brannte nichts, doch es war sehr real.

„Ich wollte dich nie verletzen", flüsterte sie. „Ich, es ist nur … Der Gedanke, dass du meinetwegen sterben könntest, macht mich krank."

Etwas flackerte in seinem Blick, bevor die Kälte zurückkehrte. „Ich lebe schon verdammt lange. Wenn ich sterbe, sterbe ich. Glaubst du, ich habe nicht die gleiche Angst um dich? Dass ich nicht Angst habe, dass du meinetwegen sterben könntest?"

„Aber du bist ein Drache! Und ein *Alpha*." Sie hatte ihn kämpfen sehen, und er war ein auf furchteinflößende Art und Weise schöner Krieger. Bei ihm sah alles so einfach aus, während sie in jedem Scharmützel, in das sie jemals geraten war, mit Klauen und Zähnen kämpfen musste. „Ich bin das schwache Glied! Wenn dich jemand verletzen will, wird er mich ins Visier nehmen. Das musst du wissen."

Er erwiderte ihren Blick. „Du gehörst zu den stärksten Kriegern, die mir je begegnet sind! Du bist nicht schwach. Keine Spur. Als ich dich das erste Mal in einem Kampf gesehen habe, hast du einen Drachen getötet. Also nimm dein Bullshit-Argument und verschwinde aus meinem Haus."

Nein! Sie wollte nicht gehen, wollte nicht von ihm getrennt sein. Im Moment hatte sie das Gefühl, als würde sie innerlich auseinandergerissen. Ihr Kopf sagte ihr eines, doch ihr Herz stimmte ihm zu. Der größte Teil ihrer Wut ließ nach und machte einer widerlichen Angst Platz, dass sie alles mit ihm ruiniert hatte. Dass er ihr nicht vergeben würde. Sie musste es erklären, egal wie unsicher sie sich fühlte. „Früher war ich nicht stark genug. Ich … Es war meine Schuld, dass Damien getötet wurde. Wenn ich stark genug gewesen wäre, hätte ich seine Gefährtin sein und mich an seiner Seite mit ihm zur Wehr setzen können."

Conalls Gesichtsausdruck wurde eine Spur weicher, doch nicht viel. „Es war nicht deine Schuld. Es war nie deine Schuld. Ein

Psychopath hat ihn getötet und dich verletzt. Das ist nicht deine Schuld. War es nie. Selbst wenn du damals eine Kriegerin gewesen wärst, gibt es keine Garantie, dass du ihn hättest retten können. Es gibt keine verdammten Garantien in diesem Leben, etwas, das du besser wissen solltest, als die meisten anderen, und deshalb solltest du nicht gegen dieses Ding zwischen uns ankämpfen. Das Leben, das wir leben, ist hart und voller Risiken. Ich bin kein Feigling, und ich hätte bis jetzt nie gedacht, dass du einer bist."

Bei seinen Worten blieb ihr Argument in ihrem Hals stecken. Er wandte sich von ihr ab und ging zur Treppe. Sein Feuer loderte jetzt noch heller um den Eingang. Jetzt spürte sie die Wärme, es war zwar nicht heiß, doch es brannte in einem Kreis um sie herum.

Als sie einen Schritt auf ihn zu machte, teilte sich das Feuer für sie und flackerte um sie herum. „Conall –"

„Vergiss nicht, auf dem Weg nach draußen die Tür hinter dir zuzuziehen", sagte er, ohne sie anzusehen.

Sie ballte ihre Hände zu Fäusten, und ihre Krallen stachen in ihre Handflächen. Sein abweisender Ton machte sie mehr als wütend, selbst wenn sie selbst daran schuld war. Sie begann zu antworten, als ein ungewohnter Geruch ihre Nase kitzelte. „Was ist dieser süße Geruch? Rieche ich Karamell und Zuckerwatte?" Es war ein billiges Parfüm, so viel sagten ihr ihre Wolfssinne. Eine Welle der Eifersucht, wie sie sie noch nie erlebt hatte, brandete durch sie. „Hattest du eine Frau hier?" Es war ihr egal, ob sie sich total irrational verhielt. Ihr Wolf hatte im Moment die Kontrolle – und Rhea war nur zu gerne bereit, ihn vollständig von der Leine zu lassen.

Er drehte sich auf der Treppe um, und sein sündiger Mund verzog sich zu einem fast selbstgefälligen Ausdruck. „Und wenn schon? Du willst mich nicht."

Ohne nachzudenken, griff sie nach dem nächstbesten

Gegenstand, den sie auf dem Foyertisch greifen konnte, eine kleine Schale, die mit Muscheln und Potpourri gefüllt war und nach Kokosnuss und Meer roch. Es interessierte sie nicht, was es war, sie wollte nur etwas auf ihn werfen und tat es auch.

Er duckte sich und bewegte sich mit der Geschwindigkeit und Anmut eines fünfzehnhundert Jahre alten Raubtiers, als die Schale hinter ihm gegen die Wand schlug. Potpourri regnete die mit Teppich ausgelegten Stufen hinunter. „Du Arschloch!", knurrte sie, und ihr Wolf schnappte nach ihr.

Sein ganzer Körper spannte sich an, und sein Blick bohrte sich in ihren. „Dir gefällt nicht, dir mich mit einer anderen vorzustellen?" Seine Worte kamen heiser heraus, als er die Treppe zu ihr hinunterging.

Sie war wütend. „Du hast meine Frage immer noch nicht beantwortet." Und verdammt, sie brauchte eine Antwort. Ihre Brust schnürte sich zu bei dem Gedanken, dass er jemand anderen anfasste, dass jemand berührte, was *ihr* gehörte. Vor Wut konnte sie kaum klar sehen.

Er sagte nichts, doch seine Augen leuchteten hell, als er noch näher kam. Nur ein paar Meter trennten sie jetzt. Seine Kraft rollte in starken Wellen von ihm ab, und das Feuer bedeckte jede Oberfläche. Sie wusste, dass das nicht seine Paarungsmanifestation war, also wusste sie nicht, warum er es tat. „Vorhin war eine Frau in meinem Haus."

Aus purem Reflex schlug Rhea mit ihrer Faust auf ihn ein, doch er packte sie am Handgelenk in einem harten, unversöhnlichen Griff. Sie stieß einen wütenden Schrei aus und versuchte, ihn mit ihrer anderen Hand zu schlagen, doch er packte auch dieses Handgelenk. Ehe sie sich's versah, hatte er sie gegen die Haustür gepresst, die Handgelenke über ihrem Kopf. Seine Stärke war unglaublich, doch er tat ihr nicht weh.

Wenn sie wirklich kämpfte, wusste sie, dass sie entkommen konnte, doch … sie wollte nicht Sie wollte ihre Beine um ihn schlingen, damit er sich tief in sie versenkte. Verdammt, sie wollte dem nachgeben, was ihr Herz wollte, egoistisch sein, den Mann nehmen, den sie mehr brauchte als ihren nächsten Atemzug.

„Warum kümmert es dich, dass jemand in meinem Haus war?", knurrte er ihr direkt ins Gesicht.

„Weil du *mir* gehörst!" Die Worte schockierten sie, doch sie wusste, dass sie wahr waren. Ihr Wolf war in ihrer Stimme, und sie wusste, dass ihr Tier definitiv in ihren Augen war. Im Moment wollte sie aus ihrer Haut fahren, um die Frau zu jagen, die es gewagt hatte –

Ein selbstgefälliges, sündiges Lächeln breitete sich auf seinem Gesicht aus, als hätte er gerade etwas gewonnen. Er stieß sein Becken gegen sie, seine harte Erektion drückte sich in ihren Unterbauch. Sie stöhnte bei dem Gefühl, rollte ihre Hüften gegen seine, obwohl sie ihm die Augen auskratzen wollte, weil er erlaubt hatte, dass jemand anderes ihn berührt hatte.

„Du riechst meine Putzfrau. Eine Menschenfrau", erklärte er, sein Blick dunkel und hungrig. „Sie war heute hier, als ich mit dir unterwegs war. Ich habe sie noch nie gesehen, und ich habe noch nie eine andere Frau berührt, seit ich dich getroffen habe."

Die Erleichterung, die sich in ihr ausbreitete, war so stark, dass sie ihren Halt verloren hätte, wenn er sie nicht immer noch an die Tür gepresst hätte. Sie hätte nie gedacht, dass sie so eifersüchtig, so besitzergreifend, so verdammt verrückt sein konnte. So war sie nicht. Selbst mit ihrem früheren Verlobten hatte sie sich nie so gefühlt. Sie war mehr als zufrieden gewesen, damals eine passive Rolle zu übernehmen und zu Hause zu bleiben, während er diese Kriegerrolle übernahm. Jetzt nicht. Sie könnte niemals etwas anderes als in jedem Sinne Conalls Partner sein und würde ihn niemals teilen.

„Du machst mich verrückt", hauchte sie, und ihr Blick fiel auf seinen schönen, vollen Mund. Sie sollte wütend sein, dass er sie dazu manipuliert hatte, dass sie gesagt hatte, was er hören wollte, doch sie war nur erleichtert, dass die Wahrheit raus war. Sie wollte an seiner Unterlippe knabbern und Besitz von dem Mann ergreifen, der ihr gehörte.

„Willkommen in meiner Welt. Ich bin seit dem Tag, an dem wir uns begegnet sind, verrückt nach dir gewesen." Das Feuer, das sie umgab, flackerte kaum noch, als das helle Leuchten seiner Paarungsmanifestation erwachte und alles hell erleuchtete. Das Leuchten war so anders als sein Feuer und schien von jeder Pore auszugehen.

Sie wollte in diesem Licht baden. Nackt. „Conall …" Rhea wusste nicht, was sie sonst sagen sollte. Sie konnte ihn nicht aufgeben. Egal wie groß das Risiko für ihn war, sie konnte nicht gehen. Es würde sie zerstören. „Ich bin zu egoistisch, um dich gehen zu lassen", flüsterte sie, kaum in der Lage, die Worte herauszubringen.

Er starrte auf sie hinab, seine Brust hob und senkte sich unregelmäßig, sein Drache sah sie mit einer Klarheit an, die sie noch nie zuvor gesehen hatte. Sie hatte ihn schon einmal in Tierform gesehen und auch den Drachen in seinen Augen gesehen, als er in Menschengestalt war, doch das jetzt war anders. Es war, als könnte er direkt in ihre Seele blicken. „Gut", knurrte er, mehr Tier als Mensch. „Ich hätte dich heute Nacht nicht durch diese Tür gehen lassen. Und ich werde dich niemals gehen lassen. Du gehörst mir, Rhea."

Sie schluckte schwer und nickte. „Das tue ich. Und du gehörst mir." Weil sie anscheinend viel besitzergreifender war, als sie es sich jemals vorgestellt hatte. Das Paarungsfieber war kein Scherz. Es war tausendmal mächtiger als ihr Wille. Sie fühlte sich wie ein Idiot, weil sie versucht hatte, dagegen anzukämpfen, weil sie versucht hatte, das zu bekämpfen, was sie mit diesem Mann hatte. Er hatte Recht. Ihr Leben war gefährlich und könnte jederzeit enden. Doch diese unglaubliche Verbindung zu verweigern war ein unvernünftiger Versuch, seine Sicherheit zu gewährleisten.

Seine Augen leuchteten hell auf. „Ich werde dich jetzt für mich beanspruchen." Keine Frage.

Sie nickte und atmete schwer. Ihre Nippel zeichneten sich hart unter ihrem Sport-BH ab, und ihre Kleidung brannte weg, als dieses strahlende Feuer über sie fegte, doch nie wirklich ihre Haut berührte. Der Stoff zerfiel einfach, es blieb nicht einmal Asche zurück. Überraschung brandete durch sie hindurch, doch sie hatte keine Zeit, darüber nachzudenken, als sich ein Hitzesturm tief in ihr aufbaute.

„Mein." Er presste seinen Mund auf ihren und hielt ihre Handgelenke immer noch an der Tür fest.

Sie bog sich gegen ihn und musste mehr von ihm spüren, als er ihren Mund mit seinem verschlang. Sein Körper war ein Inferno an ihrem. Das Gefühl seiner nackten Brust an ihrer ließ einen Schauer des Hungers durch sie strömen. Sie hätte nie gedacht, dass ihr das Gefühl, dominiert zu werden, gefallen könnte, doch wie er sie hielt, war wahnsinnig heiß.

Er schob seine freie Hand zwischen ihre Körper und legte sie auf ihren nackten Hügel. Als er einen Finger in sie stieß, knurrte er gegen ihren Mund und zog ihn einen Bruchteil zurück. „Du bist so nass."

Sie nickte und konnte kaum atmen. Ihr Körper war bereit, sie sehnte sich verzweifelt nach ihm. Es war so verdammt lange her, dass sie mit jemandem zusammen gewesen war, doch das war der Gefährte ihres Herzens. Conall war nicht jemand, mit dem sie sich abfand, nicht wie so viele Jahre zuvor mit ihrem Verlobten. Dieser Mann wollte sie so wie sie war, wollte sie ganz. Und sie wollte ihn, pfeif auf die Konsequenzen.

„Hat dich das Streiten mit mir heiß gemacht?" Seine Worte waren ein leises, verführerisches Knurren.

„Du machst mich heiß." Sie wiegte mit den Hüften und brauchte mehr als einen Finger. „Und ja, das Streiten mit dir hat mich angemacht. Komm, ich will mehr", forderte sie.

Sein Grinsen war die pure Sünde, seine silbernen Augen leuchteten wie das Paarungsglühen, das von ihm ausstrahlte. „Ich sollte dich ein bisschen länger leiden lassen." Er schob einen weiteren Finger in ihre feuchte Hitze. „Doch ich kann es selbst kaum erwarten." Er zog seine Finger zurück, doch anstatt seine Hose auszuziehen, sank er auf die Knie.

„Ich brauche nicht …" Ein scharfer Blitz schoss durch sie, als er an ihrer Klitoris saugte.

Er arbeitete nicht einmal darauf hin, sondern machte sich direkt an den Sweet Spot. Sie grub ihre Finger in seine Haare und stöhnte seinen Namen, als er seine Zunge gegen ihr empfindliches Nervenbündel schnippte, mit genug Druck, um sie in Sekundenschnelle für ihn bereitzumachen.

Er drang wieder mit zwei Fingern in sie ein, seine Bewegungen überraschend sanft für den Hunger, den sie von ihm spürte.

Er stöhnte gegen sie, und die Vibration ließ sie abrupt kommen. Ihre inneren Wände kontrahierten mit dem Schock ihres Orgasmus um seine Finger und melkten ihn, als ihr Höhepunkt durch sie brandete.

Um zu vermeiden, dass sie seinen Kopf mit ihren Krallen aufschlitzte, presste sie ihre Hände gegen die Tür, als sie die Wellen ihres ersten Orgasmus ausritt. Und sie wusste, dass das nur der erste heute Nacht war. Wenn sich Wandler paarten, konnte es tagelang – wochenlang – wild und heftig zugehen.

Bevor sie von ihrem Hoch heruntergekommen war, hatte er sie wieder gegen die Tür gepinnt, sein Gesichtsausdruck verwegen und wild. „Ich brauche dich." Seine Stimme war heiser und hart.

Sie hatte gewusst, dass er ein Alpha war, doch er war bis jetzt ziemlich entspannt mit ihr gewesen. Sie hatte bis jetzt nicht bemerkt, wie sehr sie sich nach einem dominanten Liebhaber gesehnt hatte. Sie nickte und schlang ihre Beine um ihn, um ihm zu zeigen, dass sie mehr von ihm wollte.

Er schlang seine Arme um sie und hielt sie fest, während er

seine Lippen auf ihre presste. Sie war sich bewusst, dass sie sich bewegten, doch es war ihr egal, wohin er sie brachte, solange er sie nicht losließ.

Als er in einem Wohnzimmer stehenblieb, schien es ihn große Mühe zu kosten, seinen Mund von ihrem zu reißen. Er setzte sie auf der Rückseite eines Sofas ab, ihr Po ruhte auf der Rückenlehne, ihre Beine immer noch fest um ihn geschlungen. Sie fragte sich, warum er sie nicht auf das Sofa gelegt hatte, doch vielleicht wollte er sie über der Rückenlehne nehmen. Das Bild, das vor ihrem inneren Auge auftauchte, schickte einen weiteren Hitzeschwall zwischen ihre Beine.

„Mein Drache hat dich als meine Gefährtin erkannt, lange bevor ich es zugeben wollte. Doch du musst wissen, dass ich alles an dir liebe. Du machst mich verrückt, doch das Warten hat sich mehr als gelohnt. Ich weiß, dass ich es schon gesagt habe, doch ich habe seit dem Tag, an dem ich dich in Bos Club gesehen habe – und du mich angestarrt hast, als wäre ich ein feindlicher Kämpfer – keine andere Frau mehr angesehen oder berührt."

Pure Freude rollte bei seinen Worten durch sie. Sie erinnerte sich sehr gut an diesen Tag. Er und seine Schwester waren aus heiterem Himmel aufgetaucht und hatten behauptet, mit Drake verwandt zu sein. „Du hast mich an diesem Tag kaum angesehen", protestierte sie.

Seine Augen waren wie flüssiges Feuer, als er sie anstarrte. „Und ob ich das habe."

„Du bist mir vielleicht auch aufgefallen", flüsterte sie, und ein Lächeln zupfte an ihrem Mund. Eine Untertreibung. Die Anziehung, die sie gespürt hatte, war unerwünscht gewesen, also hatte sie sie ignoriert und sich bis heute nicht eingestanden, wie sehr sie diesen Mann liebte. Jetzt gab es kein Zurück mehr. Er hatte gesagt, er würde sie für sich beanspruchen, und sie wusste, was das bedeutete. Es würde keinerlei Barrieren mehr zwischen ihnen geben. „Ich liebe dich, Conall. Und ich –"

Ihre Worte wurden erstickt, als er die Kontrolle verlor und sein Mund wieder mit ihrem verschmolz. Für einen kurzen Moment spürte sie das Flackern seines Feuers um sich herum, und dann war alles Haut an Haut.

Sie spürte seine harte Erektion an ihrem Unterbauch, griff automatisch zwischen ihre Körper und schloss ihre Hand um ihn. Sie hatte viel zu lange davon geträumt. Obwohl sie die Nähe zu ihm nicht verlieren wollte, musste sie sich ein Stück zurücklehnen, damit sie ihn ganz sehen konnte.

Ihre Beine immer noch um seine Hüften gewickelt, betrachtet sie seinen dicken Schwanz, der zwischen ihnen emporragte. Sie streichelte ihn einmal, zweimal –

Seine Hand wanderte auf ihre und hielt sie an. „Wir machen das auf meine Weise." Da war er wieder, der wilde Mann von Sekunden zuvor.

Sie wollte seine Hand wegschlagen, die Kontrolle übernehmen, doch das Verlangen in seinem Blick hielt sie auf. Sie konnte schwierig und stur sein, das wusste sie. Sie würden nicht immer auf Augenhöhe sein, doch dieser Mann besaß sie ganz und gar. Im Moment, während ihrer Paarung, würde sie ihm gerne geben, was immer er wollte.

Seine Hände packten ihre Hüften fester, und er drehte sie um und bog sie über die Rückenlehne des butterweichen Sofas. „Sieh uns an." Ein leiser Befehl.

Dann sah sie den langen, goldgerahmten Spiegel in einer Ecke. Sie war nur froh, dass die dicken cremefarbenen Vorhänge geschlossen waren. Was sie taten, wäre eine *interessante* Show, und das Licht, das von ihm ausging, würde jeden am Strand oder am Meer auf sie aufmerksam machen.

Der Gedanke, sich und ihn dabei zu beobachten, war jedoch erotisch. Sie war durchschnittlich groß für eine Frau, und er überragte sie deutlich. Seine breiten Schultern schienen noch breiter zu sein, wenn er hinter ihr stand. Alles an ihm war riesig.

Sie hielt ihren Blick im Spiegel auf seinen gerichtet, als seine Hand über ihren Rücken glitt und ihren Po für einen Moment packte, bevor er ihre glatte Scham von hinten neckte. Kein Wunder, dass sie immer noch nass für ihn war. Das würde sich nicht so schnell ändern.

Nicht, wenn er nackt mit ihr im selben Raum war und sie gegen das Sofa presste. Jetzt, da sie ihre Angst losgelassen hatte, genoss sie alles an diesem Mann, alles, was sie zusammen hatten, voll und ganz. Was sie haben *würden*. Sie hatte zu lange dagegen angekämpft.

Seine Augen schlossen sich kurz, als er zwei Finger in sie hinein und wieder heraus pumpte. Ihre Muskeln zogen sich um ihn zusammen, und ihr ganzer Körper sehnte sich nach ihm. Worauf wartete er noch? Sie summte vor Energie und spürte dasselbe von ihm. Sie balancierte am Rande einer Klippe und sehnte sich danach, wieder zu kommen. Ihr erster Orgasmus hatte ihr kaum die Anspannung genommen.

Als er seine Augen öffnete und sein Blick mit ihrem im Spiegel kollidierte, ging ein weiterer Ruck durch sie hindurch. Das war ihr Mann. *Ihrer*. Sie würde ihn nie wieder loslassen.

Er packte sie an den Hüften, stellte sich zwischen ihre Beine, und sein dicker Schwanz neckte ihren Eingang. Ihre Innenwände zuckten und wollten unbedingt gefüllt werden.

Als er hart zustieß und stöhnte: „Meine", spürte sie dieses Wort bis in ihr Innerstes. Mehr als das Wort, die Absicht – sie zu seiner zu machen. Sie hatte immer zu einem Rudel gehört, doch das war auf jeder Ebene anders.

Sie war seine.

Er packte ihre Brüste, und der Anblick seiner gebräunten Hände auf ihrer hellbraunen Haut ließ sie genauso erschauern wie die Art, wie er ihre bereits harten Brustwarzen rollte. Als er in sie eindrang, zwickte er die empfindlichen Knospen und jagte Schockwellen der Lust durch ihre bereits sensibilisierten Nerven.

Sie war kurz davor, wieder zu kommen, allein davon, ihn in sich aufzunehmen.

Doch etwas fehlte, etwas –

Mit einem wilden Knurren kamen seine Eckzähne zum Vorschein, und er schlug zu und biss sie dort, wo sich ihr Hals und ihre Schulter trafen. Sie erwartete Schmerzen, doch pure Lust schoss durch sie hindurch. Alle Muskeln in ihrem Körper spannten sich an, als die erste Welle ihres Höhepunkts durch sie explodierte und sich wie ein Tsunami auf alle Nervenenden ausbreitete. Wie er Besitz von ihr ergriff, entzündete ein Feuer in ihr.

Er knurrte gegen ihren Hals, als er in sie eindrang und ohne jede Kontrolle in sie hineinstieß.

„Conall", schrie sie, als sich ihre inneren Wände um ihn zusammenzogen. Sie hob einen Arm und schlang ihre Hand um seinen Hinterkopf, als er ihren Hals küsste und immer wieder in sie hineinstieß.

Ihr Orgasmus begann schließlich abzuebben, und als er seinen Kopf hob, begegnete sie seinem hellen Blick wieder im Spiegel. Das Leuchten war verschwunden, da sie gepaart waren, und sie bemerkte, dass sie es vermissen würde.

Wortlos zog er sich aus ihr zurück und drehte sie zu sich um. Sofort fehlte ihr das Gefühl von ihm in sich.

„Ich habe das Gefühl, mein Leben hat in dem Moment begonnen, als ich dich das erste Mal gesehen habe", sagte er und strich mit einer so süßen, zarten Geste über ihre Lippen, dass ein wohliger Schauer über ihren Rücken lief. „Was verrückt ist, wenn man bedenkt, wie alt ich bin. Doch du machst alles besser, heller."

Sie strich mit ihren Händen über seine Brust und verschränkte ihre Finger in seinem Nacken. Ein Gefühl des Friedens durchfuhr sie und drang in jeden Zentimeter ihrer Seele ein. „Mir geht es genauso. Du gehörst jetzt mir, und ich werde dich nie wieder loslassen."

Er hob sie in seine Arme, und alles prickelte, als sie seine mühelose Kraft spürte – dann erstarrte sie, als ein lautes Klopfen von der Vorderseite des Hauses kam.

Bang, bang, bang. Und das Klopfen ging unaufhörlich und nervtötend weiter.

Conall knurrte und fletschte seine Eckzähne, als wäre er bereit anzugreifen. Sie spürte, wie sich der wilde Drache unter der Oberfläche regte, und fühlte sich genauso.

„Jemand sollte besser tot sein", murmelte sie.

„Das kann ich arrangieren." Seine finstere Miene verriet ihr, dass er nicht scherzte.

Kapitel 28

Conall roch den Mann, bevor er die Tür aufriss, wollte seine Faust direkt in dessen Gesicht rammen, hielt sich jedoch zurück. Für Rhea.

Die halb hinter ihm stand, eine Decke um ihren geschmeidigen Körper gewickelt. Ja, er hätte wahrscheinlich nicht alle ihre Kleider abbrennen sollen. Doch sie nackt zu machen war zuvor seine einzige Priorität gewesen. Jetzt war es eine sehr große Priorität, sie nackt zu behalten.

Und Solon stand ihm einfach dadurch im Weg, dass er hier war. „Was zum Teufel willst du?", knurrte er den Mann an.

Solon entblößte seine Eckzähne, erstarrte dann und roch die Luft, als er zwischen Conall und Rhea hin und her blickte. „Whoa. Ja, also … Herzlichen Glückwunsch, Leute", sagte er und hielt zum Glück Abstand zu Rhea.

Im Moment hätte Conall nicht damit umgehen können, wenn ein anderer Mann seine Gefährtin berührt hätte. Nicht einmal eine freundschaftliche Umarmung. Verdammt, er konnte kaum ertragen, dass der Typ Rhea ansah. Sobald sein Paarungsfieber nachgelassen haben würde, würde er nicht mehr so besitzergreifend sein. Hieß es zumindest, doch das hatten ihm andere gesagt. Da war er sich nicht so sicher, wie er sich im Moment fühlte.

„Danke", murmelte Rhea, rückte näher an Conall heran und schlang einen Arm fest um ihn.

Er liebte das Gefühl, dass sie ihn berührte und hielt. „Du störst meine Gefährtin und mich gerade. Sag, was du willst oder verpiss dich." Conall wusste, dass er sich wie ein Arsch aufführte, doch es war ihm egal. Er und Rhea hatten sich gerade gepaart, und er wollte sie für eine sehr, sehr lange Zeit ganz für sich allein haben. Sein Drache war alt und besitzergreifend, und nichts anderes interessierte ihn im Moment.

Solon schien es jedoch zu verstehen. „Das ist natürlich die ungünstigste Zeit, aber … Taylor wird vermisst."

„Was?" Rhea straffte ihre Haltung neben ihm, bewegte sich jedoch nicht weg. Eine schwache Welle der Panik ging von ihr aus. „Bist du sicher? Sie würde mit ihrer Sicherheit kein Risiko eingehen."

„Wir sind sicher. Sie hat Bos Club letzte Nacht verlassen – nachdem sie zu ihrem Fahrzeug gebracht worden war – doch sie ist nie auf dem Compound gekommen. Wir haben ihren Wagen in einer Seitenstraße in der Nähe der Villa gefunden. Ihre zerfetzten Kleider lagen auf den Sitzen. Der Schlüssel steckte noch in der Zündung, und der Geruch anderer Wölfe war um ihr Auto herum. Schwach, aber ich habe sie gerochen." Seine Miene war grimmig.

„Wie lang–"

„Etwa zwei Stunden ist die beste Schätzung, nachdem wir wissen, wann sie den Club verlassen hat." Er fluchte, seine Miene war angespannt. „Das hätte nicht passieren dürfen. Es war eine zehnminütige Fahrt mitten in unserem Gebiet."

„Was macht Finn?", fragte Conall.

„Er hat bereits eine Rastersuche gestartet, und alle Tracker außer dir sind unterwegs. Er hat mich hierhergeschickt, um dich zu holen, als du nicht ans Telefon gegangen bist."

„Ich … Scheiße, ich habe es nicht einmal mitgebracht."

Selbstvorwürfe waren in Rheas Stimme und auf ihrem Gesicht zu sehen.

„Du hättest das nicht verhindern können", sagte Conall. Sie traf keine Schuld.

„Ich weiß." Sie blickte zu ihm auf, ihr Gesicht besorgt. „Kommst du mit mir?"

Er nickte. Sie musste nicht einmal fragen, doch er war froh, dass sie es getan hatte. Sie waren jetzt ein Team. „Wir sind in einer Minute draußen", sagte Conall und schlug Solon die Tür vor der Nase zu.

Rhea starrte ihn mit großen Augen an. „Das war unhöflich."

Er zuckte mit den Schultern. „Du hast gerade nicht genug Kleider an. Ich will nicht, dass dich jemand so sieht."

„Ich habe überhaupt keine Kleider an", sagte sie. „Du hast sie mir vom Leib gebrannt."

„Ich habe oben ein paar Sachen. Alles neu. Für dich." Er hatte eingekauft, für den Fall, dass genau das passierte.

Sie blinzelte überrascht und ging bereits zur Treppe. „Danke."

„Letzte Tür links", sagte er. Er eilte mit ihr hinauf und wusste, dass sie zu ihrem Alpha gehen musste. Obwohl sie jetzt Gefährten waren … „Wirst du mit mir nach Montana ziehen?", platzte er heraus, als sie durch seine Schlafzimmertür traten. „Vergiss es, wir werden später darüber sprechen." Er ging zum begehbaren Kleiderschrank und öffnete die Tür. Er hätte jetzt nicht fragen sollen.

Als sie nicht antwortete, drehte er sich um und sah, dass sie ihn mit etwas anstarrte, das sehr nach Ehrfurcht aussah. „Was?"

Als Antwort drehte sie sich um und ließ ihr Laken fallen. Sie hob die wilde Masse enger Korkenzieherlocken am Nacken an. Dann sah er das kleine, wie tätowierte Symbol zwischen ihren Schulterblättern. Eine helle strahlende silberne Flamme auf ihrer Haut. Oder eher in ihrer Haut, wenn das, was er sah, das war, für das er es hielt. „Mein Bruder hat so eines", bemerkte er leise, trat näher und fuhr mit seinem Finger voller Staunen darüber. Er wusste, dass sie gehen mussten, doch das war verdammt wichtig. „Das ist selten, oder?"

Soweit er wusste, erschien, wenn sich Wolfwandler paarten, nur bei wahren Gefährten ein Bindungssymbol auf den Körpern. Bei Drachen bestand eine lebenslange Verbindung, doch es gab keine äußerliche physische Manifestation – es sei denn, der wahre Gefährte war ein Wolfwandler. Es gefiel ihm, dass sein Symbol sie jetzt genauso markeierte wie sein Geruch.

„Ja." Ihre Stimme war heiser und unsicher, als sie sich zu ihm umdrehte. Tränen glitzerten in ihren bernsteinfarbenen Augen. „Deines ist ein Wolf, der wie ich aussieht. Was ist mein Zeichen?"

Er zog sie in seine Arme. „Eine silberne Flamme."

Sie drückte ihn fest an sich. „Ich will dir so viel sagen, doch wir müssen los. Aber ich will, dass du weißt, dass ich überall hingehen werde, wo du bist. Wir werden nach Montana ziehen, sobald wir die Bedrohung für mein Rudel aus der Welt geschafft haben. Ich gehe, wohin du gehst, egal was passiert."

Er küsste sie hart und schnell. Ihre Antwort beruhigte seine Nerven. Auch er war bereit, überall hinzugehen, wo sie war, und wenn das bedeutete, seine Position als Alpha aufzugeben, würde er es tun. Doch sie würden später über die Zukunft sprechen.

Im Moment war eine ihrer Rudelkameradinnen verschwunden, und sie mussten sie finden.

Kapitel 29

Finn war angespannt, als er sich dem Compound näherte.

„Sie halten die Frau auf Distanz", sagte Gabriel leise, obwohl Finn es bereits wusste.

Er hatte gerade einen Anruf von seiner Gefährtin Lyra erhalten, dass eine Frau, die behauptete zu wissen, wo Taylor festgehalten wurde, am Eingangstor des Geländes war. Sie hatte auch gesagt, dass die Frau eine Weste mit Sprengstoff trug.

Es war egal, dass seine Gefährtin und seine Rudelkameraden alle stark genug waren, um fast allem zu widerstehen, doch er war seiner Gefährtin nicht nahe genug. Oder seiner Tochter, die sicher in der Villa eingesperrt war, weit vom Tor entfernt. Doch er musste jetzt sowohl Lyra als auch Vega nahe sein, mit eigenen Augen sehen, dass es ihnen gut ging. Als Alpha hatte er Verantwortung gegenüber seinem Rudel, doch seine Gefährtin und seine Tochter waren seine oberste Priorität.

Immer.

Die Tatsache, dass beide lächerlich stark waren, spielte für den Beschützerinstinkt seines Wolfs keine Rolle.

„Rhea ist mit Conall auf dem Weg", sagte Gabriel, nachdem er eine eingehende Nachricht gesehen hatte. „Solon sagte, sie sind bald da."

„Conall muss nicht kommen." Finn hatte vielleicht einen Pakt mit dem Clan des Mannes geschlossen, doch das war ein Wolfsproblem, und ein weiterer Alpha war im Moment nicht das, was er wollte. Er musste sich ohne Einmischung von außen darum kümmern. Sein Rudel hatte bereits begonnen, die Stadt nach Spuren von Taylor abzusuchen, und sobald sie sie gefunden hatten, würde Finn jeden zerstören, der es gewagt hatte, einen der seinen zu entführen. Hoffentlich hatte die Frau am Tor etwas, das er gebrauchen konnte.

„Solon sagt, sie haben sich gepaart, also weißt du genauso gut wie ich, dass Conall an Rhea kleben wird … für immer."

Finn blickte überrascht auf. Er hatte gewusst, dass das eine Möglichkeit zwischen den beiden war. Verdammt, ja, eine Wahrscheinlichkeit, doch er hatte nicht gedacht, dass es so schnell gehen würde. Nicht mit dem Widerstand, den Rhea geleistet hatte. Jetzt würde Rheas Loyalität immer ihrem Gefährten gehören, und wenn er wetten sollte, würde sie bald nach Montana gehen. „Verdammte Drachen, die unsere Wölfe stehlen", murmelte er. Erst Victoria und jetzt Rhea. Seine Wolfsseite war gereizt, doch er freute sich für seine Rudelkameradin.

„Ich sehe sie." Gabriel richtete sich auf, als Finn auf ihre Straße einbog. In den letzten Jahren hatte er Häuser in der historischen Gegend aufgekauft, sodass sein Rudel kilometerweit über mehrere Straßen in der weitläufigen Nachbarschaft alles besaß.

Für den Fall, dass es jemals eine solche Situation gab. Das Letzte, was er brauchte, waren neugierige menschliche Nachbarn, die die Polizei anriefen, weil sie etwas Seltsames gesehen oder gehört hatten. Wie eine verdammte Explosion vor dem Morgenkaffee.

Er parkte den SUV und sprang hinaus, Gabriel nicht weit hinter ihm. Eine zierliche Frau, kaum eins sechzig groß, stand mitten auf der Straße, ungefähr sieben Meter vom Tor des

Compound entfernt. Die Villa lag auf einem Hektar Land, sodass sie selbst mit der Sprengstoffweste, die er sehen konnte, dem Gebäude keinen Schaden zufügen würde. Auf der anderen Straßenseite lag ein elegantes Haus mit einem makellosen Rasen scheinbar ruhig da, auch wenn er mindestens ein Dutzend seiner Rudelkameraden in der Nähe roch, die sich im Schatten versteckten. Alle schienen weit genug entfernt zu sein, um außer Reichweite einer möglichen Explosion zu sein. Wenn die Weste jedoch mit Silber versetzt war, würde es verdammt wehtun, wenn jemand von Splittern getroffen würde.

Der Geruch der Todesangst, den er von der Frau roch, war so stark, dass er ihn in der Luft schmecken konnte. Sie stand zitternd da, ein kleines Bündel in ihren Händen.

Fotos, bemerkte er, als er auf sie zuging. „Bleib fünf Meter hinter mir", zischte er Gabriel zu.

Obwohl Finn den Ärger seines Hüters angesichts des Befehls spürte, gehorchte Gabriel und blieb hinter ihm.

Finn blieb etwa zehn Meter von der Frau entfernt stehen. Bald würde die Sonne aufgehen. Er wünschte, er wüsste sicher, dass Lyra im Haus war, doch er musste alle Gedanken an seine Gefährtin zurückstellen, während er diese Fremde ansah. Wenn er nachlässig war oder abgelenkt wurde, konnten seine Leute verletzt werden.

„Wer bist du?" Er hielt seine Stimme leise und ruhig. Es war offensichtlich, dass sie Angst hatte. Ihr noch mehr Angst zu machen, würde die Situation nicht verbessern.

„Ich heiße … May." Ihre Stimme war heiser, ihre Worte steif. Sie sprach leise, doch er konnte sie immer noch mit seinen übernatürlichen Sinnen hören. „Er … er wollte, dass ich das zu dir bringe. Er sieht zu und hört zu." Sie tippte auf ihre Weste und obwohl er sie nicht sehen konnte, vermutete Finn, dass es irgendwo eine Kamera gab.

„Er? Du meinst Ezra Meyer?" Er hielt seinen Blick fest auf ihr

Gesicht gerichtet, als er fragte. Die Angst, die sie ausstrahlte, würde es schwierig machen, etwas anderes zu riechen, sogar eine Lüge.

Doch ihr Gesichtsausdruck verriet sie. Selbst aus zehn Metern Entfernung sah er, wie sich ihre Pupillen weiteten. Sie schluckte schwer. „Ich kenne diesen Namen nicht."

Ja, definitiv eine Lüge. „Okay. Lass hier, was er dir für mich gegeben hat, dann kannst du gehen."

Sie schüttelte den Kopf. „Ich … ich …" Sie räusperte sich und versuchte es erneut. „Ich kann nicht. Er hat gesagt, ich muss es dir persönlich übergeben."

Finn hätte die Situation zu Tode analysieren können. Ezra wollte vermutlich, dass er sich der Frau näherte, damit er Finn verletzen konnte. Doch was der Mann wahrscheinlich nicht wusste, war, dass Finn unglaublich schnell war.

Anstatt zu überlegen, was er tun sollte, ging er mit seinem Bauchgefühl und schoss mit übernatürlicher Geschwindigkeit, der natürlichen Begabung, die er als Alpha hatte, zu ihr. Er war in Sekundenbruchteilen an ihrer Seite, griff nach dem Bündel und war zurück, wo er zuvor gestanden hatte, ehe sie auch nur blinzeln konnte.

Sie starrte ihn mit riesigen braunen Augen an, als sie bemerkte, dass sie die Bilder nicht mehr in der Hand hielt. Ja, er war so schnell.

Er betrachtete die Handvoll Polaroids, und sein Wolf kratzte und knurrte, als er die Bilder von Taylor in Wolfsgestalt sah. Sie war in einem Käfig gefangen und ein Stachelhalsband, sehr wahrscheinlich aus Silber, war um ihren Hals befestigt, die Stachel nach innen gerichtet, damit sie in ihre Haut stachen.

Dieser kranke Bastard.

Finn drängte seinen Wolf zurück, als er durch die Fotos blätterte. Er bemerkte eine Notiz auf der Rückseite. Die erste Nachricht ließ ihn rotsehen. *Bald wirst du das sein, Rhea.*

Das war also definitiv persönlich.

Eine zweite Notiz ließ ihn innehalten. Die Handschrift war anders, kleiner, feminin, wenn er raten musste. *30 Minuten nördlich, Blockhütten, alter Campingplatz, fast hundert Wölfe, tief im Wald. Frauen sind nicht freiwillig da. Bitte helft uns.* Eine grobe Karte war darunter gezeichnet und ein paar Straßennamen aufgelistet. Er müsste sich eine Karte ansehen, doch er kannte die Gegend. Nicht, dass er den Standort des Lagers genau eingrenzen konnte. Nicht, solange er nicht auf Google Earth nachgesehen und Elana ihre Magie wirken ließ.

Dennoch … Er sah die Frau an. Ihre Augen waren immer noch geweitet, während sie ihn anstarrte. „Sonst noch was?", fragte er.

„Er sagte, dass ich wieder zurückmuss und wenn jemand versucht, mir zu folgen, wird er mich töten." Sie flüsterte die letzten paar Worte, und obwohl alles, was er roch, ihre Angst war, glaubte er ihr.

Er war sich auch ziemlich sicher, dass die Nachricht mit der Karte von ihr stammte. Es konnte eine Falle von Ezra sein, doch wenn ja, war es dumm, weil sie ihm eine grobe Skizze des Lagers gegeben hatte. Finn konnte jemanden schicken, um aus der Luft nachzusehen, ob diese Karte mit Ezras Lager übereinstimmte – sobald er es gefunden hatte. Und er würde es finden. Wenn diese Nachricht von der Frau stammte, war sie ein großes Risiko eingegangen, indem sie sie ihm gegeben hatte.

Er hielt seinen Gesichtsausdruck neutral. „Dann kannst du jetzt gehen." Vollständiger und totaler Schwachsinn, denn jemand *würde* ihr folgen. „Und Ezra, falls du zuhörst, werde ich es genießen, dir das Herz herauszureißen."

Die Frau wich einen Schritt zurück, dann zerriss eine Explosion die Luft. Finn wirbelte herum und wandelte im Sprung, als er zurück zu Gabriel hechtete – der ebenfalls gewandelt hatte.

Als seine Pfoten auf den Asphalt trafen, drehte er sich um und sah die Überreste der verängstigten Frau. Eine Hand lag auf dem Bürgersteig. Körperteile und Splitter lagen in einem weiten Radius um die Stelle verteilt, an der sie eben noch gestanden hatten.

Die Wut, die er in Schach gehalten hatte, entkam in einem wütenden Heulen. Augenblicke später ertönte ein Heulchor aus allen Richtungen.

KAPITEL 30

„Warum hast du sie getötet?", fragte Roland und starrte auf das Display.

Sie gingen über die Weite des Grundstücks, das er erworben hatte – nicht in seinem Namen, sondern durch eine seiner Holdings. Gefallene Blätter knirschten unter seinen Stiefeln. „Ich hatte immer vor, sie zu töten." Was technisch gesehen die Wahrheit war, obwohl er es nicht für heute geplant hatte. Ezra hatte vorgehabt, sie für eine Weile zu behalten, sich an ihrer Angst zu laben, doch der Mangel an Respekt, den Finn Stavros ihm entgegengebracht hatte, hatte ihn wütend gemacht. Mays Tod ging auf das Konto des Alpha.

Er hatte zeigen müssen, dass er als Alpha verantwortlich war. Obwohl er noch nie einen Wolf gesehen hatte, der sich so schnell bewegte wie Finn, als er May diese Fotos abgenommen hatte.

Ezra ignorierte das jedoch. Er würde sich früh genug um Finn kümmern. Ihn mit genug Silber vollzupumpen würde ausreichen. Im Moment konzentrierte er sich auf die Zerstörung der Moral des Stavros-Rudels.

Dieser Krieg war sowohl ein psychischer als auch ein physischer. Das Stavros-Rudel musste Angst haben, bevor sein eigenes Rudel angriff. So ihre Moral zu brechen, würde sie schwächen. Und die

Notiz, die er für Rhea hinterlassen hatte, war das i-Tüpfelchen. Ihr Rudel würde sie dafür verantwortlich machen. Vielleicht nicht zu Anfang, doch nach einer Weile würden sie anfangen sich zu beklagen, dass sie ihretwegen ins Visier genommen wurden.

Denn mit jedem Stavros-Wolf, den er nahm, würde er eine ähnliche Nachricht an Rhea hinterlassen.

Dieses Miststück würde in mehrfacher Hinsicht leiden, und es war brillant, ihre Schuldgefühle anzufachen, indem er ihre Rudelkameradin verletzte. Er würde sie psychologisch zum Zusammenbruch bringen und sie dann töten.

Er war ein sehr geduldiger Mann und hatte lange auf seine Rache gewartet. Nun wollte er sie auch genießen.

„Aber May war leicht in Schach zu halten", knurrte Roland.

Ohne nachzudenken, schlug er zu und schlang seine Hand um den Hals des Mannes. „Ausgesprochen schade. Wir haben eine Mission, um die wir uns sorgen müssen. Verlier nicht den Fokus." *Sonst …* war die unausgesprochene Drohung. Er brauchte es nicht zu sagen.

Roland nickte, und als Ezra losließ, holte er tief Luft, und sein Wolf blitzte in seinen Augen.

Ezra knurrte, und der Mann entblößte seinen Hals als Akt der Unterwerfung. Gut. „Geh die Grundstücksgrenzen kontrollieren, und sorg dafür, dass alle wachsam bleiben." Denn jetzt war nicht die Zeit, unvorsichtig zu werden.

Roland nickte, seine Miene war finster, als er ging. Ezra sah ihm nach und fragte sich, ob er dem Mann zu viel Spielraum gelassen hatte. Als er sich umsah, schienen alle und jeder an ihrem zugewiesenen Platz zu sein.

Er hatte ein Grundstück gekauft, das einst ein Campingplatz gewesen war. Ältere Blockhütten verteilten sich über ein paar Morgen Land, die Hälfte davon in schlechtem Zustand, doch sie befanden sich auf einem Brunnen-System und brauchten keinen Strom. Den hatten sie natürlich, doch wenn nötig, konnten er und sein Rudel ohne leben.

Obwohl es Spätherbst war, boten die mit Blättern dichten Bäume im Wald genügend Deckung vor neugierigen Blicken aus der Luft. Er hatte kilometerweit Tarnnetze im Blätterdach angebracht, um ihnen zusätzliche Deckung vor neugierigen Satelliten zu bieten. Nicht, dass er glaubte, dass Finn Zugang zu Satelliten hatte, doch nur für den Fall war es eine gute Idee. Außerdem konnten die Menschen ihn auch ausspionieren. Er sicherte sich gern gegen alle möglichen Spieler ab.

Auf Patrouille entdeckte er verschiedene Wandler, die alle bewaffnet und bereit für einen Angriff waren. Gut. Falls das Stavros-Rudel herausfand, wo er war – auch wenn er bezweifelte, dass das jemals passieren würde –, waren sie vorbereitet.

Er ging zu seiner Hütte, und erst als er allein drinnen war, zog er sein Handy aus der Tasche. Es war verschlüsselt, niemand würde den Anruf verfolgen können. Trotzdem würde er, wenn er fertig war, den Akku herausnehmen und das Ding in Stücke zerschlagen. Er hatte während seiner Tage als Drogen- und Menschenhändler gelernt, vorsichtig zu sein. Und seine Paranoia hatte ihn verdammt lange am Leben erhalten.

Er musste diesen Anruf tätigen. Ezra hatte sich zurückgehalten und versucht, sich davon abzuhalten, sie anzurufen, doch er musste ihre Stimme, ihre Angst hören. Er hatte versucht, mehr über den Mann herauszufinden, mit dem er sie gesehen hatte, doch bisher hatte seine Gesichtserkennungssoftware keine Treffer gelandet. Schon bald würde er jedoch herausfinden, wer der Mann war, und sie vielleicht sogar durch ihn verletzen.

Es erfüllte ihn mit dunkler Befriedigung zu wissen, dass sie Angst vor ihm haben würde. Sie hatte sich das selbst zuzuschreiben, und nach dem, was Finn in Mays Kamera gesagt hatte, war klar, dass Finn wusste, dass Ezra hinter den Angriffen steckte.

„Was?", blaffte Rheas Stimme.

Ein böses Lächeln umspielte seinen Mund. „Es ist lange her, Rhea."

Kapitel 31

Rory wollte Liberty nicht verlassen, doch er musste gehen. Zumindest wusste er, dass sie bei Bo mehr als beschützt sein würde.

„Mir geht's gut, ich verspreche es." Sie strich ihre Hände über seine Brust, während Ian im Eingang von Bos Küche wartete.

Nachdem er einen Anruf von Finn erhalten hatte, dass er Rory als Teil des Teams brauchte, um eine Rastersuche nach der vermissten Wandlerin Taylor durchzuführen, hatte er Liberty direkt zu Bo gebracht, da das Haus eine Festung mit übernatürlichem Schutz war. Sie hatten kaum zwei Stunden geschlafen, doch er wollte helfen. Alle weiteren Hochzeitsfeierlichkeiten waren auf absehbare Zeit abgesagt worden, und alle waren auf der Suche nach Taylor.

Bo und Nyx waren auch auf der Suche, doch sie würden nicht am Angriff auf dieses Schurkenrudel teilnehmen. So viel wusste Rory. Als Alpha würde Finn ihnen aus einer Vielzahl von Gründen nicht erlauben, an einem Angriff teilzunehmen. Obwohl er Nyx wahrscheinlich ihre Gabe benutzen lassen würde, um sich hineinzuteleportieren und Taylor rauszuholen, wo immer sie festgehalten wurde.

„Komm", sagte Ian mit fester Stimme.

„Halt die Klappe", sagte Rory, ohne sich umzudrehen. Er hasste es, Liberty zu verlassen. Es war, als würde er einen Teil von sich zurücklassen.

„Ich liebe dich, Rory." Libertys leise gesprochene Worte saugten die ganze Luft aus dem Raum.

Er starrte auf sie hinunter, nicht sicher, ob er richtig gehört hatte. „Was?"

Ihre braunen Augen waren groß. „Ich sage das nicht, weil ich denke, dass du nicht zu mir zurückkommen wirst. Ich sage es, weil es wahr ist. Ich habe mir Sorgen gemacht, dass ich zu kaputt für dich bin, und ehrlich gesagt bin ich mir ziemlich sicher, dass ich das an manchen Tagen auch weiter denken werde. Mit dem Leben und wahrscheinlich sogar mit Sex zurechtzukommen, wird noch lange ein Prozess für mich sein."

Es war ihm egal, wie lange es dauerte, bis sie bereit war. Nicht, nachdem sie ihm gerade gesagt hatte, dass sie ihn liebte. „Ich werde dich nie verlassen", knurrte er.

Sie schenkte ihm ein sanftes Lächeln. „Ich weiß das. Und ein Teil von mir flüstert, ich sollte dich gehen lassen, doch ich werde es nicht tun. Ich kann nicht. Ich liebe dich."

„Ich liebe dich auch." Die Worte waren auf seiner Zunge fremd, doch sie waren richtig. Richtiger als alles andere. Diese Frau besaß jeden Teil von ihm, und wenn es Jahre dauerte, bis sie bereit für Sex war, war ihm das egal. Er liebte sie. Und es war ihm egal, wer es wusste.

„Und … Arya hat gestern Nacht im Kühlraum etwas mit mir gemacht. Ich weiß immer noch nicht, was es ist, doch ich bin jetzt so ziemlich unsterblich. Ich werde mich nicht in einen Drachen verwandeln oder so, doch sie sagt, ich habe jetzt dieselbe Lebenserwartung wie du. Ich werde dir später alles erklären. Zumindest, was ich weiß. Doch ich will nicht, dass du denkst, ich will dich zum Gefährten, weil du mich stärker machst. Falls und wenn wir es tun, ist es um deinetwillen. Weil du der würdigste

Mann bist, auf den ich jemals hoffen könnte." Sie nahm sein Gesicht in ihre Hände und streichelte zärtlich seine Wange mit ihrem Daumen.

Er blinzelte. Wenn sie ihm gesagt hätte, dass sie Kätzchen zum Frühstück gegessen hatte, hätte sie ihn nicht mehr überraschen können. Das musste der Grund sein, warum ihr Geruch jetzt anders war. Warum hatte Arya das getan?

„Ich weiß, dass es viel zu tun gibt", sagte sie und strich mit ihren Händen über seine Brust. Ihre Finger zitterten, und er vermutete, dass sie einfach nervös war.

Er legte seine Hände auf ihre viel kleineren. Verdammt, er musste gehen, doch ... „Wir werden später über diese Arya-Sache reden." Denn, heilige Scheiße. Jetzt war nicht die Zeit, darüber zu diskutieren. „Du willst mich wirklich als Gefährten?", fragte er, weil das das Einzige war, was wichtig war. Nur, weil sie ihn liebte, hieß das nicht, dass sie bereit war, sich zu paaren, doch ... es hatte sich sicher so angehört, als wollte sie es. Hoffentlich eher früher als später.

Sie nickte. „Nicht morgen, doch ja. Ich lasse dich nicht gehen. Niemand wird dich jemals so sehr lieben wie ich." In ihrer Stimme lag eine Inbrunst, die er bis in sein Innerstes spürte.

Erleichterung durchfuhr ihn. „Gut." Er räusperte sich und zwang sich zu ignorieren, wie sie sich an ihn geschmiegt anfühlte, und dass ihre Worte ein Feuer in ihm entzündeten. Sein Wolf und sein Dämon hörten nur, dass sie sich paaren wollte. Sie hatten den Teil „Nicht morgen" nicht gehört. Doch verdammt, er musste gehen. „Ich habe mein Handy dabei, falls du mich brauchst."

„Ich meins auch", sagte Ian und stellte sich neben sie. Zu Rorys Überraschung küsste er Liberty auf den Kopf. „Willkommen in der Familie!"

Sie lächelte und wurde rot. „Danke!"

Rory störte es nicht, dass sein Bruder sie geküsst hatte. Die Wahrheit war, dass Ians Worte alle gewalttätigen Gefühle beruhigte, die ein anderer Mann ausgelöst hätte, wenn er Rorys Frau berührt hätte. Ihm war wichtig, dass sein Bruder sie akzeptierte, auch wenn er es sich nicht eingestehen wollte.

Liberty strich ein letztes Mal mit ihren Lippen über Rorys. „Komm zu mir zurück." Ein sanfter Befehl, dem er gehorchen würde.

Nichts konnte ihn von ihr fernhalten. Nicht jetzt, niemals.

Als er und Ian draußen auf dem Parkplatz waren, begann Ian, sich auszuziehen.

„Danke." Rory glaubte, er brauchte es nicht weiter zu erklären.

Ian zuckte eine Schulter, als er sein Handy in seine Schuhe steckte und seine Kleidung darum wickelte. „Fürs Protokoll, ich habe Liberty immer gemocht. Sie ist eine süße Frau. Ich hatte nur Angst, dass sie dir das Herz brechen würde. Du bist mein Bruder, ich mache mir Sorgen um dich. Doch sie liebt dich, ich kann es spüren."

„Du bist ein guter Bruder", sagte er leise. Ian vor fünfzig Jahren zu finden, war eines der besten Dinge, die ihm jemals in seinem Leben passiert waren.

„Kein Witz. Ich bin ein großartiger Bruder. Und jetzt werd nicht emotional." Er trat zurück und bereitete sich auf das Wandeln vor.

Ja, das war Ian. Er hatte immer seine Abwehrmechanismen bereit. „Warte, wusstest du, dass Arya Menschen Unsterblichkeit gewähren kann?" Oder was auch immer sie mit Liberty gemacht hatte.

Ian schüttelte den Kopf. „Nein. Aber sie ist uralt, also..." Er zuckte erneut mit den Schultern, scheinbar desinteressiert, bevor er seinen Drachen übernehmen ließ.

Rory starrte auf Ians riesige Gestalt, wie er es immer tat, wenn sein Bruder wandelte. Genau wie sein Bruder hatte Rory zusätzlich zu seiner menschlichen zwei weitere Gestalten. Ein Wolf und ein Dämon. Doch das ... Die Schönheit von Ians Drachen hatte ihn immer sprachlos gemacht.

Ians Flügel hatten die Größe eines nicht ganz so kleinen Hauses und funkelten strahlend im Licht der aufgehenden Sonne. Es war ein Wasserfall aus Farben, in dem ein Farbton in den anderen überging, angefangen bei Gold zu leuchtendem Violett, bevor das zu einem blassen Lavendelton wurde. Sein Körper war eine Mischung der drei Farben, die sich ständig veränderten, während sich das Tier bewegte, und Ian so aussehen ließen, als ob er aus waberndem Rauch oder Flüssigkeit bestand. Vor langer Zeit hatte Rory geglaubt, es sei ein Trick von Ians Tarnung, doch sein Bruder hatte ihm erklärt, dass sein Körper ständig zwischen den drei Farben wechselte und dadurch diese Illusion entstand.

Er blinzelte, dann war Ian schon getarnt, und alles, was Rory sah, war ein unscharfer Umriss, der sich bewegte. Ohne Vorwarnung hob ihn sein Bruder in seinen riesigen Krallen auf und setzte ihn auf seinen Rücken.

„Ich hasse es, wenn du das tust", murmelte Rory. Genau deshalb tat sein Bruder es.

Unter ihm war ein Grollen die einzige Antwort, die er bekam. Ja, sein Bruder lachte. Als Nächstes flog das Bündel seiner Kleider auf ihn zu. Rory hielt sich an den glatten Schuppen auf Ians Rückens fest und steckte die Kleidung unter sich, als sein Bruder losflog.

Obwohl er es hasste, Liberty zu verlassen, hatte er die Entscheidung getroffen, sich offiziell dem Stavros-Rudel anzuschließen. Ein Teil davon war rein egoistisches Denken. Er musste Teil von etwas sein, das groß genug war, um Liberty zu beschützen, falls es jemals notwendig wurde. Der andere Teil war sein Wolf, der sich danach sehnte, zu einem Rudel zu gehören. Es lag in seinen Genen.

Heute Abend war der erste Schritt, um Finn Stavros zu zeigen, dass er es ernst meinte, dass er Teil des Rudels sein wollte, und er sich auf ihn verlassen konnte. Denn wenn es nach Rory ginge, würden er und Liberty dieses Gebiet niemals verlassen.

Kapitel 32

Rhea warf einen Blick auf ihr Handy, als Solon in eine andere Straße einbog. Sie und Conall saßen auf der Rückbank auf dem Weg zur Villa ihres Rudels. Auf keinen Fall durfte sie jetzt von ihrem Gefährten getrennt sein.

Ihr Gefährte.

Diese Worte hallten durch sie hindurch. Sie verflocht ihre Finger mit denen von Conall, als sie einen Anruf annahm. Sie erkannte die Nummer nicht, doch es war eine Vorwahl aus der Gegend. Konnte ein Rudelkamerad mit einem neuen Handy sein. „Was?", antwortete sie.

„Es ist lange her, Rhea." Die Stimme war männlich und klang höhnisch.

Obwohl sie die Stimme nicht erkannte, da er das letzte Mal, als sie sie gehört hatte, ein Welpe gewesen war, wusste sie, wer es war. „Ezra." Ihre Nackenhaare richteten sich auf.

„Du erinnerst dich an mich." Er klang erfreut.

„Nein, doch mein Rudel hat herausgefunden, dass du das Arschloch bist, das glaubt, es könne in unser Territorium eindringen. Also habe ich eins und eins zusammengezählt. Du bist genauso dumm wie dein Bruder." Neben ihr richtete sich Conall auf, und seine Hand schloss sich fester um ihre. Sie bemerkte auch, dass Solon sie im Rückspiegel ansah.

„Ich bin so dumm, dass ich eine deiner Rudelkameradinnen habe", knurrte er. „Ich habe eine Bombe mitten im Herzen des Gebiets deines Rudels in die Luft gejagt." Der Übermut in seinem Ton war kaum zu überhören.

„Du hast Menschen benutzt, die die Bombe gezündet haben, und wir wissen beide, dass du zu feige bist, um selbst Fuß auf unser Territorium zu setzen." Sie wollte ihn so lange wie möglich am Reden halten, und sein Ego zu beleidigen schien der beste Weg zu sein, das zu tun. Sie wusste nicht, was Elana brauchen würde, um seine Nummer zurückzuverfolgen, doch sie wusste, dass er weiter in der Leitung bleiben musste, damit sie es tun konnte. Bevor Rhea Conall bedeuten konnte, Finn anzurufen, hatte er bereits sein Handy in der Hand und rief an.

Sie hielt ihm ihr Handy entgegen, damit er die Nummer sehen konnte. Er nickte und begann leise, in sein Handy zu sprechen. Sie legte eine Hand über das Mikrofon ihres Handys, während Ezra weitersprach.

„Ich werde diese kleine Schlampe, deine Rudelkameradin tätowieren und mit ihr tun, was mein Bruder mit dir getan hat. Dann werde ich sie mit den anderen teilen." Er legte auf, bevor sie etwas erwidern konnte, doch seine Worte waren ein Schlag in ihre Magengrube.

Sie schluckte schwer, starrte auf ihr Handy und sah, dass der Anruf definitiv beendet war. Als sie zu Conall aufblickte, schüttelte er den Kopf. „Finn hat Elana nicht erreichen können, bevor der Anruf beendet war."

„Vielleicht kann sie trotzdem herausfinden, von wo er angerufen hat. Oder woher er das Handy hat." Doch Rhea bezweifelte es. Ezra hatte sicher dafür gesorgt, dass niemand den Anruf zurückverfolgen konnte. Inzwischen hatte er es wahrscheinlich schon zerstört.

Conall legte seinen Arm um ihre Schultern. „Wir werden Taylor zurückholen."

Sie lehnte sich in seine Umarmung und ließ sich einfach von ihm halten, weil sie ihrer Stimme nicht vertraute. Es hatte lange gedauert, die Frau zu werden, die sie war, und die Worte dieses Arschlochs würden diese harte Arbeit nicht ungeschehen machen. Trotzdem konnte sie zugeben, dass er sie verunsichert hatte, denn alles, woran sie jetzt denken konnte, war zu Taylor zu kommen. Der Gedanke, dass eine andere Frau so litt, wie sie gelitten hatte, brachte ihren Wolf dazu, alle schlagen zu wollen, die ihr in die Quere kamen.

Sie richtete sich auf, als sie auf die Straße abbogen, auf der sich die Villa befand. „Was ist hier passiert?" Eine Gruppe von Rudelkameraden war mitten auf der Straße, in gebückter Haltung.

„Ah ..." Conall räusperte sich. „Finn hat mir gesagt, dass es ein Problem gibt, als ich angerufen habe. Eine Frau aus Ezras Rudel ist gekommen, um Fotos von Taylor in einem Käfig zu bringen. Sie hat eine Sprengstoffweste getragen und jemand – er nimmt an, dass es Ezra war –, hat sie gezündet. Ihr Rudel sammelt ... ihre Überreste ein."

Ihr Magen drehte sich um. Dieser kranke Bastard musste sterben. „Wir sollten helfen."

„Nein." Er blickte nach vorn zu Solon, der das Fahrzeug abbremste. „Finn will, dass wir direkt auf den Compound fahren. Er muss mit dir reden", sagte er ihr zugewandt.

Da war etwas in seiner Miene, das sie still werden ließ. Sie wollte raus und helfen, doch sie nickte. „Okay."

Es schien ewig zu dauern, durch das Tor die Auffahrt hinaufzufahren und zu Finns Büro zu gehen, und Rhea wurde von Sekunde zu Sekunde angespannter. Einer ihrer Rudelkameraden war allein da draußen, verletzt und von einem Monster gefangen gehalten.

Als sie endlich die Tür von Finns Büro erreichten, war sie aus einer Vielzahl von Gründen dankbar, Conall an ihrer Seite zu haben. Ihr Gefährte vervollständigte sie auf eine Weise, von der sie nicht bemerkt hatte, dass sie sie überhaupt gebraucht hatte. Er war ein Fels, eine beständige Präsenz, von der sie wusste, dass er immer, *immer* hinter ihr stehen würde. Sie spürte, wie dieses Versprechen von ihm ausging, und das Wissen drang tief in sie ein.

Sie roch alle, bevor sie eintraten. Finn, Lyra und Gabriel standen alle hinter Finns Schreibtisch und beobachteten Elana, deren Finger über die Tastatur flogen.

Lyra und Gabriel blieben, wo sie waren, doch Finn kam um den Schreibtisch herum, um sie zu begrüßen. Er nickte Solon einmal zu. „Mach dich bereit. Sei in einer halben Stunde im Trainingsraum."

Und schon war Solon wie ein Gespenst aus der Tür.

Finn durchbohrte sie mit diesen durchdringenden blauen Augen, seine Miene ernst. „Wir werden diesen Wichser töten."

„Ich weiß." Sie wollte es selbst tun.

„Elana konnte nicht viel über die Nummer finden, von der er dich angerufen hat, doch darauf konzentriert sie sich jetzt sowieso nicht." Er wandte sich wieder seinem Schreibtisch zu und sah Elana an.

Sie drehte ihren Laptop um. „Ich glaube, ich habe es gefunden."

Rhea schaute stirnrunzelnd auf den Bildschirm, als sie spürte, wie bei Elanas Worten ein Hoffnungsschimmer von den anderen im Raum ausging. Auf dem Bildschirm war ein Google Earth 3D-Bild zu sehen, das … irgendeinen Ort mit vielen Bäumen zeigte. „Was ist das?"

„Die Frau, die gestorben ist, hat Fotos von Taylor gebracht", sagte Finn. „Auf der Rückseite war eine Nachricht von Ezra und eine, von der ich glaube, dass sie von ihr war." Er gab ihr ein Foto von Taylor in einem Käfig. „Dreh es um."

Rheas Magen rebellierte, als sie das Foto sah, doch sie tat, was er sagte. *30 Minuten nördlich, Blockhütten, alter Campingplatz, fast hundert Wölfe, tief im Wald. Frauen sind nicht freiwillig da. Bitte helft uns.*

„Denkst du, das ist echt?" Sie gab ihm das Bild zurück.

„Ja."

„Was war die andere Nachricht?"

Er räusperte sich. „Nicht wichtig."

Etwas an seiner Reaktion ließ ihren Magen flattern. Sie konnte keine Lüge riechen, weil er nicht genau antwortete, doch sie wusste, dass er ihr etwas vorenthielt.

„Etwa dreißig Autominuten nördlich von uns gibt es einen Campingplatz", erklärte Elana. „Ich habe ein bisschen gegraben und herausgefunden, dass er von einer Firma gekauft wurde. Und ohne auf alle Details einzugehen, existiert diese Firma nicht wirklich. Sie ist unter Schichten von Bullshit-Papierkram vergraben. Und es ist der einzige Ort, der hier in der Gegend im letzten Jahr gekauft worden ist und von dem ich nicht herausfinden kann, wer der tatsächliche Eigentümer ist. Das allein macht die Transaktion verdächtig. Ich denke, es wäre gut, einen Blick darauf zu werfen."

„Wir müssen mehr tun, als nur einen Blick darauf zu werfen", knurrte Rhea, und ihr Wolf zerrte an seiner Leine. Sie mussten auf die Jagd gehen – und das gestern.

„Wir fahren in weniger als einer Stunde los. Alle bereiten sich jetzt vor, und ich möchte, dass du ein Team leitest", sagte Finn.

Sie nickte. „Conall und ich können sofort los. Er kann uns hinfliegen, und wir können vorab das Gelände aus der Nähe auskundschaften." Auf keinen Fall konnte sie eine Stunde warten. Nicht, nachdem sie diese Bilder von Taylor gesehen hatte, und wie ihre Rudelkameraden die Überreste dieser armen Frau von der Straße gekratzt hatten.

Und nicht nach diesem höhnischen Anruf von Ezra.

Finn schüttelte den Kopf. „Wir ziehen als Team los, falls es eine Falle ist."

Rhea hatte sich ihrem Alpha noch nie widersetzt. Selbst wenn sie seinen Befehlen nicht immer ganz zugestimmt hatte, hatte sie ihm nie widersprochen. Bis jetzt. „Finn, sie haben Taylor. Wir dürfen keine Zeit verlieren." Und Rhea konnte einfach keine Minute länger hierbleiben. Denn mit Vorbereitung und Fahrt würde es eher anderthalb Stunden dauern, bis sie dort ankamen. Für jemanden, der gefoltert wurde, war das wie ein ganzes Leben. Sie wusste das aus Erfahrung.

„Eine Stunde Vorbereitungszeit ist keine Zeitverschwendung. Und ich habe keine Zeit für Diskussionen." Seine Augen waren jetzt ganz Wolf, und neben ihr knurrte Conall tief in seiner Kehle.

Scheiße. Natürlich würde er das Bedürfnis haben, sie zu beschützen, selbst wenn Finn sie nicht bedrohte. Und genau deshalb konnten zwei Alphas niemals auf demselben Gebiet leben. Es war unmöglich.

Lyra spürte deutlich die wachsende Spannung und kam schnell um den Schreibtisch herum. Sie legte eine Hand auf Finns Unterarm, als er sich vor Conall aufbaute. „Er fordert dich nicht heraus. Er beschützt seine Gefährtin." Ihre Stimme war beruhigend.

Rhea tat dasselbe mit Conall und berührte ihn sanft. „Und er bedroht mich nicht." Mein Gott, die beiden sahen aus, als wären sie bereit, dem anderen den Kopf abzureißen. „Er ist einfach mein Alpha."

Und das war scheinbar nichts, was sie hätte sagen sollen. Conall drehte sich zu ihr um. „Er ist nicht mehr dein Alpha", knurrte er, und sein Drache starrte sie mit Hitze und Besessenheit im Blick an. Er klang nicht einmal menschlich.

Bevor sie antworten konnte, erschienen Nyx und Bo in einem Wirbel aus Wind und Lärm im Büro. Sie dankte Gott für die Ablenkung.

Überall flog Papier, und ein paar Bücher fielen aus den Regalen, doch das Büro und war weitgehend unversehrt. Nyx beherrschte das Teleportieren offensichtlich besser, seit Rhea sie das letzte Mal gesehen hatte. Dennoch war es immer noch ziemlich chaotisch.

Nyx sah Finn mit besorgten blauen Augen an. Ihr pechschwarzes Haar war zu einem strengen Zopf zurückgezogen. „Ich habe Gabriels Nachricht bekommen. Wisst ihr, wo Taylor ist?"

Natürlich. Rhea verfluchte sich sofort. Nyx konnte Taylor retten, indem sie sich hin und zurück teleportierte. Doch Rhea hatte gedacht, dass die Halbgöttin schon einmal vor Ort gewesen sein musste, bevor sie irgendwohin teleportieren konnte. Sie war sich der Besonderheiten ihrer Kräfte nicht wirklich sicher, doch sie wusste, dass es Einschränkungen gab.

„Kannst du Taylor mit diesem Bild erreichen?" Finn hielt ihr ein Foto entgegen.

Nyx sah es sich einen langen Moment an und schüttelte den Kopf. „Da ist nichts, was ihren Aufenthaltsort identifiziert. Kein Fenster oder sowas. Ich habe kein Gefühl für den Raum. Es ist nur ein Käfig. Das könnte überall auf der Welt sein."

„Ich denke, wir haben einen Ort." Finn nickte in Richtung des Computerbildschirms. „Kannst du eine 3D-Karte des Geländes verwenden?"

„Vielleicht. Ich habe es noch nie versucht."

Neben seiner Gefährtin runzelte Bo die Stirn. Es gefiel ihm offensichtlich nicht.

„Vielleicht?", fragte Rhea.

Nyx nickte. „Ich kann es versuchen, doch wie groß ist das Gelände, von dem wir sprechen?", fragte sie.

„Ungefähr fünfzig Morgen", sagte Finn.

„Es wäre ein großes Risiko, dorthin zu teleportieren, besonders ohne ein Foto. Ich meine kein 3D-Bild. Ich meine ein echtes Foto."

Elana drehte ihren Laptop zu sich um, begann zu tippen und suchte wahrscheinlich nach einem Foto des alten Campingplatzes.

Doch es gab keine Garantie, dass sie eines finden würde, und keine Garantie, dass Nyx und Bo und wer auch immer sonst Taylor finden würden, wenn sie sie dorthin teleportierte. Ganz zu schweigen davon, dass es keine Garantie gab, dass Taylor überhaupt noch da war. Trotzdem wollte Rhea nicht mehr warten.

Sie stieß Conall an und nickte in Richtung Tür. „Ich gehe mich bereitmachen", murmelte sie und hoffte, dass Finn nichts weiter sagen würde.

Denn sie würde sich bereitmachen, doch ein Team würde sie nicht führen. Sie hatte die Koordinaten auf dem Bildschirm gesehen und würde selbst dorthin gehen. Conall und sie natürlich. Anstatt nach unten zu gehen, deutete sie in einen Flur. „Da ist mein Zimmer." Sie hatte dort viele Waffen; sie brauchte nichts aus dem Trainingsraum zu holen. Und ihr Zimmer war dem Dach viel näher.

„Tun wir, was ich denke, dass wir tun?" Conalls Stimme war so leise, dass sie ihn kaum hörte.

Sie nickte und war froh, dass er „wir" gesagt hatte. „Es sei denn, du denkst nicht, dass wir es tun sollten." Sie würde die Meinung ihres Gefährten respektieren. Sie wusste, dass sie im Moment nicht klar dachte. Sie musste zu Taylor, um sie vor demselben Schicksal zu retten, das sie erlitten hatte.

Sein Kiefer spannte sich an. „Lass uns in deinem Zimmer reden."

Ihr Zimmer, das eher eine kleine Wohnung war, war im nächsten Stock. Sobald sie es betreten hatten, schloss sie die Tür und lehnte sich dagegen.

Die Worte platzten in Eile heraus. „Als Anson mich vergewaltigt hat, hat er seine Rudelkameraden zusehen lassen. Er wollte mich demütigen. Ezra war jung, doch er war dabei. Er hat es gesehen. Das hat Ezra gemeint, als er angerufen hat. Ich kann nicht erlauben, dass er Taylor das antut." Rhea konnte die Verzweiflung in ihrer eigenen Stimme hören und fragte sich erneut, ob es die richtige Entscheidung war. Sie liebte und respektierte ihren Alpha, doch im Moment war sie anderer Meinung. Conall war ein mächtiger Alpha und konnte sich tarnen. Sie konnten als Team einen Aufklärungsflug machen.

Feuer loderte rund um Conall in einem Energiestoß, bevor es schnell wieder verschwand. Er fluchte leise, und sie konnte spüren, dass er die Wut zurückhielt. Wut auf das, was ihr vor so langer Zeit angetan worden war. „Was auch immer du tun willst, ich bin dabei."

Erleichterung durchfuhr sie, doch sie mussten sich beeilen. Sie nickte zu einem antiken Schrank in der Nähe eines der großen Fenster. „Da sind eine Menge Waffen drin. Kannst du dir die zwei Glocks, die kleine Armbrust und Munition für alle drei schnappen?" Sie ging bereits zu ihrem begehbaren Kleiderschrank, als er zum Schrank ging und ihn öffnete.

Die Kleidung, die er ihr gegeben hatte, war gut, doch sie brauchte ihre. Sie hatte Hosen, die speziell für sie designt worden waren, um ihre Waffen zu verstauen. Sie brauchte weniger als eine Minute, um sich umzuziehen und das Schulterholster umzuschnallen. Sie wusste, dass sie wahrscheinlich wandeln und kämpfen würde, doch sie wollte auf jede Situation vorbereitet sein. Zumal sie keine Ahnung hatten, was sie erwartete.

„Danke", sagte sie und schob ihre Waffen in ihre Holster, bevor sie ihre Lieblingsarmbrust nahm. Die Karbonwaffe wog kaum sieben Pfund und war kraftvoll – und sie war sehr genau. Sie steckte die zusätzlichen Silberbolzen in eine speziell dafür angefertigte Tasche. Zwanzig sollten reichen. „Nimm du dir, was du willst."

Der Blick, den er ihr zuwarf, war Raubtier pur, und als er lächelte, sah sie nur, dass sein Drache sie anstarrte. Er sah fast amüsiert aus. „Danke, aber ich komme schon klar."

„Dachte ich mir, doch ich wollte es dir zumindest anbieten." Er konnte fliegen und Feuer atmen. Natürlich brauchte er keine anderen Waffen. Er war eine mächtige Kampf- und Zerstörungsmaschine, die über fünfzehnhundert Jahre alt war. Sie hatte ihn in Aktion gesehen und wusste, wie tödlich er sein konnte. Doch sie zögerte. „Du musst das nicht tun, weißt du. Wir können warten und mit meinen Rudelkameraden gehen."

Er schüttelte den Kopf, seine Miene entschlossen. „Ich kann vom Dach fliegen."

Ja, sie waren wirklich auf einer Wellenlänge. Dennoch … ein bisschen Unbehagen empfand sie schon. „Ich habe mich noch nie meinem Alpha widersetzt."

„Dann ist ja gut, dass er nicht mehr dein Alpha ist." Seine Worte waren so wild entschlossen, so endgültig, dass sie sich sicher war, dass es so war.

Selbst wenn sie Finn immer lieben und respektieren würde, konnte sie nicht einen Alpha zum Gefährten haben und einem anderen Alpha folgen. Sie hob die Hand an Conalls Wange. Seine Stoppeln waren rau unter ihrer Handfläche. Sie fragte sich, wie sie so viel Glück gehabt hatte, einen Gefährten wie ihn zu haben. „Danke, dass du das tust."

Er packte sie an der Hüfte und zog sie besitzergreifend an sich. „Du musst mir nie danken."

Sie beugte sich vor und gab ihm einen schnellen, leidenschaftlichen Kuss. „Lass uns gehen."

Kapitel 33

„Ich wünschte, ich könnte mit dir gehen", sagte Lyra. Ihre Unruhe war offensichtlich und kratzte an Finns Sinnen, als sie darauf warteten, dass alle anderen in den Trainingsraum kamen.

„Ich weiß." Seine zierliche Gefährtin konnte eine gefährliche Kriegerin sein, wenn sie wollte, doch er war insgeheim froh, dass sie nicht mit ihm kam, auch wenn es ihm leidtat, dass sie nicht bei Tageslicht nach draußen konnte. Wenn sie nicht dabei war, konnte er sich besser konzentrieren und besser kämpfen. „Ich bin froh, dass du mit Vega hierbleibst." Und das war die Wahrheit. Seine Tochter, halb Vampir, halb Wolfwandler, war stark, doch sie war erst achtzehn, und beide würden alles tun, um sie zu beschützen. Er fühlte sich viel besser zu wissen, dass Lyra hier sein würde, um auf sie aufzupassen.

Als Chloe hereinkam und einen Dolch an ihre Hüfte schnallte, runzelte er die Stirn. Die Einzige, auf die sie jetzt warteten, war Rhea – und sie war normalerweise vor allen anderen hier. Er betrachtete die Gesichter vor sich und zählte fünfundzwanzig. Das ohne Ian und Rory, die ihn überrascht hatten, als sie gekommen waren, um zu helfen. Alle anderen würden in der Nähe der Villa bleiben und den Compound beschützen, falls diese ganze Sache eine Falle wäre.

„Was ist?", fragte Lyra leise.

„Rhea sollte schon hier sein." Sie hatte sein Büro lange vor ihm verlassen. Nyx und Bo waren noch oben, während Elana versuchte, ein Foto des Grundstücks zu finden, obwohl es zu diesem Zeitpunkt kaum eine Rolle spielte. Sie würden früh genug da sein.

Vega blickte von dort auf, wo sie leise mit einer anderen Rudelkameradin gesprochen hatte. „Ich habe gesehen, wie sie vor einiger Zeit mit diesem Drachen aufs Dach hochgegangen ist. Haben sie sich gepaart? Denn ich habe gerochen …"

Finns Herz schlug schneller. „Auf das Dach, bist du sicher?"

„Ja. Sie hatte eine wirklich coole Armbrust auf dem Rücken. Ich habe sie gefragt, ob ich sie später ausprobieren könnte, und sie hat ja gesagt."

„Was hat sie noch gesagt?"

Ein lässiges Achselzucken. „Nichts."

Finn ließ den Blick über die Gruppe schweifen und sah Drake an, der mit vor der Brust verschränkten Armen an einer Wand lehnte. Auch wenn er nicht mehr zu Finns Rudel gehörte, hatte er sich freiwillig gemeldet, um zu helfen. „Drake."

Der hochgewachsene Mann richtete sich auf und schob sich durch die leise murmelnden Wölfe zu ihm. „Was ist?"

„Weißt du, wo dein Bruder ist?"

„Wo auch immer Rhea ist, denke ich." In seiner Stimme lag keine Spur von Sarkasmus, doch die Antwort ärgerte Finn.

Finn hielt sein Temperament im Zaum. „Sind er und Rhea schon aufgebrochen?"

„Keine Ahnung." Auch das war die reine Wahrheit.

„Sie ist schon unterwegs", sagte Lyra einen Moment später und streckte ihm ihr Handy entgegen.

Seine Gefährtin hatte Rhea eine Nachricht geschickt, in der sie sie fragte, wo sie war, und eine Antwort erhalten. *Ich konnte nicht warten. Sag Finn, dass es mir leidtut. Wir sind fast da. Schalte mein Handy aus.*

Er schluckte einen Fluch herunter und fing an, Befehle zu erteilen. „Chloe, Solon, schnappt euch eure Teams …" Er teilte die Gruppen ein und vergewisserte sich, dass alle bereit waren.

Sie hatten alle 3D-Bilder des Gebiets erhalten und kannten den Plan. „Jeder bleibt über Ohrhörer in Kontakt, wenn wir auf das Gelände vordringen." Sie würden das Lager umzingeln und alle gleichzeitig losschlagen, während Drake und Ian mit Reitern über ihnen flogen, um ihnen bei Bedarf Informationen von oben zu geben.

Als alle anfingen, sich auf den Weg zu ihren Fahrzeugen zu machen, gab er Rory, Ian und Gabriel ein Zeichen.

Er sah Ian an, einen Mann mit bernsteinfarbenen Augen, die Bos so sehr glichen. „Kannst du mehr als einen Mann tragen?" Ian war nur wegen seines Bruders Rory hier, soviel war klar. Er war Finn oder seinem Rudel nicht verpflichtet.

„Körperlich kann ich das, doch ich werde es nicht tun." Er hatte einen leichten irischen Akzent, und in seinen Worten war nur eine Spur von Entschuldigung. „Mein Drache lässt niemanden außer Rory oder Bo auf sich reiten. Oder Nyx", fügte er nachträglich hinzu. „Vertrauenssache." Das eine Wort reichte als Begründung aus.

„Okay. Danke, dass du uns hilfst." Finn sah Drake an. „Kannst du mich und Gabriel tragen?" Er wusste, dass er es konnte, musste jedoch aus Respekt fragen. Drake war hier, weil er es wollte, und Finn würde das nie vergessen.

„Natürlich."

„Dann lass uns gehen." Er zog Lyra und Vega in eine enge Umarmung. Er war wütend auf Rhea, doch jetzt war nicht die Zeit, sich damit zu befassen.

Er hatte eine Mission: Taylor lebend nach Hause zu bringen und die Bedrohung für seine Leute heute ein für alle Mal zu beseitigen.

Kapitel 34

Rhea hielt sich an Conalls Schuppen fest, als er über die Baumkronen schoss. Der Wind wehte in ihren Locken und über ihre Haut, doch sie spürte die kühle Luft kaum. Zu viel Adrenalin rauschte in ihrem Blut.

Der Flug war schnell und leise gewesen und jetzt, da sie die Koordinaten gemäß der Karte auf ihrem Handy erreicht hatten, wusste sie, dass sie am richtigen Ort waren. Sie war froh, dass niemand sie sehen konnte. In Drachengestalt war er natürliche getarnt, und da sie auf ihm ritt, würde sie vom Boden aus niemand sehen können.

Unter sich roch sie viele Wölfe. Konnte Gesprächsfetzen hören, doch mit dem Wind, der um sie rauschte, und der Entfernung zum Boden war es schwer, viel mehr zu hören. Zwischen all den Eichen und Kiefern war eine Art Netz, dessen Material den Blick auf den Boden versperrte.

„Verdammtes Tarnnetz", murmelte sie, obwohl er nicht antworten konnte und es verdammt offensichtlich war, was es war. Das an sich war schon bezeichnend. Niemand brachte eine solche militärische Tarnung an, es sei denn, er wollte etwas verstecken. Wahrscheinlich vor Satelliten und Drohnen – oder neugierigen Drachen. Ganz zu schweigen davon, dass es unten eine Reihe von Wandlern gab. Wandler, die nicht zum Stavros-Rudel gehörten.

Mehr Bestätigung brauchte sie nicht. Sie waren am richtigen Ort. „Kannst du die Tarnung wegbrennen, ohne die Bäume zu verletzen?" Denn soweit sie wusste, hatte ihr Gefährte ernsthafte Kontrolle über sein Feuer. „Flieg nach unten, wenn du kannst."

Obwohl sie ihn unter sich spürte, konnte sie nicht viel mehr als einen vagen Farbfleck hier und da sehen. Doch sie spürte den freien Fall, als er abtauchte. Sie hielt sich fester, bis er in einem großen Kreis um die Baumkronen segelte. Das Flattern seiner Flügel war flüsterleise.

„Okay, ich werde Finn anrufen und ihn wissen lassen, dass das wahrscheinlich der richtige Ort ist." Basierend auf dem, was Elana online gefunden hatte, und dem, was sie sah, musste es Ezras Lager sein. Und selbst wenn es nicht so war, sollte es auf Stavros Territorium keine fremden Wölfe geben. Sie hatten gegen das Wandlergesetz verstoßen, wer auch immer sie waren. Sie hatte gerade seine Nummer gewählt, als ein verängstigter weiblicher Schrei zu ihnen empordrang und durch den Wald hallte.

Panik brandete durch Rhea. Es gab keine Möglichkeit zu sagen, ob es Taylor war, doch es war egal, wer es war. Jemand war in Schwierigkeiten.

Sie nahm ihre Armbrust von ihrem Rücken und hielt sie vor sich. „Nichts wie rein und direkt zu den Schreien. Wenn es geht, brenn dabei die ganze Tarnung weg."

Conall tauchte ab, und ein Feuerstoß schoss über die Baumkronen in einer schrecklichen, doch wunderschönen Welle von Orange, die sich in alle Richtungen ausbreitete.

Sie richtete sich auf die Knie auf, die Armbrust im Anschlag, als er eine Baumgruppe durchbrach und direkt in das feindliche Lager eindrang. Sie spannte ihre Beine an, um das Gleichgewicht zu halten.

Der Sturzflug war schnell, und sie hätte wahrscheinlich Angst haben sollen, doch sie wusste, dass Conall niemals zulassen würde, dass sie verletzt wurde. Sie wusste in ihren Knochen, dass er sie einfach nicht fallen lassen würde. Wenn sie abrutschte, würde er sie fangen.

Rhea hörte warnende Schreie, als sie durch die Äste brachen. Die schreiende Frau hatte nicht aufgehört, und als sie ins Lager eintauchten, registrierte Rhea schnell ihre Umgebung.

Halb verfallene Blockhütten lagen verstreut im Wald. Wölfe in Menschengestalt rannten aufgeregt umher, einige bewaffnet, andere nicht. Eine nackte Frau mit dunklen Haaren rannte barfuß auf eine Baumreihe zu. Zwei Männer verfolgten sie. Selbst aus dieser Entfernung konnte Rhea sehen, dass Blut den Hals der Frau hinunterlief, wo ein Stachelhalsband gewesen sein musste.

Sie musste den Kragen abbekommen haben.

Gut für sie. Rhea würde dafür sorgen, dass diese Frau überlebte und alle an ihrer Entführung Beteiligten tötete. „Flieg tiefer", sagte sie leise und wusste, dass Conall sie hören würde, egal was um sie herum geschah.

Nicht, dass es wichtig gewesen wäre, wer sie zu diesem Zeitpunkt hörte, denn sie war sicher, dass alle sie zwischenzeitlich bemerkt hatten. Sie konnten Conall vielleicht nicht sehen, doch sie sahen sie, und das Feuer war ein ziemlich deutlicher Hinweis, worauf sie ritt. Sie war sich verschiedener Gesprächsfetzen bewusst. Einige Männer machten sich Sorgen wegen des Feuers, einige rannten mit Waffen hinter ihr und Conall her. Kugeln konnten gegen einen Drachen nicht viel ausrichten, doch viel Spaß beim Ausprobieren, dachte sie. Sie konnten nicht einmal seine Haut ankratzen.

Er flog noch tiefer, jetzt ohne Tarnung. Er breitete sein Flügel weit aus, die funkelten wie Amethyste, als sie auf die beiden Männer zu schossen.

Einer von ihnen sah über seine Schulter und riss die Augen auf. Der Idiot hatte gerade erst bemerkt, dass er von einem

Drachen verfolgt wurde. Sie spannte den Bolzen, schoss und traf den Mann direkt in den Kopf. Er stolperte und fiel, doch Conall flog so schnell, dass sie den Mann nicht auf dem Boden aufschlagen sah. Er war sowieso tot. Von einem Kopfschuss mit einem silbernen Bolzen sicher.

Ihre Herzfrequenz stieg, als sie sich dem anderen Mann näherten, der die Jagd auf die Frau aufgegeben hatte und nun um sein Leben rannte. Sie konnte seinen Schrecken in jeder Bewegung sehen. Er begann sich zu wandeln. Sie spannte den Bolzen, zielte und schoss.

Er traf ihn mitten im Wandeln in den Kopf. „Kannst du die Frau schnappen?"

Conall tauchte noch tiefer, sodass sie nur wenige Meter über dem Boden flogen. Schneller, schneller flog er direkt auf die Frau – die sich kein einziges Mal umgedreht hatte – und auf eine Gruppe dichter Bäume zu.

Rheas Herz machte einen Sprung. Sie war sich nicht sicher, wie sie rechtzeitig die Richtung wechseln sollten, ohne gegen die Bäume zu krachen. Er schoss wie eine Rakete darauf zu. Sie bereitete sich auf den Aufprall vor und klammerte sich an seinen Schuppen fest.

Plötzlich flog er eine scharfe Rechtskurve. Sie hörte einen verängstigten Schrei einer weiblichen Stimme, als er abrupt kehrtmachte und dann senkrecht emporschoss.

Rhea hielt sich fest und duckte sich tief gegen seinen Körper, als er durch die Baumwipfel rauschte. Er war wirklich unglaublich schön. Seine Schuppen schimmerten wie Edelsteine, bevor er sich wieder tarnte.

Dann flog er abrupt die nächste Kurve.

Rheas Bauch schlug einen Purzelbaum, und sie klammerte sich mit den Beinen fest. Sie wollte sich nicht übergeben, doch all diese abrupten Manöver forderten ihren Tribut.

Sie flogen zurück zu den Baumwipfeln und durchbrachen sie

erneut. Genau wie zuvor ließ Conall seine Tarnung fallen und ließ alle sehen, was er war. Er machte sich offensichtlich keine Sorgen darüber, ins Visier genommen zu werden.

Rhea witterte das Entsetzen der Wandler am Boden und war überrascht, als Conall die nackte Frau vor Rhea absetzte. Sie hatte nicht einmal bemerkt, dass er es geschafft hatte, sie zu packen.

Die dunkelhaarige Frau starrte Rhea mit weit aufgerissenen Augen an.

Leider hatte sie keine Zeit, sie zu trösten. „Wir sind hier, um dich zu retten. Dein Entführer Ezra hat eine meiner Rudelkameradinnen. Weißt du, wo er sie gefangen hält?"

Die Frau schüttelte den Kopf und kauerte sich gegen Conalls Rücken.

Rhea würde sie nicht mit Fragen quälen. Stattdessen sagte sie: „Halt dich an seinen Schuppen fest. Weder er noch ich werden dich fallen lassen. Versprochen." Ohne auf eine Antwort zu warten, wandte sie ihre Aufmerksamkeit den verstreuten Blockhütten zu. Männer rannten in alle Richtungen. Vier rannten nach Westen.

„Flieg nach Westen!", befahl sie.

Conall schoss in diese Richtung. Als sie einen Bogen flogen, ertönte von unten ein Stakkato. Sie kauerte sich hin, als eine Salve Kugeln an ihr vorbeiflog, von denen einige Conalls rechten Flügel trafen.

Sie knurrte und kämpfte gegen den Drang an, sofort zu wandeln. Sie wusste von Drake, dass er in Drachenform die Kugeln einfach wieder ausstoßen würde, dennoch wollte sie nicht, dass auf ihren Gefährten geschossen wurde.

Sie richtete sich wieder auf und war bereit, sich zu wehren, als Conall einen Strom blauen Feuers ausstieß und die Hütte verbrannte, hinter der sich der Schütze versteckt hatte.

Sie hatte dieses blaue Feuer nur einmal zuvor gesehen und wusste, was es bedeutete. Es brannte heißer als alles, was man sich vorstellen konnte, und ein Drache konnte es nur entfesseln, wenn er befürchtete, dass sein Gefährte in unmittelbarer Gefahr war. In diesem Moment wurde ihr bewusst, wie mächtig Conall wirklich war. Er konnte jeden hier ohne Hilfe vernichten.

Er drehte sich wieder um und flog eine sanfte Rechtskurve, um wieder ihren ursprünglichen Zielen zu folgen. Sie wusste, dass er sie einfach verbrennen konnte, war jedoch froh, dass er sie auch kämpfen ließ. Sie spannte den Bolzen und schoss, erst einen, dann einen anderen –

„Das ist Ezra." Die Stimme der Frau vor ihr war leise, so zitternd vor Angst, dass Rhea einen Moment brauchte, um zu begreifen, was sie gesagt hatte. „Das ist das Monster, das uns alle entführt hat." Ihre Stimme brach.

Rheas Blick fiel auf den Rücken eines der fliehenden Männer. Von den beiden übrigen war einer blond – sicher Ezra – und der andere hatte schwarze Haare. Sie zielte und tötete den schwarzhaarigen Mann. Ezra würde nicht so einfach davonkommen. Sie konnte ihn sofort mit einem Bolzen am Kopf töten, doch nein. Er sollte wissen, wer ihn getötet hatte, ihr Gesicht sehen, bevor er starb.

„Ich muss das von Angesicht zu Angesicht tun", sagte Rhea zu Conall und hoffte, dass er verstand. Das brennende, wachsende Bedürfnis, diesen Mann zu zerstören, der es gewagt hatte, ihr Rudel anzugreifen, war zu viel. Sie konnte es tun, hatte Vertrauen in ihre Fähigkeiten.

Scheiß auf diesen Mann und alles, wofür er stand. Ansons gesamte Blutlinie hätte vor hundert Jahren ausgelöscht werden sollen. Heute würde sie dafür sorgen, dass es geschah. Sie musste das tun. Für sich selbst, für ihr Rudel, und um einen Schlussstrich unter den dunkelsten Teil ihres Lebens zu ziehen. Sie dachte, sie hätte all das hinter sich gelassen, doch offensichtlich nicht.

Conall spie einen Strom orangeroten Feuers und ließ die Hoffnung auf Rache in Rhea schwinden – nur für einen Moment.

Doch sein Feuer schoss an Ezra vorbei und wurde zu einer riesigen Wand vor dem blonden Mann. Conall sank die letzten paar Meter in Richtung Boden und verlangsamte seinen Flug, als sie sich dem Boden näherten. Sie dankte ihm in Gedanken. Er würde nicht versuchen, zu verhindern, dass sie kämpfte.

Rhea sprang instinktiv ab und landete hart mit den Stiefeln auf dem Boden. Sie vertraute darauf, dass Conall sich um die Frau kümmern würde, während sie kämpfte.

Sie rannte auf Ezra zu. Kaum fünfzehn Meter noch.

Er drehte sich um und wich von der Feuerwand zurück. Er konnte nirgendwo hin.

Nur seinem Schicksal begegnen.

Zwölf Meter.

Sie konnte ihn einfach mit einem Bolzen oder einer Kugel aus einer ihrer Glocks erschießen. Doch weder sie noch ihr Wolf mochten diese Idee. Sie musste es von Angesicht zu Angesicht tun. Mit ihren Dolchen.

Oder Krallen.

Etwas aus nächster Nähe.

Schnell kam sie näher. Sie nahm fast nichts wahr als den Drang, zu ihrem Feind zu gelangen.

Neun Meter.

Sie schwang ihre Armbrust von ihrem Rücken und warf die Tasche mit den Bolzen zu Boden. „Bist du Wolf genug, um gegen mich zu kämpfen?", rief sie, als sie einen langen Dolch aus einer Scheide zog, die an ihrem Rücken festgeschnallt war.

Sie wollte ihn in Scheiben schneiden, ihn leiden lassen. Anscheinend war sie nicht so zivilisiert, wie sie immer gedacht hatte. Doch dieser Mann hatte viel Schaden angerichtet, eine wehrlose Wandlerin direkt vor Rheas Zuhause in die Luft gesprengt und andere entführt und wahrscheinlich vergewaltigt und gefoltert.

Er würde dafür bezahlen.

Er war groß – viel größer als sie. Er trug eine Cargohose und ein zerrissenes T-Shirt und starrte sie an. Wut – und Angst – glitzerten in seinen dunklen Augen. Er sah Anson so ähnlich, dass sie ihm die Augen auskratzen wollte.

Er starrte an ihr vorbei, ohne Zweifel zu Conall, der in seine menschliche Gestalt zurückgekehrt war, doch Rhea konnte sich nicht auf ihren Gefährten und die Frau, die zu ihrer Wolfsform übergegangen war, konzentrieren.

„Das ist eine Sache zwischen dir und mir", knurrte sie Ezra an und wollte ihn für jedes Verbrechen zur Rechenschaft ziehen, das er jemals begangen hatte. Er hatte sie noch nie kämpfen sehen. Vor all den Jahren war sie eine andere Frau gewesen. Ohne jedes Training. Sie hatte erst später bemerkt, dass sie eine Kriegerin, eine Trackerin war. Jetzt würde er sehen, wer sie war – und von ihrer Hand sterben.

Conall war augenblicklich neben ihr, und sein eigener Zorn pulsierte in lodernden, orangefarbenen Flammen. Sie riskierte einen Blick auf ihren Gefährten. Er war nackt, ganz und gar eingehüllt in Feuer. „Bitte finde Taylor. Sie braucht Hilfe. Die anderen Frauen auch. Das muss ich allein machen."

Sie konnte den inneren Kampf in seinen Supernova-Augen toben sehen. Es tat fast weh, ihn anzusehen. Sie wandte sich ab und konzentrierte sich wieder auf Ezra. Oh ja, er würde sterben.

„Bitte mich nicht, das zu tun." Conall spie die Worte aus, seine Stimme ganz Drache. Sein Feuer loderte so hoch wie die Baumwipfel und umgab sie in einem strahlenden Inferno. Sie spürte die Hitze jedoch nicht.

Und sie verstand, was er sagte. Er war ein Alpha und ein Drache. Und sie, seine Gefährtin, bat ihn, sie das allein tun zu lassen.

„Bitte mich nicht, jemand zu sein, der ich nicht bin." Denn das würde sie ihm nie antun. Sie würde bis zum Tod kämpfen, um ihn zu beschützen, doch sie würde nicht versuchen, seine Natur zu ändern.

„Nur dieses eine Mal." Seine Stimme war eher tierisch als menschlich. Sie wusste, was er tat, dass er seine Rechte als Alpha zurückstellte und sie diesen Kampf führen ließ. Das sagte ihr mehr als alles andere, wie sehr er sie liebte. Sie respektierte. Und sie brauchte seinen Respekt ebenso wie seine Liebe.

Das ließ sie ihn noch mehr lieben. „Ich schwöre es."

Seine Fingerknöchel strichen über ihre Wange, doch sie hielt ihren Blick auf die Bedrohung gerichtet, die nur wenige Schritte entfernt war. Sonst hätte sie vielleicht nachgegeben und Conall dieses Monster einfach einäschern lassen. „Niemand kann das Feuer von außen durchdringen. Du und die Wölfin seid vor einem Angriff von außen sicher. Wenn du ihn getötet hast, komm zu mir. Das Feuer wird dir nichts tun."

Seine Worte erwärmten sie von innen heraus, doch sie rang alle Emotionen nieder und nickte nur. Sie musste das jetzt beenden.

„Ich liebe dich", sagte sie, als er zur Flammenwand raste.

Sie hörte ihn antworten, seine Stimme immer noch heiser, ganz Tier, als er verschwand.

Schweißperlen rollten über Ezras Gesicht, und seine Kleidung war durchnässt. Das Feuer musste ihn kochen.

Oder er hatte begriffen, dass er von ihrer Hand sterben würde.

Sie schwang einmal den Dolch. „Du hast mir noch nicht geantwortet."

Anstatt zu antworten zückte er eine Waffe, seine Bewegungen schnell, doch nicht schnell genug.

Mit der Klinge in der Hand sprang sie nach rechts, als eine Kugel an ihrem Kopf vorbeizischte. Mit ihrer angeborenen übernatürlichen Geschwindigkeit sprintete sie auf ihn zu und sprang hoch in die Luft, als er erneut zielte.

Er feuerte, doch sie war jetzt weit außerhalb der Reichweite.

Wie schwach er doch war. Er hätte sich für Dolche, Krallen oder sogar Wolfsgestalt entscheiden können, doch nein, er hatte eine Pistole gezückt, wie es ein Sterblicher getan hätte.

Zwei weitere Kugeln zischten an ihr vorbei. Immer noch in menschlicher Gestalt fuhr sie ihre Krallen aus und raste einen Baum empor. Sie benutzte den Stamm, um sich abzustoßen und hechtete zu einem tiefhängenden Ast über ihm.

„Stirb, du verdammte Schlampe!" Er feuerte weiter, doch sie war zu schnell.

Sie sprang hinter ihn und holte mit dem Dolch aus, bevor er sich vollständig zu ihr umgedreht hatte. Sie ließ die Klinge auf ihn sausen und schlug ihm die Hand ab. Die Hand und die Waffe fielen zu Boden.

Er schrie vor Schmerzen und überall spritzte Blut, als er sich vollständig in ihre Richtung umdrehte. Seine Augen waren wild vor Schmerz und – Überraschung.

Er war überrascht, dass sie ihn angegriffen und den ersten Treffer gelandet hatte. Und ihn definitiv töten würde.

Sie rammte ihre Klinge schnell in seine Brust, bevor er überhaupt seine Krallen ausfahren konnte.

Er starrte sie entsetzt an. „Das … sollte nicht …" Er verstummte und gurgelte Blut, als der Schmerz alle Nervenbahnen in Brand setzte.

„Was?" Sie drehte die Klinge um. „Was sollte nicht? Ich hätte dich nicht schlagen sollen? Oder Finn nicht? Du bist ein schwacher Narr, wenn du glaubst, du könntest in unser Territorium eindringen", knurrte sie.

Sein Mund öffnete und schloss sich lautlos, während er auf seine Brust starrte. Blut färbte sein T-Shirt rot. Seine Krallen waren ausgefahren, doch es war klar, dass er seine Arme nicht heben und auch sonst nicht viel tun konnte.

Sie stieß die Klinge tiefer und beugte sich vor, sodass ihr Mund neben seinem Ohr war. „Du bist nicht einmal ein Alpha." Dann zog sie sie heraus und hob ihre Klinge hoch, als er auf die Knie sank und nach Luft rang. „Und ich habe einen verdammten Drachen getötet. Du bist keine Herausforderung."

In einem schnellen, scharfen Bogen enthauptete sie ihn. Blut spritzte, als sein Kopf durch die Luft flog.

Für einen kurzen Moment sah sie einen Bewegungsblitz in den Flammen, dachte Conall wäre immer noch da, doch als Ezras abgetrennter Kopf mit einem Schlag gegen einen Baum rollte, nahm das all ihre Aufmerksamkeit in Anspruch.

Sie sah in seine toten Augen, die sie geschockt anstarrten. Als ob der Narr nicht fassen konnte, dass sie ihn getötet hatte. Ihn tot zu sehen fühlte sich antiklimaktisch an, doch der Mann war bei weitem nicht so stark gewesen, wie er geglaubt hatte. Nicht einmal annähernd.

Wie er jemals hatte glauben können, dass er stark genug war, um das Gebiet des Stavros-Rudels zu übernehmen, würde sie nie begreifen. Größenwahn wahrscheinlich.

War doch nicht ihr Problem. Er war tot.

Sie drehte sich um und sah die gerettete Wölfin, die sie beobachtete. „Du bist sicher, wenn du in den Flammen bleibst. Ich werde zurückkommen und dich holen, das verspreche ich."

Die Wölfin japste zustimmend.

Sie rannte auf die Flammen zu und spürte, wie Conalls Umarmung über ihre Haut strich, als sie sprintete, als ob das Feuer lebendig wäre. Sie musste auf einer ursprünglichen Ebene mit ihm verbunden sein. Alles an ihrem Gefährten war wunderschön, sogar sein Feuer. Besonders sein Feuer.

Als sie auf der anderen Seite herauskam, schossen Finn und Gabriel aus den Bäumen auf Rory und sahen wie die Kriegerwölfe aus, die sie waren.

Sie konnte Drake nicht sehen, wusste jedoch, dass er in der Nähe sein musste. Vielleicht auch Ian. Doch das war egal. „Ezra ist tot", rief sie und sprintete auf Finn zu. „Conall ist auf der Suche nach Taylor." Überall leckten leuchtend orangerote Flammen, die nicht brannten, sondern die Bäume und Hütten bedeckten. Sie hatte das Ausmaß von Conalls Macht bis zu diesem Moment nie wirklich erkannt. Die Wölfe von vorhin waren nirgends zu sehen. Mussten geflohen sein oder versucht haben, in den Wald zu fliehen. Einige waren wahrscheinlich tot von Conalls Feuer.

Finn nickte, seine Miene finster, als er sich zu Gabriel und Rory umdrehte. „Tötet jeden Mann, der nicht zu uns gehört." Er drehte sich wieder zu ihr um, als die beiden Männer in entgegengesetzte Richtungen davonrannten. „Die anderen werden in weniger als zehn Minuten hier sein. Lass uns deinen Gefährten finden und ihn dazu bringen, das Feuer zu löschen. Das Letzte, was wir brauchen, wären Menschen, die hier rumschnüffeln."

Scheiße, ja. Daran hatte sie noch nicht einmal gedacht. Das Feuer breitete sich vielleicht nicht durch den Wald aus, doch die Flammen waren nicht unsichtbar. Einige leckten über die Baumwipfel. Nicht gerade unauffällig. Sie nickte und folgte dem Geruch ihres Gefährten.

Sie konnte die Wut ihres Alphas spüren, als sie gingen.

„Ich werde nicht lügen und sagen, dass es mir leidtut." Weil es ihr nicht leidtat. Überhaupt nicht. Wenn sie und Conall nicht gekommen wären, was wäre dann mit dieser gejagten Frau passiert? Oder einer beliebigen Anzahl der Frauen, die sie gefangen hielten. Ganz zu schweigen von Taylor. Wer konnte schon wissen, ob Ezra nicht den Befehl erteilt hatte, alle Gefangenen zu töten, wenn das Lager angegriffen wurde. Sie weigerte sich jedoch, das zu glauben.

Finn schnaubte und klopfte ihr einmal auf die Schulter. „Das würde ich auch nicht von dir erwarten."

Gut. Sie war froh, dass ihr Gefährte sich nicht eingemischt und versuchte hatte, sie zu beschützen. Wie er sie kämpfen, sie sie selbst sein ließ, sagte ihr alles, was sie jemals über ihn wissen musste. Sie hatte definitiv den besten Mann ausgewählt.

Kapitel 35

Conall riss den Käfig auf, in dem Taylor festgehalten wurde, und warf die Tür hinter sich auf einen der beiden Männer, die er gerade getötet hatte. Sie stand in Wolfsform, schwankte auf allen Vieren, und er konnte ihr Blut riechen. Das verdammte silberne Stachelhalsband war immer noch um ihren Hals.

Er hatte es gehasst, Rhea alleinzulassen, und war nicht in der Lage gewesen, tatsächlich zu gehen. Er war zurückgegangen, um sicher zu sein, dass er sie bei Bedarf beschützen konnte, und hatte beobachtet, wie sie dem Mann den Kopf abgeschnitten hatte. Als er gesehen hatte, wie sie Ezra enthauptet hatte, war er wieder in seinen Flammen verschwunden und auf die Suche nach Taylor gegangen. Rhea würde wahrscheinlich böse auf ihn sein, wenn sie es herausfand, doch scheiß drauf, er war neu in dieser Gefährten-Sache. Er hatte sie einfach nicht verlassen können.

„Ich werde dir das Halsband abnehmen, okay?", sagte er zu Taylor.

Sie stieß nur einen wimmernden Laut aus.

Er ging neben ihr in die Hocke, schob seine Finger unter das Halsband und riss. Es zerbrach mühelos unter seinem Griff. Im Gegensatz zu Wölfen schadete Silber ihm nicht.

Knurrend wandelte sie sich fast augenblicklich. Nackt, doch

viel mehr wütend als ängstlich, keuchte und rieb sich den Hals. Die Wunden heilten bereits, doch sie hatte überall rote Striemen und Blutergüsse. „Danke."

Er schüttelte den Kopf und wollte ihren Dank nicht, als er sich wieder den toten Männern zuwandte. Er zog einem von ihnen das T-Shirt aus. „Ich weiß, dass dies nicht die beste Option ist, aber hier." Er warf es ihr über die Schulter, bevor er die Waffen der Männer nahm. „Willst du als Wolf kämpfen oder lieber seine Pistolen benutzen?"

Als sie neben ihn trat, reichte das T-Shirt fast bis zu ihren Knien. „Ich nehme die Waffen. Ich war zu lange in Wolfsgestalt."

Er nickte und ging zur Tür der kleinen Hütte. „Bereit?" Er würde sie nicht beleidigen, indem er fragte, ob sie hierbleiben und sich verstecken wollte. In ihrem Gesicht konnte er lesen, dass sie bereit war zu kämpfen, und er verstand ihr Bedürfnis voll und ganz.

Ihr rotes Haar fiel wirr um ihr Gesicht. Sie nickte. „Lass uns gehen."

Er öffnete die Tür, spähte hinaus und sah Rhea auf sich zukommen. Er hatte gewusst, dass sie nicht weit weg war. Ihr wildes Haar wehte im Wind, als sie zur Hütte rannte.

Er war so verdammt stolz auf ihre Stärke. Die Frau war alles, was er sich jemals von einer Gefährtin hätte wünschen können.

Er riss die Tür auf und war in Sekundenschnelle bei ihr. Sie allein gegen dieses Monster kämpfen zu lassen, war das Schwierigste, was er jemals in seinen fünfzehnhundert Jahren getan hatte. Als er sie allein gelassen hatte, hatte sein Drache den ganzen Wald niederbrennen, alle potenziellen Bedrohungen beseitigen wollen.

Doch er hatte sie das tun lassen müssen. Nicht, dass er sie aus den Augen gelassen hätte. Doch wenigstens hatte er sich nicht in den eigentlichen Kampf eingemischt. Für ihn war das ein großes Zugeständnis.

Er vertraute ihren Fähigkeiten, hatte sie in Aktion gesehen und wusste, wie tödlich sie war. Trotzdem war es zu viel verlangt gewesen, seine Gefährtin ganz allein zu lassen. Er hatte sie gerade gefunden. Er durfte sie nicht schon wieder verlieren.

Conall zog sie in seine Arme und hielt sie fest. „Ich bin zurückgekommen", murmelte er. „Ich musste wissen, dass es dir gut geht."

„Ich dachte mir, dass ich dich gesehen habe." Ihre Stimme war leise, ohne jeden Vorwurf.

„Nie wieder", knurrte er in ihr Haar und drückte sie an sich. „Ich kann dich nicht wieder so alleinlassen."

„Ich weiß. Und ich will auch nicht, dass du es tust." Ihre Finger gruben sich in seinen Rücken, als sie ihn packte, und die Kraft ihrer Umarmung entspannte ihn innerlich.

„Lösch das Feuer", befahl Finn ihm und blieb stehen, als er sie erreichte. „Wenn jemand das sieht, sind wir erledigt."

Conall nahm keine Befehle von irgendjemandem entgegen, doch er kontrollierte seine Flammen und rief sie zurück, weil er wusste, dass er kurz davor war, die Kontrolle über sie zu verlieren. Dass seine Gefährten in Gefahr gewesen war, hatte viel seiner Beherrschung gekostet. Er konnte Wölfe in der Ferne riechen und hören, wusste, dass das Stavros-Rudel angekommen war. Die Schurkenwölfe hatten eindeutig versucht, in den Wald zu fliehen, doch sie würden nicht weit kommen.

„Taylor, bist du okay?", fragte Finn seine Rudelkameradin.

Sie nickte. „Ich bin okay. Sie haben mich nicht verletzt – abgesehen von diesem verdammten Stachelhalsband, das sie mir angelegt haben. Freaks. Die Frauen sind nicht freiwillig hier, wie ich aus verschiedenen Gesprächen mitbekommen habe."

„Ich weiß." Er tippte auf seine Hörmuschel. „Ein Team hat sie bereits befreit. Ihre Entführer haben versucht zu fliehen." Finn sah Conall und Rhea an. „Die Männer sind in den Wald gerannt. Wir müssen sie zusammentreiben."

Conalls Drache sträubte sich angesichts des Befehlstons in der Stimme des anderen Mannes, doch er nickte. Ja, er wusste, was zu tun war. „Wo ist Drake?"

„Mit Ian in der Luft. Kannst du von oben den Überblick behalten und einfangen, was uns entkommen ist?"

Conall wollte Rhea nicht wieder verlassen, doch er nickte, weil es keine direkte Bedrohung mehr für sie gab. Jetzt mussten sie nur noch alle finden und vernichten, wer zu diesem Schurkenrudel gehörte.

„Ich gehe mit ihm. Ich kann meine Armbrust benutzen." Rheas Ton war endgültig. Sie sagte ihrem Alpha mit Bestimmtheit, was sie tun würde – ihrem ehemaligen Alpha.

Das beruhigte Conall. Er brauchte sie bei sich.

Finn schwieg einen Moment, die Überraschung klar in seinen Augen sichtbar, doch er nickte. „Wir treffen uns wieder hier, wenn wir fertig sind." Er zeigte auf die nächstgelegene Blockhütte mit einer verrosteten Wetterfahne in Form eines Hahns auf dem Dach.

Wortlos ergriff Rhea Conalls Hand, und sie rannten in Richtung einer offenen Wiese, wo er Platz zum Wandeln hatte.

Rhea ging auf den Haufen Leichen zu, den sie zwischen den Hütten gestapelt hatten, und empfand nichts als Wut auf die toten Wandler. Sie hatten sich eingebildet, sie könnten einfach die Frauen nehmen, die sie wollten, und dann versuchen, das Gebiet des Stavros-Rudels zu übernehmen? Sie hatten ihr Schicksal verdient. „Verbrennt sie noch nicht", sagte sie zu Drake und Conall.

Beide Männer nickten, doch Finn runzelte die Stirn. „Was ist?"

„Die Frauen, die wir gerettet haben, wollen sie sehen." Es hatte etwas mehr als eine Stunde gedauert, doch sie hatten jeden einzelnen Mann aus diesem Schurkenrudel zusammengetrieben und sie alle getötet.

Rudelkameraden passten aufeinander auf und beschützten die Schwachen. Immer. Doch Ezra hatte eindeutig die Schlimmsten der Schlimmen rekrutiert und die Definition, was ein Rudel sein sollte, ad absurdum getrieben. Und die Frauen, die er entführt hatte, waren alle rudellos und ungeschützt gewesen. Sie warteten gerade in den SUVs, die Finn und die anderen mitgebracht hatten. Rhea war sich nicht sicher, was sie mit den Frauen machen würden, doch sie wusste, dass Finn ihnen helfen würde. Er würde ihnen wahrscheinlich Rudel finden, wenn er sie nicht selbst aufnahm.

„Ich weiß nicht, ob das eine so gute Idee ist." Finn fuhr sich mit der Hand über das Gesicht und warf einen Blick auf die verstümmelten Leichen.

„Es wird ihnen helfen, einen Schlussstrich zu ziehen, und sie haben mich gebeten, dich zu fragen. Sie hatten lange Zeit keine Kontrolle in ihrem Leben. Ich denke, wir sollten ihnen geben, was sie wollen, und sie sehen lassen, dass diese Monster wirklich tot sind." Rhea hielt es für eine großartige Idee, sie die toten Männer sehen zu lassen, die diese Frauen verletzt hatten. Sie war sicher, dass es ihrem Heilungsprozess helfen würde. Sie wusste, wie es ihr geholfen hatte, vor all den Jahren den Mann zu töten, der sie verletzt hatte. Das war einer der Gründe, warum sie es geschafft hatte, über das Trauma hinwegzukommen.

Finn nickte entschlossen. „Okay. Danach verbrennen wir die Leichen und verschwinden von hier raus. Wir haben uns schon viel zu lange hier aufgehalten."

Ja, und nur weil sie auf dem Land waren, hieß das nicht, dass niemand Conalls Feuershow gesehen hatte.

„Willst du, dass wir auch die Hütten verbrennen?", fragte Drake.

„Verbrennt alles. Sobald nichts mehr übrig ist, löscht die

Flammen. Es spielt keine Rolle, ob Menschen die Überreste finden, solange wir nicht hier sind, wenn sie kommen. Mir ist egal, welche Schlussfolgerungen sie dann ziehen." Finns Stimme war hart, und sie wusste, dass er seine Wut in Schach hielt. Diese Wut richtete sich gegen niemand Bestimmten, nur gegen die Situation im Allgemeinen. Als er in Richtung der Fahrzeuge ging, wo die meisten anderen Rudelkameraden von Rhea warteten, blieb sie zurück.

„Ich werde mit den Frauen zurückfahren", sagte sie zu Conall. „Ich denke, es wird gut sein, wenn andere Frauen sie –"

Er nickte. „Ich verstehe, und du hast Recht."

Sie schlang ihre Arme um ihn. Natürlich verstand er. Sie waren noch nicht lange Gefährten, doch dieser Mann war durch und durch ein Alpha. Er verstand, was es bedeutete, denen zu helfen, die es am dringendsten brauchten. „Ich liebe dich", sagte sie und schmiegte ihren Kopf gegen seine Brust.

Jemand hatte ihm eine Hose gegeben, doch er trug immer noch kein Hemd. Seine Haut war warm an ihrer. Sie wandte sich von den Toten ab und wollte sie nicht ansehen, während sie ihn hielt.

„Ich liebe dich auch. Ich bin bereit, nach Hause zu gehen, damit wir unser gemeinsames Leben anfangen können", sagte er leise in ihre Haare.

Sie wusste, dass er Montana meinte und die Wahrheit war, dass sie auch bereit war. Sie war bereit für den nächsten Schritt in ihrem Leben. In ihrem Alter wusste sie, dass nichts für immer gleich bleiben konnte, und sie hatte sich immer für Veränderungen entschieden. Jetzt mehr denn je. Sie würde ihre Rudelkameraden vermissen, doch sie war bereit, mit ihrem Gefährten ein neues Leben zu beginnen. „Ich auch."

Kapitel 36

Rhea ging barfuß über den Rasen, als sie sah, wie Finn versuchte, sich hinter einige Bäume zu ducken. „Du kannst dich nicht für immer vor mir verstecken, Finn Stavros." Sie hatten alle Frauen zurück in die Villa gebracht, wo sie jetzt von Ophelia und sogar Victoria untersucht wurden. Einige der Frauen waren zum Glück nicht angefasst worden, doch viele von ihnen hatten nicht so viel Glück. Es waren vor allem die psychischen Wunden, die nicht so schnell verschwinden würden.

„Ich verstecke mich nicht", knurrte er und trat ins Sonnenlicht. Er war immer noch verschmiert mit Blut und Schmutz, sah jedoch nicht so aus, als wäre er verletzt worden.

„Ach wirklich? Was machst du dann hier draußen?" Sie schob ihre Hände in die Taschen. Sie wollte dieses Gespräch nicht führen, doch sie musste es früher als später tun.

Er spiegelte ihre Haltung und schob seine Hände in die Taschen seiner Cargohose. „Bei den Kriegern auf Patrouille einchecken."

Sie schnaubte. Ihr Compound war sicher, und soweit sie wussten, hatten sie die Bedrohung beseitigt. „Ich dachte, Alphas sollte überzeugender lügen können."

„Die Drachen stehlen schon wieder einen von meinen Leuten",

brummte er, keine Hitze in seiner Stimme, und ein Ausdruck, der fast wie ein Schmollmund im Gesicht war. „Ich dachte, ich könnte etwas länger so tun, als würdest du wirklich nicht gehen. Ich werde dich vermissen, Rhea." Er rieb sich mit einer Hand den Nacken, offensichtlich unbehaglich. „Du warst fast am längsten von allen bei mir."

Ihre Kehle schnürte sich bei seinen Worten zu. Finn war zu niemandem übermäßig emotional oder liebevoll. Sicher, Berührung und Zuneigung waren bei jedem Wandlerrudel wichtig, doch Finn war immer anders gewesen und hatte immer einen gewissen Abstand zu seinen Rudelkameraden gehalten. Als Alpha musste er das. Für den Fall, dass er jemals die Entscheidung treffen musste, einen Rudelkameraden für ein Vergehen zu bestrafen. Es war, als musste er immer eine Barriere haben, ganz gleich, was geschah, weil niemand – abgesehen von seiner Gefährtin und seiner Tochter – vor einem möglichen zukünftigen Urteil gefeit war. Sie hatten jedoch immer eine enge Beziehung gehabt, denn er hatte Recht. Sie war schon sehr lange bei ihm.

„Ich werde dich auch vermissen. Doch es ist nicht so, als würde ich für immer gehen. Ich komme immer noch zu Besuch." Ihr Rudel, ihre Familie, lebten hier.

Er zuckte die Schulter. „Ich weiß. Ich werde dich immer noch vermissen."

Sie lachte. „Du hast Chloe. Sie ist viel schlagfertiger als ich."

Sein Mund verzog sich zu einem schiefen Lächeln, doch sie sah die Traurigkeit in seinen Augen. Das machte sie fertig. Sie blinzelte die Tränen weg, stürzte sich auf ihn und zog ihn in eine enge Umarmung.

Er packte sie am Rücken, sein Griff genauso fest wie ihrer. „Dieser Drache behandelt dich hoffentlich gut", knurrte er.

Ein wässriges Lachen entkam, als sie an seiner Brust schniefte.

„Darüber würde ich mir keine Sorgen machen." Sie wusste, dass er es tatsächlich nicht tat, sonst hätte er Conall überhaupt nicht in sein Territorium gelassen. „Und hey", sagte sie, trat zurück und wischte ein paar Tränen weg. „Ich werde jetzt auch bei Victoria sein. Und du siehst sie jetzt mehr als damals, als sie hier gelebt hat. Wir werden uns also immer noch sehen."

Finn nickte mit angespanntem Kiefer. „Ja."

Es würde nicht im Entferntesten dasselbe sein, und beide wussten es. Obwohl sie traurig war, konnte sie nicht leugnen, dass sie sich freute, ihr neues Leben mit Conall zu beginnen. Ihr Gefährte war jetzt ihre Welt.

„Niemand wird dich jemals ersetzen", fuhr er mit rauer Stimme fort. „Du bist einer der besten verdammten Tracker, die ich je gesehen habe."

Ihr Hals war zu zugeschnürt, um zu antworten, also nickte sie nur.

Er räusperte sich. „Also, wann gehst du?"

„Wahrscheinlich nach der Hochzeit von Bo und Nyx." Nachdem die Partys abgesagt worden waren, glaubte Rhea, dass sie diese eine feiern würden – die eigentliche Hochzeit.

„Verdammt."

„Ich weiß." Bis dahin waren es nur noch ein paar Tage. „Ich denke, ich könnte ein paar Wochen bleiben und …"

Er schüttelte den Kopf. „Nein. Ich werde die Rotation ändern und das schon hinbekommen. Aber mach du dir keine Sorgen. Du hast jetzt einen Gefährten. Das ist deine Priorität."

Sie lächelte, froh, dass er es verstanden hatte. „Ja." Und es war das beste Gefühl der Welt, zu wissen, dass sie einen so erstaunlichen Mann zum Gefährten hatte.

Finn legte einen Arm um ihre Schultern und küsste sie auf den Kopf. „Komm schon. Lass uns reingehen."

Sie legte ihren Arm um seine Taille, ein bittersüßes Gefühl von Traurigkeit und Freude zugleich durchströmte sie. Alles änderte sich so schnell. Das Leben, das sie so lange gehabt hatte, hinter sich zu lassen, war ein wenig beängstigend. Trotzdem war sie noch nie so aufgeregt über irgendetwas in ihrem Leben gewesen, und mit Conall als ihrem Gefährten wusste sie, dass sie sich allem stellen konnte.

Kapitel 37

„Danke, dass du dir Zeit für mich genommen hast", sagte Rory zu Finn, seinem neuen Alpha. Dieser Gedanke war seltsam und ein wenig beunruhigend für seinen Wolf, der lange Zeit keinem Anführer gefolgt war. Selbst als er Teil des Rudels seiner Mutter gewesen war, hatte er gewusst, dass er stärker war als sein alter Alpha. Der Mann hatte keine Bedrohung für ihn dargestellt und er war Rory ziemlich egal gewesen.

Finn nickte und lehnte sich an die Vorderseite seines Schreibtisches. Seine Körpersprache war klar: Fass dich kurz. „Danke für deine Hilfe heute."

Rory nickte. „Diese Bastarde haben verdient, was sie bekommen haben." Angesichts des Zustands einiger der geretteten Frauen hatten die Männer Schlimmeres als den schnellen Tod verdient, den sie erlitten hatten. Doch Wandler folterten andere nicht. Das war eher ein Vampir-Ding.

„Also, was ist?"

Er fuhr sich mit der Hand über den Nacken. Liberty war unten und half Ophelia und Victoria, die neuen Frauen unterzubringen. Nyx hatte sie vorhin hergebracht, weil Liberty Nyx darum gebeten hatte. Denn sie wollte den Frauen helfen, die möglicherweise dasselbe erlebt hatten wie sie. Sie war wirklich eine der herzlichsten Frauen, die er jemals gekannt hatte. Er wollte sich vergewissern, dass sie versorgt war, egal was passierte. „Wenn mir etwas passiert, bevor Liberty und ich uns paaren, muss ich wissen, dass sie den Schutz des Rudels hat."

„Den Schutz *deines* Rudels."

Rory runzelte die Stirn. „Was?"

„Du hast gesagt *des* Rudels. Es ist jetzt dein Rudel, Rory." Finns Blick war schwer einzuordnen.

„Ich weiß. Es ist noch ungewohnt, es zu sagen, denke ich." Er hatte Finn von seinem alten Rudel und den größten Teil seiner Geschichte erzählt, da es üblich war, beim Beitritt zu einem neuen Rudel sein Leben zu einem gewissen Grad zu offenbaren. Er musste ehrlich zu den Wölfen sein, deren Rudelkamerad er werden wollte.

Finn nickte nur noch einmal, sein eisblauer Blick war schwer zu lesen.

„Ich weiß, dass sie meine Brüder und Nyx hätte, doch ich … Ich muss wissen, dass sie beschützt wird."

„Und wenn sie nicht deine Gefährtin wird?"

Er musste nicht darüber nachdenken. „Ich möchte, dass sie beschützt ist, egal was passiert." Selbst, wenn sie mit jemand anderem zusammen war – und das würde ihn wahrscheinlich zerstören –, wollte er, dass sie versorgt war und unter dem Schutz *seines* Rudels stand.

Immer.

Wenn sie einen anderen ihm vorzog, war das ihre Wahl. Es würde seine Liebe zu ihr nicht mindern. Zu diesem Zeitpunkt glaubte er nicht, dass sie es tun würde, doch er hatte immer das Bedürfnis, sich auf das Schlimmste vorzubereiten.

Finns Schultern entspannten sich ein wenig. „Gute Antwort. Du hast mein Wort, sie steht unter unserem Schutz. Selbst wenn es nicht funktioniert und du das Rudel verlässt, steht sie unter meinem Schutz."

Rory blinzelte bei den Worten des Alphas. „Wirklich?"

„Ja."

Er wollte sein Glück nicht herausfordern, doch … „Darf ich fragen warum?"

„Warum nicht? Sie ist eine gute Frau, sie lebt auf meinem Gebiet, und sie kennt die übernatürliche Welt. Sie ist jetzt eine von den meinen. Die Starken schützen die Schwachen. Immer." Der Alpha sagte es so sachlich, dass Rory sofort verstand, warum Finn der Anführer eines der stärksten Rudel der Welt war. Er inspirierte Loyalität nicht durch Angst, sondern durch Respekt und Liebe.

Ja, Rory würde dieses Rudel nicht so schnell verlassen. Es müsste einen verdammt guten Grund geben, dass er würde gehen wollen. Obwohl er nicht der Meinung war, dass Liberty schwach war, glaubte er auch nicht, dass es das war, was Finn meinte, also sagte er nichts dazu. „Danke!"

Finn nickte und stieß sich vom Schreibtisch ab. „Ihr Geruch ist neuerdings anders, was dir sicher aufgefallen ist."

„Ja. Und ich weiß warum, doch ich denke, es ist etwas, worüber sie persönlich mit dir sprechen muss." Es sei denn, Finn fragte ihn direkt.

„Meinetwegen. Wir haben diese Woche viel zu tun, und Rhea geht in ein paar Tagen, also möchte ich, dass du bei der Sicherheit hilfst. Es sei denn, du willst lieber etwas anderes tun? Ich weiß, dass du und deine Brüder eure eigenen Geschäfte und Beteiligungen habt. Ich könnte Hilfe im Howlers für die Sicherheit gebrauchen, und dein Lebenslauf passt da. Ich würde auch gerne mit ein paar weiteren Restaurants expandieren. Ich weiß, dass du auf dem Gebiet auch Erfahrung hast."

Gott, er hatte nicht einmal so weit vorausgedacht. Rory und sein Bruder, beide Brüder, hatten eine Menge Geld. Doch er und Ian waren vor allem durch Investitionen und Unternehmen, die von sehr fähigen, klugen Leuten geführt wurden, selbst reich geworden. Sie meldeten sich nur ab und zu dort, um sicherzugehen, dass sie immer noch Geld verdienten. Die Leute, die für sie arbeiteten, hatten zu viel Respekt, um sie zu hintergehen.

Den Großteil der letzten fünfzig Jahre hatten sie in einem Höllenreich verbracht. Und in den letzten acht Monaten hatte er sich fast ausschließlich auf Liberty konzentriert. Doch er war nervös geworden, weil er das Bedürfnis gehabt hatte, mehr zu tun, seit er in das Menschenreich zurückgekehrt war. „Lass mich zuerst mit Liberty sprechen. Sie ist immer noch … auf dem Weg der Besserung." Emotional auf jeden Fall. Er war sich nicht sicher, wie lange das dauern würde, doch er wusste, dass er keine unmöglichen Arbeitszeiten und zu viel Zeit von ihr weg sein wollte.

„Wir können jeden Job so ausarbeiten, dass sich deine Arbeitszeiten mit ihren decken. Ich mache es für alle Gefährten. Das Einzige, was ich von meinem Rudel verlange, ist, dass jeder seinen gerechten Anteil beisteuert. Manchmal ist es mehr, manchmal weniger. Und wenn dir ein Job, den du zugeteilt bekommen hast, nicht gefällt, werden wir es ändern."

„Danke." Er streckte eine Hand aus, Erleichterung erfüllte ihn. Ein Teil dieses Rudels zu sein, war eine gute Sache, auch wenn es etwas gewöhnungsbedürftig war.

Finn schüttelte seine Hand und nickte. „Ich weiß, dass du deinen Brüdern immer die Treue halten wirst. Wenn einer meiner Aufträge jemals deine Loyalität ins Wanken bringt… Wir werden darüber sprechen, falls es jemals dazu kommen sollte."

„Danke. Was soll ich tun?", fragte er und ging zur Tür. Es war klar, dass Finn eine Menge in der Villa zu erledigen hatte, und er wollte ihn nicht aufhalten. Er hatte nur wissen müssen, dass Liberty in jedem Fall versorgt war.

„Für den Moment nichts. Sieh nach Liberty, und wenn sie bereit ist, könnt ihr zwei los."

„Wird gemacht", sagte er und öffnete die Bürotür. Obwohl es

ihm nichts ausgemacht hätte zu bleiben und zu helfen, war klar, dass das Rudel – sein Rudel – genug Leute hatte, um sich um alles zu kümmern. Und er freute sich darauf, mit Liberty nach Hause zu gehen und mit ihr allein zu sein. Ihre gemeinsame Zeit letzte Nacht war unterbrochen worden und jedes Mal, wenn er mit ihr zusammen war, war es der Himmel.

Kapitel 38

Liberty streckte sich auf Rorys nackter Brust aus und genoss das Gefühl seiner Haut unter ihrer Hand. Sie war immer noch angezogen, doch er hatte sich dafür entschieden, sich bis auf seine Boxershorts auszuziehen. All seine sexy Haut zu sehen, machte sie ein bisschen verrückt, doch sie war mehr als glücklich, genau da, wo sie war. Er gab ihr das Gefühl, sicher zu sein, indem sie ihm nahe war.

„Ich habe heute mit Finn über das Rudel gesprochen", sagte er. Mondlicht strömte durch die teilweise geöffneten Vorhänge herein und erhellte das Zimmer.

Sie hatte jedoch ein Nachtlicht, was ihr half, besser zu sehen. „Ist alles okay?"

„Ja, er hat mir einige Optionen für verschiedene Jobs im Rudel vorgeschlagen."

Sie drehte sich so, dass ihr Kinn auf ihre Hand gestützt war, und sah zu ihm auf. „Du musst doch nicht mit ihnen arbeiten, oder? Ich dachte, du hättest eigene Geschäfte."

„Die habe ich, doch um Teil des Rudels zu sein, muss ich meinen Beitrag leisten. Ich will das."

„Ich habe mich gefragt, wie das alles funktioniert", murmelte sie. „Stört es sie, wenn du dich mit einem Menschen paarst?" Sie spürte, wie sich ihre Wangen bei der Frage erhitzten. Liberty wusste, wie Rory für sie empfand und zweifelte nicht an seiner Liebe, doch sie war immer noch verwirrt über die ganze Gefährtensache. Sie schien mehr Gewicht zu haben als eine menschliche Ehe und jetzt, wo er sich einem Rudel angeschlossen hatte, machte sie sich Sorgen, dass er sie vielleicht nicht als Gefährtin nehmen konnte.

„Nein. Und Finn sagte, er würde dich beschützen, ganz gleich, was passiert. Auch wenn wir uns nicht … paaren." Er sagte den letzten Teil widerwillig. „Sein Rudel wird immer hinter dir stehen."

Sie blinzelte überrascht. Es gab so viel, das sie noch über die übernatürliche Welt und die Funktionsweise von Rudeln, Vampirzirkeln und Drachenclans lernen musste, doch den Schutz des Stavros-Rudels zu haben, auch wenn sie nicht mit Rory zusammen war, war ziemlich unglaublich. Auch wenn ihr die Idee, nicht bei ihm zu sein, nicht gefiel. „Wow, danke!"

„Dank mir nicht. Es ist Finn."

Liberty hatte das Gefühl, dass Rory darum gebeten hatte, oder vielleicht, so, wie sie diesen sexy Mann kannte, verlangt hatte, dass sie beschützt wurde, doch sie fragte nicht nach. „Rhea hat mir gesagt, dass sie in ein paar Tagen gehen wird, doch sie hat mit Chloe gesprochen, und sie hat sich bereit erklärt, mich zu trainieren, und wird mir beibringen, wie ich mich verteidigen kann."

„Ich kann das machen." Sein Ton war definitiv beleidigt.

Sie spreizte ihre Finger über seiner muskulösen Brust. „Ich weiß. Ich denke nur, es fällt mir leichter, mich zu konzentrieren, wenn mich jemand anderes trainiert. Auf keinen Fall könnte ich mich bei all deiner nackten Haut konzentrieren." Ihre Wangen erhitzten sich, als sich seine Augen verdunkelten.

Sein Blick fiel auf ihren Mund, und er sah sie so hungrig an, wie sie es mochte. Doch genauso schnell sah er weg und rutschte unter ihr hervor.

„Ich gehe rasch duschen." Schnell kletterte er aus dem Bett, bevor sie etwas sagen konnte, doch nicht schnell genug, dass sie nicht seine sehr bemerkenswerte Erektion sah.

Sie ließ sich in die Kissen sinken, und die Luft strömte in einem Wusch heraus, als er in ihrem Badezimmer verschwand. Sie konnte erraten, was er tun würde. Wahrscheinlich masturbieren.

Dieser Gedanke ärgerte sie, weil sie diejenige sein wollte, die ihm Vergnügen bereitete. Er hatte bereits so viel für sie getan, und obwohl sie wusste, dass er keine Liste führte, wollte sie ihm immer noch geben, was er ihr gegeben hatte. Wollte Ekstase auf seinem Gesicht sehen, wenn er für sie kam. Sie liebte ihn einfach.

Vor Monaten war sie sich nicht sicher gewesen, ob sie jemals wieder an diesen Punkt kommen würde, körperlich mit jemandem zusammen zu sein, doch sie war sicher nicht mehr das Mädchen, das Rory und die anderen aus diesem Höllenreich gerettet hatten. Sie war in die Dunkelheit gegangen und stärker ins Licht zurückgekehrt. Alles, woran sie in dieser Hölle hatte denken können, war zu überleben. Doch jetzt *lebte* sie.

Und sie wollte den Rest ihres Lebens mit Rory verbringen, wie lange das auch sein mochte. Sie wusste das mit einer knochentiefen Gewissheit, die ein wenig beängstigend war.

Sie wollte ihren Gefährten. Es war Zeit, dass sie das klarstellte.

Sie stand auf und zog sich aus, als sie ins Badezimmer ging. Sie war sich vielleicht über viele Dinge nicht klar, doch sie war sich ihrer und Rorys sicher. Er war die einzige sichere Sache in einer Welt, die sich an den meisten Tagen verrückt anfühlte.

Kapitel 39

Die Badezimmertür öffnete sich lautlos, als Liberty sie aufstieß. Sie nahm an, dass Rory sie hören musste, besonders mit seinem übernatürlichen Gehör, doch er sagte nichts. Der Spiegel war bereits vom Dampf beschlagen, der aus der Duschkabine stieg. Sie konnte ihn hinter den dicken Glassteinen nicht klar erkennen, doch sie konnte seinen großen Schatten unter der Regendusche stehen sehen.

Obwohl er sie schon mit dem Mund befriedigt und sie größtenteils nackt gesehen hatte, fühlte sich das anders an. Weil sie heute Abend nicht vorhatte, beim Oralsex aufzuhören. Sie hatte den Tag über in der Villa mitgeholfen und hatte gewusst, dass sie mit Rory nach Hause kommen würde.

Dieser Gedanke hatte sie mit so viel Freude erfüllt – dass er ihr gehörte und nirgendwohin ging. Sie wusste, dass es keine Eile gab, sich zu paaren, doch sie wollte trotzdem in ihrer Beziehung vorankommen und ihm zeigen, was er für sie bedeutete.

Ihre Füße waren kalt von den Fliesen, als sie zur Duschkabine ging. Als sie sie betrat, stand Rory unter dem Wasser, alle Muskeln in seinem Körper angespannt, als er sie mit einer Mischung aus Überraschung und Lust beobachtete.

Seine Erektion war nicht zu übersehen.

Instinktiv trat sie auf ihn zu. Obwohl er den größten Teil des Wassers mit seinem Körper blockierte, spritzte einiges über sie. Sie spürte es kaum, so konzentriert war sie auf ihn.

Seine grünen Augen schienen heute Nacht noch heller zu leuchten, als er ihre Bewegungen verfolgte. Er hatte sich seit ein paar Tagen nicht rasiert, sodass sein Gesichtshaar noch struppiger war, doch all diese Stoppeln waren lächerlich sexy. Es gab so ziemlich nichts an ihm, was sie nicht anmachte.

Den Blick auf seinen gerichtet griff sie nach seiner Erektion und schlang ihre Finger um die dicke Länge. Streichelte ihn einmal. Zweimal.

Er erschauerte und schloss die Augen, als sie erneut streichelte. Er stöhnte und klatschte eine Hand gegen die geflieste Wand und die andere gegen das Glas. Da nicht viel Platz war, waren seine Arme gebeugt und seine Muskeln sichtlich angespannt.

„Ich habe gemeint, was ich gesagt habe." Sie streichelte ihn erneut, diesmal mit mehr Druck. Heiße Ranken der Lust züngelten durch sie, als sie sah, wie sich seine Augen weiteten. Sie liebte es, dass sie diesen großen Mann auf die Knie zwingen konnte.

Sein Atem war unregelmäßig, als er sie beobachtete, seine Augen jetzt definitiv heller, und sie bemerkte, dass sein Wolf sie wieder ansah. Sie konnte sehen, dass er um die Kontrolle kämpfte, machte sich jedoch keine Sorgen, dass er sie bei ihr verlieren würde.

Rory würde niemals etwas tun, was sie nicht wollte.

Sein Schwanz pulsierte in ihrer Hand, und das Gefühl seiner Dicke ließ einen Hitzeschwall zwischen ihre Beine strömen. Sie wollte wissen, wie es sich anfühlen würde, ihn in sich zu haben. „Ich lasse dich nie gehen", murmelte sie.

Er stieß bei ihren Worten ein leises Knurren aus und machte eine Bewegung, als wollte er sie berühren, beherrschte sich dann jedoch.

Sie streichelte ihn erneut, und er stöhnte, sein Kiefer war so angespannt, dass er aussah, als hätte er Schmerzen.

Sie massierte ihn jetzt schneller in einem harten, gleichmäßigen Rhythmus. Es war klar, dass er sich zurückhielt, und sie war sich nicht sicher warum. „Komm für mich", verlangte sie. Er hatte ihr nicht nur Freude bereitet, sondern ihr auch die Fähigkeit vermittelt, sich tatsächlich wieder zu fühlen. Sie wollte nicht, dass er sich jemals ihretwegen zurückhielt.

Ihre Worte schienen etwas in ihm auszulösen. Er knurrte. Er warf den Kopf zurück und stieß einen brüllenden, knurrenden Laut aus, der einen Schauer der Freude über ihre Haut jagte. Sie liebte es, dass sie diesen Mann dazu bringen konnte, sich zu verlieren. Sie liebte alles an ihm.

Er kam über ihre Hände und ihren Bauch, und sie schwelgte darin auf eine Weise, wie sie es noch nie zuvor mit jemandem getan hatte. Sie hatte fast das Gefühl, als würde er sie markieren. Vor einem Jahr hätte sie diesen Gedanken sicher nicht gehabt. Jetzt … Sie liebte die Idee, dass Rory sie für sich beanspruchte.

„Liberty", keuchte er, als er immer noch kam. Sein Orgasmus schien ewig zu dauern.

Sie konnte nicht aufhören, ihn zu beobachten, aufhören, ihn zu berühren. Bis er seine Hand von der Glaswand riss und sie auf ihre legte. Er atmete schwer und starrte auf sie hinab, auf sein Sperma auf ihr. Zu ihrer Überraschung verteilte er es auf ihrem Bauch und knurrte zufrieden, als er es tat.

Die Geste war so ursprünglich, so erdig, ihre Wangen erhitzten sich.

„Das ist eine Wolfssache." Seine Worte waren heiser. „Ich werde dich andauernd mit meinem Duft markieren wollen."

„Das mag ich." Und sie tat es. Weit mehr als sie sich hätte vorstellen können, besonders die Liberty von zuvor. Sex in ihrem früheren Leben war okay gewesen, doch es war nur Sex gewesen. Vor Rory war sie noch nie verliebt gewesen, und alles daran, mit ihm zusammen zu sein, war anders. Und das nicht nur, weil er halb Dämon, halb Wolf war.

Er bewegte sich zur Seite, damit mehr Wasser über sie floss, als er sich bückte, um sie zu küssen. Seine Zunge drang in ihren Mund ein, als er ihren Körper an seinen zog.

Sie schlang ihre Arme um ihn und hielt ihn fest. Als er an ihrer Unterlippe knabberte, stöhnte sie in seinen Mund – dann zog sie sich zurück und starrte ihn mit großen Augen an. „Wie bist du schon wieder hart?" Seine volle Erektion lag schwer zwischen ihren Körpern.

„Du bist nackt. So einfach geht das."

Schmunzelnd erhob sie sich auf ihre Zehenspitzen, um ihn erneut zu küssen. Sein Mund verschlang ihren, und ergriff definitiv von ihr Besitz.

Sie atmete alles an ihm ein, diesen winterlichen Geruch, der sie vor Verlangen in den Wahnsinn trieb. Sie war sich nicht sicher, ob es an dem lag, was Arya getan hatte, um sie zu verändern, doch sie hatte bemerkt, dass sie besser riechen konnte. Vorher hatte sie gewusst, dass Rory einen unverwechselbaren Geruch hatte, doch jetzt hatte sie das Gefühl, dass dieser Geruch sie high machte.

Sie rieb ihre Brüste an seiner nackten Brust. Im Moment fühlte sie sich im hellen Licht des Badezimmers in seinen Armen ganz und gar sicher. Das Gefühl war befreiend, und obwohl sie wusste, dass es nicht immer so sein würde, dass sie immer noch schlechte Tage haben würde, würde sie die guten genießen.

Sie lehnte sich zurück und sah zu ihm auf. Wasser strömte über beide herab, Dampf hüllte sie ein. Es war, als wären sie im Moment die einzigen Wesen auf dieser Welt. Etwas, womit sie mehr als einverstanden war.

Seine grünen Augen waren hell und sein Gesichtsausdruck so fürsorglich, so voller Liebe, dass er sie zum Schmelzen brachte. Ja, sie würde ihn nie gehen lassen.

„Ich will dich in mir haben", flüsterte sie, die einzigen Worte, die sie herausbekommen konnte, als er sie mit solcher Verehrung ansah.

Ein Schauer durchfuhr ihn, als eine seiner großen Hände zwischen ihre Körper glitt. Seine Handfläche war ein bisschen schwielig, als er tiefer und tiefer glitt, bis er sanft zwischen ihre Beine tauchte. „Bist du sicher?", fragte er, als er langsam anfing, ihre glatten Schamlippen mit seinen Fingern zu necken.

Ihre Innenwände zogen sich zusammen und *mussten* von ihm gefüllt werden. Sie nickte.

„Sag es." Ein sanftes Drängen.

Sie erkannte, dass er es hören musste, und bemühte sich, ihre Stimme zu finden, während ihre Sinne überwältigt waren. „Ja."

Er drang mit einem Finger in sie ein und stieß einen gutturalen Laut aus, als er seine Augen schloss. „Du bist so nass."

Sie klammerte sich an seine Schultern, als er einen weiteren Finger in sie stieß. Sie liebte das Gefühl. Ihre inneren Wände klammerten sich um ihn.

Er schob sie gegen die Wand und bückte sich, um ihren Mund mit seinem zu bedecken, als er anfing, seine Finger ganz langsam in ihr zu bewegen. Seine Finger waren dick und lang, das Gefühl, wie er sie ausfüllte, fast perfekt. Sie brauchte jedoch mehr.

Zu viele Empfindungen bombardierten sie. Die Fliesen hinter ihr kühlten ihren Rücken, doch sie spürte ein Feuer in sich aufsteigen. Es wuchs und expandierte außer Kontrolle und brauchte dringend ein Ventil.

Rory streifte kaum ihre Klitoris mit seinem Daumen, als er seine Finger wieder in sie hineinstieß.

Sie biss fester in seine Unterlippe, als sie beabsichtigt hatte.

Er zuckte zurück, seine Hand verharrte, seine Handfläche umfasste ihren Hügel, seine beiden Finger tief in ihr. „Wir können aufhören", sagte er und begann bereits, sich aus ihr zurückzuziehen.

„Nein." Sie bohrte ihre Finger in seine Schultern. „Ich brauche mehr."

Sie war froh, als er es nicht in Frage stellte. Sie glaubte nicht, dass sie es ertragen könnte, wenn er alles in Frage stellte, was sie sagte, wenn er so besorgt war, dass er sie verletzen könnte. Das würde keinen Spaß machen. Sie kannte ihre Gedanken und wusste zu schätzen, dass er es akzeptierte. Dass er ihr vertraute. Es bedeutete mehr als er jemals wissen würde.

Seinen lodernden Blick auf ihren gerichtet ergriff er sie um die Hüfte und hob sie gegen die Wand. Instinktiv schlang sie ihre Beine um seine Taille, als er sie an die Wand lehnte. Sie hatte geglaubt, er würde sofort in sie eindringen, doch anscheinend hatte er beschlossen, sich Zeit zu nehmen.

Sie konnte sich nicht entscheiden, ob das gut oder schlecht war. Ihre Brustwarzen waren enge Knospen, die sich schmerzhaft nach seiner Berührung sehnten.

Als ob er ihre Gedanken lesen konnte, senkte er seinen Kopf zu einer ihrer Brüste und saugte mit einer Schärfe daran, die alle ihre Nervenenden traf.

Ihre Innenwände zogen sich jetzt noch stärker zusammen und schmerzten beinahe. Sie ließ ihren Kopf gegen die Fliesen sinken und grub ihre Nägel in seine Schultern. „Das fühlt sich gut an", krächzte sie.

Er knurrte gegen ihre Brust, und die Vibration prallte durch sie hindurch und erweckte noch mehr ihrer Nerven zum Leben.

Er bewegte seinen Körper kaum merklich, während er ihre Nippel weiter mit seiner sündigen, talentierten Zunge verwöhnte. Sie hatte letzte Nacht gelernt, wie begabt er mit seinem Mund war.

Sie rollte ihre Hüfte gegen ihn und versuchte ihn zu drängen, mehr zu tun.

Seine Brust hob und senkte sich hektisch, er hob den Kopf, und seine Augen funkelten mit zu vielen Emotionen, um sie alle zu lesen. „Ich hätte mir nie vorgestellt, dass ich jemals jemanden wie dich haben würde." Seine Stimme war heiser und guttural.

„Du bist unglaublich. So viel mehr als jeder andere, den ich mir hätte vorstellen können", flüsterte sie. Es war wahr. Sie hätte nie gedacht, dass jemand wie Rory existieren könnte. Er war die letzten acht Monate an ihrer Seite gewesen, und wenn er noch acht Monate hätte warten müssen, bis sie bereit für Sex war, wusste sie, dass er hier an ihrer Seite wäre und warten würde. Es war einer der Gründe, warum sie ihn so sehr liebte.

Er sah aus, als wollte er mehr sagen, doch sein Kiefer spannte sich an, als sie sich gegen ihn drängte und ihre glatte Scham an seinem Schwanz rieb.

Sie wollte nicht mehr warten. Sie nahm sich, was sie wollte. Was mit ihr im Höllenreich geschehen war, würde ihr Leben nicht definieren. Ja, es hatte die Richtung geändert und geprägt, wer sie jetzt war, doch sie würde nicht zulassen, dass ein Monster ihr ihre Zukunft nahm.

Nicht, wenn ihre Zukunft dieser Mann war und er das Schönste war, was sie jemals gesehen hatte. „Mach mich zu deiner Gefährtin", platzte sie heraus, bevor sie die Worte analysieren konnte. Sie war sich nicht einmal sicher, ob es die richtigen Worte waren. Sie wusste nur, dass sie für den Rest ihres Lebens mit Rory zusammen sein wollte.

„Ich sollte dir mehr Zeit geben." Die Muskeln in seinem Nacken spannten sich an, als er sie gegen die Wand presste.

„Ich brauche keine Zeit mehr." Wenn man es weiß, weiß man es. Sie hatte genug schlimme Scheiße durchgemacht, und jetzt würde sie verdammt noch mal das Beste, was ihr jemals in ihrem Leben passiert war, beim Schopf packen und ihn nie wieder gehen lassen. „Du bist, was ich will. Für immer."

Er gab einen animalischen, zustimmenden Laut von sich, als fehlten ihm die Worte. Er presste die Hand wieder auf ihren Hügel, und sie erschauerte, als er zwei, dann drei Finger in sie schob. Sie bog ihren Rücken von der Wand und stöhnte seinen Namen, als er seine Finger in ihr bewegte. Es würde nicht lange dauern, bis sie kam, doch sie wollte ihn ganz.

Sie war froh, dass er sie nicht warten ließ. Er zog seine Finger zurück und positionierte seinen Schwanz an ihrem Eingang. Sie sehnte sich danach, dass er sie ausfüllte. Seine Finger klammerten sich um ihren Po, als sie ihn festhielt.

Er blieb, wo er war, ließ sich Zeit. Sie wollte das nicht. Sie stieß sich ihm entgegen und spießte sich mit einem Schlag auf ihm auf und überraschte ihn damit.

„Oh, Scheiße", knurrte er, packte ihren Po und presste sie fest an sich.

Sie holte tief Luft, als sie spürte, wie er sie vollständig füllte. Ihre inneren Wände klammerten sich um ihn, ihr Höhepunkt war in Reichweite. Sie versuchte, sich zu bewegen, doch er hielt sie fest, und seine Finger gruben sich in sie, als er versuchte, wieder zu Atem zu kommen.

Doch sie wollte nicht warten. Sie wollte spüren, wie er immer wieder in sie hineinstieß. Von ihrem Instinkt getrieben, was mit diesem Mann oft zu passieren schien, strich sie mit ihren Zähnen über seine Brust.

Was offensichtlich genau das Richtige war.

Er presste sie gegen die Wand und begann zuzustoßen, sein Blick die ganze Zeit auf sie gerichtet.

Sie konnte nicht wegsehen, selbst, wenn sie gewollt hätte. Sie fühlte sich in mehr als einer Hinsicht festgehalten, als er immer wieder in sie eindrang.

Ihre Nerven fühlten sich an, als stünden sie in Flammen und tanzten vor Lust, als er sie füllte. Die Art, wie er sie an die Wand presste, als ob sie nichts wog, machte sie noch heißer.

Sie wollte zwischen ihre Körper greifen, doch er schob ihre Hand weg und rieb ihre Klitoris mit seinem Daumen.

Der Druck war perfekt, unerwartet und ließ sie explodieren.

Alle ihre Muskeln spannten sich an, als dich der Genuss in einem scharfen Gefühlsschub in ihr ausbreitete.

Ihr Höhepunkt schoss durch sie hindurch und nahm ihr jeglichen vernünftigen Gedanken, als er immer wieder in sie drängte. Sie vergrub ihr Gesicht an seinem Hals und strich mit einer wilden, instinktiven Geste mit den Zähnen über ihn. Ihre Klitoris pulsierte unter dem Ansturm seiner Liebkosung, und das Gefühl begann, auf süße Weise schmerzhaft zu werden, als er sie weiter streichelte.

Als er anfing, ihren Hals zu küssen, bog sie sich gegen ihn, und ihre Brüste rieben sich an seiner Brust, als ein zweiter, weniger aggressiver Orgasmus zu simmern begann.

„Zu viel", stöhnte sie, kurz bevor sie den scharfen Stich seiner Eckzähne spürte.

Der Stich seines Bisses dauerte nur einen Moment, bevor er einem exquisiten Vergnügen Platz machte. Alle ihre Nerven fühlten sich lebendig an, als er gegen ihren Hals stöhnte.

Er hielt sie unglaublich fest, als er sich in sie ergoss, und die Wärme seines Orgasmus erfüllte sie. Alles, was sie tun konnte, war, sich an ihm festzuhalten, als er weiter in sie stieß, sein Orgasmus so lange wie ihrer, bis sie an ihm zusammenbrach und kraftlos ihre Arme um seinen Hals schlang.

Sie war froh, dass er so stark war, weil sie sich kaum halten konnte.

Sie war sich nicht sicher, wie viel Zeit vergangen war, doch schließlich zog er seinen Kopf von ihrem Hals zurück. Wasser prasselte um sie herum, das Geräusch lauter und klarer, als sie sich anstarrten.

Als sein Blick auf die Stelle fiel, wo er sie gebissen hatte, runzelte er die Stirn und bewegte sich dann so, dass er über ihre Schulter an ihr hinabblicken konnte.

„Was ist?", fragte sie besorgt.

Er strich mit seiner Hand über ihr Schulterblatt. „Ich war mir nicht sicher, ob etwas passieren würde, doch ... Du hast da eine kleine, kreisrunde Tätowierung auf deiner Schulter."

Sie blinzelte und versuchte, sie zu sehen, schaffte es jedoch nicht. „Du meinst wie Nyx?" Sie hatte eine an der Halbgöttin gesehen, und es war eine stilisierte, kleinere Version der Tätowierungen, die Bo, Ian und Rory auf ihrer Brust hatten, wenn sie in Dämonengestalt waren. Sie hatte sich gefragt, ob Nyx sie bekommen hatte, als sie sich mit Bo gepaart hatte.

Er nickte und sah unsicher aus. „Ja. Es ist ein Symbol meiner Herkunft."

Sie lächelte und war überglücklich, diese natürliche Tätowierung zu haben. Sie fühlte sich ihm noch mehr verbunden. „Ich kann nicht erwarten, sie zu sehen."

Ihre Worte linderten die Sorgen, die er empfunden hatte. „Du gehörst jetzt mir." Er rollte seine Hüfte gegen sie, sein Schwanz immer noch halb hart und schien schon wieder in ihr härter zu werden.

„Immer." Und er gehörte ihr. Für immer.

Kapitel 40

Rory strich müßig mit seiner Hand über Libertys Rücken und liebte es, sie berühren zu können, wo immer er wollte. Wann immer er wollte. Solange sie es ihm erlaubte.

Er war sich nicht sicher, wie spät es war, doch es war spät. Vielleicht sogar am frühen Montagmorgen. Die letzten Tage waren in einem Wirbel von Aktivität und Wahnsinn vergangen. Das Einzige, was ihm wichtig war, war, dass er und Liberty Gefährten waren.

Er hatte immer noch das Gefühl, dass er vielleicht alles geträumt hatte und bald aufwachen und die Realität über ihn rollen würde. Mit ihrem schlanken, nackten Körper auf ihm wusste er jedoch, dass alles zwischen ihnen real war. Und er würde sie nie wieder loslassen. Als sie ihm gesagt hatte, dass sie wollte, dass sie sich paarten, hätte er fast nein gesagt. Fast.

Nichts hätte ihn davon abhalten können, sie vollständig zu beanspruchen. Nicht, wenn sie ihm sagte, er solle es tun. Ein Teil von ihm fühlte sich egoistisch und fragte sich, ob er etwas länger hätte warten sollen, doch das war keine gute Option gewesen.

Nicht, wenn sie nackt um ihn gewickelt gewesen war, *bereit* für ihn, und ihm befohlen hatte, sie zur Gefährtin zu nehmen. Nein. Seine Selbstbeherrschung hatte ihre Grenzen.

Er holte tief Luft und zwang seine Erektion nieder. Zumindest versuchte er es. Es war verdammt schwer, wenn sie auf ihm lag und ihre Brüste gegen seine Brust drückten.

Doch keine Chance. Sie war erschöpft, und er würde sie nicht wecken, nur weil er wieder geil war. Doch die Frau war eine Sucht. Eine, die er nie loswerden wollte.

Er rollte mit den Schultern und streckte sich unter den Laken. Er drehte sich zum Fenster um, als ein Schatten darüber huschte. Die momentane Spannung fiel von ihm ab, als ihm klar wurde, dass es nur eine Wolke gewesen war, die vor den Vollmond gezogen war.

Der strahlende Mond beruhigte seine Wolfsseite. Es war egal, dass Wandler keinen Vollmond brauchten, um sich zu wandeln – was für ein seltsamer Mythos, den die Menschen da erfunden hatten –, seine tierische Seite liebte es immer noch, bei Mondlicht zu laufen. Bald würde er Liberty mitnehmen. Sie fühlte sich mit ihm in seiner Wolfsform mehr als wohl, doch er wollte sie in den Wald bringen, um zu laufen. Oder vielleicht sogar einfach nur am Strand entlang. Er konnte nicht wirklich als Hund durchgehen, dazu war er viel zu groß, und er musste langsam laufen, damit sie mit ihm Schritt halten konnte, doch …

„Erinnerst du dich, als ich mich dir das erste Mal anvertraut habe? … Daran, was mit mir passiert ist?" Libertys leise Stimme schnitt durch seine Gedanken.

Er hielt bei ihren Worten die Luft an. Ihre Atmung war so ruhig gewesen, dass er gedacht hatte, sie wäre endlich eingeschlafen. „Ich erinnere mich an alles, was du mir jemals über deine Zeit dort erzählt hast."

Es war die Wahrheit. Das erste Mal, dass sie sich ihm wirklich geöffnet hatte, war nicht lange nach ihrer Rettung gewesen. Nur ein paar Tage. Sie hatte wie er im Haus seines Bruders Bo gelebt, und sie hatten ferngesehen. Was auch immer es gewesen war, er konnte sich nicht erinnern. Weil er sich ganz auf sie konzentriert hatte.

Einige ihrer ersten Worte zu diesem Thema waren in sein Gehirn eingebrannt. Er wusste, dass er sie nie vergessen würde, und sein einziger Wunsch war, das Monster, das sie verletzt hatte, wieder zum Leben erwecken zu können, um ihn zu foltern und erneut zu töten.

Ihre Worte hallten in seinem Kopf, obwohl er versuchte, sie zu verdrängen. *Ich konnte nicht essen, wann immer ich wollte. An diesem Ort. Wenn ich in deiner Nähe bin, fühle ich mich zwischen dem Mädchen, das ich früher war, und dem, das ich jetzt bin, gefangen. Und ich bin mir nicht sicher, warum ich mich bei dir so wohlfühle. Das allein ist beängstigend. So lange hatte ich jeden Augenblick des Tages Angst. Ich hatte sogar Angst, schlafen zu gehen, weil ich nie wusste, wann er zurückkommen würde. Ich wusste nur, dass er kommen würde. Es war egal, wie oft ich geflohen bin. Er hat mich immer zurückgebracht.*

„Ich habe dir nie wirklich erzählt, wie ich dort gelandet bin", sagte sie jetzt.

Nein, hatte sie nicht. Und er hatte sie nie gedrängt. Weil das, was sie ihm über ihre Zeit dort erzählt hatte, genug war. „Du musst es mir nicht sagen, wenn du nicht willst."

„Ich weiß." Sie strich träge mit ihren Fingern über seine Brust. „Ich will aber."

Sie räusperte sich, und er hielt sie fester und wollte, dass sie sich unterstützt fühlte.

„Die zwei Frauen, die du begraben hast, waren der Grund, warum ich an diesem Ort gelandet bin."

Vor einigen Monaten hatte er ihr einmal gesagt, dass es ihm um ihre Freundinnen leidtat. Nachdem sie Liberty gefunden und ihr geholfen hatten, aus diesem Lager zu entkommen, war er in derselben Nacht zurückgegangen und hatte die anderen menschlichen Frauen begraben, die dort gestorben waren. Liberty hatte ihm da sehr klar gesagt, dass die Frauen nicht ihre Freunde waren.

„Sie haben mich beauftragt, eine Party zu planen, eine

Junggesellinnenparty am Strand für eine Freundin. Eine von ihnen hat sich für Okkultismus interessiert und glaubte, sie könnte angeborene Kräfte haben. Wie eine Hexe, denke ich. Ich hatte noch nie von etwas Übernatürlichem gehört und wusste nichts davon, bis wir in diesem Reich gelandet sind." Sie holte tief Luft, und er spürte, wie ihr Herz pochte.

Er strich mit einer Hand über ihren Rücken und rieb weiter auf und ab. Fast sofort beruhigte sich ihr Herzschlag wieder. Nicht ganz entspannt, doch nicht mehr so angespannt, und er war froh, dass seine Berührung sie tröstete.

„Ich habe beide ein bisschen kennengelernt, als ich die Junggesellinnenparty ihrer Freundin geplant habe. Eine Woche später, als eine von ihnen mich angerufen hat, um eine Party für die beiden zu planen, habe ich mir nichts dabei gedacht. Mundpropaganda ist üblich in meiner Branche. Als ich an der Adresse ankam, ein hübsches Haus auf dem Land, war es drinnen eine verdammte Horrorshow." Ihre Stimme war angespannt, als sie sich gegen ihn bewegte, damit sie ihn ansehen konnte. Ihre Augen waren traurig, selbst, als sie ihm ein halbes Lächeln schenkte.

„Sie hatten zwei Männer ermordet. Obdachlose, fand ich später heraus. Sie haben sie als Opfer benutzt, um ein Tor zu einem Höllenreich zu öffnen. Sie dachten, sie könnten *etwas* daraus befreien und es kontrollieren, damit es ihnen gehorchte. Sie hatten vor, mich auch als Opfer zu benutzen, doch dann ging alles schief, ein Portal hat sich geöffnet und uns alle in diese Hölle gesaugt."

Nicht *die* Hölle, doch er wusste, was sie meinte. „Das ist verrückt."

Seufzend nickte sie, bevor sie wieder den Kopf an seine Brust schmiegte. „Ich weiß. Es war, als wäre ich in einem Horrorfilm gefangen, und es wurde immer grässlicher. Doch ihnen ist es dort viel schlimmer ergangen als mir." Sie schauderte, und sein Griff um sie wurde automatisch wieder fester.

„Das tut mir leid." Seine Worte fühlten sich schwach und unangemessen an. Er erinnerte sich daran, was sein Bruder ihm darüber erzählt hatte, wie er die Frauen in Käfigen gefunden hatte. Eine war bereits tot gewesen, und die andere hatte sich das Leben genommen, nachdem Ian sie befreit hatte. Er hatte ihr einen Dolch zur Verteidigung gegeben, und sie hatte sich selbst damit erstochen. Er wusste auch, dass die Männer dieses von Koighans geführten Lagers sie geteilt hatten. Anders als Liberty, die dem Anführer gehört hatte.

Er spürte, wie sein Dämon an die Oberfläche drängte und er seine Wut wieder niederringen musste. Jetzt ging es nicht um ihn oder seine Wut. Es ging darum, ihr zuzuhören.

„Ich war nicht froh darüber, was mit ihnen passiert ist, doch ich war froh, dass ich nicht in einen dieser Käfige geworfen wurde. Ich habe immer noch Schuldgefühle. Ich bin froh, dass nur ein Monster mich … und nicht alle." Ihre Stimme war leise.

„Sie waren Mörderinnen, die dich gegen deinen Willen in ein Höllenreich gebracht haben. Und sie hatten vor, dich zu töten." Es gab keinen Grund, sich schuldig zu fühlen. Doch das sagte er nicht. Er wusste, dass Schuldgefühle und Emotionen nicht immer rational waren.

„Ich weiß, ich … nachts, wenn ich versuche zu schlafen, höre ich manchmal ihre Schreie. Es fällt mir manchmal schwer damit umzugehen."

Ah, verdammt. Er vergrub sein Gesicht in ihren Haaren. „Es tut mir so leid, Sweetheart." Er würde alles aufgeben, sogar sein eigenes Leben, um ihr all ihren Schmerz zu nehmen, in die Vergangenheit zu reisen und alles umzukehren, was passiert war, das sie an diesen Ort gebracht hatte.

Sie sagte nichts, schmiegte sich nur an ihn und legte ihr Bein über ihn. Er spürte die Nässe ihrer Tränen an seiner Brust und wollte alle Monster der Welt für sie töten.

Doch jetzt zog er die Decke über sie und hielt sie fest. „Ich werde immer für dich da sein", flüsterte er. „Niemand wird dich jemals wieder verletzen. Nicht, solange ich Atem in meinen Lungen habe."

KAPITEL 41

Finn zog Lyra auf seinen Schoß, mehr als erschöpft nach der vergangenen Woche. Es schien immer das eine oder andere zu sein, mit dem er sich befassen musste. Wahnsinnige Halbgötter oder akkadische Dämonen, die versuchen, in das Menschenreich zu entkommen. Zumindest war diese jüngste Bedrohung leichter zu bewältigen gewesen.

Ein Narr, der geglaubt hatte, er könnte Finns Territorium übernehmen, sein Rudel, ihn. Er war froh, dass Rhea den Wolf getötet hatte, obwohl ein Teil von ihm wünschte, er hätte dieses Vergnügen selbst gehabt.

„Was geht in deinem sexy Kopf vor?" Lyra schmiegte sich an seinen Hals und kratzte mit den Zähnen über seinen Puls.

Eine Live-Jazz-Band spielte in Bos Club. Nachdem alles wieder normal war – vorerst – hatten Bo und Nyx endlich geheiratet. Und der heutige Empfang hatte kein Ende in Sicht. Er hatte sich in eine der Sitznischen zurückgezogen und genoss endlich einen Moment allein mit Lyra. Es gab viel zu wenige dieser Momente für ihn.

„Wie sexy meine Gefährtin ist", murmelte er und strich mit einer Hand über ihre leider von Stoff verhüllte Hüfte.

Lyra trug ein lila Kleid – obwohl sie ihm erklärt hatte, dass der richtige Begriff für die Farbe Aubergine war – und das Ding war designt, um ihn verrückt zu machen, so, wie es sich wie eine zweite Haut um den Körper seiner köstlichen Gefährtin spannte. Er konnte es kaum erwarten, sie langsam herauszupellen und jeden Zentimeter von ihr zu enthüllen. „Ich dachte, wir könnten uns bald einen der Räume hinter der roten Tür nehmen." Ihre Zähne sanken in seinen Nacken und er ließ seinen Kopf zurückfallen, als eine Welle der Ekstase durch ihn rauschte.

Er liebte es, wenn sie ihn biss. Er machte sich nicht die Mühe, ein Stöhnen zu unterdrücken, als sie ein bisschen Blut von ihm saugte. Verdammt, sie brauchten etwas Zeit für sich, und diese Zimmer warteten nur. Bevor sie in sein Leben zurückgekehrt war, hätte er nie daran gedacht, eines der privaten Zimmer zu nehmen. Er war nie wirklich in diesen Club gekommen, außer, wenn es etwas mit seiner Arbeit zu tun hatte. Doch er hatte schon einen Schlüssel in der Tasche –

„Wow, Leute! Nicht vor dem Kind." Vegas Stimme brachte sie beide zurück in die Gegenwart.

Lyra kicherte, als sie sich über seine äußerst schmerzhafte Erektion schob.

Er unterdrückte ein frustriertes Stöhnen.

„Vor ein paar Stunden hast du mir gesagt, dass du jetzt erwachsen bist", sagte Lyra zu ihrer Tochter.

„Das bin ich auch, doch ich bin immer noch euer Kind und muss das alles nicht sehen." Sie gestikulierte mit einer Hand vor ihnen, ihre blauen Augen voller gespieltem Entsetzen. „Und noch viel weniger hören, wie ihr zwei darüber redet, hinter die rote Tür zu gehen." Den letzten Teil flüsterte sie.

Lyra lachte, während Finn mit einer Hand über sein Gesicht rieb. Er hatte gerade vor etwas mehr als einem Jahr von seiner Tochter erfahren, und es fiel ihm leicht, in ihrer Gegenwart *nicht* über irgendetwas zu sprechen, das mit Sex zu tun hatte. „Was ist los? Willst du schon nach Hause?"

„Auf keinen Fall, es ist noch früh. Ich habe gerade … Na ja, ich wollte wissen, ob ich vielleicht zu einer After-Party gehen kann?"

Finn runzelte die Stirn und sah Lyra an. Es war schon zwei Uhr morgens. Was für eine After-Party?

Lyra zog nur die Augenbrauen hoch und ließ ihn die Entscheidung treffen. Verdammt, nicht das, was er tun wollte. Er hatte seine Tochter im letzten Jahr zweimal zum Weinen gebracht und fühlte sich immer noch schrecklich deswegen. Um fair zu sein, hatte er nur versucht, ihr zu verbieten, sich mit einem Menschen zu verabreden. Natürlich war ihm jetzt klar, dass es sein erster Fehler gewesen war, das Wort *verbieten* bei seiner Tochter zu verwenden. Es sollte einen Leitfaden für Väter geben. „Wer geht sonst noch hin?"

„Ah, also, ich denke Keelin und Ophelia gehen."

Er nickte und roch keine Lüge von ihr. Keelin und Bran waren für die Hochzeit in die Stadt gekommen, weil Keelin Teil der Hochzeitsgesellschaft war. Wenn sie also gehen würde, würde Bran auch mitkommen. „Und?"

„Ein paar der Leute von hier. Cynara", sagte sie schnell.

Ja, Finn hatte Bos Schwester kennengelernt. Sie war halb Dämon, halb Vampir. Sie war eine gute Frau, und wenn Keelin und Ophelia dort sein würden, könnte er damit leben. „Wo?"

„Cynaras Haus."

Finn wusste, dass sie ein Haus am Strand hatte, nicht weit von hier entfernt. „Nimm einfach dein Handy mit."

Sie blinzelte deutlich überrascht. „Im Ernst, ich kann gehen?"

Er zuckte eine Schulter. „Wir vertrauen dir." Sie war achtzehn und ein starker Hybrid. Er wusste, dass sie auf sich selbst aufpassen konnte, sie war nur noch nicht trainiert. Wenn also ein mächtigeres Wesen sie angreifen würde – nein, er würde nicht daran denken. Das Rudel würde da sein, um sich um sie zu kümmern, und er konnte sie nicht für den Rest ihres Lebens in Watte packen. Auch, wenn er das wollte.

„Danke!" Sie beugte sich in die Nische und umarmte sie.

Sein Herz schwoll noch mehr an, als sie einen Arm um seinen Hals legte und einen Kuss auf seine Wange drückte. „Du bist der Beste!"

Im nächsten Moment war sie verschwunden, und ihr blauschwarzes Haar, das seinem so glich, wehte hinter ihr her, als sie zurück auf die Tanzfläche eilte.

„Du schickst Gabriel, um auf sie aufzupassen, oder?", sagte Lyra leise, nur für seine Ohren.

Er schnaubte und zog bereits sein Handy aus der Tasche. „Gar keine Frage." Doch er musste seinem Hüter nicht einmal schreiben. Gabriel war am Rand der Tanzfläche, nickte Finn verständnisvoll zu und bewegte sich auf die Tanzfläche, dorthin, wo Vega tanzte.

„Ich weiß wirklich nicht, wie ich damit umgehen soll, wenn sie aufs College geht." Lyra schlang einen Arm um seinen Hals und schmiegte sich an ihn, während sie ihren Kopf an seine Schulter legte.

Er war in seinem Leben nie zufriedener gewesen als jetzt. Seine Gefährtin auf seinem Schoß, seine Tochter sicher und geborgen im Kreis von Freunden und Rudelkameraden. „Ich auch nicht", murmelte er. Er wollte nicht einmal darüber nachdenken, doch er wusste, dass die Zeit früh genug kommen würde. Er hatte vielleicht sieben Monate Zeit, um sich darauf vorzubereiten, weil Vega nächstes Jahr mit der Sommerschule anstatt mit dem Herbstsemester anfangen wollte.

„Wen wirst du mit ihr schicken?", fragte Lyra.

„Ich dachte, vielleicht würde Chloe gut passen." Er war sich noch nicht sicher, wen er sonst noch mit ihr schicken sollte. Sie würde nicht auf dem Campus leben und müsste sich an den Gedanken gewöhnen, dass zwei Wachen im selben Gebäude lebten wie sie. Vielleicht sogar mehr. Er wusste, dass es scheiße war, doch so würde es sein. Mächtig oder nicht, sie war wegen ihrer Abstammung ein Ziel.

„Ja, das dachte ich auch. Vielleicht Gabriel, doch das könnte verhindern, dass sie viele Freunde findet."

Finn grunzte nur. Es war wahr. „Er würde alle Männer von ihr fernhalten." Womit Finn mehr als einverstanden war.

„Ich mag deine Denkweise." Lyras Stimme klang überraschend zustimmend.

Er lachte und drehte sich zu ihr um. „Ich dachte, du würdest mir sagen, wie falsch das ist."

„Scheiß drauf. Ich will keinen Mann in der Nähe meines kleinen Mädchens."

Beide blickten zur Tanzfläche, auf der ihr „kleines Mädchen" mit einem sehr erwachsenen Vampir sprach, der definitiv Interesse an dem hatte, was er sah. Finn hatte nicht einmal bemerkt, dass er angefangen hatte zu knurren, bis Lyra beruhigend ihre Hand auf seine Brust legte.

„Wir vertrauen ihr", sagte sie und setzte sich so, dass ihr Gesicht alles war, was er sehen konnte. „Wir müssen uns auch so verhalten, sonst wird sie es uns immer übelnehmen. Sie muss die Freiheit haben, ihr Leben zu leben."

„Ich weiß." Das bedeutete nicht, dass er es mögen musste. Doch Vega wurde erwachsen, und sie durften ihr nicht im Weg stehen. Nicht, wenn sie auch in Zukunft irgendeine Beziehung zu ihr haben wollten. Außerdem vertraute er darauf, dass Gabriel auf sie aufpasste. Sie konnte all ihren Ärger auf ihn richten. Ja, das war beschissen und nicht ganz fair ihm gegenüber, doch Finn war das egal. Mächtiger Alpha oder nicht, er wollte lieber, dass seine Tochter wütend auf jemand anderen war als auf ihn.

Er griff in seine Hosentasche und zog einen goldenen Schlüssel heraus. „Raum Zwei."

Lyras grau-violette Augen leuchteten vor Hunger und Verlangen. „Ich kann nicht fassen, dass du den die ganze Zeit hattest." Mit übernatürlicher Geschwindigkeit war sie von seinem Schoß und stand am Rand der Sitznische.

Er bewegte sich genauso schnell und nahm sie in seine Arme, bevor sie einen weiteren Schritt machen konnte. Vega war in Sicherheit. In den nächsten Stunden würde er sich um nichts anderes kümmern, als seiner Gefährtin Freude zu bereiten.

Die Außenwelt konnte warten. Lyra vervollständigte sein Leben auf eine Weise, die er sich nie erträumt hatte. Das letzte Jahr hatte ihm nur gezeigt, wie unvollständig sein Leben ohne sie gewesen war, und er liebte es, ihr bei jeder Gelegenheit zu zeigen, wie wichtig sie für ihn war.

Kapitel 42

Rhea zog den Saum ihres Kleides über ihre Beine, als die Tür zum Kühlraum aufflog.

Liberty stand mit großen Augen da und blickte zwischen Rhea und Conall hin und her – der gerade seine Hose hochzog.

„Ja, so sieht es hier aus", sagte Rhea und hatte nur die Spur eines schlechten Gewissens. „Tut uns leid." Doch das tat es nicht. Conall hatte beschlossen, dass es jetzt sein musste, und der Kühlraum war der nächstgelegene Ort gewesen, an dem sie etwas Privatsphäre finden konnten. Die Kälte störte sie nicht, insbesondere nicht bei der Art von Wärme, die sie zusammen erzeugten.

Obwohl ihre Wangen gerötet waren, schüttelte Liberty den Kopf und ging auf eines der Gestelle zu, in denen Tabletts über Tabletts mit Lebensmitteln standen. Sie nahm ein Tablett mit etwas, das Rhea für mit Krabben gefüllte Gurkenbecher hielt. „Ich weiß zwischenzeitlich, dass Wandler absolut kein Schamgefühl haben. Ich habe gerade zwei Leute unter einem der Buffettische erwischt. Im Ernst", sagte sie kopfschüttelnd und vermied Blickkontakt mit ihnen, als sie das Tablett nahm. „Ihr seid alle Freaks."

Conall hielt die Tür für sie auf und grinste Rhea an, die Liberty folgte und immer noch versuchte, ihr Kleid zu richten, als sie in die Küche trat.

„Ich denke, dein Gefährte wird eine gute Ergänzung für das Rudel sein", sagte Rhea, als Liberty durch die Schwingtür verschwand, die zurück in den Club führte. Der Duft von Rory an Liberty und umgekehrt war unverkennbar. Sobald sich Wandler gepaart hatten, war jedem, der in ihrer Nähe stand, klar, dass sie offiziell tabu waren.

„Er wird dich niemals ersetzen." Seine Worte waren so süß, aufrichtig, dass Emotionen ihren Hals zuschnürten.

Sie hatte nicht an so etwas gedacht, doch sie war froh, dass ihr Rudel einen neuen Krieger bekam. Nicht, dass sie einen gebraucht hätten, doch mehr Schlagkraft war immer eine gute Sache. „Danke", murmelte sie, bevor sie sich räusperte.

Leere Gläser stapelten sich neben einem der großen Spülbecken, und in beiden türmten sich bereits Teller. Rhea wusste, dass Liberty eine ganze Mannschaft hatte, die beim Aufräumen helfen würde, hatte jedoch das Gefühl, dass, wer auch immer sie waren, schon nachließ, weil es eine so lustige Party war.

„Was ist?" Conall blieb neben ihr stehen, sein Gesichtsausdruck besorgt.

„Nichts. Ich denke nur, dass jemand hier sein sollte, um sauberzumachen. Die können das nicht alles bis zum Ende der Nacht stehen lassen. Die Party wird nicht so schnell vorbei sein und …"

Schmunzelnd beugte sich Conall vor und strich mit dem Mund über ihren. Sie konnte sich an ihm schmecken, da er sein Gesicht vorhin zwischen ihren Beinen vergraben hatte. Sie wollte ihn gleich wieder in den Kühlraum ziehen.

„Nicht dein Problem heute Abend", sagte er. „Lass uns wieder rausgehen und uns weiter amüsieren."

Sie hatte sich definitiv mit ihm im Kühlraum amüsiert, doch etwas störte sie, und das schon seit ein paar Tagen. „Weiß dein Clan, dass du einen Wolf zur Gefährtin genommen hast?", platzte sie heraus. Sie würden in ein paar Tagen nach Montana zurückkehren, und er hatte nicht viel darüber gesprochen, was sein Clan über sie dachte. Sicher, sie wusste, dass Arya sie liebte – das hatte sie sehr deutlich gemacht –, doch ein Alpha-Drache, der sich mit einem Wolf paarte, war nicht gerade alltäglich.

Er nickte und runzelte die Stirn. „Ja. Alle freuen sich." Plötzlich blieb er auf eine Weise stehen, wie es nur Übernatürliche konnten. „Warum? Bist du nicht … glücklich, die Gefährtin eines Alpha zu sein?"

„Nein! Ich meine, doch, ich bin glücklich. Doch ich habe mich nur gefragt, ob jemand ein Problem damit hat, dass ich deine Gefährtin bin. Ich meine, du bist nach Biloxi gekommen, wegen …"

„Dir."

„Warte, was?"

„Ich bin deinetwegen hergekommen."

„Ich dachte, du wärst wegen der Hochzeit hier."

Sein Mund verzog sich zu einem schiefen Lächeln, als sich seine großen Hände auf ihren Hüften niederließen. Sein Griff war besitzergreifend. „Nein. Es ging immer um dich. Ich habe das Haus vor fast acht Monaten gekauft, weil ich wusste, dass ich irgendwann hierher kommen würde – für dich. Selbst wenn ich nicht zugeben wollte, was meine Drachenhälfte von dem Moment an wusste, als wir uns begegnet sind, hat mich alles zu dir geführt. Die Hochzeitsfeier war einfach eine Ausrede, dich zu sehen. Und um dich davon zu überzeugen, dass du zu mir gehörst."

Ein Gewicht, von dem sie nicht bemerkt hatte, dass es auf ihrer Brust gelegen hatte, hob sich, und das Atmen fiel ihr leichter. Sie schlang ihre Arme um seinen Hals und küsste ihn hart. Ja, sie war immer noch etwas nervös, die Rolle der Gefährtin eines Alpha zu übernehmen, insbesondere eines Drachenclans, doch mit ihrem Gefährten an ihrer Seite konnte sie alles tun. „Und du gehörst mir", murmelte sie gegen seinen Mund. „Ich lasse dich nie wieder gehen."

Kapitel 43

Zwei Tage später

Rhea legte ihre Hand in Conalls, als sie zum Eingang des Howlers gingen. Sie hatte endlich alles gepackt und ließ den Großteil ihrer Sachen nach Montana schicken. Sie wollten morgen abreisen, und Solon und Chloe wollten sich ein letztes Mal auf einen Drink treffen.

Ihr Herz schmerzte ein wenig, so verdammt glücklich sie auch war.

Das war ihr Rudel, das waren ihre Leute. Sie würde sie wirklich vermissen. Sie war ein wenig traurig, dass Finn dem Rudelgeschäft nicht hatte entkommen können, doch nach allem, was in letzter Zeit passiert war, verstand sie mehr denn je, dass er sich zuerst und immer um das Rudel kümmern musste.

Conalls Finger schlossen sich um ihre, als er die Tür für sie aufhielt. Als sie das Howlers betrat, erstarrte sie.

Ihr gesamtes Rudel war da, alle lächelten sie unter einem Schild mit der Aufschrift „Wir werden dich vermissen!" an.

Finn, Solon, Lyra, Chloe, Gabriel, Spiro, Jason … Sie sah sich nach allen um, mit denen sie zusammengelebt und jahrzehntelang zusammengearbeitet hatte, und brach in Tränen aus. Sie hatte das nicht erwartet. Alle waren heute so verdammt beschäftigt gewesen, und, ja, sie war ein wenig enttäuscht gewesen, dass nur ein paar Rudelkameraden an ihrem letzten Abend Zeit hatten, sich auf einen Drink zu treffen. Doch sie hatte keine Party erwartet.

„Verdammt", murmelte sie und wischte sich die Augen, als Solon und Chloe sie umarmten. Sie war niemand, der weinte. Doch scheiß drauf, es war ihr nicht peinlich. Sie schlang ihre Arme fest um sie und machte sich nicht die Mühe, gegen ihre Tränen anzukämpfen, als sie sie fest umarmten. Sie bekam mit, dass Conall zu Drake und Victoria ging, die an einem Stehtisch standen, und war froh, dass er ihr ein bisschen Raum gab, um sich zu verabschieden.

„Ich werde dich vermissen", sagte Solon mit ungewöhnlich gefühlvoller Stimme.

„Oh, sie wird zu Besuch kommen", knurrte Chloe mit wässriger Stimme. „Oder ich komme nach Montana. So oder so wird das schon funktionieren."

Lachend trat Rhea zurück, hatte jedoch immer noch ihre Hände locker um die Schultern der beiden gelegt. „Natürlich komme ich zu Besuch. Und ihr könnt mich jederzeit besuchen. Immer."

„Auf keinen Fall", sagte Finn und kam zu ihnen. „Diese Drachen stehlen dauernd meine Leute. Ihr könnt nicht noch mehr haben."

„Sei nicht so, Finn." Victoria eilte auf zwölf Zentimeter hohen Absätzen hinüber und warf eine Schärpe über Rheas Kopf. Darauf stand „Adios Bitches!" Und sie wollte gleich wieder weinen.

„Außerdem übernehmen Wölfe den Petronilla-Clan, Bitches!", fuhr Victoria fort und hielt eine ungeöffnete Champagnerflasche hoch.

Rheas Augen weiteten sich. „Bitches?" Es war ziemlich selten, dass Victoria eine derartige Sprache benutzte, vor allem nicht öffentlich.

„Sie hat schon ziemlich was getrunken", flüsterte Chloe, doch Victoria hörte sie deutlich.

„Das mag wahr sein, aber …" Sie verstummte und sah sich um. Rhea nahm an, dass sie nach Drake suchte, der sie nur mit einer Mischung aus Amüsement und Lust beobachtete.

„Aber?", fragte Solon.

Doch Victoria hatte den Faden verloren und eilte zu ihrem Gefährten zurück. Rhea winkte Conall zu, sich ihr und den anderen anzuschließen, doch er schüttelte den Kopf und bedeutete ihr, mit allen zu sprechen, die warteten. Ja, sie liebte ihren Gefährten.

Finn legte einen Arm um ihre Schultern und küsste sie auf den Kopf. „Fast alle sind heute Abend hier und alle wollen sich verabschieden. Wir haben einen Tisch voller Geschenke – hauptsächlich Juxgeschenke – ich entschuldige mich jetzt schon. Ich habe es so organisiert, dass die, die jetzt Schicht haben, später mit anderen tauschen, damit jeder die Möglichkeit hat, sich von dir zu verabschieden, bevor du gehst."

Rhea antwortete nicht, ihr Hals war zu zugeschnürt vor Emotionen.

„Doch zuerst ein Kurzer." Ophelia, zierlich und verschmitzt, erschien aus dem Nichts und balancierte dankbar ein Tablett mit Schnapsgläsern.

„Ich denke, ich muss Victoria zurück nach Hause tragen", brummte Drake und beobachtete seine Gefährtin auf der Tanzfläche mit den anderen Wolfwandlern. Victoria hatte ein Glas Champagner in der Hand und hatte die letzte Stunde ununterbrochen getanzt. Weder sie noch ihre Rudelkameraden schienen bisher genug gefeiert zu haben.

Conall lachte nur in sein Bier. Sein Bruder hatte sich nicht geirrt. „Könnte mir genauso ergehen", sagte er und suchte automatisch nach seiner Gefährtin. Doch wahrscheinlich eher nicht. Rhea machte die Runde und sprach mit all ihren Rudelkameraden, doch sie hatte nicht viel getrunken. Seine Gefährtin war unglaublich beliebt, etwas, das klar war, und er war so stolz auf sie. Er würde verdammt dafür sorgen, dass sein Clan sie genauso akzeptierte. Andernfalls würde er seine Position niederlegen. So einfach war das. Er war jedoch nicht allzu besorgt, nicht, nachdem der Clan Victoria mit offenen Armen aufgenommen hatte. Ganz zu schweigen davon, dass seine Mutter Rhea liebte und niemand, der bei klarem Verstand war, es sich jemals mit ihr verscherzen würde. Doch Rhea war so verdammt leicht zu lieben. Alles an ihr war echt. Ja, sein Clan würde sie auch lieben. Er hatte keinen Zweifel.

„Ich denke, es ist offiziell, dass Wölfe die verrücktesten aller Wandler sind." Drake starrte dorthin, wo eine der Frauen auf den Schultern einer anderen saß und einen Biertrichter für sie hochhielt.

„Sie sind wie College-Studenten", stimmte er kopfschüttelnd zu. So verrückt die Wölfe auch waren, Conall verstand warum. Einer von ihnen ging, und sie hätten fast eine der Ihren verloren, als Taylor entführt worden war. Sie mussten sich entspannen und feiern, dass sie am Leben waren.

„Ich denke, diese beiden sind tatsächlich am College." Drake trank einen Schluck von seinem Bier und beobachtete die Szene mit fasziniertem Entsetzen. „Wenigstens fackeln sie nichts ab."

Conall wollte nicht einmal fragen, was er meinte. „Wo sind die Frauen, die ihr befreit habt?" Er wusste, dass Finn daran arbeitete, alle befreiten Frauen darauf vorzubereiten, entweder in ihr früheres Leben zurückzukehren, beim Stavros-Rudel zu bleiben oder bei anderen Rudeln untergebracht zu werden, wenn sie das wollten.

„In der Villa. V sagt, sie haben sie eingeladen, doch keine von ihnen wollte raus."

Er nickte verständnisvoll. Er bezweifelte, dass eine von ihnen gerade Lust hatte zu feiern. Es war auch keine von ihnen bei Bos und Victorias Hochzeit gewesen. Er war froh, dass Finns Rudel das Richtige tat und ihnen half, nicht dass das jemals eine Frage gewesen wäre. Er räusperte sich. „Wann wollt ihr morgen aufbrechen?"

Er zuckte mit den Schultern. „Wann immer wir aufwachen. Was ist mit dir?"

„Das ist auch für uns der Plan. Willst du, dass wir euch auf dem Weg zum Flughafen abholen?" Conall und Drake würden den Privatjet seines Clans benutzen. Ihr Pilot war rund um die Uhr in Bereitschaft.

„Ja. Lass uns irgendwann am späten Vormittag sagen." Sein Blick war wieder auf die Tanzfläche gerichtet. „Ich habe das Gefühl, dass Victoria ausschlafen wollen wird."

„Ich bin so froh, dass du sie gefunden hast", murmelte Conall. Sein Bruder war im wahrsten Sinne des Wortes durch die Hölle gegangen. Er hatte alles Glück der Welt verdient.

Drake hob sein Bier. „Und ich bin froh, dass du die Gefährtin gefunden hast, die du verdienst."

Conall stieß an. „Auf unsere besseren Hälften."

„Darauf trinke ich." Sehr bald würde er seine Gefährtin ganz für sich allein haben. Er hatte eine Menge zu tun, sobald sie nach Hause zurückgekehrt waren, doch er hatte vor, sich danach mindestens eine Woche lang mit ihr einzuschließen.

Sein Clan hatte bewiesen, dass sie eine Woche ohne ihn überstehen konnten. Sie müssten es nur noch eine Weile länger tun. Denn seine Gefährtin bedeutete ihm alles.

Alles in ihm erwärmte sich, als er sie laut und vertraut lachen hörte. Dieses Geräusch zog ihn wie ein Leuchtfeuer an. Er drehte sich um und sah sie neben einem der großen Fenster an einem

Tisch jüngerer Wölfinnen stehen. Sie warf den Kopf in den Nacken, und ihre Locken hüpften.

Bis sie in sein Leben gekommen war, hatte er nicht gewusst, was Liebe war. Er würde sie nie wieder loslassen.

KAPITEL 44

Einen Monat später

Conall knurrte fast, als es schon wieder an seiner Bürotür klopfte. Doch er roch, wer es war, und zügelte seinen Ärger. „Komm rein", blaffte er.

Greer, die Heilerin des Clans, steckte ihren Kopf in den Raum, ein Lächeln im Gesicht, deutlich unbeirrt von seinem Ton. Ihr kupferrotes Haar war zu einem Pferdeschwanz gebunden, und sie trug einen Haarreif mit Rentierohren, an denen rote und grüne Lichter blitzten.

„Was in aller Welt ist das?"

„Ein Geschenk von Victoria. Wir haben beide welche." Sie trat ein, und er betrachtete ihr Ensemble. Sie trug rot-weiß gestreifte Strumpfhosen und ein grün-weißes Oberteil, von dem er glaubte, dass es Weihnachtselfen tragen könnten, und Glöckchen an ihren spitzen Schuhen. Mit eins achtzig hatte sie die typische Größe für eine Drachenwandlerin. Und einen riesigen Weihnachtself.

„Du siehst lächerlich aus", sagte er kopfschüttelnd und blickte zurück auf sein Tablet, während seine Lippen zuckten. Er war schlecht gelaunt, und er wusste es. Doch er konnte nichts dagegen tun.

„Aaaalso, was machst du?"

Er fuhr sich mit der Hand über das Gesicht. Es waren noch zwei Tage bis Weihnachten, er hatte eine Menge Finanzkram zu erledigen, bevor Rhea vom Training nach Hause kam, und alle im verdammten Clan schienen gerade jetzt entschieden zu haben, dass sie ein Problem hatten, mit dem er sich befassen musste. Ganz zu schweigen davon, dass er und Rhea letzte Nacht keinen Sex gehabt hatten.

Natürlich wusste er, dass das ein dummer Grund war, schlechte Laune zu haben, doch er vermisste seine Gefährtin. Sie war vor Erschöpfung eingeschlafen, bis er ins Schlafzimmer gekommen war, und dann war sie aufgestanden, bevor er aufgewacht war. Sie hatte ihm eine süße Nachricht hinterlassen, und sie hatten heute geredet, doch … er vermisste seine Gefährtin.

„Bist du nur hergekommen, um zu schwatzen? Oder brauchst du wirklich irgendwas?" Er schob sein Tablet von sich weg und lehnte sich in seinem Stuhl zurück. Es war klar, dass Greer nirgendwo hingehen würde.

„Ich bin nur vorbeigekommen, um dich wissen zu lassen, dass eine gewisse Schlampe mit ihrem Gefährten hier war. Sie sind bei Drake und V. Ich habe gehört, wie sie zu ihrem Gefährten sagte, dass sie vorbeikommen und privat mit dir sprechen wollte. Ich dachte, ich sollte dich vorwarnen, falls du woanders sein willst." Sie zwinkerte ihm zu, bevor sie sich umdrehte – und mit klingelnden Glöckchen sein Büro verließ.

„Danke!", rief er ihr nach. Greer bezeichnete nur eine Person auf dem Planeten als Schlampe; Fia Devlin. Seine frühere Verlobte. Ihr Konflikt hatte nichts mit ihm zu tun, und er hatte keine Ahnung, warum Greer die Frau nicht mochte.

Nichts, worüber er sich jetzt Sorgen machen würde. Als er entschied, dass jeder Versuch zu arbeiten jetzt sinnlos war, klappte er die Ordner zu, schloss die Finanzprogramme und schaltete sein Tablet aus – gerade, als es erneut an seiner Bürotür klopfte.

Er roch, wer es war, ging zur Tür, öffnete sie und war nicht überrascht, die große und elegante Fia auf der anderen Seite stehen zu sehen. Er nickte ihr zu, lud sie jedoch nicht in sein Büro ein. Stattdessen trat er hinaus und schloss die Tür hinter sich. „Was bringt dich in mein Haus?"

Der Petronilla-Clan hatte eine große Gated Community in der Nähe des Skiresorts, das sie besaßen und betrieben. Niemand durfte ohne Einladung sein Land betreten, also war seine Tür immer offen. Trotzdem war es ungewöhnlich, dass Fia ihn besuchte. Vor allem ohne ihren Gefährten.

Eine Welle der Nervosität ging von ihr aus. „Ich habe nur gehofft, dass du ein paar Minuten Zeit hast, um zu reden."

Er machte sich nicht die Mühe, auf seine Uhr zu blicken. Seine Gefährtin würde bald nach Hause kommen, also musste er das schnell hinter sich bringen. Nicht, dass er glaubte, dass Rhea ein Problem damit hätte, dass Fia hier war, er wollte sich einfach nicht mit diesem Bullshit befassen. Doch er setzte ein höfliches Lächeln auf und deutete den Flur hinunter. „Wir können uns im Wohnzimmer unterhalten. Willst du etwas trinken?"

„Nein."

Nachdem sie sich auf den unglaublich unbequemen Hochlehnern niedergelassen hatten, die seine Schwester für ein Zimmer ausgesucht hatte, das er fast nie benutzte, widerstand er dem Drang, Fia anzuknurren. Sie trug ihr langes, schwarzes Haar offen und war wie immer elegant in schlichter, aber sichtlich teurer maßgeschneiderter Kleidung. Ihr langer, weißer Wintermantel hing über ihren Arm, und sie tippte nervös mit ihrem Stiefel auf den Parkettboden.

Als klar war, dass sie nicht anfangen würde, sagte er: „Schau, ich will kein Arsch sein, doch kannst du einfach sagen, was du zu sagen hast? Ich habe viel um die Ohren."

Überraschenderweise schienen seine Worte sie zu entspannen. „Ja, tut mir leid. Ich, ähm, okay, das wird jetzt albern klingen, da bin ich mir sicher, doch ich wollte dich nur wissen lassen, dass ich wirklich froh bin, dass du deine Gefährtin gefunden hast."

Die Wahrheit rollte kristallklar von ihr ab.

Er hatte nie Feindseligkeit für sie empfunden, zumindest schon sehr lange nicht mehr, doch ihre Anwesenheit überraschte ihn immer noch. Sie hatte ihn verlassen, um sich mit einem Mann aus einem anderen Clan zu paaren, doch das war weit über ein Jahrtausend her. „Danke." Er räusperte sich und versuchte, diplomatische Worte zu finden, die sie eindeutig brauchte. Warum sollte sie sonst hier sein?

„Ich weiß nicht einmal, warum ich wirklich hier bin. Ich habe nur … Deine Schwester ist mit meinem Schwager verheiratet, und mein Gefährte ist mit deinem Bruder befreundet. Sie sind beste Freunde. Ich wollte wohl nur sicher gehen, dass alles zwischen uns Schnee von gestern ist. Ich mag es nicht, mich unbehaglich zu fühlen, wenn ich zu Besuch bin, als wären wir Eindringlinge auf eurem Land."

Seufzend lehnte er sich in dem unbequemen Stuhl zurück. „Ich habe lange nicht mehr an dich gedacht, um ehrlich zu sein. Und ich habe dich nie geliebt." Sobald die Worte heraus waren, wurde ihm bewusst, dass sie wie ein Schlag klangen, doch zum Glück lächelte sie.

Ein echtes Lächeln. „Ich weiß. Und ich wusste, dass wir niemals wahre Gefährten sein würden. Vor allem nicht, nachdem ich Gavin getroffen habe." Sie wurde rot, bevor sie sich räusperte. „Ich habe vermutet, dass Rhea deine Gefährtin ist, als sie vor einem Jahr als Teil deiner Sicherheit vor dem Tor aufgetaucht ist. Ich habe bemerkt, wie du sie angesehen hast, und ich hatte gehofft …" Sie hob eine Schulter.

Er lächelte darüber. Als Mitglieder des Devlin-Clans am Tor seines Clans aufgetaucht waren, hatte Fia verlangt, Drake, ihren Freund aus Kindertagen, zu sehen, und Rhea hatte darauf bestanden, mit ihm zu kommen. Sie war so wild und entschlossen gewesen. „Ich verstehe, warum du deinen Clan für Gavin verlassen hast. Und ich war dir nie böse deswegen. Mein Stolz hat einen Schlag abbekommen, doch das war von kurzer Dauer und ist sehr lange her. Also ja, Schnee von gestern. Ich möchte nicht, dass du oder dein Gefährte sich auf unserem Land unwillkommen fühlen. Ich weiß, wie sehr mein Bruder Gavin mag." Gavin war einer von Drakes ältesten Freunden, und Conall würde niemals etwas tun, um diese Beziehung zu stören.

Die Erleichterung, die von ihr ausging, war stark und traf ihn mit einer Intensität, die er nicht erwartet hatte. Verdammt, das war wahrscheinlich ein Gespräch, das sie vor langer Zeit hätten führen sollen.

Bevor sie antworten konnte, öffnete sich die Haustür, und Rheas und Gavins Stimmen drangen von draußen herein, bevor die beiden das Foyer betraten.

Als er Rhea sah, setzte sein Herz einen Schlag lang aus, und alles andere trat für einen langen Moment in den Hintergrund. Sie trug Kampfstiefel und zerrissene Cargohosen. Er runzelte die Stirn, als er bemerkte, wie mitgenommen sie war. Sogar ihre Lederjacke war … Er war im Bruchteil einer Sekunde an ihrer Seite. „Geht es dir gut?"

Er strich mit den Händen über die zerfetzten und verbrannten Ärmel ihrer neuen Lederjacke. Sie hatte seine Essenz, die sie beschützte, sodass kein Drachenfeuer ihr jemals Schaden zufügen konnte.

Sie schnaubte und schlang ihre Arme um seinen Hals. „Ja, doch deine Mutter ist unglaublich. Sie wollte heute mit römischem Licht sparren. Als würde sie das jemals brauchen. Manchmal verstehe ich sie wirklich nicht … Oder eher meistens."

Wut, wie er sie nie gekannt hatte, brach in ihm aus, und sein Drache drängte mit der Intensität der Sonne an die Oberfläche. „Meine Mutter hat dich angegriffen mit einem –"

„Nein! O Gott, nein. Ich habe die Jacke nicht getragen, als das passiert ist." Rhea lachte, der Klang schöner Musik. „Ich habe ihr gesagt, dass das Sparren mit diesen Dingern einfach nur verrückt ist, und sie wollte trotzdem *mit einem spielen,* wie sie es ausdrückte, und sie hat fast die Jacken aller verbrannt. Meine ist im Vergleich zu denen eher gut davongekommen."

Seine Wut ließ sofort nach, und sein Drache ließ sich wieder nieder, da er wusste, dass Rhea unversehrt und sicher war. Er legte seinen Arm um ihre Schultern, drehte sich zu den anderen um und räusperte sich. Verdammt, er wollte Zeit allein mit Rhea haben, doch er konnte noch ein paar Minuten höflich sein. Hoffentlich. „Wenn ihr zwei noch nichts gegessen habt, esst doch mit uns zu Abend." Er klang nicht einmal aufrichtig, doch er versuchte es.

Gavin schien ein Lächeln zu unterdrücken, als er den Kopf schüttelte. „Wir haben schon bei Drake gegessen. Aber danke. Wir werden bald aufbrechen. Das Flugzeug wartet auf uns, doch wir sind in ein paar Monaten zurück. Danke für die Gastfreundschaft deines Clans."

„Ihr seid beide jederzeit willkommen." Nachdem er sich verabschiedet hatte, schlug er die Tür hinter ihnen zu und schloss sie ab. Niemand sonst würde sie heute Abend stören.

Er hatte sich gerade wieder Rhea zugewandt, als sie sich auf ihn stürzte und ihre Beine um seine Taille schlang, während sie ihren Mund auf seinen presste. „Ich werde später fragen, warum sie hier war", murmelte sie und knabberte an seinem Kiefer entlang. „Doch alles, was mich gerade interessiert, ist, dich auszuziehen."

Er stöhnte bei ihren Worten, und das Gefühl ihres Körpers an seinem hatte seinen Schwanz schon steinhart gemacht.

Conall war sich nicht sicher, wie viel Zeit vergangen war, doch eine ganze Weile später lagen beide nackt und befriedigt auf dem Boden des Wohnzimmers. Er bemerkte verspätet, dass sie die Vorhänge nicht geschlossen hatten, als er Schnee an einem der riesigen Fenster vorbeiziehen sah.

Rhea lag neben ihm, ihr nackter Körper an seinem zusammengerollt. „Darf ich dich was fragen?" Ihr Atem war warm an seiner Brust, ihre Stimme sanft und Balsam für seine Sinne.

„Immer", sagte er und streichelte mit einer Hand über ihren Rücken. Er liebte es, sie zu berühren.

„In Biloxi, an dem Tag, als wir die Frauen gerettet haben, hättest du alle allein töten können? Mit deinem Feuer?"

Okay, das war nicht das, was er erwartet hatte. Er hatte gedacht, sie würde nach Fia fragen. „Ich … ja, hätte ich. Vielleicht nicht alle deine Rudelkameraden. Einige von ihnen sind stark genug, um Drachenfeuer zu widerstehen, besonders dein Alpha."

„Finn kann das?" Ihr Kopf schoss hoch.

„Ja." Sie war jetzt auch stark genug, um es zu überstehen, etwas, das sie bereits wusste. Drachenfeuer würde seiner Gefährtin niemals schaden. Technisch gesehen würde seine Essenz irgendwann unter ausreichender Hitze durch Drachenfeuer zusammenbrechen, doch es war unwahrscheinlich, dass das jemals passieren würde.

Sie schwieg einen langen Moment. „Ich glaube, ich verstehe jetzt, warum Drachen sich im wahrsten Sinne des Wortes fürs Leben paaren. Wenn es mehr von euch gäbe, würdet ihr definitiv den Planeten übernehmen."

Seine Lippen verzogen sich zu einem Lächeln. „Das könnten wir *jetzt* tun, wenn wir wollten. Es wäre blutig, doch wir würden uns durchsetzen." Da war keine Arroganz in seinen Worten. Es war einfach die Wahrheit. Drachen konnten die menschliche Welt zerstören, wenn sie wollten, insbesondere mit koordinierten Angriffen weltweit. Doch die Menschen würden wahrscheinlich erst den Planeten mit Atombomben verseuchen. Niemand würde gewinnen, nicht wirklich. Und wer zum Teufel wollte einen verdammten Planeten besitzen, wenn es bedeutete, all seine Probleme zu erben? Sein Clan war schwer genug zu verwalten.

„Aber das ist nicht der Grund. Ich spreche nur für mich selbst, doch wenn ich dich verlieren würde … Ich würde wahnsinnig werden. Ich würde die Welt in Feuer baden, und es wäre mir egal, wen ich mitnehme. Drachen sollen nicht ohne ihre Gefährten leben. Wir *können* nicht." Seine Stimme war heiser und hart.

Ihre bernsteinfarbenen Augen funkelten, und er sah die Liebe, die er für sie empfand, die sich darin widerspiegelte. „Ich könnte auch nicht ohne dich leben."

„Ich habe ein Geschenk für dich", sagte er und streichelte immer noch ihren Rücken. Er liebte es, wie sie sich an ihn geschmiegt anfühlte. Als wäre sie für ihn gemacht.

Sie lachte und legte ihren Kopf wieder auf seine Brust. „Ich bin mir ziemlich sicher, dass du es mir gerade gegeben hast."

„Nein. Etwas anderes." Etwas Heiliges für seine Art.

„Noch ein Weihnachtsgeschenk? Mann, ich denke, du hast ein Problem." Es war keine Kritik in ihrer Stimme, nur gedämpftes Lachen gegen seine Brust.

Er lächelte bei ihren Worten. Ja, er hatte dieses Jahr mit den Geschenken vielleicht ein bisschen übertrieben. Unter ihrem glitzernden Baum stapelten sich zahllose glänzende Geschenkverpackungen. Doch es war ihr erstes gemeinsames Weihnachten. Er würde sie verwöhnen, auch wenn sie nichts zu wollen schien.

„Daran arbeite ich seit Monaten. Aber ich will es dir heute Abend geben."

Sie seufzte leise, und er bemerkte, dass sie schon fast eingedöst war. Er wusste, dass sie einen langen Tag gehabt hatte. Nein, es war eine lange Woche gewesen, für beide. Doch sie war sie genau so angegangen, wie er es erwartet hatte. Unter Volldampf, ohne Angst oder Zögern.

Sein gesamter Clan respektierte sie, und es war kein Wunder. Er hatte noch nie jemanden härter arbeiten sehen als sie. Er schloss die Augen und hielt sie einfach fest. Er würde ihr das Geschenk später geben, vielleicht sogar bis zum Weihnachtsmorgen warten. Er hatte eine Klinge für sie im Drachenfeuer geschmiedet, eines der seltensten Dinge auf dem Planeten. Seine Art schmiedete sie selten, weil man sie gegen sie einsetzen konnte. Doch sie würde sie auf verschiedene Weise beschützen und ihr erlauben, andere Drachen zu sehen, selbst wenn sie getarnt waren. Und sie war praktisch unzerstörbar.

Weil nichts kostbarer war als die starke, kluge Frau, die er in seinen Armen hielt.

Sie war sein Geschenk. Und eines, das er für den Rest seines Lebens schätzen würde.

Epilog

„Danke, dass ihr zwei gekommen seid. Ich weiß, es ist euer freier Tag", sagte Finn zu Rory, als er und Liberty sein Büro betraten.

Der Raum sah aus, als wäre Weihnachten darin explodiert – das mussten Lyra oder Vegas gewesen sein, dachte Rory. Es waren nur noch ein paar Tage bis Weihnachten, und während es für Rory nicht wirklich viel bedeutete, Liberty liebte es, und sie hatte ihr Zuhause innen wie außen wie ein ganzes Einkaufszentrum dekoriert. Alles, um seine Gefährtin lächeln zu sehen. Und okay, er fand, dass ein bisschen Weihnachtsstimmung nicht schaden konnte. „Kein Problem. Was gibt's?" Er schloss seine Finger sanft um Libertys Hand, als beide auf Stühlen vor Finns Schreibtisch Platz nahmen.

Finn schob eine gelbe Mappe über den Schreibtisch. „Nachdem Liberty und Chloe", sagte er und nickte Liberty zu, „das Zentrum gefunden haben, das Frauen hilft, wieder auf die Beine zu kommen, habe ich ein paar meiner Männer hingeschickt, damit sie es sich ansehen."

Rory wusste, wovon er sprach. Liberty hatte im letzten Monat mit Chloe zusammengearbeitet und Selbstverteidigungsunterricht genommen, und Liberty hatte erwähnt, dass es eine Schande war, dass es keinen Ort gab, an dem übernatürliche Frauen, die schwere Zeiten oder Misshandlungen durchgemacht hatten, Hilfe suchen konnten. Einen sicheren Ort, an dem sie Therapie und Schutz fanden. Chloe war ihrer Meinung gewesen, und nach einigen Recherchen hatten sie herausgefunden, dass es tatsächlich einen Ort ganz in der Nähe gab, der genau das tat. Er lag direkt an der Grenze zwischen dem Gebiet des Stavros-Rudels und dem Gebiet eines Alpha namens Knox.

„Du wirst es nicht dichtmachen, oder?" Liberty klang entsetzt über den Gedanken.

Und Rory war derselben Meinung. Nicht, dass er sich Sorgen gemacht hätte, dass der Alpha das tun würde. Finn war ein zu guter Mann.

Finn runzelte die Stirn. „Was? Nein, auf keinen Fall. Nein, wir haben vor, eines hier in der Stadt auf die Beine zu stellen. Das hätte ich schon vor langer Zeit tun sollen, doch … Wie auch immer, ich habe ein paar Leute geschickt, um zu sehen, wer die Betreiberin ist, und niemand hat sagen können, *was* sie ist. Das Einzige, was alle gesagt haben, ist, dass sie sehr mächtig ist."

„Okay." Rory fragte sich, worauf Finn hinaus wollte.

Finn rieb sich mit einer Hand über den Nacken, als er zwischen ihnen hin und her blickte und Rory das Gefühl hatte, dass ihm nicht gefallen würde, was er sagen würde. Es war etwas in seiner Körpersprache. Finns Muskeln waren zu angespannt. „Ich würde gerne jemanden schicken, der mit ihr spricht. Eine Frau –"

„Nein!" Rory war auf den Beinen, bevor Finn den Satz beendet hatte. Alpha oder nicht, Rory würde sich das nicht anhören, geschweige denn seine Gefährtin ohne Backup an einen unbekannten Ort gehen lassen. Denn ihm war klar, dass Finn genau darauf hinaus wollte.

Liberty zog an seiner Hand und konzentrierte sich wieder auf ihn. „Bitte lass ihn ausreden", sagte sie leise.

Er setzte sich wieder, doch alle seine Muskeln waren jetzt angespannt, bereit, zu streiten. Es war manchmal schwierig,

Befehle von einem Alpha entgegenzunehmen, und er fragte sich, ob es daran lag, dass er so lange allein gewesen war.

Finn fixierte ihn mit diesem eisblauen Blick, sein Gesichtsausdruck eher frustriert als wütend. „Ich möchte jemanden hinschicken, um die Betreiberin zu treffen, jemanden, dem die Frau vertrauen wird. Liberty hat viel durchgemacht." Er warf ihr einen kurzen Blick zu, seine Miene jetzt weicher.

Es war das Einzige, was Rorys Ärger linderte. Finn schien eine Schwäche für Liberty zu haben, und wirklich, wer konnte ihm das verdenken. Sie war perfekt.

„Und wenn ich Chloe oder irgendjemand anderen hinschicke, werden sie nie auch nur durch die Haustür kommen. Sie wird spüren, wenn sie ihr irgendwelche Lügen über Misshandlung erzählen. Ich möchte nur, dass Liberty einen Termin vereinbart, mit ihr spricht und ein Treffen zwischen der Betreiberin und mir vereinbart. Ich möchte mich mit ihr zusammensetzen und ein paar Dinge besprechen. Zum Beispiel, wer in aller Welt sie ist. Das ist die Akte mit Informationen, die Elana über das Zentrum und die Betreiberin gefunden hat." Er tippte mit dem Finger auf die gelbe Mappe.

Rory hob eine Augenbraue. „Ziemlich dünn."

Finn nickte. „Kein Witz. Das Zentrum ist seit *Jahrzehnten* in Betrieb. Und das ist alles, was wir uns die Betreiberin finden konnten."

Dabei hob Rory beide Augenbrauen. „Und du hast nie zuvor von ihr gehört?"

„Sie ist nicht auf meinem Gebiet und war noch nie auf meinem Radar. Dennoch … Sie ist nah genug an meinem Territorium, dass ich mehr über sie wissen möchte."

Seufzend nahm Rory die Mappe und klappte sie auf. Er erstarrte, als er das Foto der Frau sah. Es war vor kurzem aufgenommen worden, zumindest nahm er das angesichts ihres Kleidungsstils an. Sie trug Jeans und ein fließendes Top, dazu Sandalen. Ihr schwarzbraunes Haar war zu einem Pferdeschwanz gebunden, und obwohl er es nicht sehen konnte, weil die Aufnahme sie im Profil zeigte, wusste er, dass ihre Augen von einem strahlenden Blau waren. Er war sich zuvor nicht sicher gewesen, doch als er sie neben jemand anderem stehen sah, vermutete er, dass sie für eine Frau außergewöhnlich groß war. Er fragte sich, ob sie ein Drache war.

„Was ist?", fragte Liberty und legte ihre Hand auf seinen Unterarm.

Er sah sie an, dann Finn. „Erinnerst du dich, dass du einmal gesagt hast, dass es eine Zeit geben könnte, in der meine Loyalität zwischen dir und meinen Brüdern gespalten wird?"

Finn fluchte leise und nickte. „Ja."

„Ich denke nicht, dass das *so* extrem ist, doch…"

„Weißt du, wer sie ist?"

„Nicht genau." Doch er hatte vor fast fünfzig Jahren ein Foto derselben Frau im Besitz seines Bruders gesehen. Es war nur von ihrem Gesicht gewesen, doch es war kein Zweifel, dass es dieselbe Frau war. Diese scharfen Wangenknochen waren unverkennbar. „Ich denke, Ian könnte wissen, wer sie ist. Ich muss mit ihm reden, bevor wir irgendetwas zusagen. Das bin ich meinem Bruder schuldig."

Seufzend lehnte sich Finn in seinem Stuhl zurück. „Nun, sie betreibt das Zentrum seit fast vierzig oder fünfzig Jahren da draußen. Ich kann noch ein oder zwei Tage warten. Tu mir nur einen Gefallen und lüg mich nicht an", knurrte er leise. „Das ist alles, was ich verlange. Wenn du mir nichts sagen kannst, werden wir uns darum kümmern. Aber lüg mich niemals an."

Rory spürte, wie der Befehl des Alphas über ihn rollte, und sein Wolf brauste nur ein wenig auf, denn er verstand. „Das werde ich nicht. Ich schwöre es."

Finn stand auf und deutete auf die Akte. „Nimm sie mit. Ich habe Kopien. Melde dich bei mir, sobald du mit Ian gesprochen hast. Und genießt die Feiertage."

Rory war sich dessen jetzt nicht so sicher, doch er nickte trotzdem und stand mit Liberty auf. Beide schwiegen, als sie aus der Villa zu seinem Truck gingen. Erst, als sie auf dem Weg zurück zu ihrem Haus waren, sagte er etwas. Obwohl sie in der Villa hätten wohnen können, zog er es vor, sein Haus mit Liberty zu behalten. Er war vielleicht ein halber Wolf, doch er war auch ein halber Dämon. Er mochte seine Privatsphäre.

„Vor Jahrzehnten, nicht lange, nachdem Ian und ich uns gefunden hatten, habe ich in einer seiner Schubladen ein Foto der Frau in dieser Akte gefunden." Er nickte zu der Akte, auch wenn klar war, wen er meinte.

Liberty klappte sie auf und sah sich das Bild noch einmal an. „Wer ist sie?"

„Keine Ahnung. Als ich ihn danach gefragt habe, hat er gesagt, sie sei eine Frau, die er kenne. Ich habe nachgehakt, doch er hat dichtgemacht. Ich habe sie nie wieder erwähnt und das Bild nie wieder gesehen. Doch so wie es aussah, war sie mehr als eine Freundin." Die Traurigkeit – nein, eher die *Trauer* –, die von seinem Bruder ausgegangen war, hatte Rory glauben lassen, die Frau sei gestorben. Scheinbar nicht.

„Hmm." Liberty schloss die Akte mit nachdenklichem Gesichtsausdruck.

„Was?"

„Nun, wenn er ihr immer noch nachtrauert, würde das erklären, warum er sich wie ein Playboy benimmt, doch nie mit jemandem schläft. Vielleicht ist sie die eine, die irgendwie …"

Er sah sie an, als sie an eine rote Ampel fuhren. „Dir ist das aufgefallen?"

Liberty schnaubte. „Bitte. Er ist nicht so geschmeidig wie er denkt. Außerdem hat mich eine der Frauen aus dem Rudel gefragt, ob er vielleicht schwul ist. Sie meinte, er flirtet wie verrückt, doch er nimmt nie eine mit nach Hause."

Rory nickte nur. Er kannte seinen Bruder besser als jeder andere, doch es gab Geheimnisse, die Ian selbst vor ihm hatte, und er hatte nie gepusht. Jetzt freute er sich gar nicht darauf, dass er würde drängen müssen. Doch es war unvermeidlich. „Was hältst du davon, dorthin zu fahren und mit der Frau zu reden?"

Liberty zuckte die Achseln, und er spürte keine Angst. „Nur weil sie mächtig ist, bedeutet das nichts. Laut Chloe hat sie im Laufe der Jahre viel Gutes getan. Sie hilft Frauen, die sonst niemanden haben, an den sie sich wenden können. Wenn Ophelia nicht gewesen wäre, hätte ich auch niemanden gehabt, mit dem ich nach dieser Hölle sprechen konnte. Natürlich abgesehen von dir, doch du weißt, was ich meine. Ich hätte niemanden gehabt, mit dem ich im therapeutischen Sinne hätte sprechen können. Sie tut viel Gutes. Ich habe keine Angst, mit so einer Frau zu reden. Und ich bezweifle, dass Finn mich irgendwohin schicken würde, wenn er sich Sorgen um meine Sicherheit machen würde."

Aus dem Ton seiner Gefährtin war klar, dass sie es tun wollte. „Wir werden mit Ian sprechen und sehen, was er über sie sagt." Ob man ihr vertrauen konnte. Wenn nicht, würde Rory Liberty nicht einmal in die Nähe dieses Ortes lassen.

Liberty nickte und legte ihre Hand auf seinen Oberschenkel, als sie weiterfuhren. Die Geste war so selbstverständlich, dass er wusste, dass sie nicht einmal darüber nachgedacht hatte. „Ich liebe dich so sehr", flüsterte er.

Sie drehte sich zu ihm um, und ihr Gesichtsausdruck wurde weicher. Er zeigte es ihr jeden verdammten Tag, doch er sagte es nicht einfach so daher. „Ich liebe dich auch."

Als sie zu einer anderen Ampel kamen, beugte er sich vor und hielt ihren Mund mit einem fordernden Kuss fest, um seine süße Gefährtin zu schmecken.

Egal, was die Zukunft für sie bereithielt, er würde bei jedem Schritt an ihrer Seite sein. Das Schicksal hatte ihm diese wunderbar mutige Frau gegeben, und er würde sie nie wieder loslassen.

DANKSAGUNG

Zeit, mich bei den üblichen Kandidaten zu bedanken! Ich arbeite mit einer erstaunlichen Gruppe von Leuten zusammen und bin jedem einzelnen von ihnen unglaublich dankbar für ihre Hilfe bei der Veröffentlichung meiner Bücher. Kaylea Cross, Carolyn Crane und Joan Nichols: danke euch allen, dass ihr mir geholfen habt, dieses Buch in Form zu bringen. Ihr bietet alle so unterschiedliche Einblicke, und ich bin so dankbar, dass ihr euch die Zeit genommen habt, *In die Dunkelheit* zu lesen. Ich danke Sarah Romsa für all die Dinge, die sie hinter den Kulissen tut, um mich auf dem Laufenden zu halten. Dank ihr habe ich mehr Zeit zum Schreiben. Mein Dank gilt natürlich auch meinen großartigen LeserInnen (immer!), Ich hoffe, dieses neueste Buch bereitet Ihnen genauso viel Freude wie mir das Schreiben. Ich bin dankbar, dass Sie meine Bücher lesen. Ich bin auch Jaycee von Sweet'N Spicy Designs für ein weiteres großartiges Cover dankbar. Und wie immer bin ich dankbar für meine Familie, die mich unterstützt, und Gott, weil es zu viele Segnungen gibt, um sie zu zählen. Zuletzt bin ich Anna Drago sehr dankbar, die es mir erlaubt, mich mit ihren wunderbaren Übersetzungen auf den deutschen Markt zu wagen.

Entdecken Sie weitere Bücher von Katie auf Deutsch:

Die Verona Bay Serie:

Tödliche Andenken

Die Dunkelheit Serie:

Buch 1 – Finn: Die Dunkelheit erwacht
Buch 2 – Drake: Der Geschmack der Dunkelheit
Buch 3 – Bran: Jenseits der Dunkelheit
Buch 4 – Bo: Von der Dunkelheit gejagt
Buch 5 – Conall: In die Dunkelheit
Buch 6 – Ian: Von der Dunkelheit gerettet
Buch 7 – Gabriel: Hüter der Dunkelheit
Buch 8 – Dagen: Wächter der Dunkelheit
Buch 9 – Reaper: Der Aufstieg der Dunkelheit

Über die Autorin

Katie Reus ist die *New York Times* und *USA Today* Bestseller-autorin der Red Stone Security-Serie, der Deadly Ops-Serie und der Redemption Harbor-Serie. Sie hat sich in jungen Jahren in Romanzen verliebt, dank der Bücher, die sie aus dem Vorrat ihrer Mutter stibitzt hat. Jahre später liest sie Romanzen fast genauso gern wie sie es liebt, sie zu schreiben.

Sie wusste jedoch nicht immer, dass sie Schriftstellerin werden wollte. Nachdem sie viele Male die Hauptfächer gewechselt hatte, beendete sie ihr Studium mit einem Abschluss in Psychologie mit summa cum laude. Nicht lange danach entdeckte sie eine neue Liebe: Das Schreiben. Sie verbringt ihre Tage damit, dunkle paranormale Romanzen und sexy-romantische Suspense zu schreiben. Wenn Sie über künftige Neuerscheinungen informiert werden möchten, besuchen Sie bitte ihre Website: https://katiereus.com und melden Sie sich für ihren Newsletter an.

Made in the USA
Middletown, DE
08 September 2021

47874032R00194